지리산문학의 새로운 지평

지리산문학의 새로운 지평

국립순천대 · 국립경상대
인문한국(HK) 지리산권문화연구단 엮음

 도서출판 **선인**

　국립순천대학교 지리산권문화연구원과 국립경상대학교 경남문화연구원은 2007년에 컨소시엄을 구성하고 '지리산권 문화 연구'라는 아젠다로 한국연구재단의 인문한국(HK) 지원 사업에 신청하여 선정되었습니다.

　인문한국 지리산권문화연구단은 지리산과 인접하고 있는 10개 시군을 대상으로 문학, 역사, 철학, 생태 등 다양한 방면의 연구를 목표로 하였습니다. 이에 따라 연구단을 이상사회 연구팀, 지식인상 연구팀, 생태와 지리 연구팀, 문화콘텐츠 개발팀으로 구성하였습니다. 이상사회팀은 지리산권의 문학과 이상향·문화사와 이상사회론·사상과 이상사회의 세부과제를 설정하였고, 지식인상 연구팀은 지리산권의 지식인의 사상·문학·실천에 관한 연구를 진행하였습니다. 그리고 생태와 지리 연구팀은 지리산권의 자연생태·인문지리·동아시아 명산문화에 관해 연구하고, 문화콘텐츠 개발팀은 세 팀의 연구 성과를 DB로 구축하여 지리산권의 문화정보와 휴양정보망을 구축하였습니다.

　본 연구단은 2007년부터 아젠다를 수행하기 위해 매년 4차례 이상의 학술대회를 개최하고, 학술세미나·초청강연·콜로키움 등 다양한 학술활동을 통해 '지리산인문학'이라는 새로운 학문영역을 개척하였습니다. 또한 중국·일본·베트남과 학술교류협정을 맺고 '동아시아산악문화연구회'를 창립하여 매년 국제학술대회를 개최하였습니다. 그 과정에서 자료총서 27권, 연구총서 9권, 번역총서 5권, 교양총서 8권, 마을총서 1권 등 총 50여 권의 지리산인문학 서적을 발간한 바 있습니다.

이제 지난 8년간의 연구성과를 집대성하고 새로운 연구방향을 개척하기 위해 지리산인문학대전으로서 기초자료 10권, 토대연구 10권, 심화연구 10권을 출판하기로 하였습니다. 기초자료는 기존에 발간한 자료총서 가운데 연구가치가 높은 것과 새롭게 보충되어야 할 분야를 엄선하여 구성하였고, 토대연구는 지리산권의 이상향·유학사상·불교문화·인물·신앙과 풍수·저항운동·문학·장소정체성·생태적 가치·세계유산적 가치 등 10개 분야로 나누고 관련 분야의 우수한 논문들을 수록하기로 하였습니다. 그리고 심화연구는 지리산인문학을 정립할 수 있는 연구와 지리산인문학사전 등을 담아내기로 하였습니다.

지금까지 연구단은 지리산인문학의 정립과 우리나라 명산문화의 세계화를 위해 혼신의 힘을 다해왔습니다. 하지만 심화 연구와 연구 성과의 확산에 있어서 아쉬운 점도 없지 않았습니다. 이번 지리산인문학대전의 발간을 통해 그 아쉬움을 만회하고자 합니다. 우리 연구원 선생님의 노고가 담긴 이 책을 통해 독자 여러분들이 지리산인문학에 젖어드는 계기가 되리라 기대합니다.

끝으로 이 책이 출간되기까지 수고해주신 본 연구단 일반연구원 선생님들, HK연구원 선생님들, 그리고 외부에서 참여해주신 필자선생님늘께 깊이 감사드립니다. 또한 이 자리를 빌려 이러한 방대한 연구활동이 가능하도록 재정적 지원을 해주신 정민근 한국재단이사장님, 송영무 순천대 총장님과 권순기 경상대 총장님께도 고맙다는 말씀을 드립니다.

2015년 6월
국립순천대·국립경상대 인문한국(HK) 지리산권문화연구단
단장 강성호, 부단장 윤호진

바다가 태고적 생명의 시원(始原)이라면 산은 뭍으로 올라온 그 생명에게 보금자리를 제공하며 삶의 터전이 되는 곳이다. 산은 언제나 완전한 생명체이면서 끊임없이 변화하는 유기체(有機體)이기도 하다. 완전한 존재로서 인간이 닮고 싶은 대상이다. 인간의 탐욕과 광기로 인간성을 상실하고 자연을 파괴하여 멀어져갈 때, 산은 묵묵히 잃어버린 인간성을 회복하고 치유할 수 있게 해준다. 우리 민족은 산이 가진 이 넉넉한 품을 '문학'이라는 장치를 통해 전달해 왔다. 한국문학의 정신사는 '산의 문학'을 통해 계승되었다고 해도 과언이 아니다.

지리산은 특히 인간의 삶 속에 깊숙이 내재하고 있어 '내 가까이 있는 산' 또는 '우리 고장의 산'으로 인식되어 왔다. 지리산문학은 지리산을 매개로 그 속에서 살아가는 우리 인간의 삶과 정신을 해명하는 영역이라 할 수 있다. 그러나 지리산이 이처럼 우리 가까이 있었음에도 불구하고 정작 한문의 영역으로 진입한 것은 그리 오래되지 않았다. 따라서 『지리산문학의 새로운 지평』은 현재까지 진행된 지리산문학 연구를 총람하고 인식의 지평을 확산하려는 시도를 담고 있다.

이 책에는 지리산을 매개로 문학적 상상력을 표출한 10편의 글이 실려 있다. 한문학 분야에서 지리산유람록과 유산시, 그리고 지리산권역의 누정 기문 등을 중심으로 5편의 글을 실었고, 국문학에서는 설화·현대시·현대소설·희곡 분야에서 5편의 글을 담았다.

먼저 「지리산유람록을 통해 본 인문학의 길 찾기」는 현재까지 발굴된

100여 편의 지리산유람록에 나타난 인문정신을 역사의식, 자아성찰, 이단 배척, 생태와 식생 등 여덟 가지로 분류하여 살폈다. 「한시에 나타난 지리산 인식의 사상적 외연과 내포」는 조선의 사대부가 남긴 지리산 한시를 통해 지리산에 대한 그들의 사상적 인식을 '尊賢·儒仙·嚮導·不拜' 등으로 분류하여 고찰하였다. 「지리산 유산시에 나타난 명승의 문학적 형상화」는 문학적 관점에서 인문적 명승을 정의하고, 이를 지리산에 투영하여 조선조 지식인의 공통된 정서가 문학적으로 어떻게 형상화되는가를 살폈다. 「지리산권 누정 관련 기문에 나타난 자연과 인간에 대한 인식」에서는 지리산권역 누정 기문이 자연보다 인간에 대한 관심을 더 많이 반영하고 있음을 확인하였다.

「'귀양 간 지리산' 설화의 전승 배경과 변이 양상」은 지리산 귀양 설화가 출현하게 된 역사적 배경과 설화의 변이 양상과 그 의미를 살폈으며, 「'전시'된 식민지와 중층적 시선, 지리산」은 부제에서 확인되듯 '1930년대 여행안내기와 지리산 기행문'을 중심으로 살폈다. 「기억 서사와 문화적 소통」은 지리산을 서사공간으로 구성한 현대소설을 대상으로 지리산의 장소감을 생성하고 전파하는 문화적 소통을 살폈다. 대상 작품으로는 김동리의 「역마」(1948), 이병주의 『지리산』(1978), 문순태의 「철쭉제」(1981), 오찬식의 『마뜰』(1983), 조정래의 『태백산맥』(1989), 서정인의 『달궁』(1990), 최명희의 『혼불』(1995) 등이다. 반면 「현대소설에 나타난 '지리산'의 문학적 형상화와 그 의미」에서는 『지리산』·『태백산맥』·『피아골』만을 대상으로 하되 지리산이 민중에게 애환과 운명의 상징으로 다양하게 형상화되었다고 하였다. 「한국 현대시와 지리산」은 근래에 발표된 지리산시를 공간적 의미를 중심으로 살폈고, 「오태석 희곡 〈산수유〉에서 지리산의 의미」는 제목 그대로 오태석의 희곡 「산수유」에서 작품의 배경이 되는 지리산과 배티마을 등의 '공간' 의미에 대해 고찰하였다.

사실 지리산문학 연구는 아직 본격적인 궤도에 진입하지 못했다. 근년에 본 연구단을 중심으로 유산문학 연구가 활기를 띄고 있는 정도이고, 설화나 판소리 등 고전문학 연구는 미미한 실정이다. 현대문학 분야도 예외가 아니다.『지리산문학의 새로운 지평』이 향후 지리산문학 연구의 활성화에 초석이 되기를 기대해 본다.

2015년 6월
편집자

목차

—

지리산유람록을 통해 본
인문학의 길 찾기

최석기

—

Ⅰ. 머리말

이 글은 지금 우리가 생각하는 지리산을 예전 사람들은 어떻게 생각하고 있는지를 살펴보면서, 그 속에서 인문학의 길을 찾아보기 위해 시도되었다. 실학자 李瀷의 지적처럼, 우리나라는 李滉과 曺植에 이르러 문명이 극해 달했다.[1] 즉 16세기 이후 우리 사회는 인문학이 매우 높은 수준에 도달하여 문명사회로 발돋움하였고, 이후 4백 년 이상 지속되었다.

오늘날 지식인들은 인문학의 위기를 이구동성으로 외치고 있다. 그러

---

[1] 李瀷, 『星湖僿說』, 天地門, 「東方人文」. "中世以後 退溪生於小白之下 南冥生於頭流之東 皆嶺南之地 上道尙仁 下道主義 儒化氣節 如海闊山高 於是乎 文明之極矣"

나 실상 인문학의 위기는 서양문물이 들어오는 19세기부터 나타나기 시작했다. 19세기 말 기호학파의 李恒老, 호남의 奇正鎭, 영남학파의 李震相 등이 理氣二元論을 따르지 않고 主理論을 주장한 것은, 외세의 문물과 맞서 문명의 극치인 도를 지켜내기 위한 현실인식에서 나온 것이다. 이들은 도를 지키는 것을 목숨보다 더 소중하게 생각하여 죽을지언정 문화적 자존심은 잃지 않으려 했고, 義를 위해 목숨을 초개처럼 버리기도 하였다. 이는 조선의 유교문화가 길러낸 인문정신의 꽃이었다.

이처럼 고도의 인문정신으로 살아간 조선의 유교지식인들이 지리산을 어떻게 인식하고 어떤 의미를 부여하고 있는지를 살펴보는 것은, 위기에 처한 오늘날의 인문학을 회생시키는 데 조금은 도움이 될 수 있을 것이다. 지리산에 수많은 골짜기와 능선이 있고, 오르는 길도 무수히 많다. 그처럼 우리가 모색할 인문학의 길도 수없이 많을 것이다. 그 가운데 선인들의 지리산유람록을 통해 인문학의 길을 찾는 것도 색다른 의미가 있을 것이다.

지리산유람록은 대부분 조선시대 유교지식인들이 지은 것이다. 간혹 승려가 지은 것이 있지만 소수에 불과하다. 이 글은 지리산유람록을 통해 그들이 어떤 인문정신을 드러내고 있는지를 살펴봄으로써 오늘날 우리가 추구해야 할 인문학의 길을 찾아보는 데 목적이 있다. 이 글은 지리산유람록을 자료로 하기 때문에, 시간적·공간적 제한과 특정 지식인의 성향에 한정된 인문정신을 읽어낼 수밖에 없다. 그러나 이러한 한계에도 불구하고, 오늘날 우리가 지향해야 할 인문학의 길을 찾는 데는 적지 않은 도움을 줄 것이다.

II. 선인들의 지리산에 대한 인식

1. 명칭을 통해 본 지리산 인식

　지리산은 智異山·頭流山·頭留山·方丈山·方壺山·不伏山·德山 등 다양한 이름을 갖고 있다. 이 가운데 頭留山은 頭流山과 같은 계열에 속하고, 방호산은 방장산과 같은 계열에 속하므로, 지리산에 관한 명칭은 크게 '지리산·두류산·방장산·불복산·덕산' 다섯으로 나눌 수 있다. 이 다섯 가지 명칭의 어원을 살펴보기로 한다.

　첫째, 지리산이라는 명칭은 순수한 우리말에서 유래한 것으로, 그 어원은 분명치 않다. 지리산은 한자어로 智異山·智理山·知異山·地異山·地理山 등 다섯 가지로 나타난다. 이 외에 大智文殊師利菩薩의 '智'자와 '利'자를 합해 智利山이라고도 하지만, 고문헌에 '智利山'이라는 어휘는 보이지 않는다. 고문헌에 지리산 표기가 다섯 가지가 나타나는 것은, 순수 우리말이 한자로 표기되는 과정에서 달라진 것을 의미한다. 그러므로 지리산이라는 명칭은 한자의 뜻과는 무관하다. '지혜롭고 기이하다'는 뜻으로 해석하는 것은 전혀 근거가 없다. 중국이나 우리나라 문헌에 '智異'라는 말이 쓰인 용례가 거의 없기 때문이다. 지리산의 '지리'라는 어원에 대해서도 여러 가지 설이 있는데, 어떤 설도 명확한 근거를 갖고 있지 않다.

　둘째, 頭流山은 민족의 靈山인 白頭山에서 뻗어 내려 국토 남단에 웅거한 산이라는 뜻으로 붙여진 것이다. 혹 우리말 '두리'·'두루' 등에서 유래했다고 하고, 혹 '드리산'이 두류산이 된 것이라 하기도 하지만, 이 역시 근거가 없다. 또한 이는 역사적 사실을 고찰하지 않고, 음운변화에만 주목한 설이므로 신뢰성이 떨어진다.

　고려시대 李仁老는 "지리산은 백두산으로부터 뻗어 내려 아름다운 봉우리와 골짜기가 굽이굽이 이어지다 대방군에 이르러 수천 리에 걸쳐 서리고 맺힌 산이다."[2]라고 하였고, 『高麗史節要』에는 道詵의 『玉龍記』에 있는 "우리나라 산줄기는 백두산에서 시작하여 지리산에서 끝난다."라는 말을 인용하고 있다.[3] 조선시대에는 이런 인식이 확고하게 정착되어 『新增東國輿地勝覽』에는 "지리산은 산세가 높고 커서 수백 리에 웅거하고 있다. 여진의 백두산이 이곳까지 뻗어 내렸기 때문에 頭流山이라 한다."[4]라고 하였다. 이처럼 두류산이라는 명칭은 '백두산의 줄기가 뻗어 내려 국토 남쪽에 웅장하게 서린 산'이라는 한자어에서 나온 것이지, 순수한 우리말에서 유래한 것이 아니다.

셋째, 方丈山은 神仙이 사는 중국 전설 속의 三神山의 하나로 인식되면서 붙여진 이름이다. 지리산이 방장산으로 알려진 것은 杜甫가 살던 당나라 때의 기록에 보이지만,[5] 秦始皇이 不死藥을 구하기 위해 파견한 徐市과 관련된 전설이 우리나라 널리 분포하는 것으로 보아, 秦·漢 시대부터 삼신산의 하나로 인식된 것을 알 수 있다. 그러나 도가사상이나 신선사상이 깊숙하게 침투하지는 않고, 신선이 사는 仙界 정도로 인식될 뿐이었다. 이런 인식은 고려시대부터 보편적으로 나타난다. 예컨대 申命耉는, 杜甫의 시 '方丈三韓外'의 註에 '방장산은 조선 帶方國에 있다'고 하였으니, 분명 삼신산이 우리 동방에 있음은 의심의 여지가 없다고 하였다.[6]

넷째, 불복산이라는 명칭은 이성계에 복종하지 않았다고 하여 붙여진 이름인데, 조선시대 이 말을 사용한 기록은 거의 찾아볼 수 없다.

다섯째, 德山이라는 명칭은 주로 남명학파에서 일컬어진 말로, 南冥 曺植이 학문을 닦던 곳이라는 의미에서 붙여진 것이다.[7]

---

[2] 李仁老, 『破閑集』 卷上. "智異山 始自白頭山而起 花峯萼谷 綿綿聯聯 至帶方郡 蟠結數千里"

[3] 『高麗史節要』 권26, 「恭愍王 一」. "玉龍記云 我國 始于白頭 終于智異"

[4] 『新增東國輿地勝覽』 권39, 南原都護府, 山川, 智異山. "山勢高大 雄據數百里 女眞白頭山之流至于此 故又名頭流"

[5] 위의 책, "又名方丈 杜詩 方丈三韓外 注及通鑑輯覽 皆云方丈在帶方郡之南 是也"

[6] 최석기 외, 『용이 머리를 숙인 듯 꼬리를 치켜든 듯』, 보고사, 2008, 185쪽.

이상에서 살펴본 바와 같이, 지리산은 그 명칭이 다양하다. 위에서 크게 다섯 가지로 분류해 보았지만, 불복산은 거의 쓰이지 않았고, '덕산'이라는 명칭도 보편적으로 통용된 말이 아니므로, 앞의 세 가지로 대별할 수 있다. 이 세 가지 명칭 가운데 문헌 기록상으로는 智異山이 가장 먼저 나타난다. 지리산은 崔致遠의 문집에서부터 보이기 시작하며[8], 고려시대 李奎報·李齊賢 등의 문집에 연이어 나타난다. 頭流山은 고려 말 李穀·李穡 등의 문집에 처음 보이기 시작하며, 방장산은 이규보·이곡 등으로부터 나타나기 시작한다. 이를 보면, 지리산이 방장산·두류산보다 훨씬 먼저 쓰이기 시작했고, 고려 중기에 방장산이라는 명칭이 나타나고, 고려 말 신진사대부층에 이르러 두류산이라는 명칭이 쓰인 것을 확인할 수 있다.

2010년 3월 말 한국고전번역원 한국고전종합DB에서 지리산에 관한 위의 여러 명칭을 모두 검색했더니, 智異山이 805건, 智理山이 4건, 知異山이 10건, 地異山이 3건, 地理山이 13건, 頭流山은 449건, 頭留山은 4건, 方丈山은 243건, 方壺山이 6건이 검색되었다. 이를 보면 智異山·頭流山·方丈山의 순으로 많이 쓰인 것을 알 수 있다. 두류산이라는 명칭이 많이 나타나는 것은 조선시대 기록물이 대다수이기 때문이다.

조선시대 지식인들이 지리산을 유람하고 남긴 가록은 100편쯤 되는데, 그 가운데 유람록의 형식을 갖춘 64편을 분석한 결과, 제목을 智異山으로 쓴 것이 10편, 方丈山으로 쓴 것이 7편, 頭流山으로 쓴 것이 47편으로 나타났다. 10분의 7 이상이 두류산이라는 명칭을 쓴 것이다. 이를 보면, 조선시대 유교 지식인들은 지리산·방장산보다 두류산을 선호한 것을 알 수 있다. 이는 백두산에서 뻗어 내린 민족의 영산이라는 인식과 맥을 같이한다. 즉 민족 강토의 뼈대인 백두대간을 염두에 두고, 백두산으로부터

---

7) 安致權, 『乃翁遺稿』 권2, 「頭流錄」. "其號有四 曰智異 曰頭流 曰方丈 曰德山 而德山之名最著 蓋以南冥曹先生藏修之所在也"

8) 崔致遠, 『孤雲集』 권2, 「眞鑑畵像碑銘幷序」.

두류산까지를 국토의 축으로 인식한 것이다. 이는 국토에 대한 지리적 인식을 드러냄은 물론, 민족의 뿌리에 대한 역사인식을 바탕으로 한다. 백두대간이 3천 리를 뻗어 웅장한 지리산이 되었다는 인식은, 지리산이 우리 강토의 鎭山임을 말해준다.[9]

지리산의 이와 같은 다양한 명칭은 그 자체로서 이미 민족의 역사를 말해주고 있어 의미하는 바가 적지 않다. 국내외 다른 산 이름과 비교해도 이처럼 다양하고 풍부한 의미를 말해주는 산명은 찾기가 쉽지 않다. 이런 점에서 지리산의 다양한 명칭은 우리의 역사와 문화를 고스란히 간직하고 있다 하겠다.

2. 상징을 통해 본 지리산 인식

지리산유람록을 보면, 지리산은 백두산에서 뻗어 내린 남방의 진산이라는 점과 신선이 사는 삼신산의 하나라는 점이 특별히 부각되어 있다. 전자는 두류산, 후자는 방장산을 의미한다. 그리고 전자는 국토의 뼈대, 후자는 신선이 사는 곳을 상징한다. 그런데 이와 같은 두 가지 보편적 인식보다 훨씬 심화된 인식이 나타나고 있어 주목된다. 우선 지리산이 영호남의 중간에 위치하여 12고을에 접해 있다는 시각에서 탈피하여, 보다 큰 차원에서 인식한 것에 대해 살펴보기로 한다. 조선 후기 진주에 살던 朴來吾는 천왕봉에 올라 다음과 같이 술회하였다.

웅장한 형세와 삼엄한 기상이 어디 이 산과 같은 곳이 있겠는가. 관동의 풍악산은 신령스럽기로 말하자면 신령스럽기는 하다. 그러나 바닷가 한쪽 귀퉁이에 치우쳐 있다. 탐라의 한라산은 높이로 말하자면 높기는 하다. 그러나 바다로 둘러싸인 龜玆國의 영역을 벗어나지 못한다. 이 두 산은 웅거하

---

9) 조선 후기 金成烈은 「遊靑鶴洞日記」에 "방장산은 영호남에 걸쳐 자리하고 있는 큰 鎭山이다."라고 하였다.

20 · 지리산문학의 새로운 지평

고 솟구친 점으로는 멀리 펼쳐지고 웅장하게 진압하는 형세가 없다. 그러나 이 두류산만은 그렇지 않다. 모인 기가 넓고 크며 영호남에 걸쳐 웅거하고 있다. 그 높이로 말하자면, 위로 乾門의 赤帝의 궁궐에까지 닿아 있다. 그 크기로 말하자면 아래로 지축의 玄神의 도읍까지 진압하고 있다. 포괄한 것이 길게 이어져 있고, 펼쳐진 것은 넓게 뻗어 있으니, 이는 참으로 해동의 중심이며, 남방의 祖宗이다.[10]

박래오는 삼신산을 비교하면서, 금강산은 신령스럽지만 중심이 아닌 변방에 치우쳐 있고, 한라산은 높기는 하지만 동떨어져 있다는 점을 흠으로 여긴 뒤, 지리산은 영호남에 웅거하면서 높이는 하늘에 닿고 깊이는 지축까지 진압하고 길게 이어지고 넓게 펼쳐져 있기 때문에 우리나라의 중심이며 남쪽 지방의 祖宗이라고 하고 있다.

이렇게 보면, 지리산은 영호남에 걸쳐 있는 열두 고을을 품은 산이라는 이미지에 벗어나, 국토의 중심이며 남방의 으뜸으로 地極의 의미를 갖는다. 또한 지극인 鎭山의 의미만을 갖는 것이 아니라, 人極인 임금과 같은 상징적 이미지로 확대되어, 우리 민족의 정신적 지주로서의 의미를 갖게 된다. 이런 점을 朴汝樑은 "하늘에 닿을 듯 높고 웅장하여 온 산을 굽어보고 있는 것이 마치 천자가 온 세상을 다스리는 형상과 같으니, 천왕봉이라 일컬어진 것이 이 때문이 아니겠는가."[11]라고 하여, 천왕봉을 천자에 비유하였다.

또 조선 중기 宋光淵도 "백두산 남쪽 지역은 이 산의 조종자손 아닌 것이 없다."[12]고 하여, 남방의 진산으로 봄으로써 지리산이 영호남의 중간에 위치한 열두 고을을 품은 산이 아니라, 남방을 모두 거느리는 산으로 설정하고 있다. 그리고 조선 전기 李陸은 마산·진해까지 모두 지리산의

---

10) 최석기 외, 『선인들의 지리산유람록 3』, 보고사, 2009, 37~38쪽.

11) 최석기 외, 『선인들의 지리산유람록』, 돌베개, 2000, 161쪽.

12) 최석기 외, 『용이 머리를 숙인 듯 꼬리를 치켜든 듯』, 보고사, 2008, 173쪽.

영역에 넣고 있다.[13)]

조선 전기 金宗直은 지리산이 중국에 있었다면 崇山·泰山보다 천자가 먼저 올라 封禪을 했을 것이라 하였고[14)], 南孝溫은 "대개 높고 큰 산은 움직이지 않고 그 자리에 있지만, 인간에게 주는 이로움은 이처럼 풍부하다. 이는 마치 성인이 의관을 정제하고 두 손을 잡은 채 앉아 제왕으로서의 정사를 행하지 않더라도, 裁成輔相의 도를 베풀어 백성을 도와주는 것과 같은 이치이다. 심하구나, 지리산이 성인의 도와 같음이여."라고 하여, 지리산의 상징성을 성인의 도에 비유하였다.[15)] 또 송광연은 천왕봉에서 해가 지고 뜨는 것을 관찰할 수 있기 때문에 堯 임금 시대 사방을 하나씩 맡아 천문을 관측하던 羲仲·羲叔·和仲·和叔도 할 수 없는 일이라는 점을 들어, 우리나라 제일의 산일뿐만 아니라 이 세상의 그 어떤 산이라도 이 산과 대등할 만한 산은 없을 것이라고 하였다.[16)]

김종직·남효온·송광연의 인식은 단순히 자연지리적 안목으로만 지리산을 바라본 것이 아니라, 인간의 정신문화를 바탕으로 지리산을 인식한 것이다. 그래서 성인의 덕에 비유되고, 천자가 하늘에 제사를 지내는 하늘과 가장 가까운 곳으로 인식되고, 요임금 시대의 태평지치를 이룩한 천문관측보다 더 낫기 때문에 세계에서 제일 큰 산으로 여겨지고 있는 것이다.

이처럼 지리산은 강토의 중심이자 정신적 지주로 인식되었는데, 거기에 한 가지 더 깊은 뜻이 첨가된다. 곧 지리산이 명산으로 일컬어지는 이유를 名人과의 만남에서 찾는 인식이다.

---

13) 위의 책, 20쪽.
14) 최석기 외, 『선인들의 지리산유람록』, 돌베개, 2000, 41쪽.
15) 최석기 외, 『용이 머리를 숙인 듯 꼬리를 치켜든 듯』, 보고사, 2008, 33쪽.
16) 위의 책, 175쪽.

① 연단술을 익힌 崔文昌, 고결한 韓錄事, 박식하고 단아한 佔畢齋·濯纓, 도학을 밝힌 一蠹·南冥 같은 여러 선생들이 연이어 승경을 찾아 이 산에서 노닐거나 깃들어 살았다. 그 이름이 만고에 남아 이 산과 영원히 전해질 것이니, 어찌 이 산의 다행이 아니겠는가?17)

② 옛날 崔孤雲이 일찍이 仙敎와 佛敎에 출입하였는데, 花開의 빼어난 경치에 매료되어 쌍계사·신흥사·칠불암·불일암 등에 모두 유적을 남겼다. 이 때문에 지리산의 명승이 되어 시인과 유람객이 연이어 끊이질 않는다.……오직 孤雲 崔致遠이 문장으로써 쌍계사에 이름을 떨쳤고, 文獻公 鄭汝昌은 名賢으로서 화개동에 발자취를 남겼고, 南冥 曺植은 隱逸로서 덕산에 터를 잡았고, 德溪 吳健은 儒士로서 산청에서 노닐었으며, 桃灘 邊士貞과 雲堤 盧亨弼은 行誼로서 잠시 내령대와 외령대 및 마천 등지에서 시를 읊조렸다.18)

①은 河益範의 「遊頭流錄」에, ②는 丁錫龜의 「頭流山記」에 보인다. 지리산이 명산이 된 것은 신라시대 최치원, 고려시대 한유한, 조선시대 김종직·정여창·조지서·김일손·조식·최영경·오건·鄭蘊·노형필 등 빼어난 도학자·은자 등이 이 산에 깃들어 살았기 때문이라는 인식이다.

이러한 인식은 당나라 때 柳宗元이 "아름다움은 스스로 아름다워지지 않고 사람을 통해서 그 아름다움이 드러난다. 蘭亭이 王右軍을 만나지 않았다면 맑은 여울과 긴 대나무가 빈산에 묻혀버렸을 것이다."19)라고 한 말이나, 송나라 때 王懂이 "산은 어진 이로써 일컬어지고, 경관은 사람을 통해 빼어나게 된다. 赤壁은 칼로 자른 듯한 절벽 언덕에 불과하였는데, 蘇子가 2편의 赤壁賦를 지음으로써 그 빼어남이 온 강산에 드러나게 되었다."20)라고 한 것에서 그 근거를 찾을 수 있다. 이런 논리를 적용하면, 지

---

17) 최석기 외, 『선인들의 지리산유람록 3』, 보고사, 2009, 255쪽.

18) 위의 책, 259쪽 및 273쪽.

19) 柳宗元, 『柳河東集』 권26, 「邕州馬退山茅亭記」. "夫美不自美 因人而彰 蘭亭也 不遭右軍 則淸湍脩竹 蕪沒于空山矣"

리산 자락에 수많은 명사들이 깃들어 살았기 때문에 지리산은 그런 名人을 통해 名山이 되었다고 할 수 있다.

이런 두 가지 상징적 인식 외에 또 하나 주목되는 것이 柳夢寅의 인식이다. 그는 천왕봉에 올라 느낀 생각을 다음과 같이 기록해 놓았다.

> 이제 천왕봉 꼭대기에 올라보니, 그 웅장하고 걸출한 것이 우리나라 모든 산의 으뜸이었다. 두류산은 살이 많고 뼈대가 적으니, 더욱 높고 크게 보이는 이유이다. 문장에 비유하면 屈原의 글은 애처롭고, 李斯의 글은 웅장하고, 賈誼의 글은 분명하고, 司馬相如의 글은 풍부하고, 子雲의 글은 현묘한데, 司馬遷의 글이 이를 모두 겸비한 것과 같다. 또한 孟浩然의 시는 고상하고, 韋應物의 시는 전아하고, 王摩詰의 시는 공교롭고, 賈島의 시는 청아하고, 皮日休의 시는 까다롭고, 李商隱의 시는 기이한데, 杜子美의 시가 이를 모두 종합한 것과 같다. 지금 살이 많고 뼈대가 적다는 것으로 두류산을 하찮게 평한다면 이는 劉師服이 韓退之의 문장을 똥 덩어리라고 기롱한 것과 같다. 이렇게 보는 것이 산을 안다고 할 수 있을 것이다.21)

유몽인은 지리산을 문장에 있어서는 사마천, 시에 있어서는 두보의 경지에 비유하면서 우리나라 모든 산의 으뜸으로 평하고 있다. 그는 지리산이 살이 많고 뼈대가 적은 것이 오히려 더 높고 크게 보이는 이유라고 하였는데, 뼈대는 각각의 장점이라면 살이 많다는 것은 사마천의 문장이나 두보의 시처럼 모든 장점을 종합한 것을 의미한다. 지리산은 흔히 土山이라 하는데, 이런 토산의 상징성을 '겸비' 또는 '종합'으로 본 것이다. 이런 상징에 의해, 지리산은 어머니의 품 같은 산으로 인식되었고, 만백성을 모두 품어 편히 살게 해주는 어진 임금의 덕으로까지 비유된 것이다.

이러한 유몽인의 지리산에 대한 상징적 인식은, 남효온이 성인의 덕에

---

20) 王惲, 『秋澗集』, 「遊東山記」. "山以賢稱 境緣人勝 赤壁 斷岸也 蘇子再賦 而秀發江山"
21) 최석기 외, 『선인들의 지리산유람록』, 돌베개, 2000, 199~200쪽.

비유한 것과 맥이 닿아 있다. 그런데 그가 뼈대가 적고 살이 많은 점을 지리산의 특징으로 보면서 '겸비' 또는 '종합'으로 인식한 것은 매우 주목할 만하다. 각각의 개별적 장점이 아니라 종합적인 측면에 초점을 맞추어 웅장하고 걸출하다고 평한 것은, 오늘날 우리가 말하는 '융합'이다. 유몽인이 지리산에서 융합의 의미를 읽어냈다면, 우리는 그것을 재조명해야 한다.

요컨대 지리산은 국토의 중심으로 남방의 조종이며, 성인의 덕처럼 만물에 은택을 베푸는 정신적 지주이고, 최치원·한유한·정여창·조식·오건 등 명인들이 깃들어 살아 고도의 정신문화를 간직한 산이고, 사마천·두보처럼 모든 장점을 종합하고 겸비한 융합의 산이다.

Ⅲ. 지리산유람록에 보이는 인문정신

1. 山水에서 구한 드높은 정신세계

孔子는 山에 대해 '智者樂水 仁者樂山'[22]이라고 하여, 山·水를 仁·智에 비유했다. 이는 자연을 인간의 덕에 비유한 유명한 일화로, 중국 美學에서는 比德이라 한다. 공자가 말한 樂山樂水를 후대에는 仁智之樂이라 하였다. 곧 산수자연을 통해 人欲을 제거하고 天理를 보전하는 즐거움을 말하는 것이다. 이런 정신을 계승한 것이 송대 朱熹의 「武夷櫂歌」이며, 이를 본받은 것이 조선시대 九曲文化이다. 이런 山水觀은 천리가 유행하는 산수를 통해 存心養性하고자 하는 성리학적 사유를 대변한다.

그런데 이처럼 인간의 덕에 초점을 두기보다는, 자연의 아름다움을 만끽하면서 정신적 자유를 추구한 경우도 있다. 그 대표적인 예가 王羲之의

---

22) 『論語』, 「雍也」, 제23장.

「蘭亭集序」에 나오는 다음과 같은 대목이다.

> 絲竹管絃의 성대한 풍악은 없을지라도 술 한 잔에 시 한 수로 그윽한 성정을 펴기에 충분하였네.[暢敍幽情] 이 날 천기는 명랑하고 기운은 청명하며, 훈훈한 바람이 화창하였네. 우러러 큰 우주를 바라보고, 굽어 성대하게 싹트는 만물을 살펴보았네. 실컷 보고 마음대로 생각해[游目騁懷] 보고 듣는 즐거움을 만끽할 수 있었으니, 참으로 즐거워할 만하였네.[23]

여기서 '暢敍幽情'·'游目騁懷'라고 한 것은, 가슴속의 그윽한 생각을 펴고, 눈가는 대로 마음가는 대로 정신적 자유를 만끽하는 것이다. 이는 比德과 다르기 때문에 중국미학에서는 이를 '暢神'이라 한다. 창신은 가을날 구름을 보고 정신이 날아오르듯, 봄바람을 쏘이고 생각이 호탕해지는 것과 같이, 마음이 활달해지고 정신이 기뻐지는 경지이다. 이는 도가사상이 유행할 적에 나타난 것으로, 자연의 아름다움을 통해 인간의 정신을 暢達하는 것이다.[24]

이상에서 살펴본 것처럼, 전통적으로 유교 지식인들은 比德과 暢神 두 가지로 대별되는 산수관을 가지고 있었다. 이런 자연관은 조선시대 유교 지식인에게도 그대로 나타난다. 15세기 정여창과 김일손은 지리산을 두루 유람한 뒤 섬진강에 배를 띄우고 물을 구경하면서 인지지락을 만끽하였다.[25] 18세기 박래오는 "여러 날 동안 유람하며 인지지락을 맛보았다."고 술회하였고[26], 동시대 하익범 역시 "단지 흐르는 시내와 높은 산의 기이한 경치만을 감상할 뿐, 動靜의 이치를 얻어서 내가 仁智之樂을 이룸이

---

23) 王羲之, 「蘭亭集序」. "雖無絲竹管絃之盛 一觴一咏 亦足以暢敍幽情 是日也 天朗氣淸 惠風和暢 仰觀宇宙之大 俯察品類之盛 所以游目騁懷 足以極視聽之娛 信可樂也"
24) 凌繼堯, 『美學十五講』, 「我見靑山多嫵媚」, 北京大出版社, 2003, 29~45쪽.
25) 최석기 외, 『선인들의 지리산유람록』, 돌베개, 2000, 96쪽.
26) 최석기 외, 『선인들의 지리산유람록 3』, 보고사, 2009, 83쪽.

없었다면, 어찌 매우 부끄럽고 두려워할 만한 일이 아니겠는가."라고 하였다. 이는 지리산유람의 궁극적 목적을 暢神보다는 比德에 두고 있음을 보여준다.

　산수를 함께 논하지 않고 山만을 거론한 경우도 인지지락의 범주에 포함된다. 『詩經』 小雅 「車舝」에 '高山仰止 景行行止'라고 하였는데, 朱熹는 '높은 산이 우러를 만하다는 것을 알면 성인의 덕이 사모할 만한 것임을 아는 것이며, 큰 길이 행할 만한 줄 알면 大道가 인간이 경유할 만한 길임을 아는 것'이라 해석하였다.[27] 즉 높은 산을 성인의 덕, 큰 길을 대도에 비유한 것이다. 높은 산이 성인의 덕으로 비유되는 것은 산이 仁을 상징하기 때문이다. 또 孟子는 "공자께서 東山에 올라 魯나라를 작게 여기시고, 泰山에 올라 천하를 작게 여기셨다."[28]고 하였는데, 이 登泰山而小天下 의식은 천왕봉에 오른 사람들에게서 공히 나타나는 것으로, 시야를 확대하고 안목을 높게 하는 정신적 지향을 말한다.

　이상에서 언급한 것은 比德에 속하는 정신세계이다. 그런데 조선시대 유교 지식인들은 이런 의식만 가졌던 것은 아니다. 이들에게는 신선세계라고 믿는 지리산에 올라 정신을 마음껏 펴며 현실의 속박에서 벗어나 우주로 무한히 여행을 해보고 싶은 정신적 자유를 누리고 싶어 했다. 예컨대 김일손이 천왕봉에 올라 정여창에게 "어찌하면 그대와 더불어 偓佺의 무리를 맞이하여 기러기나 고니보다 높이 날며, 몸은 세상 밖에서 노닐고 눈은 우주의 근원까지 다가가 氣가 생성되기 이전의 시점을 관찰할 수 있을까?"[29]라고 한 것이나, 유몽인이 천왕봉에서 이 세상에서 사는 덧없는 삶을 생각하면서 "저 安期生·偓佺의 무리가 난새의 날개와 학의 등

---

27) 朱熹, 『詩傳大全』 小雅 「車舝」 小註 豊城朱氏. "高山仰止 景行行止 於六義 屬興而斷章取義 則於行道進德之喩 尤切至 蓋知高山之可仰 則知聖德之可慕矣 知景行之可行 則知大道之可由矣"

28) 『孟子』, 「盡心 上」, 제24장. "孔子登東山而小魯 登太山而小天下"

29) 최석기 외, 『선인들의 지리산유람록』, 돌베개, 2000, 84~85쪽.

을 타고서 구만리 상공에 떠 아래를 바라볼 때, 이 산이 미세한 새털만도 못하리라는 것을 어찌 알겠는가."30)라고 한 것이 이를 대변해 준다.

朴長遠은 천왕봉에서 달빛으로 물든 황홀한 정취를 만끽하면서 "피리 부는 악공이 사당 뒤편 일월대에 앉아 步虛詞를 한 곡 경쾌하게 불자, 뼈 속이 서늘해지고 혼이 맑아지면서 두 어깨가 들썩이는 듯하였다."31)라고 하여 자유롭고 활달한 정신을 한껏 뽐내었고, 鄭栻은 천왕봉에 올라 "공자가 태산에 올라 천하를 작게 여기신 마음이 들었을 뿐만 아니라, 鄒 땅의 孟子께서 이른바 태산을 끼고서 북해를 뛰어넘는다고 한 기상과 莊子가 해와 달의 곁에 가서 우주를 껴안는다고 한 기개를 나도 거의 느낄 수 있었다."라고 하여 활달한 기상을 유감없이 드러내었다.

比德에 속하는 인지지락, 등태산이소천하 의식, 높은 산을 성인의 덕에 비유한 것, 도의 大源이 하늘에서 나온다는 의식 등은 모두 유교지식인의 높은 정신적 지향을 상징한다. 그리고 暢神에 해당하는 것들은 탈속의 경계에서 맛보는 정신적 자유의 만끽이라 하겠다.

2. 자연에 대한 외경과 문학적 상상력

남효온은 義神寺에 이르렀을 때의 정경을 "감나무가 대나무 숲 중간 중간에 섞여 있었는데, 햇빛이 홍시에 부서지고 있었다. 방앗간과 뒷간도 대숲 사이에 있었는데, 근래에 본 그 어떤 아름다운 풍경도 이에 비할 것이 없었다."32)고 기록해 놓았다.

이처럼 지리산유람록에는 아름다운 자연의 경관에 매료되어 문학적 수사를 한껏 발휘한 것이 곳곳에 보인다. 특히 新興寺 앞의 경치는 유람객의 마음을 사로잡기에 충분했고, 용유담 계곡의 신비한 바위들도 감탄을

---

30) 위의 책, 189쪽.

31) 최석기 외,『용이 머리를 숙인 듯 꼬리를 치켜든 듯』, 보고사, 2008, 128쪽.

32) 최석기 외,『선인들의 지리산유람록』, 돌베개, 2000, 53쪽.

자아낼 만하였다. 그런데 유람객들에게 가장 감동으로 다가온 비경은 역시 천왕봉에 올랐을 때의 경관과 일출장면이었다. 대부분의 유람자는 천왕봉에서 사방을 조망하고 일출을 구경하면서 자연의 신비에 대해 외경심을 일으켰다.

梁大樸은 저물녘 제석봉에 올라 사방을 조망하면서 눈부시게 찬란한 가을 정경을 "마침 밤에 된서리가 내려 나뭇잎들이 한껏 붉게 물들고 구름이 뭉게뭉게 떠 있어, 원근의 지역이 진하게 보이기도 하고 옅게 보이기도 하였다. 마치 천만 겹의 수묵화를 그려놓은 병풍 같기도 하고, 3백 리나 펼쳐진 비단 휘장 같기도 하니 부유하도다."[33]라고 하였다. 그는 가을 지리산의 풍경을 천만 겹의 수묵화 병풍에 비유하여, 자연에 대한 외경심과 문학적 상상력을 유감없이 발휘했다.

천왕봉에 올라 사방을 조망하고 아래를 굽어보면서 느낀 감정을 묘사한 것에도 문학적 상상력을 발휘하여 빼어나게 표현한 것이 많다. 그 가운데 몇 가지를 인용해 보기로 한다.

① 사방으로 저 멀리 눈길 닿는 데까지 바라보니, 뭇산은 모두 개미집처럼 보였다.[34]
② 동쪽으로 바라보니 丹城의 集賢山, 의령의 闍崛山, 진주의 月牙山이 서로 울룩불룩 이어지고 차례차례 부복하고 있는 듯하였다. 그 나머지 곳곳에 늘어선 작은 산들은 마치 큰 잔칫상 위에 놓여 있는 허다한 간장 종지 같았다.[35]
③ 대지의 여러 산들은 모두 개미집이나 지렁이집처럼 발아래에 조그맣게 보였다.[36]

---

33) 위의 책, 139쪽.
34) 위의 책, 84쪽.
35) 최석기 외, 『선인들의 지리산유람록 4』, 보고사, 2009, 50쪽.
36) 위의 책, 223쪽.

①은 김일손의 「續頭流錄」, ②는 박래오의 「遊頭流錄」, ③은 南周獻의 「智異山行記」의 묘사이다. 천왕봉에서 아래로 보이는 작은 산봉우리들을 개미집, 지렁이집, 간장 종지 등에 비유하여 지리산의 높이를 한층 더 드러내고 있다.

자연에 대한 외경심과 문학적 상상력은 일출장면을 묘사한 데서 가장 잘 드러난다. 이 가운데 특히 빼어난 것 몇 가지만 제시하면 다음과 같다.

① 해가 떠오르려 하자 붉은 구름이 만리에 뻗치고 서광이 천 길이나 드리웠다. 해가 불끈 솟아오르니 여섯 마리 용이 떠받들고 나오는 듯하였다. 天吳는 달아나 숨고 海若은 깊숙이 숨어버렸다. 자라는 놀라 뛰어오르고 파도는 거세게 솟구쳤다.[37]

② 해가 솟아오를수록 구름 기운은 점차 흩어졌다. 온 하늘 아래는 찬란한 빛이 밝게 퍼져, 마치 임금이 임어할 때 등불이 찬란하고 궁궐이 삼엄하며, 오색구름이 영롱하고 온갖 관리들이 옹립해 호위하며, 아랫사람들이 제자리에 서 있어서 사람들로 하여금 감히 거만하지 않고 공경하는 마음을 일으키게 하는 것과 같았다.[38]

③ 두 식경쯤 앉아 있자, 붉은 구리쟁반 같은 해가 바다 속을 비추며 떠올랐다가 다시 일그러지며 들어갔으니, 파도가 삼켰다가 토했다가 했기 때문이다. 한참 시간이 흐르자 비로소 둥실 하늘로 떠올랐는데, 천연 그대로의 한 송이 연꽃 같았다.[39]

④ 잠시 후 진홍색이었다가 적색으로 변하고, 다시 적색이 변하여 자색이 되었다. 환히 빛나고 일렁거려서 이름 하거나 형상할 수 없었다. 나머지 햇무리가 동쪽에서 북쪽으로, 또 동쪽에서 남쪽으로 퍼졌다. 양쪽 아래가 점점 길어지더니 고리처럼 서로 합했다. 그 아래 하얀 기운이 또 그것을 둘렀다. 상서로운 구름이 어지러이 돌면서 요동쳤는데, 비낀 것은 隧

---

37) 최석기 외, 『선인들의 지리산유람록』, 돌베개, 2000, 142쪽.

38) 위의 책, 164쪽.

39) 최석기 외, 『선인들의 지리산유람록 3』, 보고사, 2009, 223쪽.

道와 같고, 선 것은 牙纛과 같았다. 때론 우산 덮개처럼 흔들리고, 때론 장막처럼 감쌌다. 그 모습이 마치 은으로 만든 누대와 금으로 장식한 대궐에 모난 지붕이 빽빽하게 늘어선 것 같기도 하고, 천자가 타는 수레의 깃발과 뒤따르는 수레들이 정연하게 호위하며 이어지는 듯하기도 하였는데, 모두 한 곳을 향해 모였다. 조금 뒤 하나의 불덩이가 먼저 올라오더니 수많은 불꽃이 연이어 타올랐다. 광채가 강렬하고 밝아 길게 늘어선 모습이 마치 불을 밝힌 성[火城]과 같았다. 그 성의 중간이 열리더니 둥근 해가 솟아나왔다. 아래로는 은쟁반이 그 해를 받치고 있었는데, 너무 광활하고 썰렁하여 광채가 없는 듯하였다. 떠오른 해의 모양은 돌미륵 부도탑처럼 길쭉한 대머리였다. 그 모양이 점차 낮아지고 평평해지더니 臥佛이나 긴 배처럼 길쭉해졌다. 다시 합쳐져서 동이 · 술독 · 바리때 · 징 · 북의 형상으로 바뀌었다. 모나기도 하고 둥글기도 하여 일정함이 없으며, 길어졌다 넓어졌다 하는 것이 순식간에 일어나 바로 볼 수 없었다.[40]

①은 양대박의 「頭流山紀行錄」, ②는 박여량의 「頭流山日錄」, ③은 남주헌의 「智異山行記」, ④는 朴致馥의 「南遊記行」에 묘사한 것이다. 양대박은 일출장면을 여섯 마리 용이 떠받들고 나오는 듯하다고 표현하였으며, 박여량은 임금이 임어할 때의 장엄한 광경에 비유하였다. 남주헌은 떠오르는 해를 천연 그대로의 한 송이 연꽃에 비유했고, 박치복은 순간의 모습들을 다양하면서도 섬세하게 그려내고 있다. 박치복의 일출 장면 묘사는 문학적 수사의 극치에 해당할 뿐만 아니라, 오늘날의 문인들도 그려낼 수 없는 문학적 상상력의 절정이라 하겠다.

3. 자아에 대한 성찰

지리산유람록에는 자아에 대해 성찰하는 기록이 곳곳에 발견된다. 이

---

[40] 朴致馥, 『晚醒集』 권7, 「南遊記行」.

는 심성수양을 중시하는 조선시대 성리학적 사유를 반영한 것이다.

김일손은 산행을 하면서 처음에는 발걸음이 무거웠는데, 날이 거듭될수록 두 다리가 점점 가뿐해짐을 느꼈다고 하면서, 모든 일이 습관들이기 나름임을 알게 되었다고 기록해 놓았다.[41] 남주헌도 "산행에 비유하자면, 처음에는 걸음이 무거운듯하지만 시간이 오래 지나자 걷는 것에 익숙해질 수 있었으니, 세상의 모든 일은 익숙해지는 데에 달려있을 뿐임을 비로소 깨달았다."[42]고 하여, 습관들이는 것의 중요성을 말하고 있다.

조식은 청학동·신흥사 등지에선 신선이 된 듯하였는데, 하동 旌水驛 역참의 비좁은 방안에서 여러 명이 구부리고 새우잠을 자고 난 뒤에는 습관이란 잠깐 사이에도 낮은 데로 치닫는 것을 깨닫고서 다음과 같이 말하였다.

여기서 평소의 처지에 만족한다 하더라도, 수양하는 바가 높지 않으면 안 되고 거처하는 곳이 작고 초라해서는 안 된다는 사실을 알 수 있다. 또한 사람이 선하게 되는 것도 습관으로 말미암고, 악하게 되는 것도 습관으로 인한 것을 알 수 있다. 위로 향하는 것도 이 사람이 하는 것이고, 아래로 치닫는 것도 같은 이 사람이 하는 것이니, 단지 한번 발을 들어 어디로 향하느냐에 달려 있을 따름이다.[43]

조식은 습관을 들이는 것이 중요하다는 점을 강조하면서, 습관이 평소 선을 향하고 높은 데를 지향해 계속 길들여나가야 한다는 점을 역설하고 있다. 그는 이런 관점에서 산길을 오를 때의 어려움과 내려올 때의 수월함을 통해 "처음 위쪽으로 오를 적에는 한 걸음 한 걸음을 내딛기가 힘들더니, 아래쪽으로 내려올 때에는 발만 들어도 몸이 저절로 쏠려 내려갔

---

41) 최석기 외,『선인들의 지리산유람록』, 돌베개, 2000, 91쪽.

42) 최석기 외,『선인들의 지리산유람록 3』, 보고사, 2009, 228쪽.

43) 위의 책, 122쪽.

다. 그러니 어찌 선을 좇는 것은 산을 오르는 것처럼 어렵고, 악을 따르는 것은 무너져 내리는 것처럼 쉬운 일이 아니겠는가?"[44]라고 하였다.

이런 자아에 대한 성찰은, 남명학파 학자들에게서 나타난다. 조식의 고사를 익히 알고 있던 朴汝樑은 비탈길을 내려갈 때 "악을 따르는 것은 산에서 내려오는 것처럼 쉽다는 말을 두려워하지 않을 수 있겠는가."라고 하여, 조식과 같은 인식을 하고 있다. 河益範도 "처음 오를 적에는 한 걸음 떼어놓는 것조차 어렵더니, 내리막길에 이르러서는 발을 들기가 무섭게 몸이 저절로 물 흐르듯 내려가 순식간에 쌍계사에 당도하였다. 내가 여러 벗들에게 말하기를 '선과 악을 따르는 비유가 어찌 이 때문이 아니겠는가. 스스로를 경계할 만하지 않은가.'라고 하였다."[45]라고 하였다.

박여량과 하익범은 조식의 자아성찰을 그대로 본받고 있다. 이런 점에서 경상우도 남명학파는 도덕적 심성수양에 대한 인식이 타 지역 학자들보다 중시되고 있음을 확인할 수 있다.

지리산유람록에는 매 잡는 사람들의 처지를 보면서 그들의 어려움을 측은히 여기는 기록도 보이지만, 매가 욕심을 부리다 잡히는 것을 통해 인간의 利欲을 경계하는 내용도 보인다. 양대박은 "아! 매는 허공을 나는 새로 기이한 재주를 아끼지 않고 오만하게 먹이를 찾아다니는 놈이다. 그러다 끝내 덫에 걸려 고삐에 매이는 신세를 면치 못한다. 명예를 탐하고 이익을 좋아하는 자가 이를 본다면 조금은 경계가 될 것이다."[46] 하였고, 박여량은 "아! 움막을 엮고 덫을 설치하여 만리 구름 속을 나는 매를 엿보니, 높고 낮은 형세로 말하자면 현격한 차이가 나는 듯하지만, 매가 끝내 덫에 걸림을 면치 못하는 것은 욕심이 있기 때문이다. 무릇 천하의 만물 가운데 욕심을 가진 놈은 제압되지 않는 것이 없으니, 사람이 만물의 영

---

44) 위의 책, 113쪽.
45) 최석기 외,『선인들의 지리산유람록 3』, 보고사, 2009, 249쪽.
46) 최석기 외,『선인들의 지리산 유람록』, 돌베개, 2000, 138쪽.

장이 됨을 어찌 돌이켜보지 않으랴?"[47)라고 하였다.

이는 모두 매가 먹이에 욕심을 가지기 때문에 잡힌다는 사실을 통해, 인간의 人欲을 경계한 것이다. 이처럼 산을 유람하지만 응사접물하는 순간에도 자아성찰을 하면서 경계하고 있는 것도 지리산유람록에서 발견되는 중요한 인문정신이다.

4. 유적지에서 느끼는 역사 인식

지리산을 유람하는 지식인들은 역사 유적지나 선인들의 발자취를 만나면, 역사를 회고하며 선인들을 추모하였다. 下峰을 거쳐 천왕봉으로 오른 사람들은 少年臺·永郎站에서 신라시대 화랑들의 심신수련을 떠올렸고, 화개동 신흥사·의신사 계곡을 유람하는 사람들은 1470년 화개현 골짜기로 숨어든 도적 張永己를 떠올리며 역사를 회고하였다. 이런 경우는 역사적 현장에서 지난 일을 회고하는 것이 일반적 성향이다.

그런데 曹植은 岳陽의 韓惟漢의 유적지, 화개의 鄭汝昌의 유적지, 옥종의 趙之瑞의 유적지에서 그들의 不遇와 역사적 비극을 떠올리며 부도덕한 정권의 폭거에 강개한 마음을 드러냈다. 조식은 이 세 군자를 높은 산이나 큰 내에 비하면, '십 층의 봉우리 끝에 옥을 하나 더 올려놓고, 천 이랑 넓은 수면에 달이 하나 비친 격'이라고 하여, 이들의 자취를 본 것에 의미를 두었다.[48) 그는 이런 자신의 유람관을 '看山看水 看人看世'로 드러냈다. 곧 아름다운 산수를 유람하면서 그것을 완상하는 데서 그치지 않고, 그 산수 속에 깃들어 산 사람들을 상상해 보고, 또 그들이 살던 세상을 보아야 진정한 산수 유람이 된다는 시각이다.

이런 유람관은 그의 재전 문인 박여량의 경우에도 그대로 나타나고 있

---

47) 위의 책, 159쪽.
48) 최석기 외,『선인들의 지리산유람록』, 돌베개, 2000, 121~122쪽.

다. 박여량은 천왕봉에 올라 동남쪽으로 조식이 살던 덕산을 바라보며 '천 길 봉우리 위에 또 천 길 봉우리를 바라보는 것'으로 칭송하였다.[49] 선인의 유적지를 바라보고 추모하며 회상에 잠기는 것은 유람에 있어 빼놓을 수 없는 묘미인데, 특히 도덕적 실천을 통해 千仞壁立의 기상을 우뚝 세운 조식의 유적지는 유람객들에게 성지 순례와 유사한 감흥을 불러일으키게 하였다.

유람객이 유적지를 만났을 경우, 역사적 사실만을 기록하고 인물이나 사건에 대해 평을 하지 않은 경우가 대부분이다. 그런데 쌍계사 앞의 '雙磎石門' 4자에 대해서는 다양한 논평이 있어 자못 흥미롭다. 그리고 쌍계사·불일암·신흥사 등지에는 최치원의 유적 및 설화가 많이 전하는데, 이 경우도 최치원이라는 인물 및 글씨에 논평을 한 경우가 있어 주목된다.

최치원은 우리나라 문학의 鼻祖로서, 유학자이면서 佛家·仙家에 몸을 의탁하여 '儒仙'으로 일컬어진 인물이다. 그는 신선이 되어 살아있다는 전설이 화개동에 전해지고 있어 신비감을 더한다. 김종직은 세석에서 쌍계사를 바라보며 불우하여 속세를 등진 사람으로 보았고,[50] 김일손은 입산할 수밖에 없는 시대상을 통해 '세상을 피한 은군자'로 보았다.[51] 박여량은 儒仙으로 표현하였고,[52] 宋光淵은 불우한 지식인으로 평하였다.[53] 이처럼 최치원에 대한 평은 대체로 부정적 인식보다는 '불우한 지식인', '세상을 피한 은군자', '儒仙' 등으로 나타난다.

최치원에 대한 인물평 외에도 쌍계사 입구 석문에 있는 '雙磎石門' 4자에 대한 평도 다양하다. 김일손은 아동이 습자한 것 같다[54]고 매우 낮게

---

49) 위의 책, 164쪽.

50) 위의 책, 38쪽.

51) 위의 책, 93~94쪽.

52) 위의 책, 169쪽.

53) 최석기 외, 『용이 머리를 숙인 듯 꼬리를 치켜든 듯』, 보고사, 2008, 166쪽.

54) 최석기 외, 『선인들의 지리산유람록』, 돌베개, 2000, 93쪽.

평하였다. 그러나 최치원의 글씨에 대해 전문적으로 공부를 한 유몽인은 세간의 肥大하고 柔軟한 서체와는 달리 瘦瘠하고 强硬하다는 점을 들어 기이한 필체라고 극찬하였다. 그리고 김일손이 아동의 습자와 같은 수준이라고 한 것을 두고서, 글씨를 전혀 모르는 사람이라고 혹평하였다.[55] 한편 성여신은 글자의 크기가 사슴의 정강이만 하다[56]고 평하였고, 趙緯韓은 용과 이무기가 뒤엉켜 승천하는 듯이 장엄하고, 칼과 창을 비스듬히 잡고 서 있는 듯하다고 하였다.[57]

천왕봉 성모사의 성모상에는 칼자국이 있었는데, 이에 대해 李陸의「遊智異山錄」에는 세인의 말을 빌어 "왜구들이 궁지에 몰리자 천왕성모가 자기들을 돕지 않는다고 여겨 그 분함을 참지 못하고서 정수리에 칼질을 하였다."고 하였다.[58] 조선 후기 남주헌은 성모상의 정수리에 난 칼자국을 보고서, 이성계가 引月에서 왜구를 물리치자 왜구가 분풀이를 한 것이라고 하였다.[59] 또 丁錫龜는 "이 신선이 사는 곳이 침략을 당했으니, 어느 날에 싹 쓸어 없애리. 섬 오랑캐가 창궐하였으니 그 치욕을 설욕할 자가 누구인가. 비록 공자가 태산에 오른 뜻을 가지고 있더라도, 어찌 劉子山이 잃어버린 고향 땅 강남을 슬퍼한 생각이 없겠는가."[60]라고 하였다.

이런 경우는 민족의식이 강하게 투영된 역사인식이다. 특히 정석구의 경우는 登泰山而小天下 의식을 전제로 하면서도 민족강토에 대한 애정을 강렬하게 드러내고 있다.

---

55) 위의 책, 194쪽.

56) 위의 책, 225쪽.

57) 최석기 외,『용이 머리를 숙인 듯 꼬리를 치켜든 듯』, 보고사, 2008, 59쪽.

58) 위의 책, 13쪽.

59) 위의 책, 221쪽.

60) 위의 책, 274쪽.

5. 국토산하에 대한 지리적 식견

김종직의 「遊頭流錄」은 후대 遊山錄의 典型이 되었다. 그는 『東國輿地勝覽』을 편찬한 지리에 해박한 학자였기에 천왕봉에 올라 산줄기가 북쪽에서 뻗어내려 반야봉이 되고, 다시 동쪽으로 2백 리를 뻗어 천왕봉이 된 점을 거론한 뒤, 사방을 조망하면서 각 방면의 산을 열거하였다.[61]

조식은 쌍계사 방면을 유람하고 돌아오는 길에 三呵息峴에 올라 동남쪽 해안을 바라보면서 "그 사이에 마치 혈맥이 뒤엉켜 있는 듯한 것은 강과 포구가 서로 이어진 것이다. 우리나라 산과 강의 견고함은 魏나라가 보배로 여긴 정도를 넘어, 넓은 바다에 접해 있고 1백 雉의 성에 웅거해 있다. 그런데도 오히려 백성들은 보잘것없는 섬나라 오랑캐에게 거듭 곤란을 당하고 있으니, 어찌 그 옛날 길쌈하던 과부의 근심을 하지 않겠는가."[62]라고 하여, 지리적 장점이 있는데도 왜구를 방어하지 못하는 점을 우려하였다.

박여량은 지리산이 백두산에서 뻗어내려 磨天嶺·鐵嶺·八嶺·竹嶺 등으로 이어지면서 흘러내린 백두대간을 거론하면서, 두류산이라고 부르게 된 의미를 강조하였다.[63] 朴致馥은 중국 서쪽의 산맥이 醫無閭山·不咸山으로 뻗어오다 백두산이 되었다는 점을 언급한 뒤, 백두산으로부터 마천령·黃龍山·금강산·오대산·태백산·죽령·덕유산으로 흘러 지리산이 된 것을 상세히 거론하였다.[64] 유몽인은 젊어서부터 팔도의 명산을 두루 유람하였고, 중국의 산수도 세 번이나 유람한 풍부한 자연지리적 안목을 바탕으로, 지리산이 우리나라 모든 산의 으뜸이라고 평하였다.[65]

---

[61] 위의 책, 34~35쪽.

[62] 위의 책, 120쪽.

[63] 위의 책, 161쪽.

[64] 朴致馥, 『晩醒集』 권7, 「南遊記行」.

[65] 위의 책, 199쪽.

이는 모두 작자의 자연지리적 식견이 풍부한 데에서 나온 것으로, 조선시대 유교지식인들이 백두산으로부터 지리산으로 이어지는 백두대간에 대한 지리적 식견이 높았음을 말해준다.

남효온은 천왕봉에서 사방의 산을 열거하고 주변의 아홉 고을을 거론한 뒤, 지리산에서 생산되는 과일·약재·나물·짐승·나무 등을 열거하면서 인간에게 주는 이로움을 말하고 있다.[66] 조선 후기 丁錫龜는 산세·물줄기·마을·사찰 등을 상세히 열거하면서 그 고을에서 사는 사람들의 산업과 생계에 대해 기록해 놓았다.[67] 또 吳斗寅은 자신이 유람한 경로의 거리를 어디서 어디까지는 몇 리라고 상세히 기록해 놓았다.[68] 이러한 인식은 인문지리와 자연지리에 대한 식견이 종합적으로 반영된 것이라 하겠다.

6. 종교·민속에 대한 비판과 기록

지리산에는 유교·불교·도교 및 민속신앙에 관한 유적이 공존하고 있다. 지리산유람록은 대부분 조선시대 유교지식인들의 저작이기 때문에 여기서는 이들이 불교·도교 및 민속신앙에 대해 어떤 인식을 보이고 있는지를 중심으로 논의하고자 한다.

조선 전기 사림파의 종장이었던 김종직은 불교에 대해 부정적 생각을 가졌음에도 불구하고, 선열암에서 정진하던 비구가 종적을 감춘 이야기, 독녀암의 전설, 三盤石의 고사 등을 상세히 기록해 놓고 있다.[69] 그러나 영신사 가섭상의 오른팔 흉터를 두고 劫火에 그을린 것으로 조금 더 타면 미륵세상이 온다고 하는 승려의 말에, 돌에 난 흔적이 본래 그런 것인데

---

[66] 최석기 외, 『용이 머리를 숙인 듯 꼬리를 치켜든 듯』, 보고사, 31~33쪽.

[67] 최석기 외, 『선인들의 지리산유람록 3』, 보고사, 2009, 262~272쪽.

[68] 최석기 외, 『용이 머리를 숙인 듯 꼬리를 치켜든 듯』, 보고사, 2008, 149쪽.

[69] 최석기 외, 『선인들의 지리산유람록』, 돌베개, 2000, 25~26쪽.

황당하고 괴이한 말로 어리석은 백성을 속여 내세의 이익을 구하는 자들로 하여금 보시하게 하니 참으로 가증스럽다고 하였다.[70] 이를 보면, 김종직은 불교의 혹세무민에 대해 단호하게 배척한 것을 알 수 있다.

조선 중기 성여신도 법계사에 복을 구하는 사람들이 줄을 지어 오르내리는 것을 목격하고서 "법당 안에 어떤 물건 있던가, 서남쪽 벽면에 석불이 앉아 있네. 문득 수없이 복을 비는 사람 나타나, 갓을 벗고 합장하고 연신 절을 하네. 원근의 사람들 남녀노소 할 것 없이, 곡식을 퍼가지고 비단을 싸가지고, 끊임없이 꾸역꾸역 이 절로 찾아오네. 먼저 온 사람은 내려가고, 뒤에 오는 사람은 올라오며, 뜰을 채우고 길을 메워 끊일 때 없네. 심하구나 혹세무민하는 말, 어리석은 백성들을 다투어 빠져들게 하누나."[71]라고 하여, 강개한 목소리로 혹세무민을 비판했다.

이처럼 유교지식인들은 불교의 혹세무민에 대해 매우 비판적이었다. 그러나 윤회설이나 황당한 말로 혹세무민하는 것이 아닌 경우, 전설이나 생활상 등을 상세하게 기록해 놓기도 하였다. 남효온은 지리산을 유람하면서 승려들과 불교에 대해 토론하기도 하였는데, 현 산청군 삼장면 내원사 위쪽에 있던 普庵의 주지 道淳에 대해 "도순은 문자를 배우지 않고 도를 닦아 불법을 깨친 것이 정밀하지 못하였다. 그런데도 그는 '나밖에는 아무도 없다'고 스스로 말하면서, 불경을 외거나 염불하는 것을 그만두고 늘 陰莖을 드러내놓고 생활하였다."[72]라고 기록해 놓았다. 또 그는 화개동 의신사의 義神祖師가 수도한 설화를 승려로부터 듣고 상세히 기록해 놓기도 하였다.[73]

趙緯韓이 쌍계사 등지를 유람할 적에 쌍계사·신흥사 승려들이 나와

70) 위의 책, 38쪽.
71) 위의 책, 378쪽.
72) 최석기 외, 『선인들의 지리산유람록』, 돌베개, 2000, 50쪽.
73) 위의 책, 53쪽.

영접하였다. 그때 조위한은 覺性이 고승임을 알아차리고 그들의 모습을 상세히 기록해 놓았는데[74], 이를 보면 17세기 전반 신흥사의 모습과 각성이라는 승려가 어떤 사람인지를 연상할 수 있다. 18세기 전반 불일암을 유람한 申命耈·鄭栻 등의 기록에는 묵언을 하면서 참선 중인 승려의 모습을 자세히 묘사해 놓았다. 신명구는 1720년 4월 9일 불일암에 올랐는데, 수행 중인 승려의 모습을 다음과 같이 기록해 놓았다.

> 절간 문이 반쯤 열려 있었고, 절간 마당은 적적하여 암자에 거처하는 승려가 없다고 생각했다. 문을 열고 들어가 보니, 선정에 잠긴 두 승려가 있었다. 가사를 입었고, 벽을 향해 가부좌를 틀고 앉아 있었다. 손님을 보고도 일어나지 않았고, 물어보아도 응답하지 않았다. 다른 승려들이 모두 말하기를 "이들은 묵언공부 중입니다. 순찰사가 오실지라도 이들은 그렇게 할 것입니다."라고 하였다. 솔잎으로 만든 죽 한 단지가 방 뒤쪽에 놓여 있었는데, 정오에만 한 그릇을 먹는다고 했다.[75]

하루에 솔잎으로 만든 죽 한 그릇만 먹고 온종일 선정에 들어 있는 승려의 모습이 눈에 선하도록 묘사되어 있다. 몇 년 뒤인 1724년 8월 20일 불일암을 찾은 진주에 살던 정시도 참선 중인 승려를 보았는데, 그는 아예 승려들과 함께 사흘 동안 자지도 않고 참선을 하였다. 그는 당시의 상황을 상세히 기록해 놓기도 하였다.[76]

지리산유람록에는 道家의 神仙 또는 道士에 관한 전설도 심심찮게 보인다. 김일손은 1489년 4월 신흥사 了長老로부터 최치원이 죽지 않고 청학동에 살아 있다는 일화를 전해 듣고서, 터무니없는 이야기지만 기록해 둘 만하다고 여겨 기록해 놓았다.[77] 1611년 4월 신흥사를 찾은 유몽인도

---

74) 최석기 외, 『용이 머리를 숙인 듯 꼬리를 치켜든 듯』, 보고사, 2008, 59~64쪽.
75) 위의 책, 206쪽.
76) 위의 책, 237~238쪽.

김일손이 들은 것과 유사한 내용을 기록해 놓았다.[78] 최치원이 살아있다는 것에 대해, 유몽인은 유학자적 관점에서 믿을 수 없는 이야기로 치부하면서도, 그가 신선이 되기에 충분하다는 점과 삼신동이 신선이 살 만한 곳임을 인정하고 있다.

지리산에는 신선이 되기를 구하는 道士들도 상당수 있었다. 양대박은 천왕봉을 유람하고 하산하다가 제석당에서 잠시 쉬었는데, 그때 도사를 만난 것을 기록해 놓았는데,[79] 자신들이 도사를 만난 것을 秦나라 때 盧敖가 신선 若士를 만난 것, 魏晉 시대 稽康이 신선 王烈을 만난 것에 비유하고 있다. 그러나 유교지식인들의 지리산유람록에는 도사에 관한 언급이 거의 보이지 않고, 儒仙 최치원을 그리워하는 내용이 주를 이룬다. 이는 유학의 현실주의정신을 근본으로 하면서 때로 불화와 갈등을 해소하거나 탈속적 정서를 맛보며 정신적 자유를 누리고 싶을 때 찾는 仙趣에 해당한다. 따라서 煉丹術을 익혀 養生을 하는 도사와는 구별되는 것이다.

조선 전기 李陸은 천왕봉 성모에게 기도하는 민간신앙에 대해 "산 인근의 사람들은 모두 천왕성모를 신령으로 여겨, 질병이 있으면 반드시 성모에게 기도한다. 산 속에 있는 여러 절에서도 사당을 세우고 성모에게 제사하지 않는 데가 없다. 산에 오르는 사람들도 서로 엄중히 경계하여, 육류 음식을 싸 가지고 갈 수 없다."고 기록해 놓았다.[80] 이는 지리산 인근의 민속신앙을 평면적으로 기록한 것이므로 혹세무민에 대한 비판이 없다.

그러나 조선시대 유교지식인들은 무속에 대해서도 혹세무민한다는 점을 들어 비판하였다. 예컨대 천왕봉 성모를 산신령으로 여겨 날이 개이게 해달라고 제사를 지내는 행위는 합당한 것이지만, 무당처럼 성모에게 禍

---

77) 최석기 외,『선인들의 지리산유람록』, 돌베개, 2000, 92쪽.
78) 위의 책, 193쪽.
79) 위의 책, 144쪽.
80) 최석기 외,『용이 머리를 숙인 듯 꼬리를 치켜든 듯』, 보고사, 2008, 15쪽.

福을 비는 것은 혹세무민으로 여겨 비판하였다.

양대박은 천왕봉 성모에 대한 승려의 말을 듣고서 "그대의 말은 혹세무민하기에 족하니, 무당들이 몰려드는 것도 당연하겠군."이라 하였다.[81] 도사나 승려들에게 비교적 관대했던 양대박도 혹세무민하는 말에 대해서는 단호한 입장을 보이고 있다. 박여량은 천왕봉 성모사에서 유숙할 적에 성모상을 혐오하여 거적으로 덮은 뒤 하룻밤을 묵었다. 그는 임진왜란이 끝난 뒤의 어수선한 시대에 혹세무민하는 무당과 승려가 번성하고 있는 점을 지적하면서 다음과 같이 비판하였다.[82] 동시대 유몽인 역시 비판적이었다. 그는 성모사·맥무당·용유담을 무당의 3대 소굴로 지적하면서 이들의 혹세무민에 대해 강하게 비판하고 있다.[83] 1680년 8월 25일 천왕봉에 오른 宋光淵도 성모사를 보고 민간에서 귀신을 숭하는 습속이 심하다고 비판하였다.[84]

이처럼 유교지식인들은 무속에 대해 한결같이 혹세무민하는 것으로 여겨 단호하게 비판하였다. 그런데 1790년 4월 18일 백무동을 유람한 경북 칠곡에 살던 李東沆은 무속이 쇠잔한 모습을 보고 오히려 관청의 가혹한 착취를 지적하면서 "堂主가 그 쌀·돈·베·비단을 거둬들여 일정량을 관아에 바치고도 오히려 남음이 있었다. 따라서 궁벽한 골짜기에 살아도 생계가 어렵지 않았다. 그런데 10여 년 전부터 이 산에 오르는 무당들이 예전보다 줄었는데, 관아의 독촉은 여전하고, 게다가 아가위·오미자·잣·표고버섯 등 전에 없던 공출을 해마다 내도록 독촉하였다. 그러므로 당주가 편안히 살 수 없게 되자 당옥도 무너져서 누추해졌다."[85]고 하였다.

---

81) 최석기 외, 『선인들의 지리산유람록』, 돌베개, 2000, 141쪽.
82) 위의 책, 161~162쪽.
83) 위의 책, 187~188쪽.
84) 최석기 외, 『용이 머리를 숙인 듯 꼬리를 치켜 든 듯』, 보고사, 2008, 173쪽.
85) 최석기 외, 『선인들의 지리산유람록 3』, 보고사, 2009, 142~143쪽.

이동항도 무당들의 혹세무민에 대해서는 당연히 비판적이었을 것이다. 그러나 그는 무당들마저 관아의 착취에 쇠잔해진 모습을 보고서 세태를 개탄하고 있다.

7. 민간의 생활에 대한 인식

지리산유람록에는 민간의 생활상을 기록해 놓은 것도 다수 발견된다. 조선 전기 李陸은 "향기로운 산나물과 진귀한 과일이 다른 산보다 많아 이 산 주위 수십 고을 사람들은 그 혜택으로 살아간다."[86]고 하였고, 조선 후기 河益範도 "맛있고 특이한 나물과 영험한 약재와 좋은 재목들이 다른 산보다 풍성하여 지리산 가까이의 수십 고을이 모두 그 이익을 누린다."[87]고 하여, 지리산에서 풍부한 물산이 생산되어 백성들이 그 혜택을 받고 산다는 점에 주목하기도 하였다.

또 1884년 지리산을 유람한 金鍾順은 "깊은 산속의 사람들은 토굴과 다름없는 곳에 거주하고, 산에서 나는 나물과 과실을 먹고 산다. 산에 가득한 것은 모두 상수리나무로, 가을이면 상수리가 골짜기에 가득하여 어린아이도 양식거리를 주울 수 있다. 어른들은 나무를 베어내고 화전을 일구어 감자를 심어서 생계가 절로 넉넉하니, 이곳은 진정 곤궁한 선비가 세상을 피해 살 곳이다."[88]라고 하였다.

이처럼 지리산은 풍부한 물산이 나기 때문에 곤궁한 백성들이 깃들어 살 만한 곳인데, 관아의 부역, 가혹한 세금 등의 학정에 의해 백성들은 궁핍함을 면치 못하였다. 유람자들은 이런 생활상을 목격하고서, 목민관은 백성의 실정을 제대로 안 것에 안도하여 민생을 소생시킬 방안을 생각하고, 초야의 선비들은 학정을 비판하거나 어려움에 처한 민간의 삶을 긍휼

---

86) 최석기 외, 『선인들의 지리산유람록』, 돌베개, 2000, 18쪽.
87) 최석기 외, 『선인들의 지리산유람록 3』, 보고사, 2009, 236쪽.
88) 金鍾順, 『直軒續集』 권2, 「頭流山中聞見記」.

히 여겼다.

김종직은 지리산 주능선에 움막을 지어놓고 매를 잡기 위해 고생을 하는 백성들의 실상을 목격하고서 "나라에 진헌하는 것은 한두 마리에 불과한데, 노리갯감으로 충당하기 위해 해진 옷을 입고 겨우 밥 한 술 뜨는 사람들에게 밤낮으로 눈보라를 무릅쓰고 천 길 봉우리 위에서 엎드려 있게 하니, 어진 마음을 지닌 사람은 차마 하지 못할 일이다."[89]라고 기록하였다.

유몽인도 "그들은 눈보라를 무릅쓰고 추위와 굶주림을 참으며 이곳에서 생을 마치니, 어찌 단지 관청의 위엄이 두려워서 그러는 것일 뿐이랴. 또한 대부분 이익을 꾀하여 삶을 가볍게 여기기 때문이리라. 아, 소반 위의 진귀한 음식 한 입도 안 되지만, 백성의 온갖 고통 이와 같은 줄 누가 알겠는가?"[90]라고 하였고, 송광연도 "이들은 사방에 그물을 설치해 놓고 바람과 눈을 맞으며 굶주림과 추위를 참고서 밤낮으로 천 길 산봉우리에 위에 엎드려 산다. 대개 관아의 관원들이 급하게 매를 공납하라고 하기 때문에 감히 안일하게 지내니 못하니, 그 또한 애처로울 따름이다."[91]라고 하였다.

김종직·유몽인·송광연은 모두 현직 수령으로 있을 때 지리산을 유람하였는데, 목민관으로서 백성들의 곤궁한 삶을 그냥 지나치지 않고 걱정한 것이다. 그러나 후세 재야 학자들은 매를 잡는 사람들을 동정하기보다는 매가 먹이에 욕심을 갖기 때문에 잡힌다는 점을 들어 인욕을 경계하는 데 초점을 맞추고 있다.

현직 수령 시절 지리산을 유람한 김종직은 잣의 작황이 좋지 못한 것을 눈으로 보고서 백성들의 실상을 알게 되어 다행이라고 하였다.[92] 그

---

89) 최석기 외, 『선인들의 지리산유람록』, 돌베개, 2000, 37쪽.

90) 위의 책, 190쪽.

91) 최석기 외, 『용이 머리를 숙인 듯 꼬리를 치켜든 듯』, 보고사, 2008, 172쪽.

러나 후대 관료로서 지리산에 오른 사람들은 이런 의식을 드러내 보인 경우가 매우 적다.

김일손은 관청에서 은어를 잡기 위해 쌍계사 승려들에게 조피나무 껍질과 잎을 채취해 오라고 독촉한다는 말을 전해 듣고 "오대산의 주민들이 吏正의 포학함에 시달린다고 들었는데, 쌍계사의 승려도 또한 물고기 잡는 물건을 관아에 바쳐야 하는 지경에 이르렀으니, 산속에 사는 것도 편치 못하구나."[93]라고 하여, 아전들의 횡포에 대해 개탄하였다.

金道洙는 구례현에 이르렀을 때 순찰사의 행차로 분주한 모습을 보고서 "아, 우리 백성의 고통과 신음은 오로지 고관대작이 발톱으로 할퀴고 이빨로 물어뜯는 데에서 연유하니, 지금 저기 달려오는 자는 과연 발톱과 어금니가 없는 사람일까."[94]라고 하였다. 이는 고관대작들의 무도와 횡포를 비판하면서 백성들의 처지를 가엽게 여긴 것이다. 李東沆은 마천의 군자사에 이르러 산 속에 사는 백성들이 공납하는 벌꿀 및 각종 공물의 수량이 수십 년 전부터 해마다 증가하여 도망친 자들이 과반이나 된다고 하는 말을 듣고서, 관리들의 착취로 인한 민생의 어려움을 안타까워하였다.[95]

공물 및 관리들의 착취 외에도 부역으로 시달리는 것 또한 지리산 속에 살던 백성들의 고통이었다. 조식은 신흥사에 이르렀을 때 부역에 시달리는 백성을 보았고, 승려들도 부역이 과중하다는 말을 듣고서 "정사는 번거롭고 세금은 과중하니 백성들이 뿔뿔이 흩어져 아버지와 자식이 함께 살지 못하고 있다."[96]고 하여 민생의 고통을 탄식하였고, 양대박도 군

92) 최석기 외, 『선인들의 지리산유람록』, 돌베개, 2000, 28쪽.
93) 위의 책, 94쪽.
94) 최석기 외, 『용이 머리를 숙인 듯 꼬리를 치켜든 듯』, 보고사, 2008, 299쪽.
95) 최석기 외, 『선인들의 지리산유람록 3』, 보고사, 2009, 137~138쪽.
96) 최석기 외, 『선인들의 지리산유람록』, 돌베개, 2000, 116쪽.

자사에 이르러 유람객들이 빈번이 찾아오고 관청의 부역이 심하여 승려들이 줄어들고 절이 쇠잔하게 되었다는 말을 듣고서 가혹한 정치의 폐단을 비판하였다.[97]

1744년 9월 5일 雙磎寺를 찾은 黃道翼은 훼손된 건물이 많아 사찰의 규모를 갖추지 못한 모습을 보고서 과다한 부역으로 인해 민생이 안정되지 못한 점을 지적하였고,[98] 1807년 3월 천왕봉에 오른 河益範은 경상감사 윤광안의 행차로 진주·함양·하동의 군인이 1년 동안 1만 명이나 동원되어 길을 낸 것을 보고서 백성을 길러주는 목민관의 일이 아니라고 비판하였다.[99]

이상에서 살펴본 것처럼 지리산에는 풍부한 물산이 나기 때문에 곤궁한 백성들이 깃들어 자급할 만한 곳인데, 관아의 과중한 세금과 부역으로 인하여 백성들이 안온하게 살지 못하고 고통받고 있는 실정을 고발하고 비판하는 의식이 잘 드러나 있다.

8. 生態와 植生에 대한 고찰

지리산유람록에는 지리산의 植生에 대해서도 매우 귀중한 정보가 담겨 있다. 그 가운데 나무에 대해 언급한 것이 가장 많고, 그 다음은 花草·果實·藥草에 대한 것이며, 물고기에 대한 기록도 있어 주목된다. 나무에 대해 언급한 것은 나무의 종류, 고지대에서 생장한 나무의 모습, 표고에 따른 나무의 분포 등이다.

조선 전기 이륙은 지리산의 표고에 따른 樹種을, 아래에는 감나무와 밤나무, 중간에는 槐나무, 상층부에는 衫나무와 구상나무(檜가 많은데 절반은 말라죽어 고사목을 이루고 있으며, 주능선에는 철쭉뿐이라고 기록하

---

97) 위의 책, 134쪽.
98) 최석기 외,『용이 머리를 숙인 듯 꼬리를 치켜든 듯』, 보고사, 2008, 262쪽.
99) 최석기 외,『선인들의 지리산유람록 3』, 보고사, 2009, 242쪽.

고 있다.[100] 이처럼 지리산의 수종을 4단계로 나누어 분포를 설명하고 있는 경우는 거의 없다. 이런 점에서 이륙은 지리산의 식생에 대해 섬세하게 관찰하였다고 하겠다.

김종직은 하봉 근처에서 조망한 식생에 대해 "멀리 바라보니 잡목은 없고, 모두 삼나무·구상나무·소나무·녹나무[枏]였는데, 말라죽어서 뼈대만 남아 있는 것이 3분의 1이나 되었다. 그 사이에 간간이 단풍나무가 섞여 있어서 마치 그림 같았다. 산등성이에 있는 나무는 바람과 운무에 시달려 가지와 줄기가 모두 왼편으로 휘어져 흰 머리카락이 바람에 나부끼는 듯하였다."[101]라고 기록하고 있다. 역시 상층부에는 삼나무·구상나무 등이 분포하고 있으며 고사목이 많다는 것을 알려준다. 또 그는 촛대봉 근처를 지나며 馬價木이 많다고 기록했고, 세석평전에는 단풍나무가 길을 막고 있는데 줄기는 문설주처럼 서 있고 가지는 문지방처럼 휘어져 있다고 하였다.[102]

남효온은 천왕봉의 식생에 대해 "구름에 덮이고 바람에 깎여 나무는 온전한 가지가 없고 풀은 푸른 잎이 없었다."[103]고 하였고, 김일손은 천왕봉 바로 밑에서 "온 산에 다른 목재는 없고 삼나무나 구상나무 같은 나무만 있었다."[104]고 하였다. 박여량은 천왕봉부터 하봉까지의 식생에 대해 "다른 나무는 없고 단지 구상나무·잣나무 및 붉은 단풍나무만 보이고, 사이사이 마가목이 섞여 있었다."[105]고 하였다. 송광연은 제석봉 근처에 丁公藤이 많은데 바로 김종직이 마가목이라고 한 것이라 하였다.[106] 하익범

---

100) 위의 책, 18쪽.
101) 위의 책, 28쪽.
102) 위의 책, 36쪽.
103) 위의 책, 51쪽.
104) 위의 책, 83쪽.
105) 위의 책, 165쪽.
106) 최석기 외, 『용이 머리를 숙인 듯 꼬리를 치켜든 듯』, 보고사, 2008, 176쪽.

은 천왕봉에서 세석으로 내려갔는데, 제석봉 근처에는 소나무·구상나무·철쭉이 나 있는데 모두 키가 크지 않고 울퉁불퉁하고 구부정하였다고 하였으며, 연하봉과 촛대봉 사이에는 지팡이를 만들 만한 명아주가 많이 나 있고 소나무·황경나무·구상나무·잣나무들이 풍상에 시달려 앙상한 골격만 남은 채 서리처럼 하얗게 되었다고 하였다.[107]

이처럼 대부분의 지리산유람록에는 주능선 부근의 수종 및 생태에 대해 기록하고 있다. 그것은 평소 보지 못한 기이한 모습이기 때문일 것이다. 주능선의 나무가 기이한 형태를 하고 있는 것에 대해, 유몽인은 "사나운 바람에 나무들이 모두 구부정하였다. 나뭇가지는 산 쪽으로 휘어 있고 이끼가 나무에 덮여 있어, 더부룩한 모양이 마치 사람이 머리를 풀어헤치고 서 있는 것 같았다. 껍질과 잎만 있는 소나무·잣나무는 속이 텅 빈 채 가지가 사방으로 뻗어 있고, 가지 끝은 아래로 휘어져 땅을 찌르고 있었다. 산이 높을수록 나무는 더욱 작달막하였다."[108]라고 하여, 그 형상을 상세히 묘사하고 있다.

나무를 기록한 것 외에 화초·약초·과일 등에 대해 기록한 경우도 종종 보인다. 김종직은 하봉에 올라 청이당 아래는 오미자 넝쿨이 빽빽하게 숲을 이루고 있었는데, 하봉 근처에는 멧두릅과 당귀만 보일 뿐이라고 하여, 고저에 따른 과실 또는 약초의 분포를 말하고 있다.[109] 박여량은 하봉에서 쑥밭재로 내려오는 길에 오미자가 많이 보였다고 하였다.[110] 이런 기록은, 오미자가 하봉 아래 지역에 많이 분포하고 있음을 알려준다. 박래오는 천왕봉 부근에는 일년생 잡초가 길을 덮을 정도로 나있는데, 그 가운데는 白芷·馬蹄草 등 몇 종의 약초도 있었다고 기록하였다.[111]

---

107) 최석기 외, 『선인들의 지리산유람록 3』, 보고사, 2009, 244쪽.
108) 최석기 외, 『선인들의 지리산유람록』, 돌베개, 2000, 186쪽.
109) 위의 책, 29쪽.
110) 위의 책, 168쪽.

유몽인은 백장사에서 佛燈花를 보고서 연꽃만큼 크고 모란꽃처럼 붉으며 나무는 두어 길쯤 됨직하다고 하였고, 春栢花를 보고서 붉은 꽃받침이 산에서 나는 찻잎처럼 생겼고 크기는 본바닥만하다고 하였다.[112]

한편 유몽인은 지금의 뱀사골 頂龍庵 앞의 臺巖 밑 깊은 못에 사는 袈裟魚에 대해 "그 연못에 사는 물고기를 가사어라 부르는데, 조각조각 붉은 다랑이 논 혹은 한 조각씩 기워 만든 가사 같은 모양의 비늘이 있다고 하였다. 이 세상에 다시없는 물고기로, 오직 이 못에서만 알을 낳고 새끼를 기른다고 한다."[113]고 하였다. 물고기에 대한 기록은 흔치 않은데, 유몽인은 특이한 물고기이기 때문에 기록해 놓은 듯하다.

이상에서 살펴보았듯이, 지리산유람록 속에는 지리산의 자연 생태에 관한 많은 정보를 담고 있는데, 특히 나무·풀·물고기 등 민간에서 쉽게 접할 수 없는 것들에 대해 기록한 것이 많다.

Ⅳ. 맺음말

길은 인간이 만든 것이고, 인간이 만들어가는 것이다. 전자는 걸어온 길이고, 후자는 걸어가야 할 길이다. 전자는 축적된 문화라면, 후자는 추구해야 할 목표이다. 인문학의 위기는 오늘날만의 특이한 현상은 아니다. 구한말 5백 년 동안 믿고 의지했던 유교의 도가 무너질 때, 전통학문을 고수했던 학자들은 하늘이 무너지는 것 같은 충격을 받았다. 인문학의 위기가 아니라, 인륜의 위기였고 문명의 위기였다.

그러나 이념이 지배하고, 도덕이 지배하고, 인륜이 지배하던 시대는 끝

---

111) 최석기 외, 『선인들의 지리산유람록 3』, 보고사, 2009, 33쪽.

112) 최석기 외, 『선인들의 지리산유람록』, 돌베개, 2000, 180쪽.

113) 위의 책, 181~182쪽.

났다. 인문학이 지배하던 시대가 끝났기 때문에 인문학자들은 위기로 여기는 것인지 모른다. 인문학이 끝난 시대에 무엇을 어떻게 할 것인가를 생각해야 한다. 그런데 아직도 구시대의 틀에서 벗어나지 못하고 인순고식하는 사람들이 많다. 혹자는 시대의 조류에 맞는 인문학을 찾고자 소통·융합 등을 내세운다. 그러나 이런 거대 담론 속에서 인문학의 길은 쉽게 보이지 않는다.

그러면 어떻게 할 것인가? 내 집 앞에서부터 길을 개척해 나가야 한다. 그리하여 동네의 골목길을 만들고, 마을과 마을을 연결하는 통로를 만들고, 산에 오르는 길을 만들고, 강을 건너는 길을 만들어야 한다. 자기 집 앞의 길을 개척하지 않고 고속도로만 생각하는 것은 너무 고원하여 길을 찾을 수 없다. 그래서 우리는 지리산에서 그 길을 찾고자 한다.

지리산에는 수많은 길이 있다. 그 길은 조식이 추구하던 천왕봉을 통해 천도에 오르는 길도 있고, 후인들이 조식을 찾아 入德門을 통해 덕으로 들어가는 길도 있고, 도의 큰 근원을 찾아 대원사 계곡으로 오르던 길도 있다. 이제 우리도 선인들처럼 그런 길을 개척해 나가야 한다. 그 길이 바로 우리가 오늘 살펴본 선인들의 지리산유람록 속에 고스란히 들어 있다.

선인들이 산수에서 구한 드높은 정신세계는 현대인들에게 良藥처럼 소중한 것이다. 산수를 통해 인간의 본성을 기르는 仁智之樂, 높은 정신을 지향하는 登泰山而小天下 의식, 도의 큰 근원을 찾아 나서는 길 등은 현대인들이 반드시 배워야 할 덕목이다.

또 자연에 대한 외경과 문학적 상상력도 현대인들의 마음과 필치로는 도저히 그려낼 수 없는 것들이다. 왜 그런가? 현대인들은 자연을 경외하는 마음이 없기 때문이다. 산수를 유람하면서 인간의 본성을 관찰하지 못하기 때문이다. 산수를 유람하면서 자아에 대한 성찰을 하지 않기 때문이다. 선인들이 걸어갔던 길을 통해 이를 회복하는 것이 오늘날 인문학이

나아갈 길이다.

우리나라는 국토박물관이라고 한다. 그래서 문화유적지 답사가 유행하기도 하였다. 아는 것만큼 보인다는 유명한 말이 세간에 회자되기도 하였다. 그러나 우리는 여전히 문화유산에 대한 상식이 결코 높지 않다. 등산객이 그렇게 많아졌지만 조선시대 지식인들이 산수에서 구한 드높은 정신세계를 아는 사람은 극히 드물다. 문화유산에 대한 인식도 마찬가지이다. 왜 그런가? 조식의 말처럼 겉만 보고 그 속에 들어 있는 인간과 그들이 살던 세상을 보는 눈이 없기 때문이다. 피상이 아닌 산수 속에 깃들어 산 인간과 세상을 보는 데 인문학이 나아가야 할 길이 있다.

지리적 관점으로 지리산을 보는 안목도 조선시대 지식인만 못하다. 그들은 지리산을 국토의 중심이며 남방의 祖宗으로 보았고, 성인의 덕에 비유하였고, 천자의 威容으로 형상했다. 지리산은 삼남의 鎭山이라는 의미만 있는 것이 아니라, 유몽인의 지적처럼 겸비와 종합의 상징성을 보여주고 있는 산이다. 여기에 오늘날 인문학이 지향해야 할 융합의 길이 보인다.

조선시대 유교지식인들이 불교와 무속의 혹세무민에 대해 엄격하게 비판하면서도 승려들의 수행이나 정진하는 모습에 소상히 기록해 놓았다. 이를 통해, 사회적 비판의식과 아울러 共生의 정신을 읽을 수 있다. 또한 지리산이 민간에게 주는 혜택과 민간의 생활상을 기록한 것에서, 관리들의 착취로 인한 과중한 세금과 부역이 민생을 파탄으로 몰고 간 실상을 확인할 수 있다. 이를 보면, 인문학은 민중의 삶에 대한 핍진한 이해를 바탕으로 하지 않으면 안 된다. 오늘날 인문학의 시각이 어디를 지향해야 하는지를 알게 해 준다.

自然은 저절로 그러한 것으로, 인위적으로 손을 댄 것이 아니다. 그 속에는 變理가 있기에 전통시대 인간은 그 이치를 따라 살아가려 했다. 『중용』에 '率性之謂道'라고 한 것은, 하늘이 명한 타고 난 본성을 해치지 않고 그대로 순응하며 사는 것이 인간이 걸어가야 할 참된 길임을 말한 것이다. 그래서『중용』에서는 마음대로 벗어날 수 있는 것이라면 그것은 진정한 길이 아니라고 하였다. 무슨 말인가? 자연의 이치를 거역하지 말라는 것이다. 그렇다면 지리산의 생태와 식생은 우리가 보존해야 할 자연일 뿐만 아니라, 우리가 지키고 따라야 할 이치이기도 한 것이다. 이 역시 우리가 추구해야 할 인문학의 길이다.

이 글은『남도문화연구』제18집(2010)에 수록된 「지리산유람록을 통해 본 인문학의 길 찾기」를 그대로 실은 것이다.

한시에 나타난 지리산 인식의
사상적 외연과 내포

윤호진

―

Ⅰ. 머리말

이 논문은 진주 지역과 대전 지역을 각각 대표하는 지리산과 계룡산에
대한 인식을 살펴보고 아울러 그에 대한 인식의 차이점을 비교 분석하려
는 의도로 계획된 것 가운데 하나이다. 필자가 맡은 부분은 지리산에 대
한 인식 가운데 한시를 통해 그것에 나타난 지리산에 대한 인식을 총괄
적으로 소개하는 것이다.

필자는 십 수 년 전에 지리산에 대한 글을 쓴 적이 있다.[1] 당시 경상대
학생들의 '지리산 결사대'란 이름으로 세인의 주목을 받고 있던 터에 지

---

[1] 『경상대신문』, 1991년 11월 25일자, 4면.

리산에 대한 일반인의 이해를 구하고자 한 것이다. 당시의 제목은 「지리산의 어제와 오늘, 그리고 내일」이라는 것이다. 주로 빨치산 활동 등 저항 세력이 지리산을 근거지로 하였던 저항의 역사를 살피고, 아울러 지리산을 찾았던 사람들이 지리산을 어떻게 인식하였던가를 네 가지로 정리하였다.

지리산에 관한 한시의 연구는 겨우 한두 편에 지나지 않는다. 김혜숙의 「智異山의 漢詩的 反響 -고려 말 조선전기의 자료를 중심으로-」[2]가 지리산 전반에 관한 한시를 연구한 것이고, 박수천의 「智異山의 寺刹 題詠 漢詩」[3]는 제목에서 볼 수 있는 바와 같이 지리산에 깃들어 있는 사찰에 대해 읊은 것을 연구의 대상으로 삼았다.

김혜숙은 그의 논문에서 '지리산과 授天命의 정서'를 2장에 두고, 3장 '한시에 나타난 지리산의 基底 心象'에서 1) '壯・魅・高와 神聖心象', 2) '氣脈의 응결과 雄鎭의 심상', 3) '神仙心象'의 셋으로 나누고 있다. 그리고 제4장 '지리산 유람과 그 음영 성과'에서는 나머지 지리산 유람시를 별다른 논의 없이 소개하고 있다. 박수천의 논문은 사찰시를 몇몇 사찰을 하나의 단위로 묶어 소개해 놓았을 뿐 지리산 사찰시의 특성이나 성격을 규명하는 일은 손을 대지 않았다.

따라서 박수천의 논문은 논의의 대상이 되기 어렵고, 김혜숙의 논문은 4장을 뺀 나머지 3장을 논의의 대상으로 할 때, 2장과 3장을 나눈 까닭이 분명하지 않으며, 오히려 3장의 1,2절을 2장으로 두어 지리산에 대한 일반적인 서정으로 묶고, 2장 전체를 유교적 심상으로 크게 하나로 묶을 수 있을 것이고, 3장의 3절은 도선가적 심상으로 나눌 수 있을 것이다.

그런데 이렇게 놓고 보면 유가적 심상이 지나치게 하나로 치우친 것이

[2] 김혜숙, 「智異山의 漢詩的 反響 -고려 말 조선전기의 자료를 중심으로-」, 『한국한시연구』 7집, 한국한시학회, 1999.
[3] 박수천, 「智異山의 寺刹 題詠 漢詩」, 『한국한시연구』 7집, 한국한시학회, 1999.

라는 사실을 알 수 있다. 그리고 지리산에 대해 읊은 불가적 심상은 아예 통째로 빠져 있다. 물론 사찰에 관한 한시를 다루지 않으려 하다 보니 그럴 만도 하지만, 사찰과는 별도로 지리산과 불교적 인식을 관련지어 다루는 것은 매우 필요한 것이다. 요컨대 본고에서는 이전에 썼던 본인의 글과 그 뒤에 나온 두 편의 논문을 참고로 하되, 지리산 한시들을 바탕으로 보다 지리산 이해의 총체적 접근이 가능하도록 새로운 틀을 짜서 글을 쓰려고 한다.[4]

II. 지리산에 대한 인식과 그 사상적 외연

지리산을 읊은 한시에 나타난 지리산에 대한 인식은 다양하며, 따라서 그 사상적 외연도 매우 포괄적이다. 한시를 남긴 사람들이 거의 유학자들임도 불구하고, 그들의 지리산 한시에 드러난 사상적 진폭은 유불도에 모두 걸쳐 있을 뿐만 아니라, 민간신앙의 범주에까지 미치고 있다. 이제 그 구체적 내용을 살펴보기로 한다.

南孝溫은 「遊天王峰」이란 시에서 "술도 마시지 않고 마늘·파도 먹지 않으며, 새벽까지 앉아 잠도 자지 않았네."[5]라고 하여, 지리산에 대한 그의 독특한 인식을 드러내고 있음을 볼 수 있다.

남효온이 지리산을 오르기 전에 간직하였던 마음가짐과 지리산에 대한 인식을 살필 수 있다. 두보가 청성산에 들어가 침도 뱉지 않았다고 했듯

---

4) 이 글을 씀에 수많은 전적을 뒤져 지리산 한시를 찾는 고생은 경상한문학회가 초고상태로 만들어 놓은 것을 참고로 하여 면할 수 있었다. 원고를 번역하느라 애를 쓴 경상한문학회 회원 여러분에게 이 자리를 빌려 감사드린다. 인용된 시는 경상한문학회 초역본을 활용하되 전반적으로 새로 검토하면서 필요한 경우 수정을 하였다.

5) 南孝溫, 『秋江集』 권4, 「遊天王峰」. "斷酒不茹葷 達曙坐不寐"

이 자신도 천왕봉에 올라가기 전에 술도 마시지 않고 마늘과 파도 먹지 않았다고 하였다. 두보가 청성산을 신성시하였듯이, 남효온도 지리산을 신성시하고 있음을 볼 수 있는데, 이러한 생각은 후대의 사람들에게도 살필 수 있다. 조선 후기 黃俊良의 「天王峰」이란 시의 첫 번째 작품에도 지리산 정상에 올랐을 때의 상쾌함과 외경심이 동시에 드러나 있음을 볼 수 있다.

나는 듯 두류산 정상 오르니	飛鳥頭流頂
비 개인 숲엔 이슬이 절로 떨어지네.	晴林露自零
너른 바다 하늘 끝에 보이고	滄溟天外盡
은하수 눈앞에서 환하네.	銀漢眼前明
해와 달 번갈아 떴다 지고	日月升沈見
시내와 산은 먼 것이나 가까운 것이나 편평하네.	溪山遠近平
바람결에 크게 휘파람 불어 보려니	臨風欲大嘯
도리어 천황신 놀랄까 두려워지네.	還怕王皇驚[6]

두류산의 신인 천왕신이 놀랄까 휘파람도 불지 못한다는 것에서 그 외경심의 정도를 생각할 수 있다. 지리산이 어떤 산이기에 최고봉에 이르렀을 때의 상쾌한 기분도 맘껏 표출하지 못한다는 것인가? 옛날 사람들은 거물숭배사상에 따라 많은 산과 시내·바위·나무 등을 숭배하였으나, 지리산에 대한 인식은 여느 거물과도 차이가 있었던 것으로 생각된다. 다음 구절은 1709년 李萬敷가 그의 나이 46세 때 지은 「頭流歌」의 첫머리이다.

그대는 보지 못했는가. 두류산은	君不見頭流
까마득히 우뚝하게 滄洲에 닿아있는데	穹窿峯崔際蒼洲
북쪽 머리 長白山에서 남쪽 머리로 흘러 내려온 것을.	北頭長白南頭流[7]

---

6) 黃俊良, 『錦溪集』 권1, 外集 「天王峰」.

조선 후기 金道洙가 지은 「頭流山行」의 첫머리 두 구절에서도 비슷한 내용을 볼 수 있다.

장백산 뻗은 형세 만 리에 이르러　　　　　　　　　長白走勢萬里來
맺혀서 남악이 되었으니 운뢰조차 머무르네.　　　結爲南嶽屯雲雷[8]

위에 제시한 두 예문이 비록 조선 후기 인물의 시구이기는 해도 이 같은 생각은 지리산을 두류산이라고도 부른 많은 사람들의 생각에도 똑같이 자리하고 있다고 할 것이다. 이 경우의 지리산 인식은 우리 민족의 최고 영봉인 백두산이 나라의 등줄기를 이루며 뻗어 내려와 우뚝 멈춘 곳 그곳이 바로 두류산이었기에 백두산의 신성함을 그대로 이어 받고 있다는 것에 다름 아니다.

아울러 그 최고봉이 천왕봉이란 데에서도 지리산에 대해 남달리 신성시했던 인식을 살필 수 있다. 물론 높은 산으로서 가질 수 있는 이름이라고 십분 생각해도 천왕이란 이름은 범상치 않은 의미를 함축하고 있는 듯이 보인다. 이에 대해 朴汝樑의 설명은 매우 자세하다. 그는 「頭流山日錄」에서 "천왕봉이라는 명칭에 대해 세상 사람들은 신상이 모셔져 있는 곳이어서 그렇게 부른다고 생각한다. 내 나름대로 생각해보건대, 이 산은 백두산에서 발원하여 흘러내려 마천령·마운령·철령 등이 되었고, 다시 뻗어내려 동쪽으로는 오령·팔령이 되고 남쪽으로는 죽령·조령이 되었으며, 구불구불 이어져 호남과 영만의 경계가 되었으며, 남쪽으로 방장산에 이르러 그쳤다. 이 산을 두류산이라 한 것이 이런 연유 때문에 더욱 극명해진다. 하늘에 닿을 듯 높고 웅장하여 온 산을 굽어보고 있는 것이 마치 천자가 온 세상을 다스리는 형상과 같으니, 천왕봉이라 일컬어진 것

---

7) 李萬敷, 『息山集』 권1, 「頭流歌 送盧二丈新卜頭流山中 兼呈孔巖丈 己丑」.
8) 金道洙, 『春洲遺稿』 권1, 「頭流山行」.

이 이 때문이 아니겠는가?"[9]라고 하였다. 하늘에 닿을 듯 높고 웅장하며, 온 산을 굽어보고 있는 것이 마치 천자가 온 세상을 다스리는 형상과 같이 천왕봉이란 이름을 얻게 되었다는 것이다. 즉 지리산은 산 중의 제왕과 같은 산이라 뜻이다. 成汝信의 「遊頭流山詩」에 이러한 생각이 자세히 드러나 있다.

아래로는 대지를 누르고　　　　　　下壓乎后土
위로는 하늘에 닿아　　　　　　　　上薄乎穹蒼
구름 밖에 홀로 빼어난 것　　　　　獨秀乎雲表者
바로 우뚝한 천왕봉이라네.　　　　乃是天王峯之突屼[10]

　지리산의 위용을 묘사한 대목인데, 천왕봉에 대한 그의 인식이 드러나 있다. 成汝信은 이 시의 다른 부분에서는 두류산이 호남과 영남의 여러 산에 비하여 뛰어난 산임을 말하고 있다.[11] 특히 호남의 서석산·월출산, 강우의 가야산·자굴산이 "고개 숙이고 엎드려 있어, 첩이나 신하와 다를 바 없네."라고 한 것에서 지리산을 이같은 제왕적 지위에서 인식한 것을 다시 확인할 수 있다. 柳夢寅은 「遊頭流山百韻」에서 지리산의 제왕적 모습을 더욱 자세히 묘사하였다.

동쪽의 천 봉우리 제후처럼 복종하고　　千山東散詣侯服
남쪽의 만리 능선 천자가 순행하듯.　　萬里南馳天子巡
큰 깃발 높은 깃발 군대가 사열한 듯　　大纛高牙森隊伏

---

9) 朴汝樑, 『感樹齋集』 권6, 「頭流山日錄」. 최석기 외, 『선인들의 지리산 유람록』, 돌베개, 2000, 160쪽 참조.

10) 成汝信, 『浮査集』 권2, 「遊頭流山詩」.

11) 위의 책. "湖南之瑞石月出 江右之伽倻闍崛 低頭而屈伏 無異乎臣妾 金鰲在昆山 臥龍蟠泗南 錦山峙花田 防禦界晉咸者等 如泰山之於丘垤"

날고 뛰는 참마·복마 천리마가 나열한 듯.	飛駿舞服列騏駬
조정의 많은 관리들 품계 따라 정렬한 듯	朝班濟濟千官品
사해의 빛나는 보배 조정에 가득한 듯.	庭實煌煌四海珎[12]

그런데 이같은 지리산 인식은 따지고 보면, 지리산의 형세와 외양에 대한 찬사와 감탄을 늘어놓은 것이다. 백두산에서부터 흘러 내려와 이곳에 우뚝 자리를 잡았으며, 호남과 강우지역을 포함하여 어느 산보다 높으며, 그곳에 올라보면 천군만마를 거느린 제왕과 같이 수많은 봉우리를 안고 있으며, 하늘 높이 솟은 천왕봉은 말로 형용하기 어려운 정도의 위용을 가지고 있다는 것에 바탕을 두고 있다.

그런데 지리산에 대한 사상적인 인식을 들여다보면, 거기에는 여러 가지 사상이 혼재되어 있음을 볼 수 있다. 비록 유자들이 지은 시이기는 하지만, 도가나 불교 그리고 더나아가서는 민속신앙에 이르기까지의 사상적 내용이 포괄되어 있다. 金益熙의 「次頭流山人三勒軸中韻」이란 시에 유불도 삼교에 대한 언급이 혼용되어 있음을 볼 수 있다.

방장산은 삼한에서 경치가 빼어난 곳이나	方丈三韓勝
속진에 사느라 보지 못함이 부끄럽네.	塵蹤愧未探
운납객(雲衲客)을 갑자기 만났더니	忽逢雲衲客
우화암(雨花庵)에서 온다고 하네.	來自雨花庵
시권의 내용을 보니 눈이 번쩍 뜨이고	詩卷仍開眼
산수의 경치가 다시 화제로 오르네.	煙霞更入談
헤어짐에 이르니 더욱 구슬픈데	臨分倍惆悵
몽상만이 하늘 남쪽을 감도는구나.	幽夢繞天南[13]

---

12) 柳夢寅, 『於于集』 後集 권2, 「遊頭流山百韻」.
13) 金益熙, 『滄洲遺稿』 권3, 「次頭流山人三勒軸中韻」.

방장산이라 함은 신선세계와 관련이 있는 지리산의 이칭이고, 속진에 사는 사람은 유자인 김익희 자신을 말하는데, "雲衲客을 갑자기 만났더니, 雨花庵에서 온다고 하네"라고 하여 중을 만난 일을 말하고 있다. 이처럼 지리산에 대한 유자들의 인식의 한편에는 신선 및 도가, 그리고 불가 및 스님들에 대한 모습이 담겨 있다. 張維의 「方丈山歌送帶方高使君用厚」이란 시의 첫머리에도 이러한 내용을 볼 수 있다.

三韓의 밖 方丈山은	三韓之外方丈山
六鰲가 움직이지 않으니 높고 가파르네.	六鰲不動高巑岏
白頭山 南으로 흘러 바닷가에서 다했는데	白頭南流窮海際
빼어난 기운은 천지간에 가득 서렸네.	秀氣橫蟠天地間
洞天과 福地 곳곳에 있으니	洞天福地往往在
神仙들과 高僧들이 서로 머무르네.	仙曹龍象相盤桓
靑鶴은 높이 깃드니 어디쯤 있는가?	靑鶴高栖在何許
俗客이 찾고자 하나 山神靈이 아끼네.	俗客欲尋神鬼慳[14]

1, 2구는 지리산을 삼신산의 하나로 신선이 머무는 곳으로 인식하였으며, 6, 7구에서는 선가의 복지와 신선, 그리고 스님이 등장하고, 7, 8구에는 道仙的 이상세계와 神鬼, 그리고 유가인 필자가 등장하고 있다. 여기에서도 지리산을 중심으로 하여 유자들의 생각에 여러 사상이 서로 뒤섞여 있음을 발견할 수 있다. 이렇게 보면, 지리산에 대한 인식의 사상적 외연은 유교·불교·도교(신선사상) 및 민속신앙에까지 폭넓게 걸쳐 있음을 확인할 수 있다. 즉 지리산을 구심점으로 하여 유불도 삼교가 하나로 어우러져 있음을 볼 수 있다.

그러나 한시에 나타난 유불도 삼교에 대한 인식 및 그 성격을 이면적

---

14) 張維, 『谿谷集』 권26, 「方丈山歌送帶方高使君用厚」.

으로 들여다 보면, 표면적으로 확장되어 있는 외연과는 사뭇 다르다는 것을 알 수 있다. 즉 한시를 지은 유가들의 뇌리에는 지리산을 중심으로 유불도가 대등한 사상적인 관계를 가지는 것이 아니라, 지리산과 유가는 직접적인 관계에 있지만, 나머지 도교와 불가는 간접적이며 유가와 지리산과의 관계를 유지 내지는 결속을 돕는 보조적인 위치에 있는 것으로 인식하고 있다. 일례로 黃俊良의 「頭流山紀行篇」의 첫머리에 나타나 있는 내용을 보면,[15] 선비가 신선을 찾고 신선세계를 선망하게 되는 과정이 간명하게 그려져 있다. 선비가 공부하여 과거에 합격한 뒤에 벼슬살이를 하지만, 이러한 인생사가 부질없다는 생각이 들어 산을 사랑하게 된다는 것이다. 이런 즈음에는 다만 산을 늦게 찾은 것만이 부끄러울 따름인데, 산 가운데에서도 신선이 있는 산으로 가니 더욱 기쁘다는 논리이다.

여기에서 황준량은 이 시의 끝에서 "하물며 三韓의 方丈山 천하에 이름나, 瀛洲山 蓬萊山보다 앞선 제일가는 산임에랴?(況乃三韓方丈聞天下, 第一位號先瀛蓬)"라고 하여 지리산이 신선이 사는 곳이라서 더없이 좋다고 했다. 그러나 그가 진짜 지리산 유람을 하게 된 기쁜 마음을 읊은 내용은 "하늘이 나에게 자장(子長)처럼 유람하도록 해 주어 기뻐하나니, 산을 사랑하는 마음은 미음 위에 낀 막처럼 짙다네."라고 하는 데에서 찾아볼 수 있다.

황준량의 시에는 신선세계에 대한 동경이 드러나 있기는 하지만, 이는 그가 신선세계에 신선으로서 들어가 살려는 것은 아니다. 즉 도가의 신선술을 추구하거나 신선이 되기 위해 단약 등을 제조해 먹거나 이를 위해

---

15) 黃俊良, 『錦溪集』 外集 권1, 「遊頭流山紀行篇 乙巳夏四月 遊山川」. "風馬春脫羈 野鶴秋開籠 軒昂自任宇宙寬 誰鎖玉脛鞭雲○ 崑崙萬里刷雪羽 華陽落日驕花驄 堪嗟俗學晚回首 管豹一斑瞤悾悾 低回井天一蛙黽 生死塵篇老蠹蟲 旣不學低眉伏氣摧 心顔 往掃人門能曲躬 又不能刓方斲朴變操節 巧把好竿求齊工 孤蹤素食厠鷺序 七 載倚席忝周雕 一場槐夢覺莊生 再臨湖學懃陳公 尙喜天公借我子長遊 愛山心如粥面 濃 況乃三韓方丈聞天下 第一位號先瀛蓬"

지리산에 가는 것이 아니라, 잠시 말미를 얻어 사마천이 그러했듯이 산천의 경개를 구경하고 심신의 건강을 꾀하자는 것이다. 그런데 그 지리산이 신선이 사는 곳이라고 하니 더욱 좋지 않느냐는 것이다.

유자의 지리산 시에 드러난 불가(스님)에 대한 것도 이것과 크게 다르지 않다. 소세양의 「頭流山人靈芝 手携詩卷來示 只三詩而皆可觀 來和甚懇 走筆書畀」[16]이라는 시에는 지리산과 불교(스님)이 나타나 있지만, 여기에서 지리산과 관련을 맺고 있는 불교(스님)은 다만 유가와 지리산과의 관계 속에 보조적인 영상으로 남아 있는 것이다. 여기에는 소세양이 두류산을 보고 싶은 마음을 두류산의 승려를 보며 위안으로 삼는다는 이야기이다. 즉 스님은 그 자체로서 소세양을 비롯한 유자의 마음에 있는 것이 아니라 지리산의 또 다른 모습으로 자리잡고 있는 것이다. 스님은 자신이 좋아하는 지리산의 잔영일 뿐이다. 즉 자신이 좋아하는 지리산에서 왔으니, 지리산을 직접 대할 수 없는 그로서는 대신 그를 보고 위안을 삼는다는 것이다.

이처럼 유학자들의 지리산 한시에 드러난 유불도 삼교에 대한 인식은 외형적으로 그 범위가 확대되어 있는 듯하지만, 따지고 보면 각각의 사상적 지평은 매우 제한적이라는 사실을 알 수 있다. 유불도 나름의 사상적 폭이 독립성을 가지면서 드넓게 펼쳐지는 것이 아니고, 유학의 테두리 안에서 유학을 관념적으로 보조하는 역할에 머무르고 있다.

다음 장에서는 유불도선으로 확장된 유학자들의 지리산 인식이 갖는 범주와 그 성격에 대해 하나씩 살펴보기로 한다.

---

16) 蘇世陽, 『暘谷集』 권7, 「頭流山人靈芝 手携詩卷來示 只三詩而皆可觀 來和甚懇 走筆書畀」. "半世望頭流 歲月如飛電 今逢芝上人 宛對頭流面"

Ⅲ. 사상적 내포의 범주와 그 성격

1. 유가적 인식과 '尊賢' 정신

지리산이 제왕적 권위를 가진 신성한 산이라는 데에 기대어, 조선을 건국한 이성계를 이 산과 동일시하려는 노력이 있었다. 특히 조선 건국에 공을 세우고 건국의 정당성을 확보하려 노력한 정도전은 이러한 생각을 가졌던 것으로 보인다. 태조 이성계가 황산에서 왜구를 물리친 것을 지리산과 연결시키고, 지리산을 다시 태조의 만수무궁과 조선의 영원함을 기원하였음을 鄭道傳이 지은 「窮獸奔」이란 작품에서 볼 수 있다.

궁지에 빠진 짐승	有窮者獸
험한 속으로 달아나니,	奔于崍巇
우리 군사 덮치자	我師覆之
좌우로 무너졌네.	左右離披
죽이고 사로잡고	或殲或獲
달아나고 숨고 하여,	或走或匿
죽은 놈은 가루 되고	死者粉靡
산 놈은 혼 날렸소.	生者掀魄
하루아침 다 못 가서	不崇一朝
활짝 열려 청명하이.	廓以清明
개가 부르고 돌아오니	奏凱以還
동쪽 백성 편안하도다.	東民以寧[17]

고려 말 왜구가 황산에 내침하였을 때 이에 맞서 대첩을 거둔 태조 이성계의 활약과 공적이 사실적으로 소개되어 있다.

정도전은 이 시에 "경신년(1380) 가을에 우리 태조가 지리산에서 왜구

---

17) 鄭道傳, 『三峰集』권2, 「窮獸奔」. 번역은 한국고전번역원을 따랐다.

를 맞아 쳐서 크게 깨뜨렸다. 이로부터 감히 뭍에 올라와서 소란을 피우지 못하였으므로, 백성들이 이에 힘입어 편안히 지냈다."[18]라는 주를 달고 있다. 정도전은 전투가 있었던 곳을 황산이라 하지 않고, 지리산이라 하였는데, 이는 매우 의도적인 기술로 보인다. 정도전은 「受寶錄」이라는 시에서 지리산에서 이성계가 異書를 얻었던 사실에 대해 읊었다.

저 높은 산이여!	彼高矣山
바위와 하늘 나란하네.	石與天齊
바위를 쪼개어서	于以剖之
기이한 글을 얻었도다.	得之異書
"굳세고 굳센 이씨가	桓桓木子
때를 타고 일어나면	乘時而作
누가 그를 도울까?	誰其輔之
조씨의 덕이로다.	走肖其德
배씨[非衣] 군자가	非衣君子
금성에서부터 오니	來自金城
바로 세 정씨인데	三奠三邑
도와서 공 이루리라.	贊而成之
좋은 곳에 도읍을 정하니	奠于神都
팔백 년 동안 복이 전하리."	傳祚八百
내가 영광되게 받아보니	我寵受之
다름 아닌 보록이로다.	曰惟寶錄[19]

정도전은 시의 주에 李成桂 潛邸 時에 지리산 石壁에서 異書를 얻어 바친 사람이 있었다[20]고 하고, 그 이서의 내용을 다음과 같이 소개한 뒤[21]

---

18) 鄭道傳, 『三峰集』 권2, 「窮獸奔」. "庚申秋 我太祖邀擊倭寇于智異山 大破之 自是 不敢登陸作耗 民賴以安"

19) 鄭道傳, 『三峰集』 권2, 「受寶錄」.

이를 통하여 정도전이 이성계를 지리산을 통하여 천명을 받았음을 확인하고 있다. 이러한 생각은 조선 초기 이성계의 활약을 찬양한 「八駿圖詩」에도 소개되어 있으며, 특히 俞好仁의 「荒山歌」는 오늘날 "황산의 전승이 동번의 안정을 가져오고 백성들이 대덕을 사모하게 되어 하늘이 금척을 내려 동한의 군주가 되었으니 그 자취가 지리산과 나란하고 그 기반이 만년토록 길고 김을 노래하였다."[22]라는 평가를 받았다. 유호인의 말에서 볼 수 있는 바와 같이 정도전이나 「팔준도시」 등에서 이성계와 지리산을 연계시키려는 의도는 바로 이성계의 공이 지리산과 같이 높고 크며, 동시에 조선의 역사가 지리산과 같이 만년토록 길이 전해지기를 바라는 생각을 담은 것이다.

이 내용은 조선 초기의 일부 문인들에게 시적 소재로 등장한다. 원천석도 「伏覩奉金尺詞受寶錄致語 慶而贊之」라는 시의 두 수 가운데 첫 수에서 「몽금척」과 「수보록」의 기이한 일에 대해 서술하고 있다.

꿈속에 금척이 현관에서 내려오고　　　　　　夢中金尺降玄關
보록이 지리산으로부터 왔다네.　　　　　　　寶錄來從智異山
천명과 인심은 덕 있는 이에게 돌아가니　　　天命人心歸有德
나라를 새로 세우는 곳이 하루아침 사이에 있었다네.　鼎新功在一朝間[23]

조선 건국을 피하여 원주에 은거하였다는 원천석의 시에 이러한 내용이 보인다는 것이 의외이기는 하지만, 그만큼 정도전의 의도가 성공을 하

---

20) "殿下在潛邸 有人得異書於智異山石壁中以獻 後十數年 其言果驗"
21) "按石壁中書曰 '木子乘猪下 復正三韓境' 異書曰 '木子將軍劍 走肖大夫筆 非衣君子智 復正三韓格 走肖謂趙浚 非衣謂裴克廉 又曰 '三奠三邑 應滅三韓 謂公及鄭摠鄭熙啓也' 又曰 '朝鮮卜世八百 卜年八千'"
22) 김혜숙, 「智異山의 漢詩的 反響 -고려말 조선전기의 자료를 중심으로-」, 『한국한시연구』 7집, 한국한시학회, 1999, 12쪽.
23) 元天錫, 『耘谷行錄』 권5, 「伏覩奉金尺詞受寶錄致語 慶而贊之」.

였다는 이야기일 수도 있다. 처제에 협조하지 않았던 원천석의 경우도 이렇다면, 특히 君師父一體의 유학적 사고로 무장되었던 사대부들의 경우 이러한 인식은 지리산과 관련하여 간과할 수 없는 주제가 될 듯도 하다.

그러나 이후의 문인들, 특히 조선 중기 이후의 문인들에게서는 이러한 것을 거의 찾아볼 수 없다. 조식만큼 지리산을 깊이 알고 조식만큼 지리산을 신성시하고, 조식만큼 지리산을 사랑했던 사람은 드물다. 하지만 조식의 글 어느 곳에서도 정도전이 의도한바 지리산과 이성계를 하나로 보는 인식은 전혀 들어 있지 않다.

> 나는 일찍부터 이 산에 왕래하였다. 덕산 골짜기에 3번 들어간 것을 비롯하여 청학, 응신 골짜기, 용유 골짜기에도 각각 3번씩 들어갔었다. 이 밖에도 백운 골짜기, 장항 골짜기에도 각각 한 번씩 들어간 적이 있다. 내가 이렇게 번거로움을 꺼리지 않고, 그곳에 자주 왕래한 것은 그곳의 산과 물을 탐하여 그런 것이 아니다. 여생을 산에서 보내고자 이렇게 한 것인데, 이미 일과 마음이 어그러져 그곳에서 정착하지 못하였다. 그럴 때마다 이리저리 거닐며 생각에 생각을 거듭하다가 눈물을 흘리고 나온 적이 열 번은 된다.[24]

이미 우리에게 익숙하게 된 조식의 「遊頭流錄」의 일부이다. 조식이 지리산 곳곳을 유력하면서 숱하게 번민한 흔적이 역력히 묘사되어 있다. 이 글은 그의 나이 58세 때 지어진 것이다. 2년 뒤인 60세의 노령에 조식은 결국 덕산 골짜기에 들어가 山天齋를 짓고 여생을 살았다. 열 번씩이나 눈물을 흘리며 발길을 돌렸으면서도 그 산에 들어가 살지 않으면 안 되었던 조식의 생각은 무엇인가?

조식은 "여생을 보내기 위해서"라고 했으나, 여생을 보낸다는 말은 표면적인 이유에 불과하다. 왜 여생을 여기에서 보내려고 했는가에 대한 답

---

[24] 曺植, 『南冥集』 권2, 「遊頭流錄」.

을 주지 못하기 때문이다. 그가 지리산을 찾았던 이유는 그의 「德山卜居」시에 잘 드러나 있다. "春山底處無芳草 只愛天王近帝居"라고 하였다. 여기의 제거는 상제가 사는 곳을 말하는 것으로, 이는 조식이 하늘이 뜻을 보다 가까이 하기 위해 지리산으로 찾아들었다는 것을 알 수 있다.

조식은 「유두류록」의 다른 곳에서 지리산에는 세상을 피하여 찾아들었던 선현의 삶의 자취가 있다고 하였다. 지리산의 품으로 찾아든 선현들은 하나 둘이 아니겠지만, 조식은 특히 한·정·조 세 군자에 대해 흠앙하는 태도를 보이고 있다. 여기에서 세 군자는 고려 말의 한유한과 조선 중기의 정여창·조지서를 말한다. 한유한은 장차 고려가 망할 것을 알고 처자를 이끌고 악양현 강가 삽암 근처에 집을 짓고 살았다. 조식은 "국가가 장차 망하려고 함에 어찌 어진 이를 좋아하는 일이 있겠는가?"라고 하여, 어진 학덕을 갖추었으되 세상에 쓰이지 못하고 이 산에서 숨어 산 사실을 개탄하고 있다. 기묘사화에 화를 당한 정여창은 처자를 이끌고 이곳 도탄 근처에 와서 살았던 일이 있다. 조식은 "선생은 곧 하늘처럼 높은 유학의 대가로서 학문이 깊고 두터워 우리 도가 발전의 기틀을 얻었다"고 극찬하였다. 조지서는 역시 기묘사화에 희생된 인물로 절의로 이름난 사람이다. 더구나 그가 죽자 그의 아내도 뒤이어 목숨을 끊어 쌍으로 절개를 이룬 것으로 더욱 이름을 떨쳤다. 조식은 "조지서는 의로운 사람이다."라고 하면서 그의 높은 풍모가 벽을 사이에 두고 있어도 춥고 떨린다고 하였다.

높은 산과 큰 내를 보면서 소득이 없는 것은 아니었으나, 한유한·정여창·조지서 등의 세 군자를 높은 산과 큰 내에 견주어 본다면, 십 층의 산봉우리 위에 다시 옥 하나를 더 얹어 놓은 격이요, 천 이랑 물결 위에 둥그런 달 하나가 비치는 것이라 하겠다. 바다와 산을 거치는 삼백 리 여정 동안에 세 군자의 자취를 하루 사이에 보았다. 산과 물을 보면서 인간과 세태를 보나니, 산중에서 열흘을 지내면서 마음속에 품었던 좋은 생각이 하루 만에 불쾌한 생각으로 변하고 말았다. 훗날 정권을 잡은 이가 산수를 구경하러

이 길로 와 본다면 어떤 마음을 가질지 알 수 없는 일이다.25)

조식은 지리산의 높은 산과 큰 시내를 통해 얻을 바가 많다고 하였다. 그러나 그는 한·정·조 삼군에 대해서 "높은 산과 큰 시내보다 십 층이나 높은 꼭대기에 옥구슬을 얹어 놓고, 천이랑 물결 위에서 달이 솟아오르는 것과 같다"고 하였다. 지리산을 찾아들어 갔으면서도 뜻은 지리산의 경치를 감상하기보다 지리산 속에 숨어들었던 선현을 생각하였던 것이다. 조식의 이러한 생각은 남효온의 지리산 인식과 궤를 같이 하는 것이라 할 수 있다.

남효온은 「유천왕봉기」에서 지리산에는 성인의 형상이 있다고 하였다. "지리산에는 각종 과일이 있고, 인삼, 당귀와 같은 약이 있고, 여러 가지 반찬이 있다. 또 많은 동물은 유익한 가죽을 공급한다. 매는 다른 동물을 사로잡는 데에 쓰이며, 대나무는 물건을 만드는데 쓰이며, 나무는 집을 만드는 재료로 쓰이며, 소나무는 관을 만드는데 쓰인다. 시냇물은 관개에 이용되고 상수리는 흉년에 먹는다."고 하였다.

남효온은 지리산이 특히 많은 물자를 무상으로 백성에게 제공하는 것을 성인과 같은 점이라고 하였다. 높은 산과 큰 시내가 비록 움직이지 않고 가만히 있으나 그 공리가 사물에 미치는 것이 성인과 같다고 했다. 훌륭한 임금이 백성들에게 아무런 통제나 명령을 내리지 않으면서도 나라를 잘 다스리는 것과 같다는 것이다. 그래서 그는 결론적으로 "이것이 이 산이 성인과 비슷한 점이 있는 것이다."라고 하였다.

겉으로 보아 이 내용은 지리산이 우리 실생활에 얼마나 많은 물자를

---

25) 曺植, 『南冥集』 권2, 「遊頭流錄」. "看來高山大川 非無所得 而比韓鄭趙三君子於高山大川 更於十層峯頭冠一玉也 千頃水面 生一月也 海山三百里 獲見三君子之跡於一日之間 看水看山 看人看世 山中十日好懷 翻成一日不好懷 後之秉鈞者 來此一路 不知何以爲心耶 且看山中題名於石者多 三君子不曾入石 而將必名流萬古 曷若以萬古爲石乎"

제공하는가 하는 사실을 소개한 대목처럼 보인다. 하지만 남효온이 이처럼 지리산의 공용성을 구체적이면서도 세밀하게 말하는 의도는 단순히 지리산의 풍부한 물자를 소개하려는 것이 아니다. 백성들의 생활을 위해 많은 것을 준비하는 성인의 모습을 이 산에서 본 것이다.

공자가 태산을 찾은 것이나, 주자가 형악을 올랐던 일 등은 모두 이러한 것에 바탕을 두고 있다. 『詩經』에서 "높은 저 남산에는 바위가 우뚝 우뚝"이라 한 것은 은연중에 남산의 높고 험한 모습에 압도되어 그것에 대한 외경심이 발로된 것이라 해석하는 것도 이러한 자연인식을 설명하여 주는 것이라 하겠다. 공자가 물을 보고 "흘러가는 것이 이와 같구나"라고 한 것은 매우 함축적으로 자연에 대한 외경을 단적으로 표현한 것이라 생각된다.[26]

유학자들이 지리산을 올랐던 까닭도 성현이 산을 경외의 대상으로 여겼던 것과 동일한 목적을 위해 자신도 산을 찾는다는 내용이었다. 공자나 주자가 산을 올랐던 이유를 자신이 산을 오르는 목적으로 삼고, 아울러 자신의 생각과 실행을 동시에 합리화하는 것으로 삼았다. 成汝信의 「遊頭流山詩」에는 이러한 생각이 드러나 있을 뿐만 아니라, 공자나 정자, 그리고 주자도 자신이 지금 느끼는 것보다 마음과 눈이 활달하지 않았을 것이라고 자신의 느낌을 말하였다.

내 알지 못하겠노라!	吾不知
공자께서 태산과 동산에 오르셨을 때와	夫子之登泰山登東山
程子가 藍輿 타고 사흘 동안 노닐었을 때와	程子之藍輿三日
朱子가 눈 내리는 南嶽을 유람했을 때도	晦翁之雪中南嶽
오늘 나처럼 마음과 눈이 활달했을까?	亦如今日之豁心目[27]

---

26) 윤호진, 「한시의 의미구조 연구(2)」, 『대동문화연구』 26집, 성균관대학교 대동문화연구원, 1991, 39쪽 참조.
27) 成汝信, 『浮査集』 권2, 「遊頭流山詩」.

그러나 결국 성여신도 공자나 정자, 그리고 주자가 각각 산을 올라 인생을 논하였던 일들을 본받아 산에 올랐음은 쉽게 미루어 짐작할 수 있다. 성인의 형상을 산에서 보고, 많은 현인들이 산으로 찾아들었으며, 또 이 현인들을 생각하며 많은 사람들은 산을 찾아들었다.

이 산을 찾는 순환의 고리에서 유학자들은 산을 찾으며 현인을 생각하였다. 지리산에 현인이 많이 숨어 든 까닭이다. 이러한 생각은 조선 후기의 유학자들의 지리산 한시에서 확인할 수 있다. 李栽의 「陪家君 遊頭流山 伏次石門韻」이란 시의 두 번째 작품이다. 「右過一蠹遺墟」이란 소제목이 달려 있는 것으로 보아 정여창을 회상하면서 지은 것이다.

사월의 花開 땅, 보리가 익으려 하고　　　　　四月花開麥欲秋
당시 모습은 아직 분명히 남아있구나.　　　　當年物色尙分留
외로운 배가 지리산을 거슬러 올라갈 제　　　孤舟會泝頭流去
一蠹의 옛 터를 가리키며 한없이 근심하네.　　指點遺墟不盡愁[28]

이 시는 본래 자신의 부친을 모시고 지리산을 유람하면서, 최치원과 정여창을 회고하면서 지은 시 가운데 한 수이다. 시의 내용은 정여창의 시에서 내용을 가져다가 1·3구를 말하고, 2·4구에서는 이에 이어 자신의 느낌을 말하고 있다. 成汝信의 「遊頭流山詩」에서는 정여창을 읊고 있음을 볼 수 있다.

화개동에서 수레 세우고 옛 철인을 회상하고　　花洞傍車懷古哲
　　-일두 정여창이 화개동에 은거하였다.[鄭一蠹居花開]-
와룡정에서 말을 쉬며 내 인척을 방문하였네.　　龍亭歇馬問吾姻[29]
　　-인척 최온이 용두의 정자에 살고 있었다.[姻戚崔蘊居龍頭亭]-

<hr>

[28] 李栽, 『密菴文集』, 「陪家君遊頭流山伏次石門韻」.
[29] 成汝信, 『浮査集』 권2, 「遊頭流山詩」.

이 시에서는 성여신은 지리산 입구 화개동에서 수레를 세우고 경치를 감상하기보다는 옛 철인을 회상한다고 하였다. 그리고 그 철인이 다름 아니라, 일두 정여창이라 하였다. 아울러 자신의 인척인 최온이라는 사람에 대해서도 언급하고 있다. 다음의 시는 이만부가 공암이란 사람이 지리산에 들어가 살려고 할 때, 그에게 지어준 시이다.

세상일이 어지러우니 나는 어디로 갈까?	世故糾紛我安適
바라건대 두류산에 들어가 南冥을 찾으리.	願入頭流惢冥搜
花開를 밟은 뒤 岳陽에 배를 띄워	踏盡花開泛岳陽
갠 달과 빛나는 景觀 같은 前賢에 揖하리.	霽月光風揖前修
그런 뒤에 푸른 봉우리 속으로 자취를 없애어	然後滅迹青峯裏
그대와 해를 마치도록 함께 넉넉히 노니세.	與子卒歲共優遊30)

孔巖이 지리산으로 가는 이유가 무엇인가? 그곳에서 남명 조식을 찾아 배우고, 일두 정여창과 같은 분의 자취를 밟으며 전현을 존경하는 마음을 갖게 될 것이라 하였다. 이만부는 같은 시의 다른 곳에서 "물소리 玉津을 낳아 더러운 찌꺼기를 씻어내고, 고상한 이의 발자취 일찍이 이곳을 지나 머물렀네. 南冥과 守愚堂이 함께 그윽하고 곧았으며, 속된 인물은 아득함이 굼벵이와 같다네.31)"라고 하였다. 이만부가 지리산을 생각하면서 남명과 수우당을 떠올린 대목으로 그가 지리산을 무엇이라 생각하였던가를 살필 수 있는 시이다.

柳夢寅의 「遊頭流山百韻」에는 보다 많은 사람이 들어가 있다.

학사는 오지 않고 三洞만 고즈녁	學士不來三洞古
-최치원을 가리킨다.[崔致遠]-	

---

30) 李萬敷, 『息山集』 권1, 「頭流歌 送盧二丈新卜頭流山中 兼呈孔巖丈 己丑」.
31) 위의 책. "淙生玉津漱滓穢 高躅曾經此淹留 南冥守愚俱幽貞 俗物茫茫等蜻蝤"

남명은 어디 계신가, 兩塘만 남았네.　　　　　南溟安在兩塘陲

　-남명은 조식이다.[曹植]-

泗川에 함선 주둔했던 장군 아득히 생각나고　　　遙思泗水屯樓艦

　-장군은 동일원이다.[董一元]-

외로운 충성을 바친 장군 위해 제사를 올리고 싶네.　欲爲孤忠薦渚蘋[32]

　-장군은 이순신이다.[李舜臣]-

　최치원과 조식 이외에 임란 때의 일을 회상하며 지은 것이다. 사천만에 함선을 주둔시켰던 명나라의 장수 동일원과, 남해안에서 혁혁한 공을 세운 이순신을 특별히 소개하였다. 거리상으로 따지자면, 동일원과 이순신의 경우보다는 이성계의 황산전투가 지리산과 가깝지만, 이성계의 경우는 이제 이러한 시에 등장하지 않고 있다. 이는 지리산이 통치자의 권위를 상징하기보다는 오히려 체제를 떠나거나 체제 비판적인 인물이 숨어들었으며, 이들에 대해 높이 평가하고 있음을 알 수 있다.

　정도전의 노력이 있었음에도 불구하고 조선의 사대부들이 이성계를 외면하고 고려의 한유한을 비롯하여 조선의 정여창·조식 등을 지리산과 연결시키고자 했던 저의는 무엇인가? 이는 지리산을 보고 찾아든 어진 이를 보고, 어진 이와 지리산을 연결시켜 지리산을 보아, 지리산과 어진 이를 하나의 연결고리 속에서 파악하고자 한 '존현'의 정신이 발현된 것이라 하겠다.

2. 도가적 인식과 '儒仙' 사상

　奇大升은「次天成登天王峯韻」이란 시의 앞부분에서 "신선들 사는 곳 지척에 있는 듯 하고, 속세는 삼천리나 떨어졌네."[33]이라 하여, 지리산을 신

---

32) 柳夢寅, 『於于集』 後集 권2, 「遊頭流山百韻」.

33) 奇大升, 『高峰集』 外集 권1, 「次天成登天王峯韻」. "仙居疑咫尺 塵界隔三千"

선이 사는 곳이라 하였다. 하지만, 지리산을 찾아든 사람들에 대해 같은 시에서 "흑발의 젊은이는 찾아든 도인이요, 홍안의 늙은이는 은거하는 신선이네."[34]이라 하여, 지리산이 말 그대로 신선의 세계 그 자체라고 인식하기보다는 신선과 같은 사람들이 사는 곳이란 말이다.

기대승의 경우에서 볼 수 있는 바오 같이 유가들의 도교적 인식은 주로 신선세계에 대한 흥취, 즉 선취의 형태로 나타나며, 그 중요한 소재가 된 것이 방장산·최치원·청학동 등이다.

방장산은『山海經』에 실려 있는 내용으로, 秦始皇의 童男童女들을 일본에 보내어 불노초를 구하려 했던 일과 연계되어 있다. 최치원은 지리산 쌍계사 주변의 관련된 유적과 신선이 되어 갔다는 전설을 배경으로 신선이라 묘사되고 있다. 청학동은 인간에 감추어진 이상향으로 신선세계와 같은 것으로 인식이 되고 있다. 다음에는 지리산 관련 도선적 시가의 이러한 실상을 보면서 그 성격을 살펴보고자 한다.

먼저 방장산 및 진시황과 관련된 신선사상에 대해 살펴보도록 한다. 柳夢寅의「遊頭流山百韻」이란 시의 일부이다.

> 동국의 두류산 중원에서 뚝 떨어져 있는데   箕國頭流輿地別
> 선가에선 방장산이라 하니 그 이름 참되구나.   仙家方丈號名眞[35]

방장산은 지리산의 다른 이름으로, 지리산이 바로 신선세계의 영지라는 인식이 들어 있다. 이러한 인식을 바탕으로 진시황이 동남동녀 300명을 일본에 보내어 불로초를 구하여 오게 할 때, 방장산이 삼신산 가운데 하나인데 이리로 오지 않고 왜 일본으로 사람을 보내었는가 하는 약간의 불만 섞인 목소리도 있다.

---

34) 위의 책. "綠髮來潛客 紅顔隱散仙"
35) 柳夢寅,『於于集』後集 권2,「遊頭流山百韻」.

고상안은 「登頭流山天王峯」이란 시의 두 번째 작품에서 "진시황이 동자들을 헛되이 보냈구나, 신선이 이 나라에 있음을 알지 못했으니."[36]라고 하여, 신선이 일본에 있지 않고 우리 나라에 있음을 밝혀 말하였다. 성여신의 「遊頭流山詩」에는 지리산이 바로 삼신산의 하나인 방장산이란 것을 여러 사람의 말을 끌어다가 방증으로 삼았다.

이 산은 세 가지 다른 이름 얻었으니	兹山得名有三稱
옛 문헌에 두류·지리·방장이라 실려 있네.	頭流智異方丈載古籍
'멀리 솟은 두류산 낮게 깔린 저녁 구름'은	頭流山迴暮雲低
李仁老가 청학동을 찾을 때 지은 시.	李仁老詩尋青鶴
'높은 지리산 만 길이나 푸르네'는	智異山高萬丈青
圃隱 선생이 승려에게 준 시.	圃隱先生贈雲衲
'방장산은 帶方의 남쪽에 있네'는	方丈山在帶方南
杜甫의 시 속에 나오는 말.	杜草堂詩中說
이 산의 신이함 예로부터 전하니	兹山神異自古傳
천추토록 그 이름 없어지지 않으리.	知是千秋名不滅
하물며 동해의 三神山 가운데	況乎東海中三神山
방장산이 그 하나에 들어 있음에랴.	方丈居其一
언제나 상서로움 간직하고 신이함을 드러내	儲祥産異無絕時
이 산에서 불사약이 많이도 나온다네.	山上多生不死藥
秦始皇과 漢武帝는	秦皇漢武
불사약을 구하려다 얻지 못했지만	求之而不得者
오늘 나는 이 산에 두 발을 들여놓았네.	此日輪吾雙躡屐
왼쪽으론 홍애 오른쪽으론 부구를 잡으니	左挹洪厓右浮丘
모두가 신선의 골격에 알맞구나.	儘是神仙中骨格
걸음마다 연하 머금고 기화요초 꺾으며	餐霞步步拾瑤草
티끌·안개 뒤덮인 인간 세상 돌아보네.	回瞰人間塵霧合[37]

---

36) 高尙顏, 『泰村集』 권1, 「登頭流山天王峯」. "秦皇虛遣童男女 不識山仙在此邦"
37) 成汝信, 『浮查集』 권2, 「遊頭流山詩」.

성여신은 이 시에서 지리산이 바로 방장산임을 두보의 시를 통하여 고
증하였고, 또 이인로가 지리산에서 도선적 이상향 청학동을 찾았다는 이
야기를 들어 이 산이 인간의 신선세계임을 말하였다. 그리고는 진시황과
한 무제는 불사약을 구하려다 실패하였지만, 자신은 지금 신선세계를 밟
고 있다는 은근한 자부심도 드러내고 있다. 그러나 퇴계 이황의 다음 시
에는 진시황과 한 무제의 이 일에 대한 비판적 언급이 보인다.

신선이 사는 방장산 인간세상이 아닌데	方丈仙山非世間
진황은 괜히 그리워하였고 한 무제도 사랑하였지만	秦皇徒慕漢空憐
단약 얻어 변화될 수 없었으니	不緣變化因丹藥
붉은 아지랑이 내며 날아오를 수 있었겠나.	那得飛昇出紫烟[38]

퇴계 이황이 황준량의 「방장산유록」에 쓴 것인데, 여기에는 진시황과
한 무제가 인간세상에서 방장산 즉 신선세계를 찾으려 어리석은 행동을
했다는 질책에 이어, 그들이 신선이 될 수 없었음을 분명히 밝혔다.

다음으로는 청학동에 대한 생각을 살펴보기로 한다. 청학동은 유학자
들에게 隱逸的 이상향으로 자리 잡고 있다. 지리산에는 청학동이 있다는
전설이 끝없이 나돌았다. 신선이 타고 다니는 푸른 깃을 한 학이 깃드는
곳으로 이곳에서 살면 신선이 된다는 것이다. 최치원은 신라 말기 사회의
혼란한 모습을 보고 청학동에 은거하다가 신선이 되었다고 한다. 최치원
이 청학동에 은거하였던 까닭은 도가적 종교와는 무관한 유가적 은일주
의에 바탕을 둔 것이다. 그는 속세를 등지기는 했으나, 그가 등진 것은 인
간세계 자체가 아니라, 불만스러운 현실이다. 이상향을 찾기는 했으나,
인간으로서 신선처럼 살아갈 수 있는 그런 곳이었다. 청학동을 찾아들었
다는 최치원의 모습에서 이같은 면을 확인할 수 있다.

---

38) 李滉, 『退溪集』 권1, 「題黃仲擧方丈山遊錄」.

그러나 김종직의 경우에 이르러서는 더욱 이상과 현실 가운데 현실에 가까운 지점에서 은자의 삶을 동경하는 유가적 이상향으로 향하고 있음을 보여준다. 그가 의탄촌에 이르러 보여준 태도는 이것을 대변한다. 그는 만약 닭과 개, 소와 송아지를 이끌고 들어와서 나무를 쳐내고 밭은 개간 하여, 기장·조·삼·콩 등을 심으면 저 무릉도원도 이보다 나을 것이 없 겠다고 했다. 그리고 그는 "아, 언제나 그대와 더불어 숨어 이곳에서 놀아 볼거나"하고 바위에 낀 이끼를 갉아 내게 하고 그 위에 이름을 썼다.

다음의 시는 김도수의 「두류산행」의 첫머리 내용이다. 지리산의 도교 적 신선세계에 대한 인식이 드러나 있다. 하지만 그 인식은 최치원 및 청 학동에 머물러 있음을 볼 수 있다.

최고운은 지난날 쌍계사의 달과 놀고	孤雲昔弄雙溪月
신선들은 학을 타고 오락가락 다녔네.	群仙驂鶴往復廻
돌문에 새긴 글씨 창검을 비껴 세운 듯	石門刻字橫劍戟
香殿의 眞影 영혼을 움직이는데	香殿留眞動精魄
명성이 세상에 높아도 용납하지 못하니	名高天下不能容
이 일 또한 충분히 이 나라의 수치로다.	此事亦足羞東國
신선 세상은 청학동이 최고라고 말하니	靈境最說靑鶴洞
폭포는 성난 듯, 솔숲은 지껄이듯, 한낮에도 싸우는 듯	瀑怒松喧白日鬪
香爐峰 그림자 선방에 졌으니	香爐峰色落禪窓
이제 신선이 스님 꿈에 들겠네.	至今羽衣入僧夢[39]

여기에도 최치원이 청학동에 놀면서 신선이 된 것은 옛일이라 하였다. 따라서 신선이 학을 타고 오락가락 한 것도 옛일을 추측하여 말한 것일 따름이다. 이것은 이 글에서 작자가 말하고자 하는 주된 입론점은 신선세 계에 있는 것이 아니기 때문에 사실은 중요한 내용이 아니다. 작자가 말

---

39) 金道洙, 『春洲遺稿』 권1, 「頭流山行」.

하고자 하는 핵심은 최치원이 당시에 용납이 되지 못하였다는 점이다.

이 일은 단순히 최치원을 위해 애석한 정도가 아니라, 그러한 훌륭한 인물을 등용하지 못한 것은 나라의 수치라고까지 말하였다. 그래서 우리 나라 최고의 신선 세상이라고 하는 청학동의 폭포도 성난 듯, 솔숲은 지껄이듯 한낮에도 싸우는 것처럼 보인다는 것이다. 청학동은 황준량에게 있어서 하나의 평화스럽고 조용한 신선세계가 아니고, 세상에서 받아들여지지 않아 세상을 등진 은일자의 거친 숨결이 살아있는 곳으로 받아들여지고 있는 것이다.

황준량의 「頭流山紀行篇」이란 시에는 그가 청학동이라 일컬어지는 곳에 이르러 과연 신선세계인지 확신을 하지 못하는 태도를 보이고 있다.[40] '푸른 수풀 옥 같은 멧부리'는 신선세계와 같은 외양을 갖추기는 하였으나, '고상한 사람은 어느 곳 소나무 그늘에 누웠는가?'라고 하여 고상한 사람 즉 신선은 볼 수 없다는 말로 이곳이 신선세계인지에 대해 의문을 나타내었다.

그래서 그의 신선세계에 대한 묘사는 "應眞처럼 놀을 먹고 날아다니는 신선 응당 있을 것이고, 귤 속에 숨어서 바둑판 두던 巴邛의 노인 같겠지.[應有湌霞飛步如應眞, 藏橘覆棋如巴邛.]"라고 상상 내지는 추정에 의존하고 있음을 알 수 있다. 그리고 이 시에 드러나 최치원은 신선이 되었다고 하기는 하지만, 그를 '평생토록 흠모한' 것은 '속세의 화망을 벗어나 문장을 떨쳤기' 때문이다.

최치원에 대한 박순의 시각도 황준량과 유사함을 알 수 있다. 朴淳의 「送曺上舍遊頭流山」이란 시이다.

---

40) 黃俊良, 『錦溪集』外集 권1, 「遊頭流山紀行篇 乙巳夏四月 遊山川」. "靑林玉岑認鶴洞 夜警風露聲嗃嗃 高人底處臥松陰 歌斷紫芝春芃芃 應有湌霞飛步如應眞 藏橘覆棋如巴邛 仙曹自古遠塵囂 世人迷路知何從 但見丹崖萬疊樹參天 樵丁無計斫斧鏒 風磨石刻半微茫 松纏翠絡垂●鬆 良田數里掌樣平 濕可秔稻高宜穄種 欲喚孤雲訪消息 仙遊何許飛靈踪 抽身禍網振華藻 風聲沒世欽淸丰"

옛날 孤雲 그곳에서 신선을 배웠지   此地孤雲舊學仙
봄이 깊은 청학동엔 백화가 만발하겠지.   春深靑鶴百花然
진인은 이미 떠나 仙界에 올랐고   眞人已去昇寥廓
만길 산과 시냇물만 부질없이 남았으리.   萬丈空餘石上川[41]

　최치원이 바로 신선이라 하지 않고, 고운이 그곳에서 신선을 배웠다고
하였다. 그리고 청학동에는 "진인은 이미 떠나" 신선세계로 돌아갔고, 그
곳에는 오로지 높은 산과 시내만이 "부질없이 남았다"고 하였다. 성여신
의 「遊頭流山詩」의 내용에도 이러한 견해는 그대로 반영되어 있다.

서쪽에는 文昌臺가 솟아 있으니   西峙文昌臺
孤雲의 옛 자취가 남아 있는 곳.   孤雲遺舊跡
그 바위에 고운의 필적 새겨 있다 하는데   人言石刻遺仙筆
험하고 가파른 절벽이라 가 볼 길이 없네.   路險境絶無由覰[42]

　최치원의 옛 자취가 남아 있는 곳이 분명하지만, 그곳은 험하고 가파른
절벽이라 갈 볼 길이 없다고 하였다. 이 구절을 통하여 최치원의 누렸다
는 신선세계가 성여신이 처한 당대의 현실과는 단절된 상황을 암시적으
로 드러낸 구절이라 하겠다. 즉 최치원이 노닐었다는 지리산의 신선세계
는 고사하고 최치원이 남긴 유적조차 가볼 수 없다고 하여, 최치원에 대
한 접근조차 현재는 어렵다는 것을 말하였다.
　이상처럼 지리산의 신선세계는 거의 현실에서는 만나기 어려운 것이
고, 다만 옛날 최치원의 경우에는 가능하였지만 지금은 불가능하다는 입
장이다. 사대부들의 신선사상이 얼마나 유학적 현실에 입각해 있는가를
알 수 있으며, 동시에 그것이 얼마나 관념 속에 자리잡고 있는 것인가를

---

41) 朴淳, 『思庵集』 권2, 「送曺上舍遊頭流山」.
42) 成汝信, 『浮査集』 권2, 「遊頭流山詩」.

알 수 있다.

　成汝信은「遊頭流山詩」에서 신선이 되었다고 하는 세 사람의 행적을 소개하고, 이 세 사람이 신선이 된 일이 지금 자신들이 지리산을 등정하며 맘껏 노닌 것만 하겠는가 반문하였다.[43] 즉 신선이 되어가는 것보다 현실에서 맘껏 노는 것이 낫다고 하는 유교적 현실주의를 강조하고 있음을 알 수 있다. 퇴계 이황이 황준량의 「방장산유록」에 쓴 시에도 이러한 정신이 드러나 있다.

느꺼워 탄식하며 청학동에서 머뭇거리고	感慨躊躇靑鶴洞
한가히 거닐며 붕새 나는 하늘에 놀았네.	逍遙遊戲大鵬天
반생에 감추어 둔 법도 써보지 못했지만	半生未試囊中法
다행하구나! 좋은 이 글 읽고 정신으로 놀아본 것이.	猶幸神遊託巨編[44]

　물론 이 시는 자신의 경험을 바탕으로 하고 있지 않기 때문에, 그 지리산 인식이라는 것이 관념적 한계를 지니는 것이라고 하겠지만, 지리산의 그 신선세계라는 것은 관념으로 즐겨도 가능한 것이었다. 즉 도가에서 인간의 모든 부귀영화를 뜬구름처럼 여기고, 영생불사의 신선세계를 추구하는 것과는 상당히 차이가 있는 것이다. 그만큼 신선세계에 대한 갈구가 유학자들의 지리산 시에 크지 않았음을 반증하는 것이라 하겠다.

　그래서 신선세계는 차라리 현실이 아니고, 꿈속의 일을 읊은 것이라 노래한 시도 많다. 황준량의 「頭流山紀行篇」에 나오는 내용에서 이러한 점을 확인할 수 있다.[45] 이 시에서 신선세계에 대한 묘사는 매우 구체적이고

---

43) 成汝信, 『浮査集』 권2, 「遊頭流山詩」. "又不知張騫之乘槎 劉安之鷄犬 王喬之控鶴 孰如吾儕今日之恣遊樂"

44) 李滉, 『退溪集』 권1, 「題黃仲擧方丈山遊錄」.

45) 黃俊良, 『錦溪集』 外集 권1, 「遊頭流山紀行篇 乙巳夏四月 遊山川」. "仙娥冠雲酌霞觴 子晋步虛吹鸞笙 揖我謂我仙 令騎太微朝天翁 坐余淸都白玉筵 交梨碧桃金盤充

자세하다. 선녀들이 술을 따르고, 자신을 보고도 신선이라고 하고, 그리고
는 백옥의 자리에 앉히고 신선이 먹는 벽도도 주었다. 그런데, 아쉽게 꿈
은 깨고 신선세계는 간 곳이 없어졌다. "한밤중에 정신이 들어 자세히 살
펴봤더니, 깜빡깜빡 푸른 촛불 쇠 등잔에 달려 있네."라고 한 데서 알 수
있는 바와 같이 잠이 깨어 살펴보니, 자신이 켜놓았던 등잔불만 깜빡이는
엄연한 현실의 세계에서 꿈을 꾼 것이다. 趙綱의「夜夢 恣遊頭流山天王峰
覺來了然 眼中幽㟽森列 遂有此作」이란 시의 한 구절에서도 "어젯밤 두류산
으로 꿈속으로 돌아가서, 천왕봉에서 신선들과 노닐었네.[46]라고 하였다.

　閔齊仁이 지리산으로 유람을 떠나는 蘇世陽을 보내며 지은 시에도 "학
동의 걸음은 隱者를 찾는 듯하고, 산촌에서의 모습은 신선과 같으리."[47]
라고 하여, 지리산과 신선세계가 관련되어 있기는 하되, 그것은 진짜 신
선이 등장하는 것이 아니고, 청학동을 걷는 민제인이 바로 신선의 모습과
같다고 하는 것이다. 다음 시에서는 이 같은 생각이 부정적인 데로 한 걸
음 더 나아간 것을 볼 수 있다.

　　방장산 높고 푸른 빛 감도니　　　　　　　方丈山高翠色浮
　　신선은 바야흐로 이 가운데서 노니는구나.　　真仙定向此中遊
　　어찌 알랴, 꼭대기 구름 피어나는 곳에　　　安知絶頂雲生處
　　신선세계 열두 누대가 없는 줄을.　　　　　不有瑤京十二樓[48]

　金烋의「將向山陰 馬上望頭流山(一首見七言四韻)」이라는 시인데, 여기에

<hr>

　銀毫寫就碧雲篇 折寄琪花葉蒨葱 良唔未爛金烏翥 追思邂逅成奇逢 中夜魂淸發深省
　靑熒殘燭懸金釭"
46) 趙綱,『龍洲集』권1,「夜夢 恣遊頭流山天王峰 覺來了然 眼中幽㟽森列 遂有此作」.
　　"昨夜頭流夢裡還 天王峰上狎仙班"
47) 閔齊仁,『立巖集』권2,「送蘇內翰遊頭流山」. "鶴洞行尋隱 山村望若神"
48) 金烋,『敬窩集』권1,「將向山陰 馬上望頭流山」.

서는 아예 지리산에 신선세계가 있다는 것에 대해 부정하는 논리를 전개
했다. 지리산 꼭대기에 신선들이 노닌다고 하고는 바로 이어서 신선세계
가 아니라고 하였다. 선비들의 신선세계에 대한 인식은 이면적으로 상당
히 깊이 빠져든 경우도 있지만, 대부분은 유교적 이념이 당의정처럼 뒤덮
인 '유교적인 입맛에 맞는 신선사상'으로 변모되어 있다.

성여신이 최치원을 儒仙이라 부른 것에 대해 "우리는 부사가 고운을
'유선'이라고 부른 것에 주목해 볼 필요가 있다. 부사가 보기에 고운은 전
적으로 선인이 아니다. '유자로서 선가에 발을 들여놓은 사람'일 뿐이다.
그것은 물론 현실세계와의 부조화 때문이다. 따라서 그가 말하는 '유선'은
뒤의 '선'자에 비중이 있다기보다는, '유'자에 더 무게중심이 느껴진다."[49]
라고 한 설명은 적절해 보인다.

사대부들의 지리산을 소재로 한 신선세계에 대한 인식한 것은 유학적
한계를 벗어나지 못한다. 박여량이 그의 유람록에서 "또 몇 리를 가서 석
굴을 빠져 나왔는데, 사람의 마음을 황홀하게 했다. 다시 올라 정상에 도
착하니 이곳이 바로 천왕봉이었다. 각자 바위를 부여잡고 비탈길을 올라
인간 세상을 굽어보니, 아련히 세상을 버리고 속세를 떠나왔다는 생각과
유쾌히 낭풍과 현포에 있다는 생각이 들었다."[50]라고 한 것처럼, 지리산
등반 자체가 신선세계에 오르는 것이었고, 지리산 등반이 곧 다름 아닌
신선놀음이었다. 그래서 유자를 두고 신선같다고 하였다. 이런 것이 아니
면, 신선세계는 현실에는 만날 수 없는 몽상 속의 이상세계였던 것이다.

3. 불교적 인식과 '嚮導' 의식

산이 크고 따라서 절터도 많은 지리산은 우리나라에서 가장 많은 절을

---

49) 崔錫起, 「浮查 成汝信의 智異山遊覽과 仙趣傾向」, 『한국한시연구』 7집, 한국한
    시학회, 1999, 131쪽.
50) 최석기 외, 『선인들의 지리산 유람록』, 돌베개, 2000, 160쪽.

안고 있다고 한다. 지리산에 관심을 가졌던 인물 가운데에는 불교와 지리산을 관련지어 읊은 사람이 많다. 특히 지리산의 중과의 교제와 지리산 산행에서의 중의 도움 등으로 지리산과 관련지어 불교에 대해 노래한 것을 볼 수 있다. 그러나 지리산을 읊은 수많은 시 가운데에서 불덕을 구하기 위해 지리산을 찾았던 일에 대해서는 한 건의 예도 찾기 어렵다.

오히려 김일손의 경우처럼 불교를 배척하는 유가의 모습을 볼 수 있을 뿐이다. 김일손이 민속사에서 신라 때 유순이란 사람이 벼슬을 사양하고 몸을 불교에 바쳐 이 절을 처음 지었다는 말을 듣고 그를 비열하게 여겨 살펴보지도 않았다고 한다. 그는 또 고려의 인종과 의종 부자가 모두 불교에 빠졌지만 부처를 믿은 효과를 보지 못하였음을 지적하였다. 그는 결론적으로 "부처에게 치성함이 이렇듯 국가에 무익한 것이었다"고 하였다. 성여신(成汝信)의 「遊頭流山詩」에서도 불교를 부정적인 시각으로 바라보는 대목이 보인다.

법당 안에 어떤 물건 있던가?	堂中有何物
서남쪽에 석불이 앉아 있네.	西南壁下坐石佛
끝없이 복을 비는 사람들	便有無窮求福人
갓을 벗고 합장한 채 연신 절하네.	脫冠攢手拜僕僕
원근의 사람들 남녀노소 할 것 없이	遠近男女老少
곡식을 퍼 가지고 비단을 싸 가지고	贏糧齎帛
끊임없이 꾸역꾸역 이 절로 찾아오네.	綿綿焉延延焉
먼저 온 사람은 내려가고	前來者下
뒤에 오는 사람은 올라오며	後來者上
뜰 채우고 길을 메워 끊일 때가 없다네.	盈庭塡路無時絕
심하구나! 혹세무민 속이는 말들이여	甚矣惑世誣民之說
어리석은 백성들이 너도나도 빠져드네.	能使愚民競陷溺[51]

---

51) 成汝信, 『浮査集』 권2, 「遊頭流山詩」.

법당에 있는 석불을 "어떤 물건"이라고 지칭하는 것은 불교를 긍정적으로 생각하는 사람의 어투가 아니다. 그래서 그 아래에서는 길게 혹세무민하는 중들의 행태와 여기에 속아 끝없이 절하고 곡식을 퍼다 바치는 어리석은 백성의 형상이 부조되어 있다. 다만 成汝信의 「遊頭流山詩」에 나타난 바와 같이 유자들이 스님을 존재를 긍정한 것은 자신들의 활동을 도와주는 정도로 생각하고 있음을 볼 수 있다.

> 이웃에 彦海라는 중이 있어 隣僧又有彦海名
> 불러다 향도 삼으니 지팡이를 날리네. 招爲前導飛杖錫[52]

언해라는 중에게 성여신이 지리산 등반을 할 때, 길 안내를 하도록 한 내용에 대해 읊었다. 이처럼 유가들에게 불교 혹은 중이란 유학적 활동과 품위를 지키는 데에 필요한 동반자로서 인식하고 있는 정도에 지나지 않는다.

朴祥의 「處寬上人 遊頭流山 將還奉恩寺 過余太原徵詩 卽書小律三首贈之」라는 시의 세 번째 시에서 불교에 대해 비판하고 유자로서의 자신의 처지를 읊은 내용이다.

> 모례 집의 굴에서 여우처럼 숨어살았고 毛禮窩中穴野狐
> 법흥왕 때 재앙을 닦아 신라가 무너졌네. 法興基禍敗東都
> 우리 임금 불교를 배척하고 유학을 숭상하니 君王斥佛尊吾道
> 나 또한 관과 유건 쓴 관리의 무리라네. 我亦冠巾吏部徒[53]

박상은 이 시에서 고구려의 승려 묵호자가 신라에 불교를 전파하였다

---

52) 成汝信, 『浮査集』 권2, 「遊頭流山詩」

53) 朴祥, 『訥齋集』 권5, 「處寬上人 遊頭流山 將還奉恩寺 過余太原徵詩 卽書小律三首贈之」.

는 설화를 '모례의 집 굴에서 여우처럼 숨어살았다'고 비하하였다. 신라가 불교를 받아들인 결과 신라가 재앙을 닦아 무너졌다고 하였다. 불교를 배척하는 조선 왕조의 억불숭유의 정책에 따라 유건을 쓴 자신도 그럴 수 불교에 대해 너그러울 수 없다는 변명이다.

박상의 경우에도 다만 스님과의 교유가 심신의 위안을 위해 필요한 존재라고 읊었다. 「處寬上人 遊頭流山 將還奉恩寺 過余太原徵詩 卽書小律三首贈之」라는 시의 첫 번째 시에 이러한 내용이 드러나 있다.

<table>
<tr><td>편지를 보내려 해도 아전 행차 드물고</td><td>文書鴈騖吏行稀</td></tr>
<tr><td>절간은 깊고 깊어 대낮에도 어스름.</td><td>畵閣深深晝漏微</td></tr>
<tr><td>산 속의 노 선사 저물녘에 찾아오니</td><td>黃面老禪暮拜謁</td></tr>
<tr><td>불현듯 마음속의 속세 기미 사라지네.</td><td>頓令心地息塵機[54]</td></tr>
</table>

깊은 산사를 찾아들었지만, 절간은 비어 난감한 심정이 1,2구에 잘 보인다. 그러다 해가 질 무렵 늙은 선사가 찾아오니, 마음속의 불안함이 사라진다는 것이다. 절에 의지하려고 간 것은 밥을 대접받고, 잠을 자 자신의 지친 몸을 쉬기 위한 것이었고, 스님을 보자 마음속의 속세의 기미가 사라진다고 한 것은 마음을 달래기 위한 것이었다. 申益愰은 중과의 교제를 금강산에 대해 이야기 들어보는 정도로 하고 있다.

<table>
<tr><td>서로 만나 옛날 노닐던 자취를 말하며</td><td>相逢自說舊遊蹤</td></tr>
<tr><td>금강산 일만 봉을 낱낱이 지났다고 하네.</td><td>歷數金剛一萬峯</td></tr>
<tr><td>듣고 나니 귓가에 신선 기운 서렸으니</td><td>聽罷耳邊生沆瀣</td></tr>
<tr><td>어느 해에 다시 지팡이 내저어 볼꼬?</td><td>何年我亦振枯節[55]</td></tr>
</table>

---

54) 朴祥, 『訥齋集』 권5, 「處寬上人 遊頭流山 將還奉恩寺 過余太原徵詩 卽書小律三首贈之」.

55) 申益愰, 『克齋集』 권1, 「贈頭流山人慧俊」.

이 구절은 채팽윤이 성능대사가 서울의 남동에 이르러 자신을 찾아와 이의 시를 지어달라고 하는 간청을 받아들여 지어준 시의 첫 구절이다. 성능대사는 그가 제목에서 소개한 내용을 보면 불교의 진흥을 위해 애를 쓴 능력 있는 중이었음을 확인할 수 있다. 화엄경을 간행하고, 頭流山 丈六寶殿을 수축하고, 靈鷲山의 부도비를 세웠다고 하였다. 이는 그의 생애 기록에서 1701년에 화엄사의 장륙전을 완성하여 覺皇殿이라는 사액을 받았다는 데에서 확인할 수 있으며, 부도비를 세웠다는 것은 아마도 통도사에서 階段塔을 증축하고, 釋迦如來靈骨舍利塔碑를 세웠다고 하였다. 이렇게 보면 그가 불교를 위해 한 일이 불소함에도 불구하고 채팽윤은 그에 대해 첫머리에서 속인들이 생각할 때, 대사의 하는 일이 교리에 어긋난다 의심할 것이라 하였다.

이것은 유가로서의 비판적 불교관에 입각하여 그 스님의 불교적 공적을 폄하한 것이라 할 수 있다. 앞 구절에서 말했듯이 불가에서는 일체를 무위를 받아들여 부모자식 간의 관계도 끊으려 한다고 유가에서는 생각하는데, 무엇 때문에 탑을 세우고 불경을 간행하고 전각을 세우는 쓸데없는 일을 하는 가하는 것이다.

그러나 결국 그는 성능의 이러한 일들, 예를 들면 비를 세우고 서적을 간행하는 등의 행위 자체에 대해서는 긍정적으로 평가하고 있으며, 이 때문에 결국 성능과 교제가 가능함을 말하였다.

그리고 그는 성능이 이처럼 불교의 기본 사상인 무소유의 사상에 어긋나는 일을 하는 스님이기 때문에 좋아한다고는 하지만, 그 자체로 유자로서 불자와 교제를 한다는 것에 대한 부담을 완전히 떨쳐버리기는 어려웠던 것으로 보인다. 그래서 그는 성능에게 시를 지어 줌에 있어 한유가 징관이라는 중에게 보냈던 시의 운을 좇아 다음과 같은 구절을 읊었다.

佛法의 오묘함은 원래 하는 일이 없는 것,　　西方妙法元無爲
俗人이 大師를 보면 교리에 어긋난다 의심하리.　世人見師疑背馳56)

이로써 보면 채팽윤이 스님과 사귀는 것은 매우 유가적인 테두리 안에
서 조심스럽게 이루어지고 있음을 알 수 있다. 이러한 인식은 崔昌大가
똑같은 승려 성능에게 준 시에서도 드러난다. 그는 "삶은 괴멸함이 없는
것인데 어찌 번거롭게 상을 만들며, 득도하면 극락이니 法宮도 소용없
네."57)라고 하여, 이 시에 제목에 드러난 바와 같이 중으로서 부처를 조상
하고 법당을 지어 안치하는 일은 당연한 일인데도 쓸데없는 일을 하고
있다고 힐난하였다. 그렇기는 하지만 그 열성은 인정할 만하다는 내용이
다. 정사룡의 경우는 유교와 불교가 서로 배척하는 것에 대해 서로 닫힌
마음 때문이라 하여, 불교와 유교가 서로 닫힌 마음을 열어야 한다고 유
불의 상호 대등한 교통을 말한 듯하였다.58) 그러나 결국 정사룡이 승려
를 접촉한 것은 결국 외로움을 달래주는 벗으로서의 인식이 있다.

滄江에 한번 누워 삼년이 흐르니　　　　滄江一臥歲三移
친구들 어지러이 떠나가 버렸네.　　　　親舊紛紛却背馳
오직 승려들만 나의 저지 아는 듯　　　唯有緇流似相識
은근히 오가며 나그네 신세 위로하네.　慇懃來往慰羈離59)

---

56)　蔡彭胤, 『希菴集』 권9, 「性能大師 旣鐫大華嚴經 修頭流山丈六寶殿 已樹鷲山浮圖
　　碑 西至漢京之南洞 乞病居士一轉語爲別 遂次韓子送澄觀韻 書以贈之 且以解小果之
　　譏云」.
57)　崔昌大, 『崑崙集』 권4, 「頭流山人性能 費多年心力 構層閣 安丈六三軀 旣自爲詩
　　要余和之 作此以勉其精進云」. "生無壞滅寧煩像 到則波羅不用宮"
58)　鄭士龍, 『湖陰雜稿』 권1, 「題頭流山僧熙俊詩卷」. "儒釋相排也不中 都緣猶未去心蓬
　　我無適莫收來者 夷狄門墻肯異同".
59)　鄭士龍, 『湖陰雜稿』 권1, 「題頭流山僧熙俊詩卷」.

위의 시에 드러난 내용을 통하여 알 수 있는 바와 같이 정사룡이 스님과 교제를 하고, 교제를 하면서 얻으려 한 목적이 자신의 유가적 생활을 돕는 범주 안에 있음을 볼 수 있다. 위의 시는 시골에 묻혀 지내게 되면서 친구들 모두 떠난 상태에서 그 외로움을 달래주는 존재는 오직 스님뿐이라고 하였다.

이처럼 유학자들이 불교 혹은 불자를 신심으로 받아들여 그들과 교제를 하는 것이 아니라, 고독감을 달랜다든가 대화상대로서만 인정을 하고 있는 것이다. 지리산과 관련된 불교에 대한 유학자들의 인식은 사실 등반을 위한 숙식의 제공자로서, 더 나아가서는 지리산 등반의 '향도'로서, 절과 스님을 생각하는 경우가 많았다. 이들이 실질적으로 지리산의 절과 그 스님을 가까이 생각하면서도, 불교의 교리나 불교를 신앙으로 생각하는 것들에 대해서는 가차없는 비판을 하는 이율적인 잣대를 가지고 있었다.

4. 민간신앙적 인식과 '不拜' 의지

지리산에는 또한 민간신앙이 스며들어 있다. 배어 있을 뿐만 아니라, 최고봉인 천왕봉에 일반 백성들이 사당을 지어 놓고 신을 모시고 있었다. 지리산 천왕봉에 있는 천왕신을 모신 사당에 대해 남효온은 「유천왕봉」 시에서 이것에 대해 다음과 같이 언급하고 있다.

이른 새벽에 천왕봉 올라보니,	凌晨上上峰
天王神 모신 사당 깊숙이 자리했네.	天王神宇邃
곁의 사람 절하지 않는다 의아해 하지만,	傍人疑不拜
신에 아첨함 어찌 부끄럽지 않으리요.	媚神寧無愧
태산은 林放보다 나으니	泰山過林放
천왕신이 어찌 酒食을 받겠는가?	神肯要酒食[60]

---

[60] 南孝溫, 『秋江集』 권1 「遊天王峰」.

남효온의 이 시에는 천왕신이 무엇인지 자세히 드러나 있지 않다. 그가 지은「智異山日課」를 보면 이에 대한 보다 자세한 정보를 알 수 있다.

그리고 이른바 천왕상을 보았다. 한 승려가 말하기를, "이 분은 석가의 어머니인 마야부인입니다. 이 산의 산신령이 되어 이 세상의 화복을 주관하다가, 미래에 미륵불을 대신하여 태어날 것입니다."라고 하였다. 그의 말이 어찌 그리 요원하던가? 문헌상의 근거가 없는 말이다. … 사당 안에는 어모장군 정의문의 기문을 새긴 현판이 걸려 있었는데, 그의 벗 金大猷 등의 이름이 함께 씌어 있었다.[61]

여기에서 남효온은 천왕상이 석가의 어머니인 마야부인이라는 사실에 대해서 회의적인 의견을 밝혔을 뿐 더 이상 자세히 언급하지 않았다. 시에서 이곳 사당의 신에게 절하지 않는 것이 공자가 태산의 신이 예에 맞지 않는 아부는 받아들이지 않을 것이라는 견해를 따르고 있음을 밝혔다. 이 글의 말미에 있는 김대유는 金宏弼의 字이다.

1472년 김종직이 두류산에 오른 지 17년 뒤인 1489년 지리산에 올랐던 김일손은 "저물녘에 정상에 올랐다. 정상에는 한 칸의 판잣집이 겨우 들어앉은 돌무더기가 있었다. 판잣집 안에는 돌로 된 부인상이 있는데, 이른바 천왕이었다. 그 판잣집 들보에는 지전이 어지러이 걸려 있었다. '승선 김종직 계온, 고양 유호인 극기, 하산 조위 태허가 성화 임진년 중추일에 함께 오르다.'라고 쓴 몇 글자가 있었다."[62]라고 성모상의 모습을 간략히 설명하였다.

그런데 그가 이것에 대해 냉담한 태도를 보인 것은 그가 이곳에 도착하기 전의 일에서 잘 살필 수 있다. 김일손이 제한에서 서남으로 산등성

[61] 南孝溫,『秋江集』권6,「智異山日課」.
[62] 金馹孫,『濯纓集』권5,「續頭流錄」.

과 언덕을 오르내리며 10리쯤 되는 곳에서 두어 마장 더 가서 한 고개에 올랐을 때다. 길 안내로 좇아 온 자가 김일손에게 "여기서는 말에서 내려 절을 해야 합니다."라고 말했다. 김일손이 "누구에게 절을 하는가"라고 물었더니 "여기는 천왕을 모신 곳입니다."라고 대답했다. 이 말을 듣고 김일손은 "천왕이란 다 무엇 하는 것인가? 나는 애당초 그런 것은 아랑곳하지 않는다."라고 하면서 지나 버렸다고 한다.

그런데 김일손은 그의 글에서 김종직 등이 남겨 놓은 글을 특별히 소개하고 있다. 김종직의 지리산 등정은 김일손보다 앞선 시기에 이루어졌다. 뿐만 아니라, 김종직은 천왕봉에 있는 성모사에 대해 누구보다도 자세히 언급하고 있음을 볼 수 있다.[63] 김종직을 뒤이어 그곳에 갔던 김일손이 그의 스승과 스승의 벗들이 그곳에 남겨놓은 글과 이름을 특별히 언급한 것 언저리에는 그들의 행적에 대해 못마땅한 점이 있었던 것으로 보인다. 그가 특별히 천왕신에 절하고 예의를 갖추어야 한다는 말을 전혀 귀담아 듣지 않았던 것과는 대조적으로 김종직 일행은 이에 대해 긍정적으로 받아들였던 것을 볼 수 있다.

김종직이 자신의 스승이기는 하지만, 김일손으로서는 일개 석상에 대해 고유문까지 지어 빌었던 일을 좋게 여길 까닭이 없다. 김일손 등의 유학자의 인식에 드러나 있듯이 석상에 대한 인식은 매우 비판적으로 드러난다. 그런데 그 석상이 누구인가가 많은 사람들의 관심을 끌었던 것으로 보인다. 남효온이 비록 시에서는 언급하지는 않았지만, 그의 일과에서 그 석상이 마야부인이라는 점에 대해 매우 회의적인 태도를 보이고 있다.

---

[63] 金宗直, 『佔畢齋集』 권2, 「遊頭流錄」. "사당 건물은 세 칸뿐이었다. 엄천리 사람이 새로 지었는데, 나무판자로 지은 집으로서 못질이 매우 견고하였다. 이렇게 하지 않으면 바람에 날아가 버리기 때문이다. 사당 안벽에는 두 승려의 화상이 그려져 있었다. 이른바 '성모'는 석상인데, 눈과 눈썹 그리고 머리 부분에 모두 색칠을 해놓았다. 목에 갈라진 금이 있어 그 까닭을 물으니, '태조께서 인월에서 왜구를 물리치던 해에 왜구들이 이 봉우리에 올라 칼로 석상을 쪼개고 갔는데, 후세 사람들이 다시 붙여 놓았다고 합니다.'라고 하였다."

황준량도 「頭流山紀行篇」이란 시에서 석상이 마야부인이라는 설에 대해 부정적인 견해를 밝혔다.

세 칸의 옛 祠堂 비바람 피하지 못해 흔들리는데	三間古廟不避風雨籤
돌보는 사람 없는 판자문을 무너진 담이 두르고 있네.	板扉無主繚壞墉
흐릿한 石像은 온갖 흠집 띠고 있지만	糢糊石軀帶瘢痕
발자국 소리 듣고서 기뻐서 얼굴을 펴는 듯.	開眉如喜來人踵
누가 왼쪽 갈비에서 흉한 새끼 낳도록 했나?	誰敎左脇産凶雛
알을 삼켜 商나라 연 有娀에 부끄럽겠지.	呑卵開商慙有娀
西域의 요사스런 귀신 무엇 하러 멀리까지 왔나?	西域妖神豈遠到
근거 없는 괴상한 그의 말 糢糊하도다.	無稽怪語還朦朧[64]

황준량의 이 시에는 석상이 마야부인이라는 직접적인 언급은 없으나, "누가 왼쪽 갈비에서 흉한 새끼 낳도록 했나"라고 한 구절은 석가가 어머니의 왼쪽 갈비에서 태어났다는 설화를 말한 것이다. 따라서 석상은 바로 마야부인이라는 견해를 가졌음을 알 수 있는데, 그도 또한 이러한 설에 대해 "西域의 요사스런 귀신 무엇 하러 멀리까지 왔나?"라고 하여, 매우 부정적인 생각을 가지고 있었음을 알 수 있다.

그런데 이 성모상에 대해 또한 자세히 설명하고, 합리적인 생각을 바탕으로 석상이 누구일까를 추정한 사람은 김종직이다.

동쪽으로 움푹 팬 곳의 돌로 쌓은 단에는 해공 등이 받들고 있던 부처가 놓여 있었다. 이를 '국사'라고 부르는데, 속설에는 '성모의 음부'라고 전한다. 내가 다시 묻기를 "성모는 세상에서 무슨 신을 일컫는거요?"라고 하니, "석가의 어머니 마야부인입니다."라고 하였다. 아! 이럴 수가 있을까? 서축과 우리나라는 수천 수만 리나 떨어져 있는 세계인데, 가유국의 부인이 어찌

<hr>

[64] 黃俊良, 『錦溪集』 外集 권1, 「遊頭流山紀行篇 乙巳夏四月 遊山川」.

이 땅의 신이 될 수 있겠는가? 내가 일찍이 이승휴의 『제왕운기』를 읽어보니 "성모가 선사에게 명하였다."라는 구절의 주에 "지금의 지리산 천왕봉이다"라고 하였으니, 바로 고려 태조의 어머니 위숙왕후를 가리킨다. 고려 사람들이 선도성모에 관한 전설을 익히 듣고서 자기 나라 임금의 계통을 신성시하고자 하여 이 설을 지어낸 것인데, 이승휴가 그대로 믿고서 「제왕운기」에 기록한 것이다. 그러나 이 또한 증명할 수 없는 일인데, 하물며 승려들의 허무맹랑한 말에 있어서랴? 또한 마야부인이라고 하면서, 국사 이야기로 더럽히고 있다. 업신여기고 불경한 것이 그 무엇이 이보다 심하겠는가? 이 점은 분변하지 않을 수 없다.[65]

인도와 우리나라가 서로 떨어진 거리를 들어 수천 수만 리나 떨어져 있는 가유국의 부인 즉 마야부인이 우리나라의 신이 될 수 없다는 논리를 펴고 있다. 그리고 李承休의 『帝王韻紀』 등의 구절을 들어 그 석상이 고려 태조의 어머니 위숙왕후라고 사람들이 믿는 것이라고 하였다. 그러나 이 또한 허무맹랑한 말이니 믿을 수 없다고 하였다. 이러한 내용은 성여신의 「遊頭流山詩」 시에도 잘 드러나 있다.

천왕봉 위에도 聖母祠가 있는데	天王峯上又有聖母祠
속설에 의하면 고려 태조 어머니가	俗傳高麗太祖母
죽어서 신이 되어 이곳에 산다 하네.	死而爲神此焉託
혹자는 석가의 어머니 마야부인이	或云釋迦之所誕摩倻夫人
서역에서 이 산에 와 앉아 있는 것이라네.	來坐神山自西域
황당한 여러 설들 어찌 다 믿으랴?	荒唐衆說何足信[66]

成汝信은 이란 시에서 그 석상이 마야부인이라고도 하고 위숙왕후라고

65) 金宗直, 『佔畢齋集』 권2, 「流頭流錄」.
66) 成汝信, 『浮査集』 권2, 「遊頭流山詩」.

도 함을 동시에 소개하고, 그 누구이건 간에 믿을 만한 것이 못된다고 하였다.

유자들이 이 성모상에 대해 이처럼 비판적 입장이 거세고, 더구나 천왕봉에 올라갈 때, 그 석상에 빌지 않으면, 사람이 쓰러지고 말이 죽는다는 소문이 퍼지면서, 이것을 없앴으면 하는 유자들의 바람에 부응하여 이 석상을 깨뜨려 버리는 사람이 나타났는데, 천연이란 중이다. 현재 작품은 전하지 않으나, 남명 조식은「용사천연전」이란 글을 지어 천연의 행적을 드러내려 했다는 기록이 있다.[67] 천연은 특히 용기가 절륜하고 담력이 과인하다는 것으로 사람들에게 이름을 날리게 되어 사대부들과 교유를 갖게 된 계기는 천왕봉의 음사를 때려 부쉈던 일 때문이었다. 그가 음사를 부쉈던 일은 특히 괴력난신을 멀리하고, 백성의 어려움을 해결하는 것을 이상적인 인간상으로 생각하던 유자들에게 감명을 주었고, 이 때문에 더욱 칭송되었던 것으로 보인다.

그래서 학자나 문사들과 깊은 교분을 유지하였고 그들과 많은 시문을 주고받기도 하였으며, 문집을 남기기도 하였던 것으로 보이지만, 지금은 전하지 않아 실상을 알 수 없다. 이러한 교분과 신뢰를 바탕으로 퇴계와 고봉의 왕복서한을 전달하는 일을 맡기도 히였고, 임란 때에는 승상 서산을 좇아 승병으로 전공을 세웠다고도 한다.

박순·양사언·허봉 등이 천연에 대해 지은 시를 통해서는 그가 유학적 교양을 갖고 있었던 인물임을 잘 그려내었다. 천연이 당시의 이름난 문인·학자와 교유하였던 배경은 그가 본래 유가 집안에서 태어나서 유학적 교양을 익혔다는 데에 기인한다. 즉 천연과 일정한 관계를 맺었던 당시의 여러 인사들이 그를 유학적 교양인으로서 대우하며, 그와 문학

---

67) 필자는 「天然, 그의 爲人과 文學的 形象化－南冥의〈勇士天然傳〉著作과 關聯하여」(『남명학연구』제7집, 경상대학교 남명학연구소, 1999)라는 글에서 천연에 대해 남명 조식이「용사천연전」이라는 전을 지었을 가능성에 대해 언급하고, 천연이 당시의 사대부와 교유하던 실상을 밝혔다.

적·학문적 교유를 맺었던 까닭은, 그가 겉으로는 불자의 모습을 하고 있으면서도, 안으로 유학적 교양과 사상을 갖고 있는 유학적 교양인으로서 민간에서 신앙의 대상으로 떠받드는 성모상을 때려 부순 용사의 면모를 가지고 있었기 때문이었다.

옛날 天演이란 중이 문 박차고 들어가　　　　　昔有浮屠天演者排門突入
성모신의 몸통 깨어 절벽에 던졌다네.　　　　　撞破神軀投絶壁
단지 '신을 공경하되 멀리하라'는 가르침을 지키며　吾儒只守敬而遠之之訓
우리 유생들은 아첨하지도 함부로 하지도 말면 그만. 不爲諂不爲褻[68]

　성여신은 이 시에서는 "옛날 天演이란 중이 문 박차고 들어가, 성모신의 몸통 깨어 절벽에 던졌다네."라는 구절을 통하여 용사 천연의 행동에 대해 언급하고, 아첨하지도 그렇다고 그렇게 모질게 함부로 대하지도 않으면 그만이라고 하였다. 황준량에게서도 비슷한 생각을 볼 수 있다.

앞 다퉈 神明처럼 영험하다고 여겨　　　　　　爭將靈驗擬神明
등불 밝히고 술 따르고 致誠하는구나.　　　　　明燈灌酒能致恭
부뚜막 귀신에게 아첨할 마음 없고 빈 지 이미 오래 됐나니　無心媚竈禱已久
귀신세계에 의지해서 吉凶을 알려고 하겠는가?　　肯向幽冥推吉凶[69]

　황준량은 일반 사람들이 그 석상에게 앞 다투어 비는 모습을 그리고 나서, 남효온의 시에서 볼 수 있는 바와 같이 "부뚜막 귀신에게 아첨할 마음 없고 빈 지 이미 오래 됐나니"라고 하여, 일반 사람들은 그 신에 앞 다투어 복을 빌지만, 자신은 전혀 그럴 생각이 없음을 『논어』의 내용을 가

---

[68] 成汝信, 『浮査集』 권2, 「遊頭流山詩」.
[69] 黃俊良, 『錦溪集』 外集 권1, 「遊頭流山紀行篇 乙巳夏四月 遊山川」.

지고 말하였다. 그러면서 그는 다른 구절에서는 "몇 칸의 새 齋舍 누가 지었을까? 가엾도다! 재물 들여 신령에게 비는 어리석음이여."[70]라고 하였다.

柳夢寅은 「遊頭流山百韻」이란 시의 한 대목에서 석상이 일단 고려 태조의 어머니일 것이라고 하였다. 그러나 이를 향해 복을 비는 것에 대해서는 매우 비판적인 견해를 피력하였다.

> 남아 있는 사당 어느 시대에 천상 할미 섬기던 것인가   遺祠何代尊天媼
> 길한 꿈이 그 해에 상서로운 기린을 탄생하였지.   吉夢當年誕瑞麟
> 동쪽 삼한 통일하여 굽어 살펴 복을 내려주시니   一統東韓垂眷祐
> 천년토록 남쪽 지방 그 순수한 정기를 누렸다네.   千年南國享精純[71]

이 시에서 필자는 스스로 석상이 누구인가라고 질문을 던졌으나, 겉으로 누구라고 밝혀 쓰지는 아니했다. 그러나 그 다음 구절에서 "길한 꿈이 그 해에 상서로운 기린을 탄생하였지"라고 하였으니, 이는 위숙왕후가 태조 왕건을 낳을 때, 기린 꿈을 꾸었다는 설화를 이용하여 석상이 고려 태조의 어머니인 위숙왕후임을 말한 것이다.

이 시의 뒷부분을 보면 석상에 대해 긍정적인 평가를 한 것처럼 보이지만, 바로 이어서 그 석상을 향해 복을 비는 것에 대해 "무당 부르고 노자 돈 허비하는 천박한 세속 풍조, 귀신에게 빌붙어 복을 비는 시끄러운 말세 풍속."[72]라고 비판을 하였다.

특히 무당이 앞장서서 복을 빌어주고 돈을 받는 풍조에 대해 언급하였는데, 유학자로서 사교라고 생각하는 무속에 대한 그의 생각의 일단이 드러나 있다. 그의 이러한 생각은 그의 지리산 기행문인 「遊頭流山錄」에도

---

70) 위의 책. "新齋數楹刱誰手 捨財乞靈哀愚蒙"
71) 柳夢寅, 『於于集』 後集 권2, 「遊頭流山百韻」.
72) 위의 책. "邀巫傾費流風薄 諂鬼祈禳末俗囂"

자세히 드러나 있다.[73] 유몽인은 특히 이른바 성모사가 백모당, 용유담 등과 더불어 무당들의 소굴이 된 것에 대해 개탄해 마지않았다.

유자들은 지리산의 민간신앙의 대상이 되었던 성모상에 대해 비판적인 입장을 가지고 있었다. 그 성모상이 마야부인이라는 설에 대해서는 근거 없는 허무맹랑한 설이라 맹렬히 비판을 하였고, 고려 태조의 어머니 위숙 왕후라는 사실에 대해서도 회의적인 반응을 보였다. 그러면서 이들에게 복을 빌기 위해 몰려드는 일반인들의 어리석음을 지적하고, 자신들은 그 석상에 '절하지도' 않고, '아첨하지도' 않을 것이란 강력한 의지를 드러내었다.

Ⅳ. 지리산 인식의 특징과 그 한계

지리산 한시에 나타난 지리산 인식의 특징이 유불도 및 민간사상이 혼재되어 있으면서도 유교를 바탕으로 다른 사상이 보조적이며 비판적인 대상에 머무르고 있다는 점은 이상에서 확인하였다.

지리산을 오르고 난 뒤에 그 감회를 읊은 시들에 보면, 유가로서의 지리산에 대한 사상적 인식의 특징과 그 한계가 분명하게 드러나 있다. 沈光世는 「阻雨不得上天王峯 出山有感 書示成則生(啓善)」란 시의 첫머리에서 천왕봉 등정의 목적을 다음과 같이 말하였다.

---

73) 최석기 외, 『선인들의 지리산유람록』, 돌베개, 2000, 188쪽. "원근의 무당들이 이 성모에 의지해 먹고산다. 이들은 산꼭대기에 올라 유생이나 관원들이 오는지를 내려다보며 살피다가, 그들이 오면 토끼나 꿩처럼 흩어져 숲 속에 몸을 숨긴다. 유람하는 사람들을 엿보고 있다가, 하산하면 다시 모여든다. 봉우리 밑에 벌집 같은 판잣집을 빙 둘러 지어놓는데, 이는 기도하러 오는 자들을 맞이하여 묵게 하려는 것이다. 짐승을 잡는 것은 불가에서 금하는 것이라 핑계하여, 기도하러 온 사람들이 소나 가축을 산 밑의 사당에 매어 놓고 가는데, 무당들이 그것을 취하여 생계의 밑천으로 삼는다. 그러므로 성모사·백모당·용유담은 무당들의 3대 소굴이 되었으니, 참으로 분개할 만한 일이다."

산에 올라 내려다보고 드센 바람을 맞으며　　　　準擬登臨挾天風
호탕한 가슴을 한바탕 씻어버리려 하였네.　　　　一盪磊落之襟胸[74]

　　지리산에 올라 지리산 정상의 거센 바람에 세속의 번민과 고통을 한꺼
번에 씻어버리려 산에 오른다고 말하였다. 마치 심광세는 정작 지리산에
올라 이러한 목적을 달성했노라고 말하지 않았으나, 다른 여러 사람들은
심광세의 이러한 목적에 화답이라도 하듯이 등정의 소회를 다음과 같이
피력하였다.

몇 번이나 높은 곳 향해 삶을 수고롭게 했던가?　　幾向彌高勞仰止
지금 높은 곳 올라 마음속 찌꺼기 씻어내네.　　　今來登岸盪心胸[75]

평소에 맺혀 있던 뜻　　　　　　　　　平生介滯志
오늘에야 가슴속에서 씻어 내리네.　　　今日蕩胸中[76]

　　앞의 시구는 황준량의 천왕봉 시의 두 번째 시의 마지막 두 구절이고,
뒤의 시구는 고상안의 「登頭流山天王峯」이란 시의 끝 구절이다. 황준량은
지리산에 오르니 마음 속 찌꺼기가 씻어 내린다는 구절을 통해 지리산
등반의 효과를 이야기했다. 고상안도 지리산을 오른 뒤의 감회랄까 지리
산을 오른 효과를 말한 대목이다. 모두 마음속에 찌꺼기, 가슴에 맺힌 것
이 씻겨 내려간다고 하였다.

신선 놀이 마치고 새 날이 밝으니　　　　仙遊旣了返飇輪
몸은 날아갈 듯하고　　　　　　　　　飄飄乎身世

---

74) 沈光世, 『休翁集』 권2, 「阻雨不得上天王峯 出山有感 書示成則生(啓善)」.

75) 黃俊良, 『錦溪集』 外集 권1, 「天王峰」.

76) 高尙顔, 『泰村集』 권1, 「登頭流山天王峯」.

정신은 씻은 듯하여	灑灑乎精神
넓고 넓은 세계를 얻은 것 같네.	浩浩然如有得[77]

成汝信이 「遊頭流山詩」의 후반부에서 말한 내용이다. 등정을 신선놀음이라 하였고, 등정을 마친 소회를 마치 신선이라도 된 것 같다고 읊었다. 몸은 날아갈 듯이 가볍고, 정신은 씻은 듯이 맑다고 하였다. 신선에 비기기는 했지만, 성여신이 느낀 것은 심광세가 목적으로 삼았던 것이나 황준량, 고상안 등의 유학자들이 느꼈던 것과 다르지 않음을 알 수 있다. 이것은 결국 유가에서 말하는 호연지기의 다른 표현이라 할 수 있을 것이다.

이미 유람을 끝내고 나니	已謝悠悠也
마침내 호연지기 얻었다네.	終成浩浩然
농사일에 여생을 의탁하고	長鑱託餘命
농부로서 한 평생을 보내리.	採蕨可終年[78]

기대승이 지리산 천왕봉 등정을 마치고 그 감회를 읊은 것이다. 유람을 끝내고 마침내 호연지기를 얻었다고 하였지만, 그 끝은 결국 유학자의 일상으로 다시 돌아가는 것이었다. 다음의 시에는 이러한 유자로서의 한계를 벗어나지 못함을 보여주고 있다.

높은 하늘 궤석에 닿을 듯 하고	三天臨几席
만 리의 경치 한 눈에 들어오네.	萬里屬眉睫
끝없이 바라보니 임금을 그리는 마음 이는데	極目孤臣念
강호도 근심을 덜어주지 못하네.	江湖未散憂[79]

---

77) 成汝信, 『浮査集』 권2, 「遊頭流山詩」.
78) 奇大升, 『高峰集』 外集 권1, 「次天成登天王峯韻」.
79) 金克成, 『憂亭集』 권2, 「天王峰」.

金克成의「천왕봉」이란 작품이다. 높은 하늘 궤석과 맞닿아 있는 것처럼 높은 천왕봉에 오르니, 그 아래 끝없이 펼쳐진 경치가 한 눈에 들어온다는 것은 맹자류의 호연지기를 또 달리 표현한 것이라 할 수 있다. 그런데 김극성도 천왕봉에 올라 드넓게 펼쳐진 경관을 부시하면서 그 감회를 읊었지만, 결국 임금에 대한 그리움을 피력한 유가적 한계를 넘어서지 못하고 있다. 이만부가 사람들이 지리산을 찾지 않는다고 한탄을 한 것은 지리산에 대한 유가적 인식의 극치를 보여주는 것이라고 하겠다.

두류산 풍물은 지금 어떠한고?	頭流風物今何許
세상 사람들은 깊은 곳을 찾으려 않네.	世人不肯訪深隈
頭流山 아래 오래 동안 주인이 없으니	頭流山下久無主
산새와 물가의 갈매기만 자연스레 노는구나.	自在山禽與渚鷗[80]

사람들이 지리산을 찾지 않는 것이 왜 한탄을 할 일인가? 지리산은 조식과 정여창 같은 분들이 찾아 들어가 정신의 안식을 얻었던 곳이다. 그런 곳이 지금 버려진다고 하는 것은 결국 그분들이 지향했던 가치와 정신적 지향이 사람들에게 잊혀져 가고 있는 것이며, 이것은 결국 출세지향적이 아닌 퇴처와 수양에 힘쓰던 유학의 정신이 퇴조하고 있는 세태를 걱정하는 것이라 해석할 수 있다.

이처럼 지리산에 대해 유가들이 신선세계와 관련지어 읊기도 하고, 불교와 관련지어 읊기도 하고, 민간신앙과 관련된 것을 이야기하였지만, 이것은 결국 유학적 테두리 안에서 이루어진 것이다. 지리산에 올라 지은 남효온의「유천왕봉」이란 작품의 다음 내용은 유가의 입장에서 지리산과 관련된 유불도에 관한 인식을 총괄한 것으로 보인다.

---

[80] 李萬敷,『息山集』권1,「頭流歌 送盧二丈新卜頭流山中 兼呈孔巖丈 己丑」.

선비들은 明德을 밝히라 말하고	儒言明明德
신선들은 鼎器를 다스리라 말하네.	僊言治鼎器
노자는 玄牝을 지키라 말하고	老言守玄牝
불가는 不二를 닦으라 말하네.	佛言修不二
분분하게 말하는 자들이여	紛紛萬說者
누구의 말이 가장 옳은 것인가?	孰爲第一義
높은 곳 오르니 더욱 처연해지고	登臨益慘悽
朱公의 생각에 길이 마음 아프네.	永痛朱公思[81]

　남효온은 이 시에서 유불도선에서는 각각 자신들의 입론을 내세워 사람들에게 자신들의 도를 좇으라고 분분하게 말하지만, 누가 옳고 누가 그른지 알기 어렵다고 하였다. 그러면서 주공의 생각에 마음이 아프다고 하였다. 여기서 주공의 생각이란 주자가 형악에 올라 지었다는 시의 내용을 가리키는 말이다. 결국 유가 중에서도 송대 이학을 완성한 주자의 생각에게로 지리산 인식도 귀결됨을 볼 수 있는 것이다.

V. 맺음말

　이상에서 주로 조선의 사대부들이 남긴 지리산 한시를 통하여 지리산에 대한 그들의 사상적 인식이 어떻게 드러나 있는가를 살폈다.

　비록 유학자 내지는 유학적 교양과 식견, 그리고 그러한 분위에 젖어 살았던 사람들이 남긴 시이기는 하지만, 그들이 지리산과 관련지어 말한 사상의 폭은 외형적으로 매우 포괄적으로 나타나 보였다. 여기에는 유가로서의 인식을 가지고 지리산을 바라본 경우, 도선적인 인식과 지식을 통하여 지리산을 읊은 경우, 불교 내지 승려와 관련지어 지리산을 읊으며

---

81) 南孝溫, 『秋江集』 권4, 「遊天王峰」.

그들의 불교에 대한 생각을 드러낸 것, 그리고 민간에서 신앙으로 대상으로 삼았던 지리산에 있는 석상에 대한 견해 등을 피력한 것 등 매우 다양한 사상성이 그 속에 포함되어 있다.

그러나 이처럼 외형적으로 사대부들이 유불도 및 민간신앙까지를 포함하는 넓은 사상적 진폭을 가진 것처럼 보이지만, 이 이면적인 성격을 살펴보면 이들의 유가적 인식도 매우 폭이 좁고, 불교나 도교 그리고 민간신앙에 대한 인식은 매우 자신들의 편의에 맞추어져 있음을 볼 수 있다.

유가적인 인식은 '존현' 정신으로 특징지을 수 있다. 지리산을 성인 내지 제왕의 형상으로 매우 신성시하고 있다. 그럼에도 불구하고, 조작되거나 의도적인 행위에 의해 지리산과 관련지어진 인물들에 대해서는 관심을 보이지 않고, 도리어 세상에서 잊혔거나 세상을 등지고 지리산으로 숨어들었던 '어진 사람'들에 대해서는 드러내어 밝혔으며, 더 나아가서는 이들과 지리산을 동일시하였음을 볼 수 있다.

도가적 인식은 '유선' 사상으로 특징지을 수 있다. 지리산을 읊은 시에서 지리산을 신선세계라고 바로 인식하거나 신선이 되기 위해 직접 노력을 하는 경우는 찾아보기 어렵다. 다만, 신선이 살았다고 하는 곳을 찾아가서 현실의 답답함을 해소하려고 한 경우가 많다. 그러니 현실에서는 지리산에서 이러한 신선세계를 찾기 어려우므로, 꿈속에서 지리산의 신선세계를 노닐고, 최치원과 같이 '신선과 같은 유자'를 칭예하는 예를 흔히 볼 수 있다.

불가적 인식은 '향도' 의식으로 특징지을 수 있다. 지리산은 수많은 절을 안고 있으며, 승려도 비례하여 많으므로, 지리산과 불교의 관련성은 매우 밀접하다고 할 수 있다. 그러나 사대부들이 불가를 받아들이는 것은 매우 표피적이거나 비판적인 데에 머문 경우가 일반적이다. 지리산을 생각하며 혹은 찾아가며 읊은 시속에 나타난 불가적인 요소들은 모두 유가들이 자신들의 필요에 의해 혹은 자신들이 하는 일을 도와주는 사람, 특히 '등산의 도우미' 이상으로 생각하지 않았음을 많은 곳에서 볼 수 있다.

민간신앙적 인식은 '불배' 의지로 특징지을 수 있다. 지리산 천왕봉에는 석상이 있고, 그 석상에게 많은 사람들이 빌기도 하였다. 하지만, 사대부들에 나타난 시에는 이들에 대해 매우 냉정하고 치밀하게 분석하여 믿을 수 없는 낭설에 근거한 것임을 밝히고, 아울러 이들에 대해 절하는 것은 유가로서 성현의 가르침에 어긋난다고 보아 이들에게 '절하거나' '아첨하지' 않을 것이란 의지를 밝힌 내용이 많이 있다.

이들이 지리산을 가는 동안, 그리고 지리산 위에서 보고 겪은 것에 지리산에 대한 인식이 다양하게 드러나 있는데, 지리산을 다녀온 뒤의 생각에도 또한 유가적인 생각을 바탕으로 한 감회를 피력한 것이 많다. 지리산에 오르거나 다녀오니 현실의 막힌 것 혹은 물든 것이 터지거나 씻어졌다고 감회를 밝혔다. 한마디로 마치 신선세계에 오른 것 같다고도 하였으나, 이들이 현실로 돌아올 때의 사상적 지향점은 역시 유가로 선회하고 있음을 볼 수 있다.

유학적 현실에 담갔던 몸을 빼어 지리산으로 향함에 그것에 대한 인식이 유불도 및 민간신앙에까지 미쳤지만 유가의 테두리를 벗어나지 못하였고 다시 현실로 돌아옴에 유가적 본연으로 회귀함은, 조선시대 사대부들이 신선세계의 하나로 일컬어지고 하고, 가장 많은 절을 안고 있으며, 그 꼭대기에 민간신앙의 대상이 자리하고 있는 지리산을 읊은 사대부들의 한시들에게서 벗어날 수 없는 한계 그것이었다고 하겠다.

이 글은 『남명학연구』 제18집(2004)에 수록된 「한시에 나타난 지리산 인식의 사상적 외연과 내포」를 그대로 실은 것이다.

지리산 유산시에 나타난 명승의
문학적 형상화

강정화

Ⅰ. 머리말

논자가 주목하는 것은 지리산 遊山詩이다. 먼저 지리산 유산시를 일별하기 위해 한국고전번역원과 경상대학교 한적실 文泉閣에 구축된 DB자료를 활용하였고, DB화 되지 않은 한시는 지리산 遊山記 저자의 문집에서 발굴하였다. 또한 현재까지 발굴된 100여 편의 지리산 유산기에는 들어있으나 문집에 실리지 않은 한시도 모두 참조하였다.[1] 나아가 경상대

---

[1] 강정화 외, 『지리산 유산기 선집』, 브레인, 2008. 이 책에 수록된 저자를 중심으로 상당량의 유산시를 수집할 수 있었다. 키워드는 유산기의 유람 일정에 나타나는 장소를 중심으로 조사하였음을 밝혀 둔다.

학교 남명학연구소에 소장된 문집을 통해 지리산 한시들을 발굴·정리하였다.

이러한 일련의 과정에서 실로 엄청난 양의 지리산 유산시를 발굴하였고, 지리산을 유람한 인물만도 수백 명은 됨 직하며,[2] 또한 조선시대 士들의 지리산 유람은 특정 名勝을 중심으로 집중되어 있음을 알 수 있었다. 예컨대 天王峰을 오르는 이들은 천왕봉 日月臺, 帝釋堂의 聖母, 德山의 南冥 曹植 유적지 등을 집중적으로 읊었고, 靑鶴洞을 목적지로 삼은 경우는 雙溪寺·佛日庵·神興洞·七佛寺를 읊은 시가 압도적으로 많았다. 천왕봉과 청학동을 겸하는 경우 또한 마찬가지로 나타났다. 따라서 이들 해당 명승에 천착한 연구가 요청되었다.

그 외에 언급되는 명승으로는 星州 등 경상북도를 통해 지리산으로 진입하는 경우, 합천의 해인사·홍류동·황계폭포를 거쳐, 거창의 某里·搜勝臺·桐溪古宅, 그리고 산청의 換鵝亭을 경유, 德山·中山里를 거쳐 천왕봉으로 올랐는데, 이들 명승과 관련한 작품도 상당 부분 나타났다. 또한 주목적지인 천왕봉과 청학동을 향하는 과정에서 들르는 명승, 예컨대 引月의 荒山 유적이나 산행 도중 거쳐 가는 수많은 山寺와 관련한 작품도 다수 확보하였다. 그러나 합천과 거창의 경유지는 각각 지리산의 권역 설정과 관련해 모두 제외하였고, 여러 사찰 또한 개별 특징을 摘示하는데 한계가 있어 논의에서 제외하였다.[3]

유산기가 작자의 직접적 산행을 통해 '유람의 동기→일정별 유람 기록

---

[2] 수집된 지리산 유산시는 천왕봉과 청학동 방면, 그리고 기타 지역인 덕산·산청·함양·단성 등 세 개 영역으로 분류·정리하였다. 강정화·구경아, 『지리산 한시 선집, 청학동』, 이회, 2009; 『지리산 한시 선집, 천왕봉』, 이회, 2009; 강정화·최정은, 『지리산 한시 선집, 덕산·단성·산청·함양·운봉』, 이회, 2010.

[3] 지리산권역의 사찰은 다양하게 나타나지만, 청학동 방면을 제외하면 중산리의 大源寺 정도가 다수의 작품을 남기고 있다. 따라서 지리산권역의 각종 사찰에 대한 정체성은 추후 논의가 있어야 할 것이다.

→유람의 총평' 등 유산에 따른 시간적 기록의 총칭이라 한다면, 유산시 또한 직접적 산행을 전제로 하면서도 유람 과정에서 접하는 해당 명승 및 그 경물에 자신의 감회를 표출한 것이다. 따라서 유산기는 작품을 통해 유람 경로를 확인하고 나아가 유람 목적 및 시간적 경과에 따른 작자의 감정적 추이를 유추할 수 있는 반면, 유산시는 그 장소에 제한되어 있어 작자의 의식을 살피는데 한계가 있다. 이는 유산시가 해당 명승의 장소적 정체성을 확립하고 이미지를 제고하는데 중요한 의의를 지닌다는 또 다른 표현이기도 하다. 여기에서 본 연구의 의의를 찾을 수 있다.

지리산 유산기 연구가 번역서 6책4)을 비롯해 60여 편의 성과를 축적한 반면, 유산시 연구는 미약하다.5) 이처럼 유산시 연구가 부진했던 것은 유산기에 비해 작품이 양적으로 방대할 뿐만 아니라 여러 문집 속에 산재해 있어, 연구에 필요한 기초자료 수집의 어려움이 가장 큰 원인이라 할 수 있다.

따라서 이 글에서는 그간의 연구 성과를 충분히 활용하면서도 조선시대 士들이 지리산 유람을 통해 그들의 감회를 술회한 대표적 명승을 선별하여, 그 명승에 투영된 정서와 문학적으로 형상화된 표현 등을 살펴보고자 한다. 나아가 이는 지리산의 각 명승에 대한 개별연구에 앞서는 試論임과 동시에, 지리산 유산시 발굴과 관련한 개론적 성격을 지닌다. 그러므로 선별된 명승은 작품의 양적 수치에 의한 것임을 밝히며, 각 명승에 대한 개별성과는 후속 연구를 기대해 본다.

---

4) 최석기 외, 『선인들의 지리산 유람록』, 돌베개, 2000; 최석기 외, 『용이 머리를 숙인 듯 꼬리를 치켜든 듯』, 보고사, 2008; 『선인들의 지리산 유람록 3』, 보고사, 2009; 『선인들의 지리산 유람록 4』, 보고사, 2010; 『선인들의 지리산 유람록 5』, 보고사, 2013; 『선인들의 지리산 유람록 3』, 보고사, 2013.

5) 강정화, 「지리산유람록 연구의 현황과 과제」, 『남명학 연구』 46집, 경상대 남명학연구소, 2015, 345~372쪽 참조. 유산기에 비해 유산시 관련 개별 연구는 이 책에 수록된 윤호진의 「한시에 나타난 지리산 인식의 외연과 내포」가 대표적이라 할 수 있다.

II. 지리산 명승에 대한 인식과 전승

산수자연의 경우, 장소가 이름을 얻는 것은 대체로 그곳의 빼어난 경관 때문인데, 이를 '名勝'이라 일컫는다. 명승은 '勝'이란 글자의 의미에서도 보듯 경관의 빼어남을 전제로 한 용어이다. 곧 명승의 '勝'이 '勝景 · 絶景'의 의미를 함축하고 있기 때문이다.

그런데 명승은 그 경관이 인위가 개입되지 않는 객관적 대상인 경우와, 경관이 인간의 심미적 시야에 들어와 심미적 대상이 된 경우가 있다. 여기에서 주목할 것은 후자인데, 특히 빼어난 경관이 아니어도 거기에 '역사적 · 문화적 가치'를 부여함으로써 명승으로 이름난 경우이다.[6] 곧 직접적 풍광이나 자연물에 주목하지 않고 장소나 자연대상에 인간의 감정을 이입하여 세상의 이치를 투사하고, 역사적 · 철학적 의미를 반추하며, 나아가 선현들의 사상과 행적 등을 상상하는 인문적 산수 감상을 가능[7]하게 하는 대상을 일컫는다. 이 글에서 다루고자 하는 명승 또한 빼어난 경관 그 자체보다는 이러한 인문적 가치로서의 대상에 치중하여 논지를 전개해 보고자 한다. 빼어난 명승도 그 자체만으로는 이름을 얻을 수 없고, 그 명승의 아름다움을 세상에 알려줄 名人과 글이 있어야 하기 때문이다.

> 이 산의 淸高하고 웅장함은 지리산에 버금가는데, 세상에서 짚신 신고 지팡이 짚고서 산에 오르는 자들은 반드시 지리산과 가야산을 칭송하면서도 이 산에 대해서는 언급하지 않는다. 지리산과 가야산은 선현의 유풍과 옛 자취가 사람을 景慕하게 하여 그런 것이겠지만, 이 산은 그러한 선현을 만나지 못했을 뿐 애초 이 산의 경치에 볼만한 것이 없어서가 아니다. 이른바 사물

---

6) 최석기, 「傳統名勝의 人文學的 意味」, 『경남문화연구』 29집, 경상대학교 경남문화연구센터, 2008, 188~193쪽.
7) 이지양, 「조선중기 성리학자의 山水鑑賞 특징과 그 의미」, 『고전문학연구』 29집, 한국고전문학회, 2006, 476~478쪽.

은 스스로 귀해지는 것이 아니라 사람을 통해 귀해진다는 말은 옳다.8)

이 글은 거창에 살던 葛川 林薰(1500~1584)이 德裕山 香積峯을 유람한 후 지은 것으로, 이 산의 경관이 지리산이나 가야산에 못지않은데, 두 산은 선현의 자취와 글이 남아 전하여 세상에 이름난 반면, 덕유산은 그렇지 못함을 못내 아쉬워하고 있다. 곧 '사물은 스스로 귀한 것이 아니라 사람으로 인해 귀해진다[物不自貴 因人而貴]는 것을 입증하고 있다. 이처럼 명승과 명인의 상관관계를 보여주는 예시는 아래에서도 확인할 수 있다.

> 산천은 천지간의 무정한 물건이나, 반드시 사람을 기다려 드러나게 된다.
> 예컨대 山陰의 蘭亭이나 黃州의 赤壁도 王羲之와 長公의 글이 없었다면, 황폐하고 궁벽하며 적막한 물가에 불과했을 것이니, 어찌 후세에 이름날 수 있었겠는가?9)

蘇世讓(1486~1562)이 宋純의 俛仰亭을 읊은 記文의 일부로, 명승과 명인과 글과의 상관관계를 나타낸 것으로 더 유명하다. 蘭亭은 浙江省 紹興에 있는 연못의 정자인데, 東晉의 왕희지가 48세 때 右軍將으로 부임하여 여가에 벗들과 산수를 즐기며 詩會를 열었던 곳이며, 「蘭亭集序」를 지은 곳으로도 유명하다. 赤壁은 湖北省 黃岡에 있는 강가의 설벽인데, 宋代의 蘇軾이 47세인 1082년(壬戌) 7월 16일 밤 적벽을 유람하며 「前赤壁賦」를, 그해 10월에 다시 적벽을 유람하여 「後赤壁賦」를 지어 세상에 이름난 곳이다. 난정이나 적벽은 그 자체로써 빼어난 경관을 지녀 이름난 것이 아니라,

---

8) 林薰, 『葛川集』 권3, 「登德裕山香積峯記」. "是山之淸高雄勝 亞於智異 而世之治芒 屬竹杖者 必稱頭流‧伽倻 而不及於是山 彼有先賢之遺風舊迹 使人景慕者然也 而是山未有遇焉 初非是山之不足觀也 所謂物不自貴 因人而貴者 是也"

9) 蘇世讓, 『陽谷集』 권14, 「俛仰亭記」. "山川者 天地間無情之物也 然必待人而顯 山陰之蘭亭 黃州之赤壁 若無羲之長公之筆 則不過爲荒寒寂寞之濱 烏足以名後世乎"

왕희지와 소식이라는 인물을 통해 천하에 명성을 얻었음을 알 수 있다.

지리산은 三神山의 하나로, 역대 우리나라의 대표적 명산으로 인식되어 왔다. 우리나라의 南嶽으로 전국의 어떤 산도 이와 비교될 만한 산이 드물며, 비록 남쪽에 있지만 중국의 五嶽 중 가장 크다는 衡山과 대등한 산으로 인식하였다.[10] 艮齋 田愚의 문인 金澤述(1884~1954)은 그의 「頭流山遊錄」에서 "삼신산에 대한 전설을 모두 믿을 수는 없지만, 그래도 道家나 佛家는 물론 儒家의 청아한 선비나 달통한 사람도 모두 한 번 지리산을 보고서는 만족하게 여기지 않는 자가 없었다."라고 하여, 우리나라 삼신산 중 유독 지리산에 대해 자부하였다. 이러한 자부심은 수많은 士들을 지리산으로 이끌었다.

조선시대 士들의 지리산 유산시에 나타난 명승은 이처럼 빼어난 경관으로 이름난 경우가 대부분이다. 지리산 천왕봉, 청학동의 쌍계사·삼신동·칠불사·불일암 및 불일폭포 등의 명승은 말로 표현할 수 없는 절경이다. 朴長遠(1612~1671)은 천왕봉에 올라 "위로는 별을 딸 수 있고, 아래로는 드넓은 천하를 굽어볼 수 있었다. 하늘과 바다가 서로 맞닿아 있는데, 단지 한 기운이 하늘과 땅 사이에 횡으로 뻗쳐 있어 마치 흰 비단을 펼쳐 놓은 것 같았다. 아래로 보이는 산과 강은 흙덩이니 실처럼 작게 보여, 눈 밝은 離婁로 하여금 분변하게 하고 솜씨 좋은 龍眠으로 하여금 그리게 하여도 다 그려내지 못할 것이다. 그러니 언어와 문자로서는 그 만분의 일도 형용할 수 없는 점이 있다."[11]라는 말로써 천왕봉 위에서 내려다보는 그 장엄한 광경을 표현하였고, 申命耆(1666~1742)는 화개 쌍계사에서 "석양이 비껴 비취빛 산에 붉은 노을이 물들었다. 마치 이 몸이 赤城

---

10) 朴汝樑의 「頭流山日錄」, 宋秉璿의 「頭流山記」, 金澤述의 「頭流山遊錄」, 金鶴洙의 「遊方丈山紀行」 등에서 이런 글귀가 보인다.

11) 朴長遠, 『久堂集』 권15, 「遊頭流山記」. "其峯上可以摘星辰 下可以俯四海 海天相拍 但有一氣橫亘於天地間 如鋪白練而已 眼底山河 皆如塊如線 可使離婁却走 龍眠技窮 有非言語文字可能形容其萬一者矣"

의 煙霞 세계로 훌쩍 날아가 赤松子 · 安期의 무리와 나란히 유람하며 시를 주고받는 듯 황홀하였다."[12]라 하여, 마치 적송자나 안기와 같은 신선들이 노니는 仙界처럼 아름다운 광경이라 칭송하였다.

그런데 이러한 지리산의 명승은 그 傳承에 있어 몇 가지 유형을 보인다. 이를 좀 더 상세히 분류해 보자.

번호	분 류	명승 여부	해당 장소
①	그 장소와 글이 함께 現傳하여 지금까지도 이름난 경우	○	천왕봉 및 청학동 일대
②	그 장소의 경물은 없어지고 글만 전해지는 경우	×	聖母祠 聖母, 山淸의 換鵝亭 등
③	그 장소의 경물과 글이 현전하나 이름나지 않은 경우	×	岳陽의 鋪巖과 岳陽亭, 丹城의 赤壁 등
④	빼어난 경관은 아니나 名人이 있어 이름난 경우	○	德山 일대의 南冥 曺植 유적지

①은 천왕봉이나 청학동 관련 명승이 이에 해당되며, 이와 관련해서는 엄청난 양의 작품이 현전하고 있다. 예컨대 조선시대 지리산 유산기 저자 중 천왕봉에 올라 시를 남긴 인물만도 초기의 李陸 · 金宗直 · 南孝溫 · 金馹孫 등을 포함하여 30여 명이고,[13] 그 외 천왕봉에 올라 읊은 유산시 저자들은 黃俊良 · 金克成 · 高尙安 · 趙顯命 · 奇大升 등 셀 수 없이 많다. 이들은 천왕봉 日月臺에 올라 孔子의 '登泰山 小天下'의 기분을 만끽하고 나아가 일출 광경을 보고서 정신을 상쾌하게 하거나 시야를 넓히는 등 지식인의 浩然之氣를 기르는 것을 그 목적으로 삼았다.

청학동의 여러 명승도 예외가 아니다. 지리산 유산기 및 유산시에서

---

12) 申命考,『南溪集』권3,「遊頭流日錄」. "夕照橫斜 紫翠重疊 怳疑此身 倏入於赤城烟霞之境 與赤松安期之徒 齊遊而酬答也"

13) 강정화,『지리산 유산기 선집』, 브레인, 2008 참조. 천왕봉과 청학동을 겸하여 유람한 인물까지 포함하면 그 숫자는 이보다 훨씬 많다.

청학동으로 일컬어지는 곳은 쌍계사와 불일암 주변의 花開洞과 神興寺가 있었던 三神洞 일대이며, 그 위쪽의 칠불사 일대가 청학동을 찾는 여정의 마지막 코스여서 함께 일컬어진다. 청학동 일대는 그 경관이 빼어날 뿐만 아니라, 청학동을 찾은 최초의 인물인 李仁老나 儒仙으로 알려진 崔致遠 등에 의해 조선조 士들의 이상향으로 인식되었다. ①은 勝景과 名人과 글의 결합으로 명승의 조건을 갖추었고, 현재까지도 명승으로 각광받고 있다.

②는 천왕봉 聖母祠의 聖母와 山淸의 換鵝亭을 들 수 있다. 성모사는 천왕봉 서남쪽 아래 공터에 있던 板屋이었는데, 그 안에 성모석상이 안치되어 있었다. 이 석상은 일제 때까지 남아 있었으나, 현재 성모사는 없어졌고, 성모상은 산청군 시천면 중산리 天王寺에 봉안되어 있다. 그러나 현전하는 성모상이 애초의 것인지는 알 수 없다.[14] 환아정은 산음현 객사의 후원에 있던 정자인데, 1950년 소실되었다. 산음은 현 경상남도 산청의 古號이다. 환아정은 會稽山 및 중국 王羲之의 換鵝故事와 어우러져, 지리산을 찾는 유산객이라면 어김없이 들러 시를 읊던 명승 가운데 하나였다. 그러나 두 곳은 모두 실물이 현전하지 않아 예전 명승으로서의 가치를 상실하였으며, 다만 그곳을 읊은 작품만 현전하는 실정이다.

③은 그 장소와 글이 전해지나 이름나지 않은 경우인데, 丹城의 赤壁과 岳陽의 鋪巖 · 岳陽亭이 대표적이다. 단성은 지리산 중산리로 들어가는 초입에 해당하며, 蘇軾의 「赤壁賦」와 함께 조선 후기까지 士의 풍류놀이를 대표하는 명승이었다. 韓惟漢과 鄭汝昌의 은거지인 삽암과 악양정 또한 두 인물의 명성만큼이나 후대까지도 청학동을 찾는 유산객이라면 반드시 거쳐 가던 명승이었다. 그러나 현재는 그 장소와 수많은 글이 남아 전하나 전혀 알려지지 않아 명승으로서의 가치를 잃어버렸다.

마지막으로 ④는 그다지 빼어난 경관은 아니나 명인이 있어 명승이 된

---

14) 鄭弘溟의 『畸翁漫筆』이나 楊應鼎의 『松川遺集』 등에 의하면, 조선 중기의 승려 天然이 천왕봉 성모상을 부수고 淫祠를 불태웠다고 한다.

경우인데, 산청군 德山 일대의 南冥 曺植의 유적지를 들 수 있다. 덕산은 1561년 남명이 移居하기 전까지는 그저 지리산 자락의 한 깊숙한 골짜기에 불과하였다. 남명이 寓居하여 천왕봉을 우러르고, 그의 사상과 행적을 흠모하는 수많은 후학이 내방함으로 인해, 그가 살았던 덕산은 명승이 될 수 있었다. 남명이라는 명인에 의해 세상에 알려지고 후대에 계승되었으니, 명인을 만나 명승이 된 대표적 사례라 하겠다. 덕산의 남명 유적지는 그의 자취와 함께 지금까지도 명승으로 이름나 있다.

이상의 논의에서 본다면 ①과 ④는 분명 명승의 범주에 포함되나, ②와 ③은 엄격한 의미에서는 명승이 아니다. ③은 ②에 비해 향후 명승으로 거듭날 가능성이 높다. 그럼에도 불구하고 이 글에서는 위의 네 경우를 모두 논지전개의 대상으로 삼고자 한다. ①과 ④는 명승으로 이름나 있더라도 선현들의 글을 통해 명승으로서의 정체성을 더욱 공고히 하는 기회가 될 것이며, 장소와 글이 함께 현존하나 이름나지 않은 ③은 그곳의 장소적 이미지를 확립시킴으로써 명승으로 거듭날 계기를 마련할 수 있으며, ② 또한 실물이 존재하지 않으나 그 현장만으로도 장소적 이미지를 재생산하고 나아가 이를 계기로 명승으로 확립할 기초를 제공할 수 있기 때문이다.

그렇다면 조선시대 士들의 지리산 유산시에서 이들 명승은 어떻게 문학적으로 형상화되어 있는가. 여러 시대 수많은 인물의 작품 속에 나타난 공통된 시각을 摘示함으로써 해당 장소가 지닌 명승으로서의 정체성을 확고히 하는 계기가 될 것으로 보인다.

III. 지리산 명승의 문학적 형상화

1. 帝王으로서의 神聖性, 天王峰

천왕봉은 지리산 遊山의 최종 목적지이다. 유산을 떠나는 연유는 제각 각 다를 수 있지만, 도달하고자 하는 목적지는 천왕봉이라 하겠다. 따라 서 천왕봉에 투영된 조선시대 士의 의식은 몇 가지로 압축할 수 있다.

먼저 선현들의 유산을 흠모하여 자신의 유산과 동일시하는 경우이다. 공자가 泰山을, 韓愈와 朱熹가 衡山을 올라 호연한 기상을 함양하고 산과 인간의 숭고하면서도 신성한 교감을 이끌어낸 것처럼, 조선조 士들도 자 신의 유람을 통해 그들과 공감하려 하였다. 곧 선현의 유람을 자신의 유 람 목적으로 삼고, 나아가 자신의 유람을 더 높은 선현의 차원으로 끌어 올리려 했던 것이다.[15)

다른 하나는 하늘과 맞닿은 천왕봉에 오른 감격을 읊어내기보다 아래 로 세상을 조망한 후 인간사에 대한 무상함과 연민을 토로한 경우이다. 이는 柳夢寅(1559~1623)에게서 더욱 짙게 나타난다. 그는 천왕봉 정상에 올라 사방을 조망한 후 "아, 이 세상에 사는 덧없는 삶이 가련하구나. 항 아리 속에서 태어났다 죽는 초파리 떼는 다 긁어모아도 한 움큼이 채 되 지 않는다. 인생도 이와 같거늘 조잘조잘 자기만 내세우며 옳으니 그르니 기쁘니 슬프니 하며 떠벌리니, 어찌 크게 웃을 만한 일이 아니겠는가?"[16) 라고 하여, 거대한 자연에 비해 인간의 왜소함과 한계를 표출하고 있다.

---

15) 成汝信, 『浮査集』 권5, 「方丈山仙遊日記」. "내 알지 못하겠다, 공자께서 태산과 동산에 오르셨을 때와, 정자가 藍輿로 3일 동안 유람했을 때와, 주자가 눈 내 리는 南嶽을 유람했을 때도, 오늘 나처럼 마음과 눈이 활달했을까?[吾不知 夫 子之登泰山登東山 程子之藍輿三日 晦翁之雪中南嶽 亦如今日之豁心目]라고 한 언 급에서 이를 확인할 수 있다.

16) 柳夢寅, 『於于集』 권6, 「遊頭流山錄」. "嗚呼 浮世可憐哉 醯鷄衆生 起滅於甕裏 攬 而將之 曾不盈一掬 而彼竊竊焉自私焉 是也非也 歡也戚也者 豈不大可噱乎哉"

그러나 무엇보다 지리산 천왕봉에 대한 士의 의식은 하늘과 맞닿은 곳, 하늘의 上帝와 가장 가까이 있어 天上의 세계로 여기던 곳, 그래서 역대 임금이 하늘을 공경하여 제사를 모시던 그 神聖性에서 찾을 수 있다. '천왕'은 본래 불교 용어로, 사방에서 부처의 법을 수호하는 신을 일컫는다. 山寺에서 四天王門을 지나면 부처가 계신 법당이 나타나는데, 곧 부처의 세계로 다가가는 가장 근접의 지점인 것이다. 마찬가지로 지리산의 최고 봉인 천왕봉에 오르면 상제가 계신 하늘과 닿을 수 있다고 여겨 '천왕봉'이라 이름하였으니, 그 명칭에서부터 얼마나 신성시하였는가를 짐작할 수 있다.

'천왕봉'이라는 명칭에 대해 세상 사람들은 神像이 모셔져 있는 곳이어서 그렇게 부른다고 생각한다. 내 나름대로 생각해 보건대, 이 산은 백두산에서 발원하여 흘러 내려 磨天嶺·磨雲嶺·鐵嶺 등이 되었고, 다시 뻗어내려 동쪽으로는 五嶺·八嶺이 되고 남쪽으로는 竹嶺·鳥嶺이 되었으며, 구불구불 이어져 호남과 영남의 경계가 되었으며, 남쪽으로 方丈山에 이르러 그쳤다. 이 산을 '頭流山'이라 한 것이 이런 연유 때문에 더욱 극명해진다. 하늘에 닿을 듯 높고 웅장하여 온 산을 굽어보고 있는 것이 마치 天子가 온 세상을 다스리는 형상과 같으니, 천왕봉이라 일컬어진 것이 이 때문이 아니겠는가?[17]

지리산은 백두산에서 발원하여 뻗어 내린 산으로, 백두산이 天上의 산이라면 지리산은 地上에 있는 최고의 산이다. 백두산이 祖宗인 하늘의 제왕 같은 산이라면, 지리산은 제왕의 자손으로 이 세상을 다스리는 天孫 같은 산이다.[18] 특히 웅장하게 솟아있는 천왕봉은 마치 이 세상을 다스

---

17) 朴汝樑, 『感樹齋集』 권6, 「頭流山日錄」. "天王之稱 世以爲神像所居而云也 余則竊 以爲 茲山發於白頭山 流而爲磨天·磨雲·鐵嶺等 關關東爲五嶺八嶺 南爲竹嶺鳥嶺 逶迤而爲湖嶺之界 南至方丈而窮焉 以其頭流者 以此而尤極 穹隆雄偉 俯臨諸山 如 天子臨御宇內之像 其稱以天王者 無乃以此耶"

리는 천자의 위상으로 형상화하였다. 때문에 이 산에 오르는 사람들은 모두가 신성시하고 공경해 마지않았다.

두보는 靑城山에 들어가서　　　　　　子美入靑城
그 땅엔 침도 뱉지 않았네.　　　　　不唾靑城地
나는 방장산의 나그네 되어　　　　　身爲方丈客
게으른 뜻 시로 지어보려 하네.　　　敢作怠惰意
술을 끊고 마늘·파도 안 먹으며　　斷酒不茹葷
새벽까지 자지 않고 앉아있네.　　　達曙坐不寐19)

　南孝溫(1454~1492)의 「遊天王峯」 시의 초입부이다. 청성산은 중국 사천성 灌縣에 있는 산으로, 杜甫의 草堂이 그 인근에 있었다. 두보가 청성산에 들어갈 때 침도 뱉지 않을 만큼 조심스러워했듯,20) 남효온 역시 지리산에 들어갈 때 술도 마시지 않고 마늘이나 파도 먹지 않으며 잠도 자지 않았다고 하여, 지리산에 대한 경건하고도 각별한 마음을 표출하였다. 黃俊良(1517~1563) 또한 천왕봉에 올라 한껏 기분이 부풀어 신나게 휘파람을 불어 보려다가도 되레 천황신을 놀라게 할까 두려워 그만두었다고 하였으니,21) 지리산에 대한 그의 외경심을 엿볼 수 있다.

아래로는 대지를 누르고 있고　　　　下壓乎后土
위로는 하늘에까지 닿아　　　　　　上薄乎穹蒼

---

18) 宋光淵, 『泛虛亭集』 권7, 「頭流錄」. "白頭以南 莫非此山之祖宗子孫 凡我東土之名山大川 何莫非此山之枝葉 八路之州府郡縣 亦何莫非此山之鎭望"
19) 南孝溫, 『秋江集』 권1, 「遊天王峯」.
20) 두보의 原詩 제목은 "丈人山"으로, 원문은 "自爲靑城客 不唾靑城地 爲愛丈人山 丹梯近幽意"이다.
21) 黃俊良, 『錦溪集』 外集 권1, 「天王峰」. "飛鳥頭流頂 晴林露自零 滄溟天外盡 銀漢眼前明 日月升沈見 溪山遠近平 臨風欲大嘯 還怕玉皇驚"

구름 밖에 홀로 빼어난 것	獨秀乎雲表者
바로 우뚝한 천왕봉이라네.	乃是天王峯之突屼
하늘을 옹립하고 지는 해 떠받쳐서	擁乾竇撐西日
우뚝하게 천왕봉과 마주하여 선 건	崔嵬而對立者
또한 장엄한 반야봉이라네.	亦有般若峯之崒崒
호남의 서석산과 월출산	湖南之瑞石月出
江右의 가야산과 자굴산	江右之伽倻闍崛
고개 숙이고 엎드려 있어	低頭而屈伏
첩이나 신하와 다를 바 없네.	無異乎臣妾
昆明에 있는 금오산	金鰲在昆山
사천 남쪽에 서린 와룡산	臥龍蟠泗南
남해에 치솟은 금산	錦山峙花田
진주·함안 사이의 방어산	防禦界晉咸者等
태산에게 구릉과 같구나.	如泰山之於丘垤
쏠리듯 동쪽으로 흐르거나	或靡然東注
누운 듯 북쪽에 머리를 둔 건	或偃然北首者
安陰의 덕유산이요	安陰之德裕
聞慶의 주흘산이라.	聞慶之主屹
거북 등처럼 갈라지기도 하고	或似龜坼兆
산가지처럼 나누어지기도 하며	或若卦分繇
올망졸망 불쑥불쑥 솟기도 하고	而纍纍然巉巉然
들쭉날쭉 또렷또렷 서 있기도 하여	參參然煥煥然
그 이름을 부를 수 없는 것들은	不可得以名焉者
빙 둘러 이 산을 향해 읍하고 있는	衆山之環揖于玆山
동서남북 나뉘어 선 여러 산이라네.	而分列乎東西南北[22]

성여신은 천왕봉에 올라 사방의 모든 산을 발아래에서 굽어보고 있다.

---

[22] 成汝信, 『浮查集』 권2, 「遊頭流山詩」.

호남의 서석산과 월출산, 그리고 강우의 가야산과 자굴산을 마치 임금을 향해 고개 숙이고 있는 첩이나 신하 같다고 하였다. 세상에서 높다고 자부하는 많은 산들과 셀 수 없이 많은 이름 없는 산들을 모두 천왕봉을 향해 엎드린 백성에 비유하였다. 천왕봉은 백두에서 뻗어 와 국토의 남단에 자리 잡은 그 위용만으로도 이미 제왕으로서의 존재감을 드러내고 있는 것이다.

동쪽의 천 봉우리 제후처럼 복종하고	千山東散詣侯服
남쪽의 만 리 능선 천자가 순행하듯.	萬里南馳天子巡
큰 깃발 높은 깃발 군대가 사열한 듯	大纛高牙森隊伏
날고뛰는 참마·복마 천리마가 나열한 듯.	飛驂舞服列騏駬
조정의 많은 관리 품계 따라 정렬한 듯	朝班濟濟千官品
사해의 빛나는 보배 조정에 가득한 듯.	庭實煌煌四海珎[23]

천왕봉을 중심으로 한 주변의 모든 형상을 천자와 견주어 표현하였다. 이는 남효온이 천왕봉에 올라 지리산이 인간에게 주는 모든 이로움을 세세히 거론한 후 "대개 높고 큰 산은 움직이지 않고 그 자리에 있지만 인간에게 주는 이로움은 이처럼 풍부하다. 이는 마치 聖人이 의관을 정제하고 두 손을 맞잡은 채 앉아 제왕으로서의 정사를 행하지 않더라도, 裁成輔相의 도를 베풀어 백성을 도와주는 것과 같은 이치이다. 심하구나, 지리산이 성인의 도와 같음이여!"[24]라고 극찬한 것과 상통한다. 일일이 정사를 돌보지 않더라도 존재 그 자체만으로 세상을 다스리고 백성의 공경을 받는 성인, 지리산 천왕봉은 바로 성인의 산이었던 것이다. 따라서 성

---

23) 柳夢寅, 『於于集』後集 권2, 「遊頭流山百韻」.

24) 南孝溫, 『秋江集』 권6, 「智異山日課」. "盖高山大嶽 雖不見其運動 而功利及物如是 比如聖人垂衣拱手 雖未見帝力之我加 而設爲裁成輔相之道以左右人也 甚矣玆山之 有似於聖人也"

인의 산에 오른 사람은 누구나 성인의 마음을 품게 마련이다.

존엄하구나 천왕봉이라 일컬음이여	尊嚴兮以天王稱其峰兮
의미있구나 일월대라 명명함이여.	有意哉以日月名其臺
동방의 삼신산 중 이 산이 제일이니	此特東海外三神之第一兮
탐라의 영주산 관동의 봉래산 말하지 말게.	愼莫道耽之瀛關之萊
······ ······	
나는 속세를 벗어나고픈 큰 꿈을 품고서	我有出塵之遐想兮
바람을 타고 九垓를 뛰어 넘고 싶었네.	每欲御泠風而超九垓
원대하게 품었던 그 소원을 이루려고	今乃志願之及伸兮
호방하게 멀리 와서 오르고 또 올랐네.	浩然長往兮陟崔嵬
하늘의 문 두드려 상제께 기원하노니	上扣天關兮祈上皇
마시고 또 마시게 瓊漿을 내리소서.	願借瓊漿兮一盃復一盃25)

　丹城에 살던 朴來吾(1713~1785)가 천왕봉에 올라 읊은 「頭流歌」이다. 그
는 1752년 8월 10일부터 8월 19일까지 열흘 동안 단성을 출발, 덕산→ 중
산리→천왕봉→제석봉→칠불사→신흥사→쌍계사→화개를 거쳐 단성으
로 돌아오는 코스로 지리산을 유람하였다. 박래오의 유람에는 문중의 동
생인 朴來曳 · 朴享初 · 朴亨初 및 벗인 李聖年이 동행했는데, 이들은 가는
곳마다 시를 지어 남겼다. 박래오는 천왕봉을 하늘과 땅의 기운이 들고나
는 곳으로, 또한 우주만물을 생성시키는 원기가 모여 있는 곳이라 하여
그 존엄함을 피력하였고, 나아가 삼신산 가운데 최고봉이라 칭송하고 있
다. 천왕봉은 사람으로 하여금 상제와 같은 성인의 마음을 품게 하고, 그
리고 그 같은 드넓은 이상을 이루고자 하는 꿈을 갖게 하였던 것이다. 다
음 시를 살펴보자.

---

25) 이 시는 朴來吾의 지리산 유산기 「遊頭流錄」(『尼溪集』 권12)에 들어있다.

그대는 보지 못했는가, 방장산 위 제일봉을	君不見方丈山上山上峰
이 봉우리 한 번 오르면 만 리를 보고	
온 세상 품게 되지.	一上此峰使人萬里眼八荒胸
하늘은 높은 줄을 모르고	
세상이 넓은 줄만 알지.	天不覺高只覺大覆之有餘
산은 겹겹이 늘어서고	
바다는 넘실넘실 물결치네.	山重重海重重
보잘것없는 이 한 몸이 높이 올라 바라보니	余乃一身渺然而高視兮
무엇인들 우리 가슴 속에 포용하지 못하랴.	孰非吾人腔子裡所包容
오늘 그대와 일월대에서 실컷 취할지라도	今日與君轟飮日月臺
세상 사람들 천왕봉 위의 구름만 보겠지.	世人但見此峰之上雲溶溶

승려 應允(1743~1804)의 「頭流山會話記」에 나오는 시로, 1803년 8월 당
시 옥천군수와 함양군수 일행이 지리산을 유람한다는 소식을 듣고 실상
사에서 만나 그들과 다수의 시를 주고받았는데, 이는 그중 옥천군수가 지
은 것이다. 천왕봉에 오르면 온 세상을 가슴에 품게 되어 세상사 모든 것
을 포용하지 못함이 없다고 하였다. 바로 성인의 마음을 품게 되는 것이
다. 조선시대 士에게 지리산 천왕봉은 자신들이 추구해야할 최고 목표인
성인의 경지를 대표하는 신성함의 상징이었던 것이다.

2. 士의 이상향, 靑鶴洞

이상향은 기본적으로 이상이라는 인간의 가치체계가 표현되고 이를 現
世的으로 실현하려는 공간적 구조가 동시에 제안된 경우이다. 특히 이상
향의 공간적 表象 문제는 이상적 가치체계가 달성되고 실현되기 위해 어
떠한 경로와 방법으로 현실세계에 구도화시키려 하는가의 과정까지 포함
한다. 따라서 이상향은 성격상 장소나 공간에 구애되지 않는 매우 자유로
운 조건하에서 그 개념이 설정되어 왔다. 더구나 동양에서 이상향 공간의

표상 방식은 현세적 처방으로써 도식화하여 나타나지 않고, 다분히 관념적으로 그리고 내세에 대한 희망의 설명으로 표시되어 왔다.[26] 그중 중국의 武陵桃源과 우리나라의 청학동이 대표적이라 할 수 있다.

조선시대에 이상향의 상징인 청학동은 여러 곳이 있었으나,[27] 儒者가 인식한 지리산의 청학동은 하동 花開洞 주변으로 나타난다. 그 공간적 범위를 구체화한다면 화개동 雙磎寺 및 불일암 주변과 神興寺가 있었던 三神洞까지 아우른다. 이곳의 입지조건이 무릉도원과 흡사하였는데, 예컨대 그곳에는 빼어난 절경뿐만 아니라 불일암에서 공부하던 崔致遠이 신선이 되어 날아갔다는 전설과 함께 한 쌍의 靑鶴도 깃들어 있어, 무릉도원의 입지조건을 모두 갖춘 셈이었다.

특히 화개동 일대가 유자들에게 청학동으로 인식된 데에는 신라의 최치원과 고려시대 李仁老의 영향이 절대적이었다. 현실에서 용납되지 않았던 두 사람이 청학동을 찾아 화개동 일대로 들어와 남긴 족적과 글은 이후 조선조 士들에게 이상향의 상징으로 인식되었던 것이다.

두 인물에 대한 기록은 초기 유산기에서부터 나타난다. 金宗直의 「遊頭流錄」에는 길 안내를 맡았던 승려 解空이 악양현의 북쪽을 가리켜 靑鶴寺가 있는 곳이라 하자, "아! 이곳이 옛 사람이 이른바 신선이 놀던 곳이라는 데인가? 이곳은 속세와 그리 멀지 않은데 眉叟 李公이 어째서 찾다가 못 찾았을까?"라고 하여 자연스레 이인로를 연상시키고 있으며, 남효온 또한 쌍계사와 불일암 일대에 이르러 이인로의 시를 떠올리며 "그는 성문 안 쌍계사 앞쪽을 청학동이라고 여긴 것이 아닐까? 쌍계사 위 불일암 아래에도 靑鶴淵이란 곳이 있으니, 이곳이 청학동인 것은 의심할 나위가 없

---

26) 유병림, 「이상의 공간적 표상의 문제」, 『환경논총』 30집, 서울대학교 환경대학원, 1992, 143~144쪽.

27) 최원석, 「한국 이상향의 성격과 공간적 특징－청학동을 사례로」, 『대한지리학회지』 44권 6호, 대한지리학회, 745~760쪽. 논자는 조선시대 전국에서 청학동 및 靑鶴里의 지명은 모두 45곳이 있다고 하였다.

다."라고 하였다. 이후 眉叟 許穆(1595~1682)이 「智異山靑鶴洞記」에서 "청학동은 雙磎石門 위쪽에 있다.……쌍계 북쪽 절벽에서 산굽이를 따라 암벽을 부여잡고 오르면 불일암 앞의 우뚝한 석벽에 이른다. 거기에서 남쪽을 향해 서면, 바로 청학동이 굽어보인다."고 한 것을 비롯해, 이후 나타나는 유산기에서는 이곳을 청학동으로 인식한 것이 전부라고 해도 과언이 아니다.[28]

고운은 천 년 전 사람	孤雲千載人
수련하여 학을 타고 갔다지.	鍊形已騎鶴
쌍계에는 옛 자취만 남아 있고	雙溪空舊蹟
흰 구름 골짜기에 자욱하여라.	白雲迷洞壑
미미한 후생 고풍을 우러르니	微生仰高風
끌리는 마음 자주 일어나네.	響往意數數
유수시를 낭랑하게 읊으니	朗詠流水詩
호방한 기상 횡삭도 누르겠네.	逸氣壓橫槊
어찌하면 번잡함 떨쳐 버리고	安得謝紛囂
당신과 저 하늘에서 노닐까.	共君遊碧落[29]

이상향에 대한 동경은 작자가 몸담고 있는 현실과의 괴리감에서 오는 경우가 일반적이다. 東晉時代의 혼란한 현실이 수많은 지식인에게 무릉도원 같은 이상향을 꿈꾸게 했듯, 조선조 士들 또한 현실과 이상 사이의 괴리감을 해소하기 위해 청학동을 찾았던 것으로 보인다. 奇大升은 지리산 천왕봉과 청학동을 두루 유람하였으나 유산기를 남기지는 않았다.[30]

---

28) 邊士貞·梁大撲·成汝信·趙緯韓·梁慶遇·金之白·申命耉·吳斗寅·鄭栻·宋光淵·黃道翼·金道洙 등이 화개동을 청학동으로 인식하고 유산기를 남겼다.

29) 奇大升, 『高峰集』 권1, 「入靑鶴洞 訪崔孤雲」.

30) 南冥 曺植의 「遊頭流錄」에 의하면, 남명 일행이 신흥사에 들었을 때 갑작스런 폭우로 며칠을 묵게 되었는데, 그때 기대승 일행 11명이 천왕봉에 올랐다가

그 역시 현실에서의 번잡하고 힘든 상황을 벗어나기 위해 청학동에서 신선이 되어 날아간 崔孤雲을 찾고, 그를 통해 仙境의 세계로 가고픈 동경을 표출하고 있다. 예컨대 明庵 鄭栻(1683~1746)이 신흥사 앞 계곡의 최치원이 새겼다고 전하는 洗耳巖에서 "세이암에서 인간세상 상념들 끊어버리고, 노을에 서성이며 최고운을 그려보네.'[洗耳巖邊塵想絶 徘徊斜日憶崔仙][31]라고 한 것이나, 李純仁(1533~1592)이 "지는 해가 가는 길 비추고, 차가운 샘 소리 잎 사이로 들리네. 가을 산은 온통 한 빛깔인데, 어디에서 최고운을 찾을까.'[落日照行逕 寒泉隔葉聞 秋山共一色 何處覓孤雲][32]라고 한 것에서도 이를 확인할 수 있다.

그런데 이러한 선계는 경관이 빼어날 뿐만 아니라 쉬이 찾을 수도 쉬이 오를 수 있는 곳이 아니기에 더욱 갈망하는 대상이었다.

> 23일(기유). 쌍계사에서 서쪽으로 5리쯤 가자, 길이 다하고 돌길이 가팔랐다. 바위에 사다리를 갈고리로 매어놓아 남여를 메기 어려웠고, 다른 사람이 부축할 수도 없었다. 각자 벼랑을 안고 넝쿨을 부여잡으며 엉금엉금 기어서 앞으로 나아갔다. 한참 만에 한 동네가 나왔는데, 이른바 청학동이라는 곳이다. 신령스런 경계가 그윽하고 깊으며, 나무꾼들이 다니는 길이 희미하게 나 있었다. 대고리짝을 싣고 소 몇 마리만 끌고 들어와서는 생업을 일으키기 어려울 듯하니, 物外의 田園을 이인로가 끝내 찾을 수 없었던 것은 괴이할 것이 없다.[33]

청학동은 인간이 쉬이 갈 수 없는 仙界이고, 빼어난 경관을 통해 자신

비에 길이 막혀 내려오지 못하고 있다는 소문을 듣는 기록이 보인다.

31) 鄭栻, 『明庵集』 권2, 「神興庵」.

32) 李純仁, 『孤潭逸稿』 권1, 「洗耳巖」.

33) 宋光淵, 『泛虛亭集』 권7, 「頭流錄」. "己酉 行五里許 路窮磴側 石棧鉤連 難以興檐 不要人扶 緣崖攀藤 匍匐而行 得一洞府 卽所謂靑鶴洞者也 靈境幽深 樵路微茫 除非竹籠牛犢難起 物外田園 李眉叟之卒不得尋 無足怪矣"

이 인간 세상을 벗어나 물외에서 노니는 듯한 착각을 느끼게도 하였다.
그래서 "우뚝한 산봉우리는 첩첩이 막혀 있고, 대나무 숲은 싱그러웠다.
그 옛날 秦나라 세상을 피해 숨은 백성들의 모습과 흡사하였다. 어찌하면
이런 곳에 풀을 베어 터를 잡고 나의 남은 인생을 보낼 수 있을까?"[34]라
고 하여 그곳에서의 은거를 염원하였다. 이곳으로의 유람은 현실의 고통
을 모두 잊은 채 천상의 선계로 이끄는 것이었다.

인간 만사 상념들 버린 지 오래되고	萬事人間念久灰
초연한 방장산을 꿈속에서 자주 찾네.	超然方丈夢頻回
천 년 전 학사의 붉은 글씨 남아 있고	千秋學士丹書在
한 굽이 선계엔 푸른 누각 열려 있네.	一曲靈區翠檻開
노을 진 계곡엔 신선의 말 가까운 듯	霞洞怳聞仙語近
구름 낀 봉우리는 나는 학을 보는 듯.	雲岑疑見鶴飛來
연못의 용은 유람객을 잡아 두려는 듯	潭龍有意挽遊客
비온 뒤 시냇물이 우레처럼 포효하네.	雨後溪流吼作雷

申命耈의 「遊頭流續錄」에 실린 시이다. 그는 신흥동 계곡에 들자 인간
세상의 모든 상념이 사라지고 그곳의 절경에 감흥되어 마치 신신세계로
든 착각을 불러일으킨다고 하였다. 宋時烈·宋浚吉 등과 교유하고 여러
차례 천거를 받았으나 출사하지 않았던 金之白 또한 紅流洞 입구에서 바
람을 타고 신선이라도 된 듯한 기분이 들었다고 술회한 후, "백 년에 비하
면 한 순간에 불과한 유람이었지만 오히려 스스로 고상하게 여겨 하찮은
인간 세상을 슬퍼하는 마음이 생기었는데, 물외에서 정신적으로 노닐며
사해를 아침저녁으로 보는 眞仙에게 있어서겠는가!"[35]라고 하여, 짧은 선

---

34) 申命耈, 『南溪集』 권3, 「遊頭流續錄」. "峰巒重阻 竹林蕭灑 有若昔時避世之秦民 安
得誅茅卜居於此中 以送吾餘年耶"

35) 金之白, 『澹虛齋集』, 「遊頭流山記」. "吁斯遊其足樂矣 而滿一月 尚未得其半 則不過

계로의 유람을 통해 인간사의 허망함을 깨닫고, 나아가 물외에서 노니는 진선의 세계를 선망하였다.

선계로의 유람을 추구한 절정의 인물은 浮査 成汝信(1546~1632)이다. 그는 남명의 문인으로 임진왜란 때 곽재우를 도와 화왕산성에서 전공을 세웠지만, 전란 이후 고향으로 돌아와 강호에 묻혀 은일의 삶을 지향하였다. 성여신은 71세 때 쌍계사·불일암·신응사 방면을 유람하였다. 이때 자신을 포함한 동행자를 八仙[36]이라 불렀을 뿐 아니라 자신들의 유람이 신선의 놀이였기에 유산기를 「方丈山仙遊日記」라 제목하였다. 그는 이 유람에서 장편의 「遊頭流山詩」를 포함하여 수많은 遊仙詩를 지었는데, 모두 현실과 타협하지 못하고 일생 물러나 있는 그의 불우한 삶을 선계를 통해 표출한 것이다.

그러나 이들은 모두 청학동의 선계를 이상향으로 갈망하면서도, 그것은 어디까지나 자신의 내면에 설정한 관념적 공간일 뿐이었다. 그들은 현실에서의 갈등을 회피할 가상의 공간을 갈구했고, 마치 그것을 현실적 공간에서 찾은 듯하나, 실질적으로 살아갈 현실적 공간이 아니라 그들의 내면에 구축된 관념적 이상이었던 것이다. 仙界인 청학동으로의 유람을 평생 갈구하면서도 그것은 현실을 온전히 등진 것이 아니라, 한쪽 발은 현실에 담그고 있는 어정쩡한 상태였다.

바라보니 온통 신선세계인데	望裏仙區是
바위 봉우리는 會稽山과 같네.	巖巒似會稽
가을의 온 골짝엔 시내가 뒤집힐 듯	溪翻秋滿壑

為百年間一瞬息. 猶且自高而有悲世之志 矧乎眞仙之物外遊神朝暮四海者乎"

36) 성여신은 이 유람에서 동행했던 이들을 모두 신선의 호를 붙여 불렀는데, 예컨대 成汝信은 浮査少仙, 鄭熙叔은 玉峰醉仙, 姜士順은 鳳臺飛仙, 朴敏은 凌虛步仙, 李謹之는 洞庭謫仙, 成鑮은 竹林酒仙, 文弘運은 梅村浪仙, 成錞은 赤壁詩仙이라 하였다.

어둑어둑 소나무엔 학이 찾아 깃드네.　　　　　松暝鶴尋棲
바람이 아래로 불기에 소매를 떨치고　　　　　振袂風斯下
참된 경치 찾으니 길 잃는 일 없으리.　　　　尋眞路不迷
고상한 사람은 어디쯤에 있는 건지?　　　　　高人在何許
잔나비 우는 소리 부질없이 듣노라.　　　　空聽白猿啼37)

청학동 속 백운산은　　　　　　　　　　青鶴洞白雲山
별천지로 인간세상 아니니　　　　　　　別有天地非人寰
내 오리 타고 그 사이 나르네.　　　　　我從鳧舃飛其間
이 몸 또한 금일의 孤雲이니　　　　　是亦今日之孤雲
孤雲을 따르지 못한다 한탄 말라.　　　莫恨孤雲不可攀38)

　두 시는 모두 청학동을 선계라 하면서도 眞을 찾는 작자의 주체성을
강조한 것으로 보인다. 작자가 선계에 들었으나 현실의 내가 곧 선계의
고운이다. 내가 서 있는 이곳이 바로 선계이고, 내가 처한 이 현실이 곧
선계인데, 그렇다면 굳이 신선이 되어 날아간 최고운을 찾을 필요가 없
다. 결국 조선조 士에게 청학동이란 현실을 벗어나지 못하는 그들이 강구
해 낸 自己求濟의 방식이자 공간이었던 것이다.

3. 異端排斥과 士意識 고취, 聖母

　지리산은 우리나라 어떤 명산보다도 사찰이 많은 곳이다. 수많은 사찰
은 士들의 유람에서 숙식을 제공하였고, 승려는 길 안내는 물론 산 속에
서 만나는 온갖 어려움을 해결해주는 든든한 후원자였다. 그럼에도 불구
하고 유산기나 유산시에서 보이는 불교와 무속에 대한 인식은 비판적 시
각으로 일관된다. 유람 도중 만나는 사찰과 암자 혹은 승려의 행태를 통

---

37) 黃俊良,『錦溪集』外集 권1,「青鶴洞」.
38) 河受一,『松亭集』續集 권1,「青鶴洞歌」.

해 儒家的 인식을 표출하였는데, 가장 대표적인 것이 지리산 천왕봉 밑 성모사에 안치된 성모였다.

김종직의 「유두류록」에 의하면 '성모사는 세 칸의 판옥으로 되어 있으며, 함양 사람들이 만든 사당이다. 사당 안에는 두 승려의 화상이 그려져 있으며, 성모상는 石像인데, 눈과 눈썹 그리고 머리 부분에 모두 색칠을 해 놓았다.'고 하였다. 이후 성모사는 온돌을 놓아 천왕봉에 오른 관원이나 지방관 및 유산객의 숙소로 제공되었다.

성모상은 불가에서 석가모니의 어머니 摩耶夫人으로 인식하였고, 산 인근의 사람들은 모두 천왕성모라 여겨 질병이 있으면 기도하였고, 산속에 있는 여러 절에서도 이 사당에 와서 성모에게 제사지냈다.

단비가 주룩주룩 옷이 다 젖었으니	甘霖淋漓已濕衣
성모가 음기를 천단해서 그리리라.	却疑神母擅陰機
마을마다 웃음소리 도리어 부끄럽네	村村笑語還羞殺
태수는 오늘 아침 비를 얻어 돌아가네.	太守今朝得雨歸[39]

김종직이 함양태수로 있을 때 가뭄이 심해져 성모의 사당에 기우제를 지내고 돌아오며 지은 시이다. 적어도 김종직 당시에는 성모를 淫神으로 인정하지 않았던 것이다. 이는 김종직이 천왕봉에 올라 날씨가 개이기를 바라는 마음으로 祭需를 차려놓고 성모에게 기도를 올리는 데에서도 확인할 수 있다.

김종직의 문인 金馹孫에 이르러서는 성모상에 대한 비판적 시각을 나타낸다. 그는 유람 도중 이곳에 이르러 천왕을 모시는 곳이니 말에서 내려 절을 해야 한다는 말을 무시하고 지나쳐 버리는데, 이에서 그의 스승 김종직과는 다른 모습을 볼 수 있다. 김일손 이후 후대로 갈수록 이 성모

---

39) 金宗直, 『佔畢齋集』 권10, 「禱雨聖母廟 歸途遇雨」.

사는 淫祠로 전락하여 혹세무민의 도구로 이용되었다.

천왕봉 위에도 성모사가 있는데	天王峯上又有聖母祠
속설에 의하면 고려 태조 어머니가	俗傳高麗太祖母
죽어서 신이 되어 이곳에 산다 하네.	死而爲神此焉託
혹자는 석가의 어머니 마야부인이	或云釋迦之所誕摩倻夫人
서역에서 이 산에 와 앉아 있다 하네.	來坐神山自西域
황당한 여러 설들을 어찌 다 믿으랴	荒唐衆說何足信
단지 보이는 건 돌을 깎아 만든 상에	但見塑像
분과 연지 바르고 비단옷 입힌 것 뿐.	塗粉施丹衣錦帛
누가 이런 황당한 말 지어냈단 말인가	何人倡此無稽語
속인들 몰려와서는 허튼 짓 일삼누나.	擧世波奔恣淫瀆
아, 더러운 습속은 씻어 버리기 어렵고	嗟哉汚俗難滌去
아, 오래 물든 누습은 바꾸기 어렵도다.	噫乎舊染難變革
옛날 天然이란 중이 문 박차고 들어가	昔有浮屠天然者排門突入
성모신의 몸통 깨어 절벽에 던졌다네.	撞破神軀投絶壁
'신을 공경하되 멀리하라'는 가르침을 지키며	吾儒只守敬而遠之之訓
우리가 아첨하지도 함부로 하지도 말면 그만.	不爲諂不爲褻[40]

성여신의 이 시에는 이단에 대한 유자로서의 士意識이 각인되어 나타난다. 성모에 대한 속설과 그에 대한 속인들의 추앙을 소개하면서도, 그저 하나의 돌덩이일 뿐임을 분명히 하고 있다. '신은 공경하되 멀리하라'는 공자의 가르침을 피력함으로써 유자로서의 의식을 강조한 것이다.

이와 같은 사의식은 여러 곳에서 드러난다. 柳夢寅은 영남과 호남에 사는 사람들 중에 복을 비는 자들이 이곳에 와서 떠받들고 淫祠로 삼았는데 "원근의 무당들이 이 성모에 의지해 먹고산다. 이들은 산꼭대기에 올라

---

40) 成汝信의 「遊頭流山詩」의 일부이다.

유생이나 관원들이 오는 지를 내려다보며 살피다가, 그들이 오면 토끼나 꿩처럼 흩어져 숲 속에 몸을 숨긴다. 유람하는 사람들을 엿보고 있다가, 하산하면 다시 모여든다."⁴¹⁾라고 하여 그 실상을 낱낱이 기술하고, 이러한 행태는 성모사 외에 백무당·용유담의 무당들이 가장 심하다고 분개하였다. 또한 宋光淵(1638~1695)이 "오늘날 영·호남 사람들 중에 복을 비는 자들은 이 석상을 떠받들어 淫祠로 삼는다. 그래서 분주히 밤낮으로 쉬지 않고 이 산을 오르내리며 하늘과 거의 맞닿은 땅을 사통팔달의 큰 길이 되게 만들었다. 심하구나! 민속이 귀신을 숭상함이여."⁴²⁾라고 한 언급에서, 성모상이 이후 음사로 전락하여 유산기 작자에게서 비난의 대상이 되었음을 알 수 있다.

그런데 성모와 관련하여 간과해서는 안 되는 인물이 바로 승려 天然이다. 위 시에서도 언급했듯 승려 천연은 성모상을 벼랑 아래로 던져버리고 성모사를 불태운 인물이다. 그와 관련해 문집에 보이는 많은 시들은 모두 이 사건과 연관하여 그의 행위를 칭송하는 내용으로 일관된다.

내가 두류산으로 향하다가	我行向頭流
중도에서 이상한 말 들었노라.	中路聞異說
높은 꼭대기에 신묘가 있는데	高巔有神廟
요귀가 문기둥에 붙어산단다.	妖鬼憑居闑
화복을 마음 내키는 대로 하니	禍福隨手翻
속인들이 다투어 아첨한다네.	敝俗爭媚悅
무당들 어지러이 몰려가서	紛紛巫覡徒
간특하게 재앙을 저지르건만	狙慝作災孽

---

41) 「遊頭流山錄」. "遠近巫覡 憑玆衣食之 登絕頂 俯察儒士·官人來 卽雉兎散藏身林薄中 伺其遊覽者下山 還聚焉"

42) 「頭流錄」. "兩南之民求福者 奉以爲淫祠 奔走上下 晝夜無休息 遂使去天盈尺之地 至成通衢大道 甚矣 民俗之尙鬼也"

몇 백 년이 지나도록	逶迤幾百年
두려워서 철폐하지 못했다네.	怵愓無敢撤
무너뜨린 승려 어디서 왔는가	壞衲昧何自
한 번에 쓸어서 없애버렸네.	一擧迅掃滅
석상의 잔해가 다 흩어지니	石骸蕩相分
음귀도 영원히 끊어졌다네.	陰魅已永絕
그 이야기 듣고서 흠모하여	聞來起欽想
보고픈 마음이 간절했다오.	見面意所切[43]

　기대승이 義神庵에서 승려 천연에게 준 시이다. 미신으로 인한 여러 해로움을 알면서도 어느 누구도 철폐하지 못했는데, 천연이 이를 해결해 주었음을 알 수 있다. 鄭弘溟(1592~1650)의 『畸翁漫筆』에 의하면, 지리산을 지나는 사람이 만약 성모에게 기도하지 않으면 타고 가던 말과 사람이 쓰러져 죽는다는 속설이 있었고, 마침 천연이 타고 가던 말이 넘어지자 화가 나서 성모상을 부수고 성모사에 불을 질렀다고 한다.[44]

　천연은 기대승뿐만 아니라 유자들과의 친분이 두터웠던 인물이다. 그에게 시를 남기거나 이 사건과 관련해 시를 남긴 인물로는 기대승 외에도 鄭弘溟·楊士彦·朴淳·楊應鼎·李珥·尹斗壽·許筠 등이 있다. 승려 천연에 대한 기대승의 인식은 그에 대한 칭송과 흠모임을 볼 수 있다. 이는 이후 천연 및 성모와 관련한 다른 시에서도 일관되게 나타난다. 윤두수의 시에 "문무를 함께 닦아 젊어서는 걸출하더니, 만년에 결국 사미승이 되었네."[好武攻文少崛奇 晚途終是一沙彌]라고 하였는데, 이에서 천연이 士의 신분으로 불가에 귀의한 인물임을 알 수 있다. 따라서 그의 이러한

---

43) 奇大升, 『高峰集』 권1, 「携天然 到義神 作詩贈之」.

44) 鄭弘溟, 『畸庵集續錄』 권12. "甞行過智異山側 有所謂天王峯淫祠 夙著靈怪 過者若失虔祈 行不數步 人馬傷斃 以此行旅無不畏敬 天然以爲怪妄 攘臂過去 俄見所騎踣地 天然大恚 卽以死馬屠於祠中 血汚祠壁 因復張拳 打破神像 縱火焚滅以去 是後神怪遂絕"

행위는 다분히 유가적 의식에서 나온 것이며, 유자였던 그의 많은 교유인이 이러한 행동을 칭송함은 당연한 것이었다.[45]

후대에는 성모사가 피폐해지고 성모상에 대한 인식이 智異山神으로 바뀌면서 유산기에서도 이에 대한 비판이 거의 나타나지 않는다. 예컨대 1937년 8월 16일부터 22일까지 행해졌던 金鶴洙(1891~1974)의 「遊方丈山記行」에는 성모사를 '山靈祠'로 표기하였고, 1940년 4월에 이루어진 李炳浩(1870~1943)의 「遊天王峰聯芳軸」에도 성모사가 보인다. 적어도 이 시기까지는 성모사와 성모상이 존재하고 있었으나, 제 모습을 온전히 갖추지는 못했던 듯하다. 1902년 2월에 있었던 心石齋 宋秉珣(1839~1912)의 「遊方丈錄」에 의하면, 당시 사당이 모두 훼손되어 선현들이 했던 것처럼 날씨가 개이기를 빌어볼 데가 없다고 안타까워하고 있으며, 이병호 또한 성모사에 성모상이 있지만 석상의 양쪽 귀가 떨어지고 코·눈이 모두 함몰되어 있다고 하였다.[46] 곧 성모사와 성모는 조선조 士들의 지리산 유산 도중 천왕봉 꼭대기에서 그들에게 숙박을 제공하는 요긴한 장소임과 동시에, 儒者로서 이단을 배척하고 士意識을 고취하는 대표적 명물이었던 것이다.

이렇듯 성모사와 성모상은 조선초기부터 존재하여 士들의 관심을 받았으며, 더구나 우리나라의 대표적 명산인 지리산의 최고봉에 위치함으로써 오랜 시간 수많은 名人의 작품 속에 실전할 수 있었다. 곧 역사와 名所·名人, 그리고 그들의 시가 어우러져 하나의 명승으로 전해졌던 것이다. 그러나 현재 성모사는 그 흔적도 남지 않아, 천왕봉을 오르는 사람들은 그 장소조차 알지 못하며, 성모상은 이후 우여곡절 끝에 중산리 입구

---

45) 윤호진, 「天然, 그의 爲人과 문학적 형상화」, 『남명학연구』 18집, 경상대 남명학연구소, 1998, 127~132쪽.

46) 李炳浩, 「遊天王峰聯芳軸」. "從巓少平處 有聖母祠 祠內奉一石像 不知其何代造成 而一稱高麗太祖妣像 一稱摩耶夫人像 一稱智異山神像 而文獻無徵 不知其詳 然盖婦人像而兩耳缺 鼻頭陷 後人以石灰續附之 又傍有一石像配焉 此是近世人肖像而安之者也云"

에 있는 天王寺에 현전하고 있으나, 그 조차도 아는 이가 드물다.

4. 士의 풍류와 흥취, 換鵝亭

중국 절강성 紹興의 山陰은 東晉의 명필 王義之가 거위를 좋아해『黃庭經』을 손수 써서 거위 키우는 도사에게서 거위와 바꾸었다는 고사와, 왕희지가 蘭亭에서 修禊하고「蘭亭集序」를 지은 역사적 사실로 유명해진 곳이다. 현재까지도 이곳은 왕희지가 거위를 키웠던 연못인 鵝池가 會稽山·난정 등과 함께 명승으로 각광받고 있다.

山清은 예로부터 산수가 빼어난 곳으로 이름났다. 산음은 산청의 古號이다. 우리나라는 중국과 관련한 지명이 적지 않다. 朱子와 관련하여 新安이란 지명이 많은 것이나, 아래에서 논의될 岳陽이나 赤壁이 그 좋은 예이다. 중국의 산음과 同名의 고을이니, 회계산 및 왕희지와 관련한 유적이 없을 수 없었다. 그리하여 1395년 산음현감 沈潾이 관아의 객사 후원에 정자를 짓고 權攀이 換鵝亭이라 편액하였다. 이후 편액의 글씨는 조선조 최고의 명필 韓濩가 썼다.

> 換鵝亭에 올라 記文을 열람하였다. 북쪽으로 맑은 강을 대하니, '물은 저렇게 밤낮 없이 유유히 흘러가는구나.'하는 감회가 있었다. 그래서 잠시 비스듬히 누워 눈을 붙였다가 일어났다. 아, 어진 마을을 골라 거처하는 것이 지혜요, 나무 위에 깃들어 험악한 물을 피하는 것이 총명함이로구나. 고을 이름이 山陰이고 정자 이름이 換鵝니, 아마도 이 고장에 會稽山의 山水를 사모하는 자가 있었나 보다. 우리가 어찌하면 이곳에서 東晉의 풍류를 길이 계승할 수 있을까.47)

---

47) 金駅孫,『濯纓集』,「續頭流錄」. "登換鵝亭覽題記 北臨淸江 有逝者悠悠之懷 少欹枕而覺 噫 擇而處仁里 知也 棲而避惡水 明也 縣號爲山陰而亭扁以換鵝 其有慕於會稽之山水者乎 吾輩安得於此永繼東晉之風流乎"

김일손이 지리산 유람 중 환아정에 올라 쓴 글로, 환아정과 관련한 이런 정황을 압축적으로 보여준다. 특히 김일손의 유람이 1489년 4월에 있었으니, 창건 이후 백 년 가까운 세월이 지난 때이므로 환아정 또한 다듬어진 주변 경관과 역사를 동시에 지닌 명승이 되었을 것으로 보인다.

환아정 시는 대체로 두 가지 관점에서 살펴 볼 수 있다. 위에서도 언급했듯 주변의 빼어난 경관과 그 속에 내재된 역사적 고사를 음미하는 것이 그 하나인데, 이는 유람 온 士들에게서 주로 나타난다. 환아정은 관아 객사 내 건물이고, 더구나 환아정 부근에 왕희지가 도사를 만난 고사를 본떠 지은 道士館이 있었는데, 이곳은 使臣이나 빈객을 접대하는 등의 公務를 행하던 장소였다. 따라서 환아정과 도사관을 소재로 한 善政詩가 다수 전하는데, 이는 대체로 역대 산음현감을 지냈거나 그와 관련한 인물에게서 많이 보인다. 여기서는 前者를 중심으로 논지를 전개하나, 환아정의 장소적 이미지를 재생산한다는 측면에서는 後者의 경우도 간과해서는 안 될 것이다.

신선 유람 하필이면 요지만을 고집하랴	瑤池何必作仙遊
이곳의 풍광도 구경하기에 넉넉하다오.	此地風光足上流
한 가닥 피리소리에 봄날은 저물려는데	一簫聲中春欲暮
달빛 비친 강물에 외로운 배가 떠 있네.	滿江明月載孤舟48)

산청 사람 德溪 吳健(1521~1574)의 「題換鵝亭」이다. 瑤池는 중국 전설 속 神山인 崑崙山에 있다는 연못으로, 빼어난 경관과 女仙 西王母가 사는 곳이라 한다. 오건은 1574년 3월 환아정을 유람하고서 그곳에서의 풍류를 신선 유람에 비유하고 있다. 특히 경호강에서의 船遊는 환아정 유람에서 빠뜨릴 수 없는 풍류였다. 예컨대 오건과 함께 환아정을 유람했던 任說

---

48) 吳健, 『德溪集』 권1, 「題換鵝亭」.

(1510~1591)이 "유람선에 봄 물결이 스치니, 층층 바위가 눈앞에서 홀연 선명하구나. 밤이 되자 술잔에 달빛 비치고, 담소하며 깊은 정을 나눈다네."[彩鷁飛春漲 層岩眼忽明 夜來盃近月 談笑吐深情]라고 읊은 시구에서도 환아정과 경호강의 절묘한 묘미를 상상할 수 있다.

신필로 거위를 얻은 晉 나라 왕휘지	神筆要鵝典午天
우리나라 서법은 그에게서 전해졌네.	東韓書法得其傳
세 글자의 정자 편액 찬연히 빛나니	三字扁亭輝映勝
서까래 같은 글씨 앞 다퉈 구경하네.	人人爭觀筆如椽[49]

첫 구의 '典午'는 '司馬'를 뜻하는 隱語이니, 곧 司를 典으로, 馬를 午로 대체하여 사용한 것이다. 그런데 왕희지가 살았던 晉나라 황실의 성씨가 司馬氏였으니, 이후 '진나라 조정'을 뜻하게 되었다. 환아정 시는 주변의 경관 못지않게 거위·왕희지, 그리고 석봉 한호의 글씨로 이어지는 연상이 作詩의 주요 구성 요소이다. 주변 경관의 아름다움만을 칭송하는 것이 아니라, 그 이름이나 역사적 고사와 전설 등을 활용해 작자의 뜻을 넓혀 전하는 방식이다. 한호는 조선시대 서예가 중 특히 왕희지 서체의 영향을 많이 받은 인물로, 꿈에서 그에게 法帖을 받아 공부했다는 일화로 유명하다. 위 시는 인근 하동지역의 대표적 학자였던 謙齋 河弘道(1593~1666)의 「환아정」이다.

회계산과 경호강이 빈 누대를 감싸고	稽山鏡水繞空臺
계축년의 봄 그 상사일이 돌아왔도다.	癸丑春兼上巳回
안개 낀 대 그림자 세연지에 아른대고	竹影抱烟侵洗硯
비온 뒤 난초 향은 술잔 속에 더하네.	蘭香經雨裛行盃

---

49) 河弘道, 『謙齋集』 권1, 「換鵝亭」.

거위 안고 떠나가니 갈매기 날아오고	籠鵝已去沙鷗至
도사 상봉 어려우니 나그네 찾아오네.	道士難逢洞客來
만약에 시인이 그림으로 묘사한다면	若使詩人摸繪素
영화연간 수재들의 풍류 못지않으리.	風流不借永和才[50]

위 시는 宜齋 南周獻(1769~1821)이 1808년 3월 환아정에서 읊은 것이다. 그는 당시 함양군수로 재직하면서 경상관찰사 尹光顔·진주목사 李洛秀·산청현감 鄭有淳과 함께 함양을 출발하여 산청 환아정→진주 촉석루→하동 쌍계사와 칠불암→천왕봉을 거쳐 돌아오는 일정으로 지리산을 유람하였다.

2구의 계축년과 8구의 永和年間은 왕희지가 난정에서 修禊한 때인 353년을 가리킨다. 그 해는 '영화 9년', 곧 계축년이었다. 남주헌은 환아정에 모인 네 사람이 난정에 모였던 그들 못지않은 걸출한 인물임을 자부하고, 자신들의 풍류를 그들과 동일시하여 격상시키고 있다. 이렇듯 환아정은 조선시대 문인들이 풍류와 흥취를 즐기던 산청의 대표적 명승이었다.

그러나 환아정은 정유재란 때 소실되었고, 이후 權淳에 의해 복원, 근세까지 많은 士들의 발길을 멈추게 하였으나, 1950년 다시 소실된 후 현재까지 복원하지 못하고 그 터만 남아 있다. 지금도 회계산 밑으로 맑고 탁 트인 경호강이 흐르고 있어, 환아정에 올라 조망하는 그 경관의 아름다움은 가히 절경이라 상상할 수 있다. 중국 산음이 빼어난 경관과 왕희지라는 명인을 만나 명승이 되었듯, 산청의 환아정 또한 수많은 조선시대 名人의 발자취와 작품을 통해 명승으로 거듭날 가능성은 충분하다고 하겠다.

5. 蘇仙을 그리는 船遊, 赤壁

중국의 역대 文人 가운데 東坡 蘇軾만큼 우리나라 文壇에 큰 영향을 끼

---

50) 南周獻, 『宜齋集』 권1, 「換鵝亭」.

친 인물은 없을 것이다. 소동파는 詩에 있어서는 杜甫보다, 文에 있어서는 韓愈보다 그 영향력이 덜하다 말할 수 있지만, 시와 문을 합하여 평한다면 단연 최고라 할 수 있다. 고려 중기에 전래된 그의 시문은, 조선 중기 三唐派 시인에 의해 盛唐詩로 그 흐름이 바뀌었다 하나, 근세까지 창작의 전범이 되었다.

이 외에도 그의 영향은 「赤壁賦」를 통해 확인할 수 있다. 적벽은 중국 호북성 黃州의 長江에 있는 절벽인데, 삼국시대 曹操가 周瑜에게 패전한 곳으로 유명하며, 소동파가 이곳으로 귀양 와 적벽강에 배를 띄우고 노닐면서 지은 「前赤壁賦」·「後赤壁賦」로 인해 문학적으로 더 유명하게 되었다. 이때가 바로 임술년(1082) 음력 7월 16일(旣望)이다. 그 후 적벽은 많은 문학작품 속에 인용되었고, 전국 곳곳에 산이나 지명으로 쓰였으며, 특히 조선시대 士들이 그의 赤壁船遊를 모방하여 7월 旣望이면 船遊하는 풍속이 생겨나게 되었다.

新安江은 현 경상남도 산청군 신안면과 단성면의 경계를 이루는 강이다. 이곳은 천왕봉을 오르기 위해 중산리로 향하는 길목에 해당된다. 그 강을 끼고서 깎아지른 듯 우뚝 솟은 절벽이 바로 적벽산이다. 이곳 또한 조선시대 수많은 士들이 船遊를 즐기며 문학적 정감을 시로 읊어내던 명승이었다.

바람과 안개 끝 없이 강호에 가득한데	風煙不盡滿江湖
보름달 무궁하니 임술년의 소동파로다.	載月無窮壬戌蘇
만물의 이치는 언제나 차면 비우는 법	物理盈虛今古世
어떤 사람이 참으로 호걸스런 사람일까.	何人眞箇是人豪[51]

李光友(1529~1619)는 적벽산 인근에 거주했던 인물로, 스승인 남명과

---

51) 李光友, 『竹閣集』 권1, 「赤壁泛舟」.

함께 두류산을 유람하였다.[52] 세상의 이치가 늘 순환하듯, 적벽에 배를 띄우니 자신이 수백 년 전의 소동파인 듯 그의 풍류를 즐기고 있다.

　이렇듯 적벽선유를 통한 문학적 정감은 대체로 소동파의 풍류를 자기화하는 것으로 일관된다. 예컨대 매해 7월 기망을 정해 선유한다거나, 소동파의 「적벽부」를 作詩에 활용함으로써 자신과 소동파를 동일시하는 방법이다.

온 강 바람이슬 상앗대로 두드리니	滿江風露擊蘭槳
적벽의 맑은 달빛 물속에서 빛나네.	赤壁淸霄水月光
서글픈 나그네 시름 줄어들지 않고	惆悵客愁消不得
미인은 천 리 밖 서쪽에 서 있구나.	美人千里隔西方

목란으로 만든 노 계수나무 상앗대	木蘭爲楫桂爲槳
십 리의 맑은 호수 달빛만 비치네.	十里澄湖泛月光
蘇仙의 옛 자취를 지금도 이어가니	蘇仙舊跡今能繼
태수의 풍류를 그 누구와 비하랴.	太守風流誰與方[53]

　申命耈(1666~1742)는 경북 仁同 若木里에서 태어났으나, 이후 지리산 아래 덕산에 살다가 만년에는 고향으로 돌아가 후학을 양성했던 인물이다. 그는 지리산을 비롯해 덕산 주변의 명승을 유람하며 많은 시를 지었고, 지리산을 유람하고 「方丈漫錄」·「頭流日錄」·「遊頭流續錄」 3편을 남겼다. 그는 임술년인 1742년 7월 旣望에 丹城縣監으로 있던 權郜과 함께 적벽에 배를 띄웠다. 소동파의 「적벽부」 가운데 白眉라 할 '桂棹兮蘭槳 擊空明兮 泝流光 渺渺兮予懷 望美人兮天一方' 부분을 빌어 와, 소동파의 정감과 풍류를 공감하고 있다.

---

52) 上同, 「陪南冥先生 上頭流山」.
53) 申命耈, 『南溪集』 권1, 「壬寅秋七旣望 與丹丘權使君 泛舟赤壁郜」.

술을 사고 벗을 불러 배 띄우고 노니   呼朋沽酒泛舟遊
명승인 적벽이요, 임술년 가을이로다.   赤壁名區壬戌秋
예나 지금이나 한없는 詩仙들의 흥취   無限詩仙今古興
변함없는 밝은 달빛 강물 가득 비추네.   一般明月滿江流[54]

鄭栻(1683~1746)의 위 시 또한 1742년 7월 16일 적벽을 선유하며 지은 것이다. 예나 지금이나 신안강에 비친 달빛은 변함없듯, 소동파의 흥취나 현재 자신이 느끼는 정감 또한 동일한 것으로 자부하고 있다. 그들이 바로 소동파인 것이다. 溪南 崔琡民은 "세상에선 소동파의 적벽부를 愛誦하여, 소동파가 주인이라 잘못 알고 있다네."[世人愛誦東坡賦 錯認東坡作主人][55]라고 하여, 현재 적벽선유의 주인은 소동파가 아니라 바로 자신이라 말하고 있다.

신안강에서의 적벽선유는 주로 강우지역 士를 중심으로 이루어졌다. 위에서 인용한 작자 외에 작품을 남긴 이로 朴致馥·金永祖·朴來吾·李敎宇·金會錫·金鎭祜·梁會甲 등 이 지역의 많은 士들이 함께 적벽선유를 통해 풍류를 즐겼다. 적벽선유는 이 지역 士들의 교유와 단합을 이끌어가는 중요한 매개였으며, 또한 근세까지도 지속되었다. 예컨대 단성에 살던 則齋 李道源(1898-1979)은 1967년부터 매해 빠지지 않고 적벽선유를 즐겼던 것으로 나타나는데,[56] 이를 통해 적벽이 최근까지도 선유를 위한 명승으로 각광받았음을 알 수 있다.

그러나 현재는 여름이면 물놀이를 오는 관광객이 있으나, 단지 강을 찾아오는 것일 뿐, 맞은편의 절벽이 적벽인 것조차 아는 이가 드물며, 그곳

---

54) 鄭栻, 『明庵集』 권3, 「壬戌七月旣望 與客泛舟南江赤壁下」.

55) 崔琡民, 『溪南集』 권1, 「題赤壁」.

56) 李道源의 『則齋遺稿』 권1에는 「丁未(1967)七月旣望諸友遊赤壁」·「戊申(1968)七月旣望與諸友遊赤壁」라는 제목으로 1974년까지 干支만 바꾼 同題의 시가 전하고 있다.

이 얼마나 유서 깊은 역사적 장소인지를 알지 못한다. 신안강의 적벽은 현재도 충분히 빼어난 경관이고, 역사적 명인들의 발자취와 그들의 작품이 남아 있어, 명승으로서의 장소 이미지를 재창출할 수 있다.

6. 節義의 표상, 鉏巖과 岳陽亭

岳陽은 중국 호남성의 한 縣으로, 그곳에는 岳陽樓·洞庭湖·君山 등 여러 이름난 유적이 있다. 악양루는 范仲淹의 「岳陽樓記」를 비롯해 杜甫나 李白을 통해 널리 알려졌으며,[57] 악양루에 올라 한 눈에 바라보이는 호수가 동정호이며, 동정호 속의 섬이 바로 군산이다. 악양 또한 적벽과 마찬가지로 우리나라 문인들의 작품 속에 널리 애용된 대표적 명승 중의 하나이다.

경상남도 하동군 악양은 바로 중국 악양의 축소판이라 할 수 있다. 지명의 유래에서부터 중국의 악양과 깊은 연관성이 있고, 대표적 유적으로 악양루가 있으며, 동정호가 있다. 하동 악양을 지나는 조선조 문인들은 이러한 역사와 유적들을 시로 읊어내었다.

그중 현재는 많이 알려지지 않았으나 지리산 청학동을 유람하는 조선조 士들의 유산기와 유산시에 어김없이 등장하는 것이 바로 삽암과 악양정이다. 삽암은 고려 말의 隱者인 韓惟漢이, 그리고 악양정은 조선의 一蠹 鄭汝昌이 은거했던 유허지이다. 지리산 유산기를 살펴보면 이 두 곳은 섬진강을 따라 배를 타고 청학동을 찾아가는 도중 반드시 들리는 코스였다.

이들 유허지가 알려지게 된 직접적 계기는 바로 曹植의 「遊頭流錄」이다. 이미 많이 알려져 있고 또 다소 장문이지만, 다시 인용해 본다.

눈 깜짝할 사이에 岳陽縣을 지났다. 강가에 鉏岩이라는 곳이 있었는데, 바

---

[57] 두 사람 모두 「登岳陽樓」라는 시가 전한다.

로 錄事를 지낸 韓惟漢의 옛 집이 있던 곳이다. 한유한은 고려가 어지러워질 것을 예견하고, 처자식을 이끌고 이곳에 와서 은거한 인물이다. 조정에서 그를 불러 大悲院錄事로 삼았는데, 그 날 저녁에 달아나 간 곳이 묘연했다고 한다. 아! 나라가 망하려고 할 적에 어찌 어진 이를 좋아하는 일이 있을 수 있겠는가? 어진 이를 좋아하는 것이 착한 사람을 표창하는 정도에서 그친다면, 또한 葉子高가 용을 좋아한 것만도 못한 일이니, 나라가 어지러워지고 망하려는 형세에는 아무런 도움이 되지 않는다. 문득 술을 가져오라고 하여 한 잔 가득 따라 놓고, 거듭 삽암을 위해 길이 탄식하였다.

정오 무렵 陶灘에 배를 정박시켰다. …… 도탄에서 1리쯤 떨어진 곳에 鄭先生 汝昌이 살던 옛 집터가 남아 있다. 선생은 바로 天嶺 출신의 儒宗이었다. 학문이 깊고 독실하여, 우리나라 道學에 실마리를 열어 준 분이다. 처자식을 이끌고 산 속으로 들어갔다가, 뒤에 內翰을 거쳐 安陰縣監이 되었다. 뒤에 喬桐主에게 죽임을 당했다. 이곳은 삽암에서 10리쯤 떨어진 곳이다. 밝은 哲人의 幸·不幸이 어찌 운명이 아니랴?58)

조식은 58세인 1558년 4월 청학동을 찾아 쌍계사 방면으로 유람하는 도중 악양에서 두 인물의 유허지를 만났다. 한유한은 고려 말의 난세를 피해 은거했던 인물이고, 정여창은 연산조의 폭정을 피해 退處해 살았으나 결국 죽임을 당했던 인물이다. 조식 또한 士禍期를 거치면서 일생 출사하지 않았던 인물이다. 그가 유산기에서 난세에 굴하지 않는 節義의 표상으로 두 인물을 칭송한 후, 악양을 지나는 유산객들은 이곳에서 한유한과 정여창을 찾아 흠모의 마음을 표현하였다. 먼저 삽암의 경우를 살펴보자.

하얀 돌 맑은 시내 한 점 티끌도 없네 石白溪清無點累
옛 사람 중 누가 이 바위 가에 살았나 昔人誰卜此巖邊
윤음이 이르자 담장을 넘어 달아나서 絲綸入洞踰垣走

---

58) 曺植, 『南冥集』 권4, 「遊頭流錄」.

천년도록 방장산의 한 신선이 되었네 方丈千秋獨一仙59)

한녹사는 지금 어디에 있는가? 錄事今安在
사람은 없고 옛 자취만 남았네 無人繼故蹤
꽃다운 명성 역사서에 전하니 芳名傳汗竹
지난 일은 겨울 솔에게 묻노라 往事問寒松60)

　前者는 凌虛 朴敏이 1616년 9월 浮査 成汝信 등과 청학동을 유람하다 악양을 지날 때 지은 것이고, 後者는 趙緯韓이 1618년 4월 역시 청학동을 유람할 때 지은 시의 일부이다. 고려 조정에서 대비원녹사라는 관직으로 한유한을 불러내려 했으나, 이를 거절하고 달아나 자신의 절의를 지켰던 점을 숭상하고, 그 절의는 역사에 남아 길이 전해질 것이라 칭송하고 있다.

만고토록 맑은 풍모 지닌 이는 한녹사 萬古淸風韓錄事
일생 누항에서 살아갈 이 바로 나라네. 一生陋巷李龜巖
세 번이나 돌아온 뜻 뉘라서 알아줄까 三度歸來誰會意
산꽃은 이슬 맞아 늘어졌다 말하는 듯. 山花欲語露毶毶61)

　龜巖 李楨(1512~1571)이 1558년 조식과 함께 청학동을 유람하며 지은 시이다. 그는 조식의 절친한 知己로, 1536년 문과에 급제한 후 만년인 1568년 귀향하기까지 宦路에 있었다. 그 사이 몇 차례 出退를 번복했었는데, 이 시는 그 시기와 맞물리는 듯하다. 이정은 한유한의 삶을 자신의 처세방식으로 지향하고, 나아가 당시 자신의 퇴처를 한유한의 삶에서 위로받으려 한 듯하다. 이렇듯 한유한의 굳은 절개는 조선조 士들의 出處 및

59) 朴敏, 『凌虛集』 권1, 「錭巖」.
60) 趙緯韓, 『玄谷集』 권3, 「過韓錄事舊基」.
61) 李楨, 『龜巖集』 原集 권1, 「訪韓錄事舊隱 戊午」.

修身의 典範이 되었다.

이후 한유한과 삽암은 조선 후기까지 유산기 속에 그 명성을 드러내는데, 후대로 갈수록 조식의 명성과 함께 나란히 기억되었다.

유람객은 단지 삽암 높은 것만 볼 뿐	遊人但見鈒巖高
삽암의 근원 더 깊은 줄 보지 못하네.	不見鈒巖根更深
한녹사의 일 세상에 전해지긴 했으나	韓公之事世能傳
세상에선 그의 마음 아는 이 없구나.	世多不知韓公心
……	
수면에 달 비치고 봉우리 끝에 옥 더하니	水中生月峰頭玉
천년도록 그 마음 아는 이 남명뿐이로다.	千載知心只冥翁[62]

삽암은 섬진강 가에 세워져 있는데, 강에서 바라보면 우뚝하기 그지없다. 입으로는 삽암과 한유한을 거론하면서도 정작 그의 처세와 절의는 본받지 않으니, 진정으로 알아주는 것이 아니다. 곧 당대가 힘들수록 한유한의 처세가 돋보이고, 또 그를 허여하였던 조식의 안목과 마음은 더욱 칭송받을 만하다. 마지막 구의 '수면에 달 비치고 봉우리 끝에 옥을 더한다'는 것은, 조식이 「유두류록」에서 한유한과 정여창을 일러 "(이들은) 높은 산과 큰 내에 비교한다면, 십 층이나 되는 높은 봉우리 끝에 옥을 하나 더 올려놓고, 천 이랑이나 되는 넓은 수면에 달이 하나 비치는 격"이라 비유한 것에서 취하였으니, 두 사람에 대한 최대의 찬사라 할 만하다. 한유한과 삽암은 士의 節義와 관련하여 후대로 갈수록 조식과 함께 통칭되었던 것이다.

악양정의 주인 정여창은 佔畢齋 金宗直의 문인으로 寒暄堂 金宏弼과 함께 조선조 유학을 흥기시킨 인물이다. 戊午士禍에 연루되어 鐘城 땅에 유

---

62) 崔琡民, 『溪南集』 권1, 「鈒巖」.

배되어 1504년에 죽었는데, 그해 일어난 갑자사화에 연좌되어 부관참시
되었다. 정여창이 하동 악양정에 寓居한 것은 39세인 1488년이었고, 이후
41세 되던 1490년 金馹孫의 천거로 예문관검열이 되어 출사한 후 결국 史
禍에 연루되어 죽었다.

악양정과 관련한 유산시는 대체로 두 가지 관점에서 살펴볼 수 있다.
하나는 시대와 어긋난 그의 처세와 운명을 안타까워하는 것으로 나타난다.

정선생은 바로 우리 儒林의 宗匠이시니 　　　　鄭先生是儒林匠
만년에 시내 서쪽 고요한 곳에 살았네. 　　　　晚卜幽貞溪水西
석양에 말 세우고 지난 일 상심하노니 　　　　落日停驂傷往事
구름도 물빛도 온통 처량하기만 하네. 　　　　雲容水色共悽悽[63]

성여신이 청학동 유람 중 지은 것이다. 정여창을 조선조 儒學의 宗匠으로
크게 인정하면서도 유허지에서 그의 삶을 생각하며 안타까워하고 있다.

또 하나는 정여창의 시에 차운한 많은 시를 들 수 있다. 정여창은 40세
되던 1489년 4월 김일손과 함께 천왕봉을 유람하였는데, 15일간의 유람을
마친 후 김일손에게 '그 동안 큰 산을 보았으니, 그대와 함께 악양으로 가
서 큰 호수의 큰 물을 보고 싶다'고 하여, 두 사람은 악양으로 길을 잡아
동정호를 구경하였다. 정여창이 이때의 감회를 읊은 「岳陽」이란 시는 다
음과 같다.

냇가의 버들잎은 바람결에 한들한들 　　　　風蒲泛泛弄輕柔
사월의 화개 땅엔 보리 벌써 익었네. 　　　　四月花開麥已秋
두류산 천만 겹을 두루 다 보고나서 　　　　看盡頭流千萬疊
한 조각 배 타고서 큰 강 따라 가네. 　　　　孤舟又下大江流

---

[63] 成汝信의 「方丈山仙遊日記」에 들어 있다.

이후의 유산기 저자 가운데 朴致馥·梁會甲·金奎泰·鄭琦·吳正杓·宋秉珣 등이 차운시를 지어 정여창을 懷古하였고, 그 외에도 李玄逸·李栽 父子를 비롯해 이 지역을 유람한 많은 인물들이 차운시를 읊었다. 그중 한 수를 소개해 본다.

넓은 물 웅장한 산 나약함을 일으키니	水闊山雄激懦柔
선생의 풍도는 천년 뒤에도 생각나네.	先生風韻想千秋
儒者들이 추모할 곳 새로이 엮었으니	衣冠新葺羹墻地
남쪽지방의 좋은 습속 볼 수 있겠네.	可觀南州善俗流[64]

心石齋 宋秉珣(1839~1912)의 작품이다. 그는 1902년 2월 3일부터 무려 40일 동안 密陽→합천 가야산→지리산 천왕봉→청학동 일대→거창 일대를 거쳐 귀가하는 일정으로 영남지방을 유람하였다. 위 시는 이때 청학동을 찾아가다 들러 지은 것이다. 송병순은 정여창의 운자를 차운하면서, 유허지가 남아있는 것만으로도 흠모의 정을 불러일으키는데, 더구나 지방 유림들이 그의 유허지를 중수한 사실을 거론하며, 世風을 갱신할 만큼 정여창의 영향이 크다고 칭송하였다.

이렇듯 삽암과 악양정은 근세까지도 士들에게 지조와 절의의 상징으로 칭송되었던 명승이었다. 그러나 현재 삽암은 포장된 도로에서 보면 그저 길게 늘어선 섬진강 가의 한 부분일 뿐이다. 강 쪽에서 바라보면 그 바위의 위용이 제법 우뚝하지만, 도로에서 보면 그냥 지나쳐도 모를 지경이다. 악양정 또한 눈에 잘 띄지도 않는 입간판 하나만이 인도할 뿐, 사람들의 발길을 잡지 못한다. 장소와 문화와 그리고 교육적 가치를 지닌 역사적 공간임을 감안한다면, 이 또한 명승으로서의 장소 이미지를 재창출해야 할 필요가 있다.

---

64) 宋秉珣, 『心石齋集』 권1, 「岳陽亭 謹次一蠹先生韻」.

7. 선현에 대한 존숭, 南冥 유적지

남명 조식의 유적지라 하면 현 경상남도 산청군 시천면 德山 일대를 가리킨다. 그곳에는 남명이 만년에 우거했던 山天齋를 비롯해, 남명 사후 문인들이 건립한 德川書院과 묘소 등이 남아 있다.

그러나 덕산으로 남명을 찾아가려면 그 길목의 초입에 있는 入德門·陶丘臺·濯纓臺·白雲洞·洗心亭·醉醒亭·送客亭·面傷村, 그리고 斷俗寺와 智谷寺 등을 모두 남명의 유적에 포함시킬 수 있다. 이러한 유적들을 따라가다 보면, 덕산 일대는 이 자체만으로도 남명 관련 유람코스가 형성된다. 실제 조선 후기로 갈수록 강우지역 학자들을 중심으로 남명 유적지를 찾아 순례하는 일들이 잦았으며, 이를 기록으로 남긴 작품이 많이 전한다. 결국 덕산 일대는 남명이 우거한 1561년 이후 그저 지리산 자락의 골짝에 불과했던 것이 남명이라는 名人을 만나 명승으로 탈바꿈했으며, 그 명성은 현재까지도 지속되고 있다.

남명의 유적지를 찾아 읊은 시편들은 무수히 많았다. 따라서 유적에 따른 작품을 하나씩 거론하기에도 무리이고, 예시로 든 서너 편이 모든 것을 대변할 수도 없다. 소개하는 정도에서 그치고, 차후의 개별연구를 기대해 본다.

한걸음 높아질수록 한 길은 미리에 있고	一步漸高一路頭
눈앞의 강물은 성대한 기세로 흐르누나.	眼前江水浩然流
우리 도는 정녕 어디에 의지할 것인가	吾道丁寧何處寄
신명사 속 수렴하는 공부를 해야 하리.	神明舍裏可功收[65]
남명 선생은 백세의 영원한 스승이니	山海先生百世師
도를 거둬 품고 이 산에서 늙고자 했네.	卷懷欲老山之北

[65] 金鎭祜, 『勿川集』 권1, 「入德門」.

| 화산의 반을 빌리려던 계책 어긋났지만 | 華山一半從相違 |
| 이 작은 골짝이 어찌 큰 덕을 포용하리. | 小洞安能容大德66) |

하늘이 소미성을 해동에서 빛나게 했지	天斡少微映海東
선생의 그 기상 누구와 더불어 같을까.	先生氣像與誰同
덕천의 맑은 물 천추의 달처럼 하얗고	德川水白千秋月
방장산 봉우리 백세의 풍도처럼 드높네.	方丈山高百世風
敬義의 진결 위에서 넉넉하니 노니셨고	優遊敬義眞詮上
신명사 한 집에서 고요하게 함양하셨네.	涵養神明一舍中
만년에 덕을 간직하고 수양하던 곳이니	晚生來過藏修地
유학의 그 길이 진실로 통한 줄 알겠네.	始信儒門路眞通67)

남명 선생 고풍을 일찍부터 흠모했지	山海高風夙所欽
높고 높은 방장산을 멀리서 찾아왔네.	巖巖方丈遠來尋
섬돌 앞 늙은 회나무 구름에 솟았고	階前老檜干霄直
정자 밑의 차가운 못엔 달이 잠겼네.	亭下寒潭印月深
평생 도를 품고 닦던 곳이 적막하니	百年寂寞藏修地
온종일 도덕의 숲속에서 배회하누나.	盡日徘徊道德林
사당에서 절하니 벅찬 감정 더하고	祇拜遺祠增起感
완악하고 나약해져 홀로 상심하네.	士趨頑懦獨傷今68)

神明舍·少微星·敬義 등은 남명을 이해하는 중요한 키워드인데, 위의 네 시에서 골고루 사용하고 있으며, 표현된 의미도 대동소이하다. 남명의 흔적이 남아있는 유적을 찾아 남명을 그리워하고, 그가 남긴 풍도와 정신을 계승하려 다짐하는 내용이다. 대체로 강우지역의 학자에게서 나타나

---

66) 韓愉, 『愚山集』 권2, 「紫陽書堂雜詠四十七首」 중 「白雲洞」.
67) 崔益鉉, 『勉庵集』 권2, 「山天齋 次元韻」.
68) 李源祚, 『凝窩集』, 「謁德川」.

고, 남명이 당대의 큰 학자였던 만큼 그 명성을 사모하여 먼 곳에서 찾는 경우도 많았다. 마지막 시는 경북 성주에 살던 凝窩 李源祚(1792~1872)가 덕천서원을 배알하고 지은 것으로, 지역이 다르다 하나 읊어내는 정감은 다르지 않다.

조선시대 지리산 천왕봉 유람은 그 코스를 몇 가지로 분류할 수 있다. 백무동→하동바위→장터목[제석당]→천왕봉(A코스), 중산리→법계사→천왕봉(B코스), 세석→장터목→천왕봉(C코스), 대원사→중봉→천왕봉(D코스), 중산리→장터목→천왕봉(E코스), 마지막으로 함양군 마천면이나 산청군 금서면에서 쑥밭재→하봉→중봉→천왕봉(F코스)으로 오르는 방법이 있는데,[69] 이 가운데 중산리를 통해 법계사를 거쳐 천왕봉에 오르는 B코스를 가장 선호하였다.

덕산은 중산리로 들어가는 길목에 있어 천왕봉을 목표로 한 지리산 유람에서 반드시 거쳐 가는 곳이었고, 또한 덕산 일대의 남명 유적지만을 목표로 지리산 유람을 하기도 했다. 예컨대 松亭 河受一(1553~1612)의 「德山獐項洞盤石記」, 栗溪 鄭琦(1879~1950)의 「德川記」, 月村 河達弘(1809~1877)의 「遊德山記」, 默軒 李萬運(1736~1820)의 「德山洞遊記」 등이 이에 해당된다. 이들 작품은 덕산 일대의 남명 유적지를 순방하고 남명을 만나는 것이 목적이었다.

덕산은 지금도 매년 수많은 사람들이 찾아 와 남명을 만나고 그의 정신을 배워간다. 장소가 名人을 만나 명승이 된, 그리고 현재까지도 명승으로서의 역할과 명성을 제대로 이어가는 대표적인 곳이라 하겠다.

---

[69] 최석기 외, 『선인들의 지리산 유람록』, 돌베개, 2000, 391~393쪽.

IV. 맺음말

이상으로 지리산 유산시에 나타난 대표적 명승을 중심으로 조선조 士의 문학적 정감과 산수자연에 대한 인식 등을 살펴보았다. 그들은 접하는 경물을 단순한 자연물로 보지 않고 그 속에 지식인으로서의 자의식과 역사적 시각, 때로는 士로서의 풍류와 흥취를 마음껏 표출해 내었다. 이를 통해 그들의 자연에 대한 경외감과, 삶과 자신에 대한 진지한 성찰, 나아가 인간과 자연의 조화를 추구한 삶을 확인할 수 있었다.

지리산은 수천 년 이래로 산과 인간이 어우러져 유구한 문화를 지속해온 몇 안 되는 명산 중 하나이며, 이 글에서 다룬 지리산 명승은 조선조 士들의 역사와 문화가 고스란히 남아 전하는 현장이다. 이를 오늘날에 되살리는 것은 오롯이 남아있는 우리의 몫이다. 무엇보다 그 현장에 대한 장소 정체성을 확립하는 것이 중요하다. 다양한 각도에서 여러 시도가 가능한데, 이 글에서 지리산 유산시에 표출된 문학적 표현과 정감을 통해 적출하는 것 또한 동일선상에서의 시도라 할 수 있다.

그러나 여기에서 제시한 각 명승의 장소적 정체성은 하나의 시론에 불과하다. 서두에서 언급했듯 각 명승에 천착한 심층연구가 후속으로 축적되어야 정설로 확립될 수 있을 것이다.

이 글은 『동방한문학』 제41집(2009)에 수록된 「지리산 유산시에 나타난 명승의 문학적 형상화」를 수정·보완한 것이다.

지리산권 누정 관련 기문에 나타난 자연과 인간에 대한 인식

황의열

Ⅰ. 머리말

지리산이 하나의 문화 아이콘으로 등장한 것에 대해 사람들은 이제 꽤 익숙해졌다. 그러나 아직 '지리산문화권'이라는 말은 일반적으로 사용되지 않고 있다. '지리산'이 가리키는 범위가 하나의 문화권을 형성할 만큼의 규모가 되는지도 의문이고, '문화권'이라고 할 만큼 콘텐츠가 있느냐는 것도 의문이며, 다른 지역과의 변별성이 두드러지는지에 대해서도 확언하기 어렵기 때문인 것으로 보인다.

'지리산권'이라는 말도 그 자체로는 별 문제가 없어 보이지만, 지리산권 문화라는 말은 여전히 사용하기 조심스럽다. 지리산권이 하나의 문화의 공간적 경계로서의 의미가 있는가? 있다면 그 공간이 갖는 성격은 무엇인가? 그리고 그것이 문화에 어떤 특성을 갖게 하였는가? 실제로 지리산권은 어디에서 어디까지인가? 이런 문제들에 대한 답이 일목요연하게 정리되어 있지 않기 때문이다. 그래서 본고에서는 '지리산권'이라는 단어를 '문화'라는 단어에 얹어 사용하는 것은 일단 배제하고자 한다. 또 '지리산권'의 규정에 대해 언급을 피하고, 기왕의 논의에서 다루었던 것을 따르고자 한다.[1]

그러나 지리산권은 어떻든 실제로 존재하고 있고, 얼마간의 차이는 있다 할지라도 개개인의 관념 속에도 존재하고 있다고 보아야 할 것이다. 그리고 그것이 그 공간에 사는 사람들의 의식과는 아무 관련이 없다고 할 수 있을 만큼 미미하거나 무의미한 존재가 아니라는 사실도 인정하기로 한다. 따라서 그 권역에 사는 사람들, 혹은 그 권역과 관련을 맺었던 사람들이 남긴 흔적에는 무엇인가 지리산으로부터의 영향이 남아 있을 가능성을 배제할 수 없을 것이다. 그 흔적이 생각의 표현 방식이든, 생활 양식의 형태든, 언어 습관이든, 종교적 태도든 간에, 다른 지역과는 뭔가 다른 것이 있을 수 있으며, 그것을 파악하는 것은 역으로 지리산권, 혹은 지리산으로 대표되는 자연과 인간의 관계에 대한 인식을 엿볼 수 있는 단초가 될 수 있을 것이라 기대할 수 있는 것이다.

본고에서는 지리산권과 관련이 있는 사람들이 남긴 흔적 가운데 누정과 관련된 기문에 주목하고자 한다. 그것은 누정이 갖고 있는 고유의 성

---

[1] '지리산권'이라는 용어를 사용한 논문은 많이 있으나, 그 개념을 정확하게 정의하지 않은 논문이 많다. 여기에서는 홍영기(2009)가 규정한 내용에 따라 지리산권을 이해하고자 한다. 그 내용은 다음과 같다. "지리산권은 지리산과 직접 접해 있는 남원·구례·하동·함양·산청이 기본 범위가 된다. 그러나 지리산권은 이 5개 시군에 한정되지 않고, 섬진강과 남강을 통해 지리산과 사회·경제적으로 밀접하게 관련되어 있는 진주·광양·순천·곡성 등도 포함하는 광역권을 지칭하는 개념으로 정의된다." 홍영기, 「지리산권 문화' 연구의 방향」, 한국대학박물관협회 학술대회 No.4, 2009, 4~16쪽.

격 때문이다. 누정이 살림집과 다른 점은 여러 가지가 있다. 우선 생존을 위해 필요한 기본적 공간이 아니라는 점이다. 사대부들이 여가에 이용하기 위해 지은 건물이다. 그렇기 때문에 그곳에서는 복잡한 현실을 벗어나서 평소와는 다른 생각을 할 수 있고, 일상과는 다른 활동을 할 수도 있다. 그런 특별한 공간에서, 또는 특별한 공간에 대한 기문을 지을 때 작자는 흔히 그 공간을 관념 속에서 확대하고, 또는 의미상으로 연장하여, 단지 눈에 보이는 누정만을 얘기하는 것이 아니고, 그 배경이 되는 자연을 얘기하고, 나아가 자연과 관계 맺고 살아가고 있는 인간에 대해 얘기하기 마련이다. 문제는 그런 누정 관련 기문들을 분석하고 종합하는 데 있어서 지리산권이라는 공간의 한정이 필요한가 하는 것이고, 그것이 어떤 역할을 하느냐 하는 것이다. 사실 이 문제는 본고의 성패를 좌우하는 가늠자이다. 그럼에도 불구하고 본고는 그 해결에 대해 마땅한 대책을 갖고 있지는 못하다. 그것은 지리산권 이외의 공간에서 지어진 같은 성격의 글들에 대한 검토가 아직 이루어지지 못했기 때문이다. 따라서 본고는 일단 공간적 한정 그 자체에 의미를 두고 논의를 진행할 것이고, 이것이 나중에 다른 공간에서 지어진 누정 관련 기문을 연구할 때 참고가 되기를 바랄 뿐이다.

II. 누정기의 범주

樓亭記라고 하면 당연히 樓와 亭을 두고 지은 기문을 말한다. 그러나 여기에는 누나 정과 비슷한 성격을 가진 건축물이나 공간을 두고 지은 경우, 그것을 한 자리에서 얘기할 수 있는가 하는 문제가 있을 수 있다. 예를 들면 閣이나 堂, 혹은 軒이나 庵 같은 명칭을 사용한 건물을 두고 지은 것은, 경우에 따라 건물의 특성에 특히 주목하여 여타의 건물 명칭을 사용한 건물과는 다른 시각에서 접근하여 서술할 수도 있다. 그러나 상당 수의 작품은 그것들을 결코 같이 논할 수 없다고 할 만한 결정적 차이를 보이지는 않는다. 말하자면 문체론적인 측면에서는 樓·亭·閣·堂·軒· 庵 등의 건축물을 두고 지은 기문은 모두 한 자리에서 얘기할 수 있다는 말이다. 그런 측면에서, 사람이 축조한 건축물이 아니더라도, 그 공간의 성격이 누정과 통하는 점이 있는, 예를 들면 臺나 바위를 두고 지은 臺記 나 巖記 같은 것도 한 자리에서 얘기할 수 있을 것이다.

　더러는 누정은 遊息공간이고 齋舍는 藏修공간이라 하여 별개로 취급하 기도 하는데, 그것은 遊息이라는 말을 글자 그대로 풀이하여 놀고 쉰다는 의미로 이해하는 데에서 생기는 일이 아닌가 싶다. 실제로는 장수공간과 유식공간이 그렇게 딱 잘라서 구분되는 것이 아니다.[2] 설령 구분을 한다 고 하더라도 그 기문에 담긴 작자의 인식과 의론을 논할 때는 굳이 경계 를 짓지 않아도 무방할 것이다. 때로는 堂, 軒, 齋 같은 명칭을 사용한 건 물도 누정과 같은 기능을 수행하기도 하였고, 따라서 그런 건축물을 두고 지은 기문도 누정기와 비슷하게 지어지는 경우를 볼 수 있다.[3] 심지어 齋 室이나 祠堂 같은 건물을 두고 지은 기문도 전혀 별개로 취급해야만 하는 대상이 아닐 수 있다.

　河受一은 『禮記』에 '군자는 藏修하고 遊息한다.'라고 하였다. 대개 장수 하는 공간이 있는 사람은 반드시 유식하는 공간이 있어야 하니, 이것이

---

[2] '藏修遊息'이란 본래 『禮記』 「學記」에 나오는 말이다. 『禮記正義』에 따르면, '藏' 은 마음속에 항상 학업을 품고 있다는 말이고, '修'는 학문을 닦고 익히기를 그만두지 않는다는 말이고, '遊'는 일이 없어 한가히 놀러 다닐 때에도 마음 은 학업에 있다는 말이고, '息'은 게을러져 쉴 때에도 마음은 학업에 있다는 말이다. 즉 장수유식이란 말은 군자는 학문을 하는데 있어서 마음이 잠시도 학문을 떠나지 않는다는 말이다. 이렇게 보면 장수와 유식을 한데 묶어 말하 는 것은 조금도 이상한 일이 아니며, 장수공간과 유식공간을 엄격히 구분하 는 것은 실제로 불가능하다고 해야 할 것이다.

[3] 안세현, 『朝鮮中期 樓亭記 硏究』, 고려대학교 박사학위논문, 2009, 21쪽.

옛날 법도이다."4)라고 하여 장수공간과 유식공간의 연관성을 언급하였고, 南廷瑀는 "八溪 북쪽 십 리 되는 곳 천왕봉 아래에 몇 칸짜리 精舍가 있는데, '溪亭'이라고 편액을 건 곳은 故 鳳谷선생 曺公이 장수하고 강학한 곳이다."5)라고 하여 애초부터 누정은 유식 공간, 재사는 장수공간이라는 이분법적 구분법을 따르지 않았다. 또 趙性家도 "덕산의 曺君 景元이 집 가까운 빈터에 정자를 지어 독서하는 방을 만들고 '岳淵亭'이라는 현판을 내걸고 나에게 기문을 지어달라고 하였다."6)라고 하였고, 文晉鎬는 "하루는 나에게 心亭에 記文을 지어달라고 하면서 '내가 서까래 몇 개를 얽어 장차 강학하는 집을 만들어 경영하려 한다.'라고 하였다."7)라고 하여, 정자를 장수공간으로 인지하고 있는 모습을 보여 주고 있다. 또 鄭濟鎔은 「孤山亭重修記」에서, "孤山亭은 옛날 우리 선조 學圃先生이 만년에 藏修之所로 삼은 곳이다."8)라고 하였고, 河謙鎭은 "山湖亭은 故 善山 金公 月山과 明湖 형제가 장수하고 독서하던 집이다."9)라고 하였다. 심지어 德谷의 '敎授亭' 같은 경우는 "선생이 바위 위에 집을 짓고, 소나무와 대나무, 매화와 국화를 줄지어 심고, 밖에 드나들지 않으면서 성리학에 잠심하니, 배움에 뜻을 두고 그를 따르는 사람들이 날마다 함께 토론을 하면서 여생을 보내니, 당시 사람들이 그 정자를 敎授亭이라 하였다고 한다."라고 하여, 공

---

4) 河受一, 『松亭集』 권4, 「德山書院洗心亭記」. "記稱君子藏焉修焉息焉遊焉 盖有藏修之所者 必有遊息之具 斯古道也"

5) 南廷瑀, 『立巖集』 권15, 「溪亭重建記」. "八溪治北十里 天王峯下 有數間精舍 扁以溪亭者 故鳳谷先生曹公藏修講學之所也"

6) 趙性家, 『月皐集』 권13, 「岳淵亭記」. "德山曺君景元 起亭于家近之墟 用作讀書之室 顔之以岳淵 屬余記之"

7) 文晉鎬, 『石田遺稿』 권2, 「心亭記」. "一日 以心亭記屬余 識之日 吾欲構數椽 將爲講學之室而營之"

8) 鄭濟容, 『溪齋集』 권4, 「孤山亭重修記」. "孤山亭 昔我先祖學圃先生爲晚年藏修之所者也"

9) 河謙鎭, 『晦峰集』 권35, 「山湖亭記」. "山湖亭 故善山金公月山明湖昆弟藏修讀書之室也"

부한다는 의미를 정자의 이름으로 삼은 경우도 있다.[10] 이런 예는 아마
도 얼마든지 더 찾을 수 있을 것이다.

　이런 사례로 보아 선조들이 유식공간과 장수공간을 엄격히 구분하여
인식하지는 않았음을 알 수 있으며, 따라서 그런 공간을 두고 지은 기문
또한 서로 상통하는 점이 많으리라는 것을 짐작할 수 있을 것이다. 이상
과 같은 상황에서 볼 때 넓게는 건축물에 대한 기문을 너무 세분하려는
것은 무리가 있는 것으로 보이며, 오히려 누정기라는 용어로 그들을 통칭
하는 것도 편의의 측면에서 보면 타당한 일면이 있다.[11] 다만 본고에서
검토하는 대상 작품들은 가급적이면 실제 누정에 관한 기문을 위주로 하
기로 하였는데, 그것은 누정을 두고 지은 기문들이 재사나 사당 등의 공
간을 두고 지은 기문들보다 작자의 자연에 대한 인식을 검토하는데 보다
적절한 자료가 될 것으로 보았기 때문이다.

III. 누정 관련 기문 창작 전통

　중국의 누정 관련 기문은 당송 시기에 와서 많이 지어졌다. 『唐文粹』
에는 '記'라는 항목 중 '堂樓亭閣'이라는 하위 항목에 韓愈와 柳宗元을 비롯
하여 몇몇 작가의 작품이 실려 있다. 그러나 이런 누정기의 원조에 해당

---

10) 韓致肇, 『咸陽樓亭誌』, 「敎授亭重建記」. "先生卜築於巖上 列植松竹梅菊 履不及于
　　外 潛究性理 有志學而從之者 日與之討論以終餘年 時之人名其亭曰敎授亭"

11) 안세현, 『朝鮮中期 樓亭記 硏究』, 고려대학교 박사학위논문, 2009, 15~16쪽 참
　　조. "현재 건축학계에서는 누대와 정사뿐만 아니라 堂, 軒 등을 '누정건축'이
　　라 통칭하고 있다. 건축학적 측면에서 '누정'이란 말을 누대와 정자를 비롯한
　　건축물을 대표하는 용어로 사용하는 데에는 문제가 없다는 것이다.……현대
　　연구자들 상당수가 '누정기'란 용어를 '건물기'와 같은 의미로 사용하고 있
　　다.……따라서 본고에서는 '누정기'라는 용어를 사용하기로 하며, 이후 '누정'
　　이란 용어는 누대와 정사를 비롯하여 당헌, 서재 등을 포괄하는 개념으로 사
　　용하기로 한다."

되는 것은 王羲之의 「蘭亭集序」라고 할 수 있다. 「난정집서」는 회계산 북쪽에 있는 蘭亭에서 시회를 벌이고, 그 때 지어진 작품들을 모아 만든 시집에 붙인 서문이다. 그러나 이 작품을 후대에 흔히 「蘭亭記」라고도 부르는 데에서 알 수 있듯이, 「난정집서」는 누정기의 특성을 고스란히 지니고 있다.

「난정집서」는 정자를 지은 내력 같은 것은 기록하지 않았지만, 정자 주변의 경치에 대한 묘사는 일반적인 누정기와 비슷하게 되어 있다. 왕희지는 「난정집서」에서 난정 주변의 경치를 묘사하고 난 후, 사람이 언젠가는 죽게 되어 있다는 점을 상기하면서 감회에 젖는다. 그것은 꼭 난정에서가 아니더라도 언제든 할 수 있는 생각이다. 그러나 평소에는 그런 생각이 잘 나지도 않을 뿐만 아니라, 설령 그런 생각이 갑자기 떠오른다고 해도 특별한 계기도 없이 그런 말을 하는 것도 쉽지 않다. 마침 그 날 봄 경치를 만끽하면서 시회를 열다 보니, 대자연 속에서 살아가는 사람이 얼마나 미소한 존재인지, 장구한 세월 속에 한 인간의 생명은 얼마나 짧은 것인지를 생각하게 된 것이다. 이렇게 보면 누정은 그것이 위치한 공간 그 자체로 이미 인간과 자연의 연결고리 구실을 하게 되어 있는 것이다. 누정기를 쓰면서 사실 기록에만 그치지 않고 이런 식으로 감상에 젖고 이런 식의 의론을 전개하는 것은 '기'의 변체일지는 몰라도 '누정기'의 변체라고는 할 수 없을 것이다.

그렇게 보면 기문에 이론을 담아내는 것을 굳이 당나라 한유의 「燕喜亭記」에 와서 나타난 것이라고 말할 것도 아니라고 할 수 있을 것이다.[12] 심지어 한유는 滕王閣에 가 보지도 않고 관찰사 王仲舒의 요청을 받아 「新修滕王閣記」를 지었으니, 이 경우에는 주변 경관의 묘사는 애초에 불가능한 것이었다. 송나라 때의 유명한 누정기로 王禹偁의 「黃州竹樓記」, 范仲淹의 「岳陽樓記」, 歐陽脩의 「醉翁亭記」, 蘇軾의 「喜雨亭記」 등을 꼽을

---

12) 徐師曾, 『文體明辨』, 「序說」, '記' 조목 참조.

수 있겠는데, 이런 작품들은 모두 누정기로는 이른 시기에 지어진 것이지만, 하나같이 의론을 전개하고 있으며, 이러한 것은 누정기의 전통이 되었다.

우리나라의 누정기의 전통도 크게 다르지 않다. 崔致遠의 유일한 누정 관련 기문이라고 할 수 있는 「新羅壽昌郡護國城八角燈樓記」는 일면 燈樓를 지은 重閼粲 異才의 傳記와 같은 측면도 없지 않지만, 그래도 누정기의 특성을 갖추고 있고, 李奎報의 「止止軒記」는 자신의 거처인 止止軒을 두고 지은 것인데 의론 전개로 일관하고 있다. 이규보의 「四輪亭記」는 마음속으로 구상만 할 뿐 실제로는 있지도 않은 정자를 두고 지은 글이어서, 정자에 대한 자세한 설명이 있다고 하더라도 그것을 실경의 묘사라고 볼 수는 없다. 李承休의 「葆光亭記」처럼 묘사에만 주력한 작품도 없지 않았으나 그 수가 그리 많지는 않은 것으로 보인다. 그 이후에도 많은 누정기들이 지어졌는데, 고려 말기까지는 대체로 '先記事, 後議論'의 방식이 자리를 잡았고, 그 이후로는 의론의 비중이 많아졌다.[13]

이렇게 누정기들이 대체로 의론 위주의 글이 된 것은 무엇 때문일까? 누정을 지을 때는 경치 좋은 곳을 찾기 마련이고, 주변의 경관을 고려하여 자리를 정하게 된다. 따라서 누정에 이르러 보면 자연과 어우러져 있는 누정의 모습을 볼 수 있으며, 생각 또한 자연스럽게 확장되어 나간다. 또 누정의 이름도 주위의 경관과 연관을 지어 짓거나, 관념 속의 자연을 끌어들이기도 한다. 그 과정에서 작자는 누정의 경관과 그 누정의 주인, 혹은 주변 인물을 연관 지어 생각하게 되고, 그것이 의론으로 발전해 나가는 것이다. 말하자면 누정기에는 늘 묘사만으로는 부족한 그 무엇이 있다는 것이며, 그것은 바로 누정기 작자의 자연에 대한 인식을 반영하는 것이다. 대부분의 누정기는 자연을 묘사한다고 하더라도 거기에서 그치지 않고 의론 전개를 통해 인간의 일을 얘기하고 있어서, 자연을 인간과

---

13) 안세현, 『朝鮮中期 樓亭記 研究』, 고려대학교 박사학위논문, 2009, 25쪽.

독립된 존재로, 또 인간을 자연과 별개의 존재로 인식하지 않았음을 반증하고 있는 것이다. 이에 관해서는 다음에 좀 더 자세히 검토하기로 한다.

Ⅳ. 누정 명칭에 담긴 자연과 인간의 交媾

누정을 지어 놓고 그 이름을 지을 때 주인은 이러저러한 생각을 하게 마련이다. 자신이 이름을 짓는 경우도 많지만 더러는 다른 사람에게 작명을 부탁하기도 한다. 이름을 지을 때는 누정의 축조 동기를 담기도 하고, 누정의 주변 경관을 나타내기도 하여, 그 이름만 보고서도 그 누정의 성격이나 의의를 대강 짐작할 수 있는 경우가 많이 있다. 실제로 적지 않은 수의 누정기에서 누정의 이름을 해설하는 데에 상당한 비중을 두고 있음을 볼 수 있다. 앞에서 말했듯이 누정이 공간적으로나 의미상으로 자연과 인간의 경계에 있다고 볼 때, 이름의 배경도 거기에 있는 경우가 많다. 그런데 기왕의 연구에 따르면 우리나라 누정의 이름은 자연물이나 경관과 관련하여 지어진 것이 압도적으로 많다고 한다.[14] 그러나 지리산권에 있

---

14) 安啓福, 「韓國의 樓亭名 選定에 關한 硏究」, 『한국전통문화연구』 5집, 대구카톨 릭대학교 인문과학연구소, 1989, 145~223쪽 참조. 이 연구에 따르면 『新增東國 輿地勝覽』에 실린 누정 중에 지형요소나 동식물 또는 자연현상을 인하여 이 름을 지은 자연경관 구성요소의 누정명이 전체의 40% 내외가 되며, 충효, 생 활, 정치행사 등 사회·문화와 관련된 누정명이 20% 남짓 되고, 나머지는 경 관 이용이나 경관처리기법 등을 표현한 것 등으로 약 30% 남짓 되는 것으로 되어 있다. 그러나 자세히 살펴보면 그 분류가 적절치 못한 곳이 더러 있다. 예를 들면 '자연경관 구성요소' 중에 '水'로 분류되는 것 중 '기타'만 보더라도 '浩然亭·逝斯亭·觀逝亭·滄浪亭·濯纓亭·浩浩亭·靈沼亭' 등 한문에 소양이 깊 은 사람이 보면 그 명칭의 소종래를 알 수 있는 것들이 많다. 또 자연현상에 관련된 누정명에 들어 있는 '觀風·風化·仁風' 등의 '風'은 자연의 바람이 아니 라 '풍속'를 가리키는 것이고, '凱風·南風·風詠' 등은 모두 출전이 있는 것이 다. 이런 것을 모두 자연경관, 혹은 자연현상에 관련된 누정명으로 돌렸기 때 문에 그 비중이 많았던 것으로 보이며, 실제로는 사회·문화와 관련된 것이 보다 많았을 것으로 생각된다. 다른 분류 속에 있는 명칭도 이와 비슷하다.

는 누정의 기문은 그와는 다르다. 모든 누정명을 대상으로 정확하게 분류해 보지는 않았지만, 어느 정도 샘플링을 해서 보면 순수하게 자연 경관을 인하여 이름을 지은 것은 비중이 그리 크지 않다. 그 내용을 대강 분류하면 다음과 같다.

첫째, 주변 경물을 끌어다 이름을 짓고 거기에 의미를 부여하는 것이다. 澗翠亭·溪亭·雙碧亭·雙巖亭·蟾湖亭 등이 여기에 속한다. 또는 누정이 위치한 장소의 지명이나 근처 산천의 이름을 따서 지은 것도 있다. 鰲山亭·岳陽亭·佳亭 등은 지명을 딴 것이고, 可山亭·九皐亭·道川亭 등은 정자가 위치한 산천의 이름을 딴 것이다. 이 경우에 사람들은 그 명칭을 보고 그 누정의 소재처를 짐작할 수 있고, 주변 경관을 떠올려 볼 수 있을 것이다. 그리고 그 소재처나 주변 경관이 어떤 의미를 갖고 있는지를 추적하게 될 것이다. 그 중에 어떤 경우는 지명의 풀이나 경관의 해석을 통해 인사와 연결시키는 작업을 시도하기도 한다. 다음은 그 좋은 예이다.

東山 아래에 두 개의 바위가 삐쭉 솟아 마주보고 있는데, 劉君 錫謹이 그 위 손바닥만한 터에 바위를 깎아 축대를 쌓고, 그 아들 漢淳에게 명하여 작은 정자 하나를 짓게 하고 '雙巖亭'이라고 하였다. 내가 힐난하여 말하였다. "무릇 사물에 이름을 붙이는 뜻은 그 뜻이 제각각 기탁하는 바가 있는 것이오. 그 지역으로 이름을 지으면 산수의 아름다움을 자랑할 수 있고, 그 사람으로 이름을 지으면 문장과 학문을 꾸밀 수 있지요. 좋은 편액을 걸고 특별하게 써 붙이는 것은 만년에 생각할 거리로 삼을 수 있어야 할 것인데, 어째서 아무 생각도 없는 돌덩어리를 끌어다 쓰는 것이오?"
그러자 劉君이 말했다.
"아, 예. 그런 게 아닙니다. 저는 성격이 한가하고 고요한 것을 좋아하여 번잡한 곳을 떠나 수양하고 본성을 지켜서 전에 위태롭게 살던 것을 보완하려고 하였는데, 세월은 빨리 흐르고 뜻은 이루지 못 하였습니다. 게으르고 보잘 것 없는 바탕에 곧고 굳은 의지도 없어 홀로 설 수 없으니, 이것이 내가 바위에서 취한 것입니다. 저 산수나 명승은 여전히 聖師들이 사는 곳이니, 어찌 하찮은 사람이 감히 엄두를 낼 수 있겠습니까?"

내가 말했다.

"그대가 정자 이름을 아주 잘 지었소. 무릇 학문은 작은 것을 쌓아서 큰 것을 이루거나, 가까운 곳에서부터 먼 곳에 이르는 것을 소중하게 여기오. 바위는 산수의 한 혹에 불과한 것인데, 그대가 기어이 이 정사에 내걸어 두니 그 뜻이 어찌 우연한 것이겠소. 그러니 정자를 지어 傅說이 良弼의 꿈에 응한 것15)과 같이 하고, 거기에서 살아 朱子가 微效의 시에서 노래한 것16)처럼 하시오. 크게 말하면 孟子의 기상도 이 속에 있으니, 진실로 정자를 인하여 바위로 가고, 바위로 인하여 산수에 이를 수 있으면, 현인이 되기를 바랄 수 있고, 성인이 되기를 바랄 수 있을 것이오. 그대의 뜻이 여기에 있는 것 아니겠소?"17)

쌍암정은 말 그대로 두 개의 바위가 있는 곳에 있기 때문에 쌍암정이라 한 것일 뿐인데, 「쌍암정기」의 작자는 그 바위를 묘사하는 일은 돌아보지 않고 오로지 옛날 일이나 옛날 사람과 연관 짓는 데에만 몰두하고 있다. 그래서 작자는 '雙巖'의 '巖'자에서 『書經』「說命」편의 '傅巖'을 떠올리고, 주자의 시 「雲谷二十六詠」의 '巖棲冀微效' 구절을 떠올린다. 그러고

---

15) 殷의 高宗이 上帝가 훌륭한 신하를 주는 꿈을 꾸었는데, 그로 인하여 傅巖의 들에서 축대를 쌓고 있는 傅說을 얻었다는 『尙書』의 기사를 인용한 것이다.

16) 朱熹의 「雲谷二十六詠」의 「晦庵」 시에 "憶昔屛山翁 示我一言教 自信久未能 巖棲冀微效"라고 하였다.

17) 河龍濟, 『約軒集』 권6, 「雙巖亭記」. "東山下有兩巖挺然而對峙 劉君錫謹卽其上 得掌許之寬 斲石以築之 命其子漢淳構一小亭 名之曰雙巖亭 余難之 曰 凡名物之意 意各有所寓 以其地 則山水之美 足以夸大 以其人 則文學之富 足以賁飾 宜有嘉扁異署 可以爲晚年顧思之資 而乃點取乎塊然之老石 何哉 君曰 唯唯 否否 性愛閒靜 竊欲離紛養眞 以補前則 而歲月易邁 志業莫就 頹惰衰爛之質 非貞固堅確 不足以自立 是吾有取於巖也 若夫山水名勝 依然為聖師所處 則又豈空疎者之所敢擬者哉 余曰 善哉 君之名亭也 夫學貴乎積小成大自邇達遠 之巖也 不過山水之一贅疣 而君之必表揭于斯亭 其意豈偶然哉 故築之而傅說應良弼之夢 棲焉而晦翁有微效之詩 言其極 則鄒聖氣象亦在這中 苟能因亭而巖 巖而至於山水 則可以希賢 可以希聖 君之意其在斯歟"

지리산권 누정 관련 기문에 나타난 자연과 인간에 대한 인식 · 157

는 급기야『맹자』에서 말한 대로 호연지기를 잘 기르면 천지에 가득 찰수 있듯이, 바위의 의미를 잘 확대하면 산수에 이를 수 있다고 하면서, 쌍암정에서 수양을 하면 성인의 경지에 이를 수 있을 것이라고 해석한다. 정자의 주인은 '雙巖'이라고 이름을 붙인 이유가 그저 바위의 곧고 굳은 성질을 취한 것일 뿐이지 성인의 경지를 염두에 둔 것은 아니라고 말하는데도, 기문의 작자는 이렇게 말하면서, 그대의 뜻이 여기에 있는 것 아니냐고 반문하는 것으로 기문을 끝맺는다. 대체로 누정기의 작자들은 누정의 이름이 아무리 순수하게 자연을 끌어와서 붙인 이름이라 할지라도 이런 식으로 뭔가 대단한 의미를 부여하지 않고서는 직성이 풀리지 않는 것처럼 보인다.

또 다른 예를 들어보기로 한다.「道川亭記」의 대상 건물인 道川亭은 정자가 위치한 곳에 있는 냇물의 이름을 따서 정자의 이름을 지은 것인데, 작자는 먼저 道川 가에 정자를 지은 내력을 설명하고 나서 이렇게 말한다.

> 공자가 냇가에서 '흘러가는 것이 밤낮을 가리지 않는다.'고 탄식한 것은 道體가 끊어지거나 쉼 없는 것과 부합하는 것이 있기 때문이었다. 조상들이 살다 가고 자손들이 뒤를 이으면 그 뜻을 이을 수 있고, 그 일을 서술할 수 있으며, 물러나서는 집에서 효도를 다하고, 나아가서는 나라에 충성을 다하여, 잠시도 전해오는 법도를 감히 잊지 못하니, 그 또한 도체가 냇물처럼 흘러 쉬지 않는 것이 아니겠는가?[18]

여기에서 보듯 작자는 본래 지명을 따서 지은 이름을 두고 그 지명의 의미를 풀어서 정자의 이름에 의미를 더하는 작업을 하였다. 그것이 순전히 기문을 지은 사람만의 생각이 아니고 정자의 이름을 지은 사람도 원

---

18) 郭鍾錫,『俛宇集』권137,「道川亭記」. "夫子之在川上 歎逝者之不捨晝夜 蓋有契於道體之無間斷停息也 祖考之往而子姓之續 其志也可繼 其事也可述 處焉而孝于家 出焉而忠于國 造次終食不敢忘乎其所傳之彝則者 其亦道體之川流而不舍者乎"

래 그런 생각으로 이름을 지은 것인지도 모른다. 적어도 그 지명이 의미를 부여하기에 좋은 이름이기 때문에 그것을 정자 이름으로 썼을 가능성은 충분하다. 따라서 지명을 그대로 갖다 쓴 누정명도 단순히 소재지만을 나타내는 것이 아닐 수 있다는 점에 유의해야 할 것이다.[19]

둘째, 자연과 인간이 교감하는 모습을 직접적으로 표현한 것이다. 구름 속에 산다든가, 달을 바라본다든가, 갈매기와 짝한다는 등의 표현으로 인간과 자연이 어우러지는 모습을 누정의 이름에 담아내는 것이다. 棲雲亭·望月亭·伴鷗亭·弄月亭·尋源亭 등이 여기에 속한다. 이 경우 제시된 자연은 모종의 의미가 있으며, 그 의미를 찾아가는 사람의 행동이 함께 제시되게 된다. 비록 가려져 있지만 결국은 그 행동의 주체인 사람이 정자의 주인 노릇을 하는 셈이다. 그런데 여기에서도 자연물을 가리키는 글자는 단순히 그 자연물을 가리키는 데 그치지 않고 그 자연물에 얽힌 고사를 끌어들이는 작용을 하는 경우가 많다.

예를 들면 伴鷗亭은 말 그대로 하면 갈매기를 짝한다는 말이지만,『列子』에서 갈매기가 機心을 설명하는 매개물로 등장하기 때문에, 그것을 아는 사람들은 반드시 그 고사를 연상할 것이다. 그런데「伴鷗亭記」에서 작자는 다음과 같이 말한다.

> 어느 날 어른과 아이들이 나에게 말하기를, "이 정자의 경치는 八景을 구비하였으니, 이 정자의 이름을 지어서 그 아름다움을 기록하시지요."라고 하였다. 내가 그러마고 하고는 며칠 동안 심사숙고를 했는데도 쓸 만한 이름을 찾지 못하였다. 내가 푸른 물결 위 붉은 여뀌 주변을 보니 한 물건이 있는데, 그 색깔이 희고 그 모습이 한가하였다. 때때로 떴다 잠겼다 하여 수시로 나타났다 없어졌다 하고, 더러는 물가에서 장난을 치고, 더러는 모래언

---

19) 강정화,「누정기에 나타난 하동 누정의 공간 인식」,『남명학연구』34집, 경상대 남명학연구소, 2012, 211~241쪽. 논자는 그 중「직하재중수기」를 들어 비슷한 예로 제시하였다.

덕에서 잠을 잤다. 機心을 잊고 가까이 하면 다가가도 놀라지 않고, 딴 맘을 먹고 쳐다보면 멀리 가버리고 가까이 오지 않았다. 이 정자의 경치 중에 이보다 나은 것이 무엇이 있겠는가? 그래서 이 정자를 '伴鷗亭'이라고 하는 것이 좋겠다고 하자 모두들 매우 좋다고 하면서, 이 정자의 이름으로 꼭 맞다고 하였다. 그래서 '伴鷗'라고 이름을 지었다.

내가 또 그것을 풀이하여 말하기를, "여러분들은 이 정자가 좋은 이름을 얻은 것만 알았지, 정자에 이름을 붙인 것이 그 실제 상황과 걸맞다는 것은 몰랐지요?"라고 하자, 모두들 "무슨 말인가요?"라고 하였다. 내가 말했다. "아! 삼백 여섯 가지 날짐승 중에 가장 영험한 것은 봉황인데, 갈매기는 그런 덕이 없고, 말을 할 수 있는 것은 앵무새인데 갈매기는 그런 능력이 없습니다. 치고 채가는 것은 매인데 갈매기는 그런 재주가 없습니다. 덕도 없고 능력도 없고 재주도 없으면서 강호에 살기를 좋아하고 세상일에 뜻이 없으니 촌로의 반려가 될 수 있을 것입니다. 그러니 이 정자가 이 이름을 얻은 것은 걸맞지 않겠습니까?"[20]

여기에서 작자는 갈매기를 자연물의 하나로만 보고 넘기지 않았다. 갈매기는 덕도 없고, 능력과 재주도 없지만, 강호에 살면서 세상일에 뜻을 두지 않는 깨끗한 선비의 표상으로 내세운 것이다. 그러니 반구정의 갈매기를 자연물의 하나로만 치부하는 것은 정자 이름의 의미를 다 파악한 것이라고 할 수 없는 것이다.

셋째, 인사와 관련지어 지은 것이다. 어떤 것은 누정의 용도를 반영하고, 어떤 것은 누정과 관련 있는 사람의 생각을 반영한다. 望北亭·慕杏

---

20) 成汝信, 『浮査集』 권2, 「伴鷗亭記」. "一日 冠童等語余曰 斯亭之勝 八景俱備 盍名斯亭 以記其勝 余曰 諾 沈思數日 不得其可名者 余觀夫碧波上紅蓼邊 有一物焉 其色白 其容閒 浮沈有時 出沒無常 或處水渚 或眠沙畔 忘機狎之 則近而不驚 有心覘之 則遠而不親 斯亭之勝 孰愈於此 斯亭可名以伴鷗乎 僉曰 甚善 名此固當 因以伴鷗名之 余又解之曰 僉君徒知斯亭之得善名 而不知名亭之稱其實也 僉曰 可得聞乎 余曰 嗟乎 羽族三百有六 而最靈者鳳凰也 鷗無是德焉 能言者鸚鵡也 鷗無是能焉 擊搏者鷹鸇也 鷗無是才焉 無德也 無能也 無才也 而好居江湖 無意世事者 可以爲野夫之伴矣 然則斯亭之得斯名 不亦稱乎"

亭・十九人亭・觀愛亭・冠雲亭 등의 명칭은 그렇게 지어진 것이다. 또 鳴玉亭・舒嘯亭・歲寒亭・歸來亭・水雲亭・峨洋亭・岳淵亭・詠歸亭 등과 같이 고사나 고전 작품을 인용한 것도 있고, 杜隱亭이나 桂山亭처럼 단순히 정자 주인의 호를 정자 이름으로 삼은 것도 있다. 이런 이름은 그 출전이나 고사를 알지 못하면 그 깊은 뜻을 이해할 수 없다.

예를 들어 水雲亭은 그저 물과 구름을 벗하는 정자라는 식으로 축자해석을 하기 쉽지만, 실은 朱子의 시「船齋」의 내용에서 따온 것이다.[21]「水雲亭記」의 작자는 "선사 淵齋 선생이 살아 계실 때 친히 朱夫子의「船齋」시의 구절에서 뽑아 '水雲'이라고 이름을 지어 주었다."[22]라고 하여, 그 이름의 소종래와 의미를 밝히고 있다. 즉 몸은 비록 산수의 흥취를 즐기지만, 마음은 언제나 임금을 사모한다는 의미를 담고 있다는 것이다. 그러니 자연을 지향하는 것 같은 표면적 의미와는 정반대로, 나랏일을 잊어서는 안 된다는 속뜻이 있음을 알아야 한다.

위의 설명에서 짐작할 수 있듯이, 누정의 이름에는 자연을 그대로 끌어들인 것보다 인사와 관련된 내용을 담고 있는 것이 보다 많은 비중을 차지하고 있다. 그것은 건물은 자연 속에 있지만, 그 건물의 의의는 어디까지나 사람에게 있다는 생각의 반영으로 볼 수 있을 것이다. 이러한 생각의 편린은 누정기의 내용에서도 쉽게 찾아볼 수 있다. 그런데 이런 현상이 다른 시대 다른 지역의 누정기와 차이가 있는 것인가에 대한 문제는 확답하기 곤란하다. 하지만 적어도 지리산권에 있는 누정들은 아마도 큰 산을 배경으로 삼고 있는 만큼 누정의 이름이나 누정기의 내용에 지리산,

---

21) 朱熹,『晦庵集』권3,「船齋」. "집은 비록 뭍에다 짓지만, 아득히 물과 구름 깊도다. 이게 바로 창주의 흥취이니, 조정을 그리는 마음 잊기 어렵네.[考槃雖在陸 渺瀁水雲深 正爾滄洲趣 難忘魏闕心]" 주석에 따르면 宋나라 劉珙이 湘江에 큰 배를 건조하고 학자들이 왕래하기를 기다렸는데, 그 배를 가리켜 '船齋'라고 하였다고 한다.

22) 鄭鳳基,『守齋集』권8,「水雲亭記」. "先師淵齋先生在世之日 親拈朱夫子船齋詩錫名曰水雲"

또는 지리산으로 대표되는 자연과 관련이 있는 부분이 많을 것이라는 막연한 추측은 완전히 들어맞지는 않는다.[23] 그렇다고 그런 현상이 지리산에 대한 경시나 무관심 때문이라고 할 수는 없을 것이다. 오히려 가까이 있기 때문에 굳이 말하지 않아도 너나없이 다 알고 있고 소중하게 생각하는 대상이어서 그럴 가능성이 농후하다. 어떻든 지리산권에 있는 누정들도 그 명칭은 인사와 관련된 것이 많은 비중을 차지하고 있으며, 사람들의 관심의 대상은 자연 그 자체에 있다기보다는 결국 사람과 세상에 있었음을 짐작할 수 있다. 그렇기 때문에 누정기에서 자연보다는 인사에 중점을 두어 서술하는 것은 매우 자연스러운 현상이라고 해야 할 것이다.

V. 지리산권 누정 관련 기문에서의 자연의 위상

지리산 주변에 있는 누정을 두고 지은 글에 지리산이 언급되는 것은 매우 자연스러운 일이다. 비록 자그마한 언덕에 있는 정자라 할지라도 그 맥이 지리산에서부터 흘러온 것임을 얘기하고, 강가에 누정이 있는 경우에는 그 강물이 지리산에서 발원한 것임을 말한다. 그런 언급은 그것이 실재하는 지리산의 의미에 기내려는 데에 그치는 것이 아니고, 지리산이 갖는 상징성을 따라 올라가서 보다 큰 의미의 확장을 노리는 것이다. 그런데 재미있는 것은 그것이 대개 대자연의 위대함이라던가, 자연이 인간에게 주는 실질적 이로움 같은 쪽으로 파급되지 않고, 지리산에 비유되는 인간, 혹은 자연이 인간에게 주는 가르침 같은 쪽으로 轉化된다는 것이다. 이렇게 누정의 의미 중심이 자연에 있지 않고 사람에게 있는 것은 누정의 이름을 검토하면서 이미 일정 부분 확인한 바 있다. 다음은 그 한

---

[23] 이와 같은 현상은 강정화의 논문 「누정기에 나타난 하동 누정의 공간 의식」 (2012)에서도 언급된 바 있다.

예이다.

두류산 남쪽에 白雲洞이라는 곳이 있는데, 산세가 아름답고 수석이 깨끗하다. 남명선생이 이곳에서 노닐면서 경치를 구경하고 시를 지은 적이 있다. 河君 殷浩가 南泗에서 이 골짜기로 이사 와서 거처하는 집 시내 옆에 서까래를 몇 개 얹고 이름을 棲雲亭이라 하고는 나에게 기문을 지어 달라고 요구하였다. 내가 棲雲이 무슨 의미인가를 물으니 은호가 "雲洞에 살기 때문"이라고 하였다. 내가 말하였다. "雲洞에 살면서 아름다운 산수를 차지한 사람은 의당 남명선생이 남긴 자취를 어루만지고 남명선생이 아꼈던 것을 아껴야 할 것이다. 그러나 남명선생이 아낀 것이 어찌 까닭이 없겠는가? 틀림없이 아끼는 이유가 있을 것이니 그대는 힘쓸지어다. 내가 평소에 은호가 재주가 있고 포부가 있다는 것을 알고 있다. 옛 사람이 이른 바 '몸을 백운이 덮힌 곳에 남겨 두었다.'고 한 것은 그의 뜻이 아니다. 『周易』 需卦의 象辭에, '구름이 하늘 위에 있는 것이 需이다.'라고 했는데, 需는 때를 기다린다는 뜻이 있다. 傳에 이르기를 '군자는 그 재주와 덕을 기르고 편안히 때를 기다린다.'라고 하였다. 雲洞의 구름이 하늘 위에 있으니, 나는 은호가 때를 기다려서 그가 길러 온 바를 더 많이 모으리라는 것을 알 것이다." 은호가 말하기를 "잘 하지 못할까 염려할 뿐이지, 감히 힘쓰지 않을 수 있겠습니까? 이 말씀으로 내 정자의 기문을 써 주십시오."라고 하였다.[24]

이상은 「棲雲亭記」의 전문이다. 백운동은 산청군에 있는 웅석봉에서 남쪽으로 뻗은 줄기가 화장산과 백운산으로 나뉘면서 그 사이에 자리 잡은 골짜기이다. 이 계곡은 조식이 노닐었던 곳으로 알려져 있다. 작자는

---

24) 李道樞,『月淵集』 권8,「棲雲亭記」. "頭流之南 曰白雲洞 山氣佳麗 水石淸絶 南冥夫子嘗遊賞而有詩焉 蓋愛其山水之勝也 河君殷浩 自南泗移居于是洞 構數椽于所居 溪傍 名曰棲雲亭 求余一言 余問棲雲何意 殷浩曰 以居雲洞也 余曰 居雲洞 而有山水之勝者 宜其撫冥翁之遺躅 愛冥翁之所愛也 雖然冥翁之愛 豈徒爾哉 必有所以愛者存焉爾 子其勉諸 余素知殷浩有才有志 古人所謂遺身在白雲 非其志也 易需之象 曰雲上於天 需 需有須之義 傳曰 君子畜其才德 安以待時 雲洞之雲上於天 則吾知殷浩之有待於時 而益裒其所畜矣 殷浩曰 惟恐不能 不敢不勉 請以是言爲吾亭記"

백운동을 얘기하면서 그 자체의 아름다움이나, 아니면 그 골짜기의 연원이 되는 지리산에 대해서는 아무 이야기를 하지 않는다. 대신에 백운동이라는 지역에서 작자는 대뜸 조식을 떠올리고, 조식이 노닐었다는 사실만으로도 이미 백운동은 의미 있는 곳이라는 생각을 하게 된다. 따라서 백운동이라는 공간은 조식을 연상하는 매개물로서의 역할을 하는 것에 그치고 만다. 백운동에 산다는 의미로 지은 서운정이란 정자는, 조식이 백운동을 다녀간 적이 있기 때문에, 갑자기 조식을 흠모하며 살아야 한다는 의미를 지니게 된 것이다. 그리고 조식이 백운동을 아낀 이유를 추적하여 그 뜻을 이어받아야 한다고까지 말하고 있다.

이 경우에 백운동을 조식과 연관시키는데 있어서 지리산은 그다지 중요하지 않다. 왜냐하면 굳이 지리산을 끌어들이지 않더라도 백운동 자체가 남명의 杖屨之所로 알려져 있기 때문이다. 그러나 그렇지 않은 곳에서는 누정이 있는 장소와 지리산을 어떻게든 연관 지으려 한 경우도 있다. 그래야만 지리산과 연관이 있는 조식을 끌어들이는 명분이 서기 때문이다. 예를 들면 다음과 같다.

"德川은 두류산의 큰 물줄기이다. 그 상류는 바로 曺 선생이 살던 곳이다."[25]

이 구절은 「峨洋亭記」의 첫 대목이다. 아양정의 소재지는 분명하지 않으나 기문의 내용으로 보아 昆明에 있었던 것으로 추정된다. 따라서 지리산과는 상당한 거리를 두고 있다고 해야 할 것이다. 그런데 「아양정기」에서 작자는 지리산과 조식을 그 정자의 의미 부여의 단서로 삼고자 하는 의도를 드러내고 있다. 즉, 지금 이 정자는 비록 보잘 것 없다 할지라도,

---

[25] 강정화 · 최정은 편저, 「峨洋亭記」, 『지리산권 누정기 선집』, 이회, 2010. "德川爲頭流之巨瀆 其上流又爲曺先生之闕里"

두류산과 맥이 닿는 곳에 있어 그 기운이 연결되어 있고, 이 정자의 주인은 비록 대단한 인물은 아니라 할지라도, 학문이 높고 강직한 인품을 지닌 조식의 영향을 받은 사람이라는 것을 드러내고 싶은 것이다. 공간의 확장이고, 관계의 연장이다. 산청에 소재한 여러 누정의 기문에서 이와 유사한 언급을 하는 것을 종종 볼 수 있는데, 위의 문장은 그 전형적인 모습이다. 그렇게 하는 것은 경상우도 지역에서 자연물로서는 지리산만한 것이 없고, 인물로는 조식만한 사람이 없기 때문일 것이다. 작은 것에 큰 의미를 부여하기 위해서는 이와 같이 의미 확장의 방식에 의존하는 것이 매우 편리하다.

물론 지리산권에 산재한 누정과 관련된 시문 중에는 지리산이나 조식을 언급하지 않은 것도 많이 있다. 더러는 누정 소재처 가까운 곳의 산수만 얘기하기도 하고, 더러는 자연 경관에 대한 얘기는 아예 하지 않는 작품도 있다. 인간에 관한 얘기도 실제로 조식을 직접 거론하는 경우는 그다지 많지 않고, 의미 확장을 위해 다른 사람을 끌어들이는 일은 그리 흔한 일은 아닌 것으로 보인다. 그러나 그 중에는 서로 다 알고 있는 사실이라서 굳이 얘기하지 않을 뿐 은연중에 공감의 눈짓을 주고받거나, 공동체적 유대감의 공유를 기도하는 경우가 적지 않은 것으로 보인다.

누정과 관련된 시문에서 이렇게 공간과 의미의 확장이 이루어지는 이유는 다른 데 있는 것이 아니다. 누정이라는 건축물의 성격이 공간적으로, 또는 의미론적으로 자연과 인간의 경계선상에 있기 때문이다. 여기에서 한 가지 주목해야 할 것은, 평소에 생활하는 거처의 일부에도 자연을 끌어들인 이름을 붙이는 경우도 많다는 것이다. 다음은 그 한 예이다.

> 敬夫가 軒의 이름을 松竹이라고 한 뜻은, 장차 겨울을 견디는 지조를 보고 자신의 名節에 힘쓰고, 자신의 심지를 굳게 하고자 한 것이다. 혼탁하고 더러운 세상에 살면서 욕심 없이 즐기다가 암혈에서 죽을지언정, 세상 사람과 함께 취하고 휩쓸리는 것은 할 수 없다고 여기는 것이니, 경부가 송죽을 얻

은 것인가? 송죽이 경부를 얻은 것인가?26)

이 기문의 대상인 松竹軒은 산청군 단성면에 있는 건물로, 기문의 앞부분에서 權敬夫가 향교 근처에 마련한 집이라고 설명하고 있다. 집 둘레에 소나무가 많고 대나무도 간간이 섞여 있어 건물 이름을 송죽헌이라 하였다는 것이다. 나무 한 그루나 풀 한 포기로도 건물의 이름을 지을 수 있는 것이기 때문에 이런 방식의 명명은 조금도 낯설지 않다. 오히려 인가 깊숙한 곳에 살면서 자연을 가까이 하고 싶은 마음을 드러내고, 자연 속에 노닐면서 인사를 잊지 못하는 마음을 담아내는 것이 더 당연한 일인지도 모른다. 다만 그 이름 속의 송죽은 단순히 집 둘레에 있는 실제의 나무만을 가리키는 것이 아니고, 사시사철 절개를 꺾지 않는 관념 속의 송죽과 오버랩 되어 있는 것이다. 그래서 거기에서 성인의 말씀을 떠올리고, 겨울을 견디는 지조를 보며, 자신의 명절을 닦기에 힘쓴다. 또 마음의 지향을 견고하게 하며, 혼탁한 세상에 살면서도 물들지 않으려는 의지를 재확인한다. 이렇게 보면 작자의 의식 속에 자연과 인간이 결코 분리될 수 없는 것임을 알 수 있다. 한 걸음 더 나아가, 좋은 환경의 영향으로 훌륭한 사람이 나면 사람이 환경의 덕을 본 것이라 할 수 있지만, 훌륭한 사람이 나서 그가 난 공간이 그 사람으로 인해 유명해져서 거꾸로 자연이 사람의 덕을 볼 수도 있다고 말함으로 해서, 자연과 인간이 서로 의지함으로 해서 의미를 더해간다는 생각을 드러내고 있다.

때로는 누정이 위치한 공간을 거룩하게 하기 위해서 유명인사와의 관련성을 부각시키는 방법을 동원하기도 한다. 다음은 그 한 예이다.

"이것이 이 정자의 대체적인 경관이다. 옛날에 尤菴선생이 남쪽으로 여행을

---

26) 權基德, 『三山遺稿』 권6, 「松竹軒記」. "且惟敬夫名軒之意 將以觀凌冬之操 而欲勵吾名節 堅吾心志 處濁世居汚俗 而寧囂囂自樂 枯死巖穴 不可啜醨同醉 淈泥合汚也 然則 敬夫得松竹歟 松竹得敬夫歟"

와서 여기에 이르러서는 그 산수를 사랑하여 바위 위에 '赤壁'이라는 두 글자를 쓰니, 魏나라 비첩의 필체로 용과 범이 싸우는 것 같았다. 淵齋와 공의 조부 同樞公은 평소 친분이 있어, 천리 길을 달려와 함께 소요하였고, 또 '留客亭' 세 글자를 바위에 새겼다. 전후로 훌륭한 분들이 다녀가니 강산이 빛을 더하고 초목도 향기를 머금었다. 이것이 정자에 얽힌 이야기이다."[27]

이 기문의 대상인 挹淸亭은 산청군 단성에 있다고 하였으니, 매우 궁벽한 곳에 있어 이름이 알려지지 않은 정자라고 할 수 있겠는데, 유명 인사가 그 곳에 다녀갔다고 하면 이야기가 달라진다. 더구나 거기에 글씨를 남겼으니 더욱 기념할 만하다고 하는 것으로 보아, 그로 인하여 그 정자의 위상이 한결 높아진다고 느끼고 있음을 짐작할 수 있다. 자연이 건물의 덕을 볼 수 있고, 건물이 사람의 덕을 볼 수 있다면, 결국 자연이 사람의 덕을 보게 되는 것이다. 평범한 자연이라 할지라도 유명 인사와 관련이 있으면 그 지역이 널리 알려지고 많은 사람들이 찾게 되는 것은 이런 이치이다. 이와 같은 이야기는 모두 경관 묘사만으로는 성취할 수 없는 또 다른 의미 찾기의 일환으로 동원되는 것이다. 이러한 것도 결국은 자연을 보는 시각이 그렇게 단순하지 않다는 것을 보여 주는 사례라고 하겠다.

만일 어떤 누정이 본래부터 특정 인물과의 관련성을 갖고 지어진 것이라면 더 말할 것도 없다. 특정인을 기념하여 지은 것이거나, 특정인의 사상, 작품, 어록 등과 관련된 누정은, 그것이 아무리 경관 좋은 자연 속에 있다 하더라도 경관이 그 누정의 의미를 주도하지는 않는다. 다음은 그 좋은 예이다.

---

27) 金會漢, 『石樵遺集』 권5, 「挹淸亭記」. "此則亭之大觀也 昔尤菴先生南遊至此 愛其山水 書赤壁二字於岩面 銀鉤鐵索 龍拏虎攫 淵齋與公皇考同樞公 有雅契 千里命駕 相與逍遙 又以留客亭三字 鑱之石焉 前後賢躅之所過 江山增彩 草樹含馨 此則亭之故事也"

德山의 曺君 景元이 집 가까운 언덕에 정자를 지어 독서하는 공간을 만들고 岳淵亭이라는 편액을 걸고 나에게 기문을 부탁하였다. 이름의 뜻을 물으니 선조 南冥 선생의 문집 중에 '岳立淵冲'이란 말을 사용한 것이라고 하였다. 나는 벌떡 일어나서 공경심을 일으켜 말했다.

"우리나라의 도학은 圃隱 선생에서 시작되어 영남이 鄒魯之鄕이라고 불리게 되었다. 穆陵之世에 이르러 退溪는 左道에서, 南冥은 右道에서, 우뚝하게 太華山이 마주보고 서 있는 것과 같고, 연원이 계속 이어져 집집마다 程朱學을 공부하니, 하늘이 온 영남을 돌보신 것이다. 아아! 훌륭하도다. 남명은 또 스스로 山海라고 자호하였는데, 선생을 앙모하는 후학들이 모두 선생의 도는 方丈山도 높은 자리를 양보하고, 선생의 도량은 바다와 깊이를 다툰다는 것을 알았다. 이제 그대가 정자의 이름을 지은 것을 보니 그대가 선조를 잇는 학문에 뜻을 두었음을 알겠다. 이른 바 善才童子가 이미 菩提心을 발했다는 것과 같다.

내가 듣자니 선비가 학문을 하는 데는 뜻을 세우는 것을 먼저 해야 한다고 하고, 또 옛말 에 '언덕은 산을 배우고 냇물은 바다를 배운다.'고 하였으니, 배우고 또 배워서 배움을 그치지 않으면 어찌 끝내 높고 깊은 경지에 나아가지 않겠는가? 높은 것은 산이 서 있는 것이고, 깊은 것은 못이 깊은 것이다. 아아! 이것이 선생의 기상이니, 도학이 내면에 가득차고 기상이 겉으로 드러났다. 대개 선생의 학문은 敬과 義를 위주로 하여 우리 집안의 해와 달이라고 여겼고, 이른 아침부터 늦은 밤까지 착실히 공부하고, 석양의 태양빛이 반사되어 창문에 들어와 환하게 비추는 것처럼 그 빛이 후학들을 뒤덮으니, 그대가 선대의 학문을 잇는다면 경과 의를 버리고 무엇을 하겠는가? 경과 의가 해와 달처럼 악연정 처마에 늘 걸려있으면 그 남은 빛을 빌리려는 사람은 장차 정자에 들어오지 못할 것이다." 이것으로 기문을 삼는다.28)

---

28) 趙性家, 『月皐集』권13, 「岳淵亭記」. "德山曺君景 元起亭于家近之堨 用作讀書之室 顔之以岳淵 屬余記之 問其命名之義 曰 用先祖南冥先生集中岳立淵冲語也 余蹶然起敬 曰 吾東道學 創於圃隱 而嶺南得鄒魯之稱 逮穆陵之世 退陶於左 南冥於右 屹然如太華雙掌之對立 而淵源相續 家洛戶閩 天眷全嶺 嗚呼 盛矣 南冥又自號以山海 而後學之慕仰先生者 皆知先生之道方丈讓其高 先生之量滄溟較其深 今於子之名亭 知子之有志於承先之學 所謂善才童子已發菩提心者也 余聞 士之爲學 立志居先 而且

위 글은 「岳淵亭記」 전문이다. 이 기문에 지리산은 등장하지 않는다. 그러나 정자의 이름에 쓰인 '岳'자의 소종래가 『南冥集』에 실린 것이라 하였으니 조식의 「座右銘」[29]임이 틀림없고, 그렇다면 '岳'자가 가리키는 산은 지리산이라고 생각해도 무리가 없을 것이다. 원래 정자의 이름을 지은 사람도 조식을 통해서 산과 물을 떠올린 것이고, 기문을 지은 사람도 그것을 전제하고 논의를 전개해 나갔다. 그래서 조식의 학문과 지리산의 우뚝함을 함께 얘기하고, 조식의 학문을 다시 '敬'과 '義'로 특징짓는 논리를 전개한 것이다. 악연정의 또 다른 기문을 보면 다음과 같이 시작된다.

> 남쪽의 산 중에 두류산이 가장 높은데, 덕천은 그 속에서 흘러나와 넘실거리면서 동쪽으로 달려 바다로 들어간다. 우리 남명 선생이 만년에 이곳에 터를 잡았으며, 그 후로 자손이 여기에 살고 있다. 이제 삼백 년이 더 되었는데, 학문에 뜻을 둔 선비 克敬과 景源은 모두 선생의 후손이다.[30]

여기에서는 일단 지리산을 먼저 거론한다. 그러나 그 뿐이다. 그 후로 전개되는 의론에는 지리산이나 혹은 지리산으로 대표 되는 자연은 다시 거론되지 않는다. 그리고는 정자의 이름인 '岳淵'은 제쳐두고 '知'와 '敬'을 끌어와서는 다음과 같이 논의를 전개한다.

내가 말했다. "'岳淵'이란 이름은 참 좋습니다. 그러나 잘 배우는 사람은 반

古語日 陵學山 川學海 學之又學 學而不止 則豈不竟造於崇深之域哉 崇則岳立 深則淵沖 嗚呼 此先生氣象也 道學弸于中 而氣象彪于外 蓋先生之學 以敬義爲主 至以爲吾家日月 而夙夜憕憕 回光反照 八牕玲瓏 光被後學 則子之承先之學 舍敬義何以哉 敬義之日月 長懸於岳淵亭楣之間 則願借餘光者 將不能容於亭矣 以是爲記"

29) 曹植, 『南冥集』 권1, 「座右銘」. "庸信庸謹, 閑邪存誠. 岳立淵沖, 燁燁春榮."

30) 許愈, 『后山集』 권13, 「岳淵亭記」. "南方之山 莫高於頭流 而德川出其中 汪洋噴薄 東馳而入于海 我南冥老先生 晚年卜宅于此 而子孫因居焉 至今三百年多 向學之士克敬景源 皆先生後也"

드시 이름을 통하여 실질을 구합니다. 저는 '知'와 '敬' 두 글자를 '岳立淵
沖'의 내용으로 삼겠습니다. 괜찮겠습니까?"[31]

위와 같이 말한 후 작자는 '知'와 '敬'에 대해 심도 있는 논의를 전개한
다. 이 경우 작자는 주어진 범위를 벗어나서 스스로 주제를 설정한 것이
라고 보아야 할 것이다. 이렇게 되면 기문으로서 정체인가 변체인가의 차
원을 떠나, 기 본연의 성격에 부합하는가 하는 것이 의심될 정도이다. 어
떤 측면에서는 기라는 문체를 가탁한 논변류의 글이라고 해야 할 것이다.
이것은 좀 심한 경우라고 할 수 있겠지만, 상당수의 기문에서 누정의 풍
류나 자연과의 조화 등을 얘기하기보다 인간이 살아가야 할 길에 대해
논의를 전개하고 있는 모습을 볼 수 있다.

이상에서 살펴본 바와 같이 지리산권에 있는 누정 관련 기문은 지리산
이나 혹은 지리산으로 대표되는 자연과의 연관성을 강조하는 경우보다
오히려 인간에 대한 관심을 드러낸 작품이 대종을 이룬다는 것을 확인할
수 있었다. 모든 작품을 망라할 수 없어서 정확한 통계 수치를 말할 수는
없지만, 대다수의 문인들이 자연을 주제로 삼기보다 주제에 복무하는 소
재로 다루는 모습을 보여 주고 있는 것이다.[32] 이것은 조선시대 문인들
의 사고의 일단을 보여주는 것이라 할 수 있을 것이다.

---

31) 上同, 「岳淵亭記」. "余告之日 岳淵之名 固善矣 然善學者 必因名而求實 愚請以知
敬二字爲岳立淵沖之實 可乎"

32) 이 점에 대해 안세현은 그의 논문(2009, 180쪽)에서, "요컨대 이들(조선 중기
문인)에게 누정에서 바라보는 산수 경물은 더 이상 理法의 顯現態라기보다는
自慰나 興趣의 대상으로서의 성격이 더욱 강했다. 공간·자연인식의 변화는
문인사대부들의 삶의 여건이나 세계관의 변화를 의미하는데, 조선 중기 누정
기가 이러한 변화상을 예민하게 반영하였던 것이다."라고 하였는데, 본고의
시각과는 일정한 차이가 있다.

VI. 맺음말

지금까지 지리산권의 누정에 관한 기문을 대상으로, 그 작품에서 작자가 어떤 태도를 가졌는가를 엿보는 작업을 진행하였다. 머리말에서 전제했듯이, 지리산권이라는 공간 한정이 얼마나 의미 있는 역할을 했느냐 하는 것은 충분히 담보되지 못하였다. 그러나 그런 점을 감안한 상태에서 지금까지의 검토 결과를 종합해 보기로 한다.

먼저 누정기라는 용어 사용의 문제를 언급하였다. 건축물의 성격이 樓와 亭도 서로 다르고, 그 밖의 齋, 軒, 堂, 閣 등도 모두 차이가 있다. 그것을 어느 정도로 범주화 하느냐 하는 것에 대해 여러 의견이 있을 수 있겠으나, 문체론적으로 볼 때는 적어도 그런 건축물들의 기문을 모두 건축물에 따라 구분해야 할 필요는 없을 것으로 보인다. 또 藏修공간과 遊息공간이 별도로 취급되어야 하고, 따라서 각 공간의 기문 또한 한 자리에서 논의해서는 안 된다는 주장은 당위성이 매우 약하다.

다음, 누정기의 창작 전통에 대해 알아보았다. 누정기는 기 중에서도 인사와 관련된 내용이 많아서, 중국이나 우리나라 모두 의론이 위주가 되는 것이 많았다. 그것은 기로서는 변체라고 할 수 있을지 모르지만, 적어도 누정기로서는 변체라고 할 수 없는 것이었다. 누정기가 그렇게 발전해 온 이유는 아마도 누정은 종국에는 인사와 연결이 되어 있어서, 누정의 묘사만으로는 부족하다고 여기기 때문이었을 것으로 보인다. 이런 현상은 누정기의 작자가 자연과 인간을 별개의 존재로 인식하지 않았음을 반증하는 것이다.

다음, 누정의 명칭에 담긴 의식을 추적해 보았다. 누정의 이름을 짓는 방식은 크게 세 가지 정도로 분류할 수 있다. 첫째는 주변 경물을 끌어다 이름을 짓는 것이고, 둘째는 자연과 인간이 교감하는 모습을 직접적으로 표현한 것이며, 셋째는 인사와 관련 지어 짓는 것이다. 이 가운데 셋째의 경우가 상대적으로 많은 것으로 보이는데, 자세히 살펴보면 첫째나 둘째 방식으로 지은 것으로 보이는 누정의 이름도 일견 자연물을 끌어온 것처럼 보이지만, 실은 대부분이 인사와 관련된 것임을 확인하였다. 아울러 지리산권에 있는 누정이라 할지라도 큰 산을 배경에 두고 있다는 것 때문에 누정의 명칭에 직접적으로 지리산이나 그 연장선상의 자연물을 끌어들이는 것은 그다지 많지 않았다는 것도 확인하였다.

다음, 실제 누정기에서 작자가 보여주는 자연에 대한 인식을 검토해 보았다. 누정이라는 건축물은 그 성격이 공간적으로나 의미론적으로 자연과 인간의 경계선상에 있다. 그런데 누정기 작자들은 대체로 누정의 의미 중심을 자연에 두지 않고 사람에 두고 있다. 그래서 자연은 의미 확장에 있어서 연결고리로서의 역할에 그치는 경우가 많다. 대신 상당수의 기문에서 누정의 풍류나 자연과의 조화 등을 얘기하기보다 인간이 살아가야 할 길에 대해 논의를 전개하고 있는 모습을 볼 수 있다.

이상의 논의를 종합하면 결론은 비교적 간단하다. 지리산권의 누정 관련 기문의 특징은, 큰 산 가까이 있으면서도 대자연에 귀의하거나 풍류를 즐기는 일을 말하기보다, 인간에 대해 보다 깊은 관심을 갖고, 그것을 표현하는 성향을 보인다는 것이다. 그것은 영남, 혹은 경상우도 지역의 학문적 전통과 무관하지 않을 것이다. 이것은 우리나라를 대표하는 큰 산인 지리산과, 그 산과 깊은 연관을 맺고 있는 인물들이 만들어낸 하나의 현상이라고 할 수 있을 것이다.

이 글은 『태동고전연구』 제30집(2013)에 수록된 「지리산권 누정 관련 기문에 나타난 자연과 인간에 대한 인식」을 그대로 실은 것이다.

'귀양 간 지리산' 설화의 전승 배경과 변이 양상

박기용

—

Ⅰ. 머리말

'지리산 귀양 설화는, 이성계가 왕으로 등극하기 위해 팔도 명산 산신령에게 산제를 올렸는데 다른 산신은 허락했으나 지리산 산신령이 허락을 하지 않아서 경상도 지리산을 전라도로 귀양 보냈다는 이야기이다.

이 설화자료는『한국구비문학대계』[1]와 최래옥(1981)에 몇 편씩 수록되어있다.[2] 그러나 지금까지 학계에서 독립 유형으로 논의한 적이 없었다.

---

[1] 『한국구비문학대계』는 이하 '대계'라고 약칭한다.

[2] 崔來沃, 『韓國口碑傳說의 硏究－그 變異와 分布를 中心으로』, 일조각, 1981, 290~303쪽. 『한국구비문학대계』에는 일곱 편이 전하고 최래옥의 저서에는 다섯 편이 전하는데, '지리산 귀양' 설화라고 하지 않고 아기장수 전설계로써

다만 설화의 전승 배경에 중요한 단서를 제공하는 논의로서 김영수가 이
승휴의 「帝王韻紀」 기록을 인용하여 지리산 성모사의 석상이 고려 태조
의 어머니 위숙왕후라고 한 바 있고,[3] 권태효는 지리산이 고려 개국에 가
장 큰 기여를 한 신격이라면서 '선류몽'담이 건국신화 이전의 거인 설화
적 성격을 가지고 있으며, 그 거인이 지리산 성모이자 위숙왕후라고 하였
고,[4] 필자는 지리산이 민간신앙·불교·도교의 종교적 성지였다는 점을
밝혔으며,[5] 조용호는 지리산의 산신제에 관한 연구를 통하여 이성계가
지리산의 南嶽祠를 남원부 남쪽 所義坊으로 옮겼다는 주장을 한 바 있
다.[6]

최래옥은 일찍이 전라북도 남원군 일대에서 여러 편의 '귀양 간 지리산'
설화를 채록, 분석하고 이 설화를 아기장수 전설의 한 유형으로 분류하였
다.[7] 그러나 최래옥은 이때 '귀양 간 지리산' 설화를 우투리계 전설일 가
능성이 있다고 조심스럽게 언급하였다. 실제로 '귀양 간 지리산' 설화를
아기장수 설화의 한 유형이라고 볼 수 없는 전승과 관련된 역사적 배경
을 가지고 있으며, 그것을 바탕으로 변이 과정을 보이고 있다는 점에서
다른 각도에서 다시 고구할 필요성이 제기된다.

산을 귀양 보냈다는 이야기는 지리산 이외의 다른 산 설화에서는 채록
된 적이 없다. 이 점을 감안할 때 '귀양 간 지리산' 설화를 단순히 '아기장

'둥구리 전설'과 '우뚜리 전설'을 다루고 있다.

[3] 金映遂, 「智異山 聖母祠에 就하야」, 『진단학보』 11집, 진단학회, 1939, 141쪽.

[4] 권태효, 「'선류몽'담의 거인설화적 성격」, 『구비문학연구』 2집, 한국구비문학
회, 1995, 196~200쪽.

[5] 박기용, 「지리산 설화에 나타난 종교적 의미」, 『대학논문집』 제47집, 진주교
육대학교, 2005.

[6] 趙庸鎬, 「지리산 산신제에 관한 연구」, 『東洋禮學』 4집, 동양예학회, 2000, 180~
191쪽.

[7] 최래옥, 『韓國口碑傳說의 研究—그 變異와 分布를 中心으로』, 일조각, 1981,
37~50쪽.

수' 설화로 다룰 일은 아니다. 대계나 최래옥이 지리산 산신 모티프가 등장하는 이 설화를 채록한 지역이 주로 지리산 일대 남원군을 중심으로 한 전라북도 지역이며, 다른 지역에서는 채록 빈도가 낮다는 점에서 볼 때, '아기장수' 설화와 같은 廣布說話라고 하기는 어렵다.

'귀양 간 지리산' 설화에 실제인물 이성계가 등장하는 것으로 볼 때, 특정 인물과 얽힌 배경이 있을 것이고, 그것이 어떻게 전승·변이되었는지 그 양상을 밝힘으로써 설화의 전승 배경과 변이 양상 속에 숨은 전승자 집단의 세계에 대한 인식을 유추함으로써 설화의 의미를 살필 수 있을 것이다.

따라서 이 글에서는 '귀양 간 지리산' 설화 전승의 역사적 배경과 설화의 변이 양상을 알아보고, 설화 속에 내포된 설화 전승자 집단의 의식을 고구하는 것을 연구 목표로 삼는다. 연구 자료는 대계에 수록된 '귀양 간 지리산' 설화와 최래옥(1981) 부록에 나타나는 관련 설화로 한정한다.

II. 자료 검토 및 특성

본고에서 연구의 대상으로 논의할 설화자료는 대계에 수록된 자료 11편이 전부이다. 그 자료에 알파벳 문자부호를 붙여서 소개하면 다음과 같다.

A. 지리산 귀양 보낸 이성계 [대계 3-4. 399쪽. 장영재(충북 영동군 양강면 묘동리. 남·65) 구연, 1982. 8. 5. 김영진 채록]
B. 지리산이 귀양 온 것과 비암사골의 유래 [대계 5-1. 91쪽. 배경순(전북 남원군 산내면 반산리. 남·65) 구연. 1979. 5. 1. 최래옥 채록]
C. 지리산 산신령과 이성계 [대계 5-1. 144쪽. 임모상(전북 남원군 대강면 서석리. 남·75) 구연. 1979. 5. 31. 최래옥 채록]
D. 지리산이 귀양 온 이유 [대계 5-1. 183쪽. 박동진(전북 남원군 이백면

과립리. 남·65) 구연. 1979. 8. 2. 최래옥 채록]

E. 이성계와 지리산 산신령과 우뚜리 [대계 5-1. 591쪽. 김일권(전북 남원군 덕과면 신정리. 남·69) 구연. 1979. 8. 3. 최래옥, 김호선 채록]

F. 웃도리 전설 [대계 5-4. 347쪽. 하동수(전북 완주군 운주면 장선리. 남·55) 구연. 1980. 1. 31. 최래옥 채록]

G. 전라도로 귀양 보낸 지리산 [대계 7-1. 56쪽. 이봉재(경북 월성군 현곡면 가정 2리. 남·61) 구연. 1979. 2. 23. 조동일, 임재해 채록]

H. 둥구리 전설 [최내옥. 1981. 292쪽. 박씨 할머니(전북 남원군 운봉면 서천리. 여·70) 구연. 1965. 1. 15. 최래옥 채록]

I. 우투리 전설 [최래옥. 1981. 293쪽. 김부복(전북 남원군 산내면 부운리. 남·60) 구연. 1978. 9. 17. 최래옥 채록]

J. 산신의 거절 전설 [최래옥. 1981. 300쪽. 김또태(전북 남원군 산내면 부운리. 남·61) 구연. 1978. 9. 17. 최래옥 채록]

K. 외팔이 여산신령 전설 [최래옥. 1981. 301쪽. 이주팔(전북 남원군 운봉면 장교리. 남·59) 구연. 1978. 9. 17. 최래옥 채록]

L. 우투리에게 한 약속 전설 [최래옥. 1981. 302쪽. 구만규(전북 완주군 용진면 구억리. 남·84) 구연. 1978. 6. 26. 한인성 녹음, 최래옥 채록]

위 각 편의 내용은 다음과 같이 요약할 수 있다.

[자료 A] 이성계가 등극하려고 지리산에 가서 산제를 드렸는데, 약초 캐는 사람에게 산제가 부정을 타서 산신이 흠향을 하지 않았다는 말을 듣고 이성계가 이튿날 다시 산제를 올렸으나 산신이 흠향하지 않자 이성계는 지리산을 전라도로 귀양 보냈다. 이 설화에는 '목신 삽화'[8]가 등장한다.

[자료 B] 이성계가 다른 산신령에게는 다 허락을 받았는데 지리산 산신령이 허락하지 않자 지리산을 전라도로 귀양 보냈다. 뱀사골 유래담도 같

---

8) 목신이 대화하는 것을 약초 캐는 사람 또는 소금장수, 소금 만드는 사람, 진안 전씨가 듣고 이성계에게 알려주는 삽화를 '목신' 삽화라고 한다.

이 이어지고 있으나 '귀양 간 지리산' 설화와는 연관이 없는 각편이다. 설화의 話根(root)은 [자료 A]의 그것과 다르지 않다.

[자료 C] [자료 B]보다 더 짧게 구연되었으나 화근이 같은 것으로 봐서 [자료 B]와 함께 남원 지역에서 전승되는 동일한 이야기로 파악된다.

[자료 D] 이성계가 전국을 다니며 산제를 올렸는데 지리산 여신령은 이성계가 '以臣伐君'했다는 이유로 불응했으나 남해 금산 산신령이 주동이 되어 찬성을 하자 이성계가 '비단 금'자를 넣어서 錦山이라고 산 이름을 고쳐준 반면, 지리산을 경상도에서 전라도로 귀양을 보냈다.

[자료 E] 이성계가 조선 임금이 될 마음으로 산제를 드렸는데, 소금장수가 산신령이 이성계 산제에 부정을 타서 흠향하지 않았으며, 금줄을 치고 재계하여 다시 제를 지내면 흠향할지 모르겠다는 목신의 대화를 듣고 다음날 이성계에게 가서 그 말을 전했다. 이성계는 다시 산제를 올려 허락을 받았다. 이성계는 왕이 되기 위하여 우뚜리 어머니를 꾀어서 우뚜리가 있는 곳을 알아내 큰 바위의 문을 열고 우뚜리를 죽이고 왕이 되었다.[9] 이 설화는 지리산의 '목신 삽화'에 '우뚜리 삽화'가 결합되어 서사가 확장되었다.

[자료 F] 이성계가 등극을 하려고 산천 지리를 보러 다니다가 지리산에 왔다. 밤에 빈 집에서 귀신의 대화를 들으니 지리산이 웃도리를 인정하고 이성계를 인정하지 않았다고 했다. 이성계는 웃도리를 찾아내어 그를 죽이고 왕위에 등극하였다. 지리산은 전라도 땅이 되었다. 이 설화는 지리산 '목신 삽화'에 '웃도리 삽화'가 결합되어 서사가 확장되었다.

[자료 G] 경북 월성군에서 채록된 이 자료는 선조(이성계)가 등극하는데 지리산에 제사를 지내려고 하니 산이 돌아 앉아버려서 전라도로 귀양을 보냈다는 내용이다. 구연자가 전주 이씨여서 이성계라고 호칭하지 않

---

[9] 지도자가 될 우뚜리(또는 윗도리, 우투리, 둥구리)를 이성계가 죽이고 왕이 되는 삽화를 '우뚜리 삽화'라 통칭한다.

고, 선조라고 호칭하고 있으며, 서사는 대체로 [자료 C·D]와 같다.

　[자료 H] 조선 태조는 왕이 되는데 지리산이 무서웠고, 지리산은 이태조와 맞서려고 천하장사 둥구리를 내세웠다. 이성계는 병사들을 시켜 둥구리를 죽이고, 나라를 세우고 각 산의 산신령에게 항복을 받았다. 지리산 산신령은 둥구리의 죽음에 화가 나서 이성계에게 가지 않았다. 이태조가 제사를 올리자 산신령은 매를 타고 서울로 가서 인사를 하지 않고 대궐 처마 방울만 흔들고 돌아왔다. 그러자 이성계는 자신을 만나지 않고 그냥 돌아간 산신령을 미워하여 지리산을 귀양 보냈다. 이 설화는 '둥구리 삽화'와 '귀양 간 지리산' 설화가 인과관계로 설정되어 있다.

　[자료 I] 이성계가 왕이 되기 전에 최경과 운봉 연재(女院峙)에 가서 산제를 지냈다. 이성계는 소금 장수에게서 산제가 부정을 타서 산신령이 흠향을 하지 않았다는 소식을 듣고 다시 산제를 올렸다. 다른 산신령은 다 허락했으나 지리산 여산신령은 우투리가 왕이 되어야 한다고 했다. 이성계는 바다 속에 있는 우투리를 찾아내어 죽였다. 이성계는 우투리 어머니도 죽이고, 지리산 여산신령이 등극을 반대했다고 지리산을 전라도로 귀양 보냈다. 이 설화는 '목신 삽화'와 '우뚜리 삽화', '귀양 간 지리산' 삽화가 섞여 있어 가장 많은 서사 확장을 보이고 있다.

　[자료 J] 옛날에 진시황(또는 정씨왕)이 등극을 하려고 경상도에 산제를 드리러 왔다. 진시황은 소금장수에게서 산제가 부정을 타서 산신령이 흠향하지 않았다는 목신의 대화를 전해 듣고 다시 산제를 올렸다. 그래도 지리산 산신령이 허락하지 않자, 진시황이 등극한 뒤 지리산 여산신을 전라도로 귀양 보냈다. 이 설화는 '목신 삽화'와 '귀양 간 지리산 삽화'가 연결되어있으며, 설화 인물이 진시황으로 나타나는 것이 특징이다.

　[자료 K] 이태조가 왕이 되려고 지리산 산신령에게 찬성을 부탁했으나 지리산 산신령이 허락하지 않았다. 그 이유를 물으니 지리산에서 사람이 하나 나기 때문이라고 했다. 이성계는 칼로 산신의 팔뚝을 자르고 지리산

을 전라도로 귀양 보냈다. 이 설화의 서사는 '귀양 간 지리산' 설화와 축약된 '아기장수' 설화의 일부 삽화가 결합되었으며, 이성계가 산신의 팔을 자르는 삽화가 첨가되어 서사가 변이된 모습을 보인다.

[자료 L] 지리산은 원래 경상도 지리산인데 다른 산신들은 모두 이태조의 편을 들었으나 지리산 산신만은 우투리 편을 들자, 태조가 우투리를 잡아 죽이고 지리산을 전라도로 귀양 보냈다. 그러나 사실은 이성계가 以臣伐君을 한 이야기이다. 이 설화는 '귀양 간 지리산' 설화와 '우투리 삽화'가 결합되었으나 서사가 축약된 형태이다.

이상의 '귀양 간 지리산' 설화 자료에서 추출할 수 있는 공통점을 바탕으로 설화의 내용에 나타나는 특징적인 면모를 살펴보면 다음과 같다.

첫째로 설화의 배경이 되는 시간 화소가 주로 여말선초의 격변기로 설정되었다는 점이다. 주지하다시피 여말선초는 이성계가 조선 왕으로 등극하기 위하여 다양한 정치적 행보를 펼치며, 새 왕조 창업의 기반을 다지던 시기였다. 위화도 회군을 계기로 정적을 숙청하는 한편 정권을 획득을 위하여 제도를 바꾸고 고려 왕을 폐하였으며, 조선 왕조 개창 이후 정국과 민심의 안정을 위해서 각별한 노력을 기울이고 있었다. 설화에서 정권이 불안정하던 시기가 배경 시간 화소로 설정된 것은 설화 전승 시기와 일치할 개연성이 있음을 시사한다.

둘째로 배경화소 중 공간화소(또는 인물화소)가 지리산으로 나타나고 있다. 전국에 많은 산들 중에서 하필이면 지리산인 근거가 지리산이라는 장소 화소가 가지는 의미에 있다고 생각된다. 그리고 공간화소는 고려에서 조선으로 넘어가는 시기의 지리산이라는 공간의 성격을 분명하게 규정할 열쇠가 될 수 있다는 점에서 설화 해석의 단서가 된다.

셋째로 이성계의 산제를 거부한 주체로서 산신령, 산신 또는 여신령이 등장한다는 점이다. 대개의 경우 산은 남성으로 상징 되어 산신령·산신으로 나타나지만 '귀양 간 지리산' 설화에서는 여신령이라고 함으로써 고려 태조의 어머니 위숙왕후라는 성모천왕의 여성신격과 관련성이 있으며, 고려의 여성신격은 조선 창업주 이성계와 갈등 상황을 일으킬 소지가 다분히 있음을 시사한다.

넷째로 산신령 또는 여신령이 이성계의 산제를 거부한 이유가 제관이 부정을 탔기 때문이거나 이성계의 以臣伐君, 또는 새로운 세계 질서를 창출할 우뚜리(둥구리)를 죽였기 때문으로 나타난다. 이처럼 삽화와 모티프(motif)는 설화가 전승되면서 변개되어 확장되거나 축소되는 모습을 보이고 있다. 삽화와 모티프에 따른 서사 전개의 차이는 곧 설화의 전승 과정을 살필 수 있는 단서가 된다는 점에서 의미가 있다.

다섯째로 설화는 지리산을 중심으로 주변 지역으로 확산되었을 가능성이 있다. 전승 지역이 주로 전라북도 남원을 주축으로 하여 가장 빈번하게 나타나고, 그밖에 전북 완주군, 충북 영동군, 경북 월성군 등의 지역으로 확산되고 있음을 볼 때, 지리산과 남원 지역이 역사적 배경과 관련 되었을 가능성이 있다.

여섯째로 설화의 서사전개가 기본적으로 진행되는 것과 삽화가 하나 결합되어 확장된 것이 있으며, 두 개 이상의 서로 다른 삽화와 결합하여 복합되어 나타나는 것도 있다. [자료 B·C·G]는 단일 설화로서 기본적인 서사로 되어있고, [자료 A·D·H·J·K·L]은 기본 서사에 '목신 삽화'나 '우투리 삽화' 중의 하나가 보태져 서사가 확장되는 모습을 보이고 있으며, [자료 E·F·I]는 '목신 삽화'와 '우투리 삽화'가 모두 나타나 서로 다른 성격의 삽화가 두 가지 이상 결합됨으로써 복합적인 서사 양상을 보인다. 이 중에서 산제를 거부한 직접적인 동기가 [자료 A·B·C·E·G·J]에서는 이성계 산제의 부정으로, [자료 F·H·I·K]에서는 우투리가 새 질서의 주역이 되어야 되기 때문에 이성계의 등극을 허락하지 않는 것으로 나타난다. 특히 [자료 D·L]에서는 以臣伐君이라는 산제 흠향 거부의 정치적 이유가 직접적으로 노출되고 있다는 점에서 역사적 배경과 관련성[10]이

있어 보인다. 그 밖의 [대계 5-2. 웃도리 전설],11) [울떼기 전설],12) [不淨한
제사 이야기]13)는 전승과정에서 변개가 일어나 '귀양 간 지리산' 설화가
탈락되어 있다.

III. 설화 출현의 배경과 전개

설화의 전승과 관련한 논의의 전개를 위하여 역사적 배경을 살펴보는
것이 순서이며, 이 작업을 통하여 설화의 전승과정을 알 수 있다. '귀양
간 지리산' 설화에 나타난 시간 화소, 공간 화소, 인물 화소, 사건 화소,
종속 화소로서 산제 거부의 이유 등을 중심으로 논의하겠다.

1. 시간적 배경

'귀양 간 지리산' 설화의 시간 화소는 이성계가 등극하려고 할 때로 설
정되어있다. 민심이 수습되지 않고 왕조가 불안정하던 시기가 설화 전승
의 시간적 배경일 가능성을 암시한다.

고려 공민왕은 말년에 타락한 정치 모습을 보임으로써 신하에게 시해
당하는 비극을 초래하였다. 당시 신흥국 명나라가 우왕 14년(1388)에 새
로 철령부를 설치하여 원나라의 쌍성총관부 소관이던 철령 이북의 땅을

---

10) 역사적으로는 이성계가 고려의 여신령(위숙왕후)에게 제사를 지낼 수 없었을
뿐만 아니라 신하로서 임금을 몰아낸 사실이 있으므로 以臣伐君이 원형적인
이유가 될 수 있다.
11) 한국정신문화연구원, 「웃도리 전설」, 『대계』 5-2, 전북 전주시·완주군, 1981,
347~349쪽.
12) 최래옥, 『韓國口碑傳說의 研究－그 變異와 分布를 中心으로』, 일조각, 1981, 303~
306쪽.
13) 최래옥, 위의 책, 308~310쪽.

명에 직속시키려하였고, 이에 八道都統使 최영이 右軍都統使 이성계로 하여금 요동을 공격케 하여 국제전이 전개되기 직전이었다. 출병한 이성계는 四不可論[14]을 내세우며 위화도에서 회군하여 오히려 개경을 공격하여 우왕과 최영을 몰아내고, 우왕의 아들 창을 옹립하였다. 특히 우왕 때 남녘에서는 왜구의 침탈로 피해가 극심하였고, 고려군은 지리산 神祠에 제를 올려 싸움에서 이기게 해 달라고 기도하기도 하였다. 그러나 얼마 후 이성계는 우왕과 창왕을 신돈의 혈통이라 하여 폐하였고, 신종의 7세손을 공양왕으로 옹립하였다가 공양왕 4년(1392)에 왕을 내쫓고 새 왕조를 세웠다.[15] 이 와중에서 이성계는 기득권 세력인 舊家名臣을 정계에서 대거 몰아내고, 곧바로 公私의 田籍을 불사름으로써 민심의 획득을 노리는 한편, 1391년에는 科田法을 실시하여 권문세가의 농장을 몰수함으로써 새 왕조의 경제적 기반을 공고히 하여 새 왕조 토지제도의 근간으로 삼고 1392년 조선을 개창하였다. 왕이 된 이성계는 친명숭유 정책을 펴면서 새로운 정치세력을 규합하고 고려 舊臣들을 새 왕조에 합류시키고자 회유하였다. 그 중에는 처음부터 적극 참여하였거나(정도전, 조준) 나중에 참여한 사람도 있으나(황희) 끝까지 조선 정권에 참여하지 않고 은거한 이색·길재를 위시하여 두문동 72현이 있었다. 이들이 내세우는 不事二君의 유교적 신념을 따르는 백성들도 적지 않아서 민심이 통합되지 않았고, 태조 2년(1393) 정월에는 전국 주요 산천에 제사를 올리게 하였다.

2. 공간적 배경

이 설화의 공간 화소 즉 사건 전개의 장소는 지리산이다. 역사적으로

---

[14] 요동정벌을 위해서 출병한 이성계는 '以小逆大 불가, 夏月(농번기) 發兵 불가, 발병 시 왜군 침략 우려로 불가, 장마철 병졸 질병이 창궐할 것'이라는 네 가지 불가론을 펴면서 위화도에서 회군했다.

[15] 韓㳓劤,『韓國通史』, 을유문화사, 1992, 191~194쪽.

지리산은 국가적으로 중요한 의미를 지닌 산이었다. 그렇기 때문에 신라 왕조는 지리산을 五嶽 중 南嶽으로 삼고, 中祀를 올렸으며,[16] 고려에서도 그대로 계승하였다. 고려 태조 왕건은 訓要十條의 제6조에서 八關을 지극히 원한다고 하면서 천령과 오악·명산·대천과 용신을 섬기라[17)고 하였고, 후대 제왕은 그 유훈을 받들어 제사를 올렸다.

조선에 들어와서도 이성계는 정국을 안정시키고 정통성을 획득하기 위하여 전국 명산·대천·성황·해도에 신을 봉하였다. 이때 지리산은 무등산·금성산·계룡산·감악산·삼각산·백악과 함께 護國伯으로 봉하였다.[18] 설화에서 배경이 되는 공간화소를 이 시기로 잡은 것은 이 설화가 당시 시국과 연관된 사실적 근거를 가지고 있었기 때문이라고 할 수 있다.

이런 제례 행사는 세종 때 지리산에 폐백을 드린 것[19)을 비롯하여 역대 조정에서 답습하여 근세까지 행하게 되었다. 이처럼 신라시대부터 근세까지 역대 왕조에서 지리산을 중시한 데는 까닭이 있다. 첫째, 영산이기 때문이다. 지리산은 북쪽의 백두산을 제외하고 한반도 중남부에서 가장 둘레가 넓고 우뚝하게 솟아 氣가 맺힌 곳이며, 해가 가장 먼저 뜨는 산으로 인식되고 있었다. 그래서 산신령에게 제사를 드리는 중요한 산이 되었다. 둘째, 전략적 요충지이다. 삼국시대에도 지리산을 차지하면 지리적으로 그 너머 산야까지 많은 부분을 얻게 되었다. 그러므로 백제나 신라에서 중시하지 않은 적이 없다. 셋째, 정치적 의미가 담긴 산이다. 신령한

---

16) 金富軾, 『三國史記』권32 雜誌 第1. "五嶽 東吐含山 南地理山……"

17) 鄭麟趾 外, 『高麗史』世家 권2 太祖 2년. "其六日 朕所至願 在於燃燈八關……八關所以事天靈 及五嶽名山大川龍神也"

18) 『太祖實錄』 2년 1월 21일(丁卯) 2번째 기사. "吏曹 請封境內名山·大川·城隍·海島之神……智異·無等·錦城·鷄龍·紺嶽·三角·白嶽諸山·晉州城隍日 護國伯……"

19) 『世宗實錄』 五禮/吉禮序例/幣帛. "무릇 폐백의 제도는 모두 길이가 1장 8척인데……동해에는 청색을 사용하고, 지리산과 남해에는 적색을 사용하고… 그밖의 신에게 예물로 드리는 폐백은 모두 백색으로 한다."

산인만큼 고려 조정에서는 그곳에 중요한 신을 모시고 제사드림으로써 정권의 정당성을 인정받으려 했다.

이처럼 중요한 의미를 담고 있는 산이기 때문에 설화의 공간 화소가 지리산으로 설정될 수 있었다.

3. 인물의 실체와 의도

설화에 나타나는 두 명의 인물은 갈등 관계에 있다. 이성계는 새로 등극하려는 입장에 있고, 지리산 산신령(성모천왕)은 고려 태조의 어머니로서 역성혁명을 견제하고 그것에 반대하는 입장에 있어 대립, 갈등하는 구조가 설정되었다.

이성계는 정권의 성립에서 핵심이 되는 왕조 창업의 정당성을 획득하기 위하여 참위설을 이용하여 입지를 강화하고 있었다.

> 임금이 잠저(사가)에 있을 때, 꿈에 신인이 금자[金尺]를 가지고 하늘에서 내려와 주면서 말하기를,
> "시중 경복흥은 청렴하기는 하나 이미 늙었으며, 도통사 최영은 강직하기는 하나 조금 고지식하니, 이것을 가지고 나라를 바룰 사람은 공이 아니고 누구이겠는가?"라고 하였다.
> 그 뒤에 어떤 사람이 문밖에 이르러 이상한 글을 바치며 말하기를, "이것을 지리산 바위 속에서 얻었습니다." 하는데, 그 글에, "木子가 돼지를 타고 내려와서 다시 삼한의 강토를 바로잡을 것이다."
> 하고, 또 "非衣 · 走肖 · 三奠 三邑" 등의 말이 있었다.
> 사람을 시켜 맞이해 들어오게 하니 이미 가버렸으므로, 이를 찾아도 찾아내지 못하였다. 고려의 書雲觀에 간직한 秘記에 '建木得子'의 설이 있고, 또 '왕씨가 멸망하고 이씨가 일어난다'는 말이 있는데, 고려의 말년에 이르기까지 숨겨지고 發布되지 않았더니, 이때에 이르러 세상에 나타나게 되었다. 또 무명이란 말이 있는데 사람들이 그 뜻을 깨닫지 못하더니, 뒤에 국호를 조선이라 한 뒤에야 무명이 곧 朝鮮을 이른 것인 줄을 알게 되었다.[20]

지리산 바위 속에서 얻었다며 어떤 사람이 가지고 온 글의 핵심 내용은 이성계가 왕이 되어 삼한의 강토를 바로잡을 것이라는 예언이었다. 예언은 破字로 나타난다. 木子를 아래위로 합치면 李가 된다. 즉 위에서 말한 것처럼 非衣는 裵, 走肖는 趙, 三奠 三邑은 세 명의 鄭, 早明은 朝鮮이라는 식으로 파자에 의미를 부여하는 것이 讖緯다. 여기서 裵·趙·鄭은 조선 건국을 도운 공신 반열에 드는 사람들의 성씨를 나타내었다.

흔히 참위는 왕조의 몰락기에 등장하여 왕조의 몰락을 재촉하는 촉매제의 기능을 하였다. 고려 태조가 등극할 때는 '鷄林黃葉, 鵠嶺靑松'[21]이란 참위설로 '고려는 일어나고 신라는 망한다.'는 말을 유포시켜 민심을 자기 편으로 끌어들이려는 심리전을 펼친 바 있다.

조선왕조실록에 이성계 등극을 정당화 하는 참위설을 수록한 것은 그 당시 얼마나 정국이 어수선하고 안정되지 못했는가를 보여주는 반증이기도 하다. 참위를 얻은 장소는 지리산이다. 고려가 지리산을 왕조의 정신적 지주로 이용했듯이 이성계 역시 지리산에서 왕조 창업의 정당성을 획득하려 한 의도적 설정이다.

설화에서 이성계라는 인물이 지리산에서 산제를 지내려는 것으로 설정한 것은 바로 이러한 정치적, 사회 심리적 동기가 작용한 때문이었다.

이 설화의 또 다른 인물 화소는 지리산 산신령이다. 설화 [자료 D·J·K]에서는 여신령으로 여성 신격이 등장한다. 지리산 산신령의 정체는 여러 기록 자료에서 찾아볼 수 있다.

일찍이 『고려사』에는 "명종 17년(1187) 4월 계유에 지리산 신상의 머리가 홀연히 없어졌으므로 왕이 中使를 보내어 이를 찾게 하니 수개월 만에 이를 얻었다."[22]고 기록하였다. 고려 왕조에서는 대대로 지리산 천왕봉에

---

[20] 『太祖實錄』 1년 7월 17일(丙申) 2번째 기사.

[21] 일설에는 최치원이 이 말을 남기고 산으로 은거했다는 말도 있다.

[22] 『高麗史』 권55 志 卷第9. "明宗十七年四月癸酉 智異山神像頭 忽亡 王遣中使索之

聖母祠를 지어놓고 神像을 모셔두었다. 이것을 분실했을 때 中使를 보내어 급히 찾은 것으로 추론하건대 고려조에서 신상은 중요한 의미를 지니고 있었음을 알 수 있다.

점필재 김종직은 지리산 기행문인 「遊頭流記行」에서 이 신상이 고려 태조의 어머니 위숙왕후라는 설이 있음을 밝혔다. 동행했던 두 승려와 대화하는 대목을 살펴보자.

> 또 물었다.
> "여기 모셔진 성모는 세상에서 어떤 신이라고 하느냐?"
> 승려가 말했다.
> "석가의 어머니 마야부인이라고 합니다."
> "아! 이럴 수가 있나? 서역과 우리나라는 수천, 수만 리나 떨어져 있는 세계인데, 迦維國의 부인이 어찌 이 땅의 신이 될 수 있겠는가? 내가 일찍이 이승휴의 『帝王韻紀』를 읽어보니 '성모가 도선선사에게 명하였다.'는 구절의 주석에 '지금의 지리산 천왕봉이다'라고 하였으니, 바로 고려 태조의 어머니 위숙왕후를 가리킨다."[23]

그러나 정작 점필재 자신은 고려 사람들이 선도성모에 관한 전설을 익히 듣고, 자기 나라 임금의 계통을 신성시하고자 하여 이 설을 지어내었고, 이승휴는 그것을 그대로 믿고 『제왕운기』에 기록하였으니, 이 또한 그대로 증명하기 힘들다며 부정적인 견해를 밝혔다. 오히려 성모상이 위숙왕후임을 받아들인 사람은 뒷날 정여창과 같이 천왕봉을 오른 김일손이었다.

數月乃得"

[23] 金宗直, 『佔畢齋集』권2, 「遊頭流錄」. "又問聖母 世謂之何神也? 日釋迦之母摩耶夫人也. 噫! 有是哉 西竺與東震 猶隔千百世界 迦維國夫人 焉得爲玆土之神? 余嘗讀李承休帝王韻記 聖母命詵師註云 今智理天王 乃指高麗太祖之妣威叔王后也"

제문을 다 짓고서 술을 따르려고 하는데, 伯勗(정여창의 字)이 말했다.
"세상 사람들은 모두 마야부인이라고 하는데 그대는 위숙왕후라고 확신하
니, 세상 사람들의 의심을 면치 못할까 두렵소이다 그려."
내가 말했다.
"위숙왕후든 마야부인이든 그 문제는 제쳐두고라도 산신령에게 술을 올릴
수는 있습니다."[24]

　김종직과 김일손의 글속에서 불교의 마야부인설과 고려 태조의 어머니
위숙왕후설이 당시 세간에 같이 전승되고 있었음을 알 수 있다. 여기서
두 설이 겹치는 부분에 대하여 정리할 필요가 있다.
　일찍이 신라 진평왕(579년 즉위)은 王法과 佛法을 동격으로 보고, 불교
를 정치에 적용하려 했다. 그래서 자신의 이름을 석가모니의 아버지 이름
인 白淨으로 바꾸고, 왕비의 이름을 석가모니 부처의 어머니 이름을 따서
摩耶夫人이라고 하였다.[25]
　고려 태조 역시 불교를 국교로 삼았고, 특별히 불법을 지킬 것을 「훈요
십조」 제1조를 통하여 후대 자손 왕들에게 강조하였다. 고려 역시 신라
못지않은 왕실 불교 국가가 되었고, 왕법을 불법과 동격으로 생각하여 정
치를 하려고 하였다. 그러므로 왕은 곧 부처가 되고, 왕의 부모는 백정과
마야부인이 될 수 있었다. 지리산 성모사에 있는 신상이 위숙왕후라면 그
신상은 곧 고려 태조의 어머니이므로 마야부인이 될 수밖에 없다. 그래서
점필재의 「유두류록」에서 보았다는 두 신상 중 나머지 한 석상은 백정일
수도 있다. 그러나 현전하는 문헌이나 설화 어느 곳에도 고려 태조의 아
버지 백정의 신상이라는 기록이 없는 것으로 보아 다른 하나의 석상은
엄천사 법우화상의 彫像을 모셨을 가능성도 없지 않다. 사실 고려 태조

---

24) 金馹孫, 『濯纓集』 권5, 「頭流記行錄」. "文旣成且酌 伯勗曰 世方以爲摩耶夫人 而子
明其威叔王后 恐未免世人之疑不如己之 余曰 且除威叔摩耶 而山靈可酌"

25) 金富軾, 『三國史記』 권4, 新羅本紀. "諱白淨……妃金氏摩耶夫人"

부모의 신상을 같이 모시지 않고 고려 태조의 어머니 위숙왕후를 마야부인이라며 모신 까닭은 명확하지 않다.

『제왕운기』에서는 성모가 도선에게 명하여 도읍을 정할 명당을 알려주었다고 했다. 聖母를 지리산 천왕이라고 주석하였다. 여기서도 지리산 천왕의 여성성이 확인되고 있다. 그리고『新增東國輿地勝覽』에서도 성모사는 고려 위숙왕후의 사당이라고 하였다.

> 사우가 둘이다. 하나는 지리산 천왕봉 위에 있고, 하나는 군 남쪽 엄천리에 있다. 고려 이승휴가 『제왕운기』에서 말하기를 "태조의 어머니 위숙왕후다."라고 했다.26)

엄천리 사당은 함양 휴천면 엄천리27)에 있었던 사당이지만『제왕운기』에서는 언급이 없다. 다만 이능화의『朝鮮巫俗考』에 엄천리 사당신의 정체를 가늠할 자료가 나타난다.

> 세상에 전하기를, 지리산 옛 엄천사에 법우화상이란 사람이 있었는데, 자못 수도의 행적이 있었다. 하루는 가만히 있는데 갑자기 산의 계곡을 보니 비가 오지 않았는데 물이 불어나서 그 근원을 찾아서 천왕봉 꼭대기까지 올라갔다가 키가 크고 힘이 센 한 여인을 보았다. 그 여인은 스스로 성모천왕이라 말하고(성모천왕은 곧 지리산 산신이다. 고려 박전의 용암사 중창기에 나온다), 인간 세계에 귀양 내려와 그대와 인연을 맺고자 마침 물의 술법을 사용했다면서 스스로를 중매했다. 드디어 부부가 되어 집을 짓고 살았다. 딸 여덟을 낳았으며 자손이 번성하였고, 무속을 가르쳤다.28)

---

26) 『新增東國輿地勝覽』권31, 咸陽 祠廟條. "聖母祠 祠宇二 一在智異山天王峰上 一在郡南嚴川里 高麗李承休帝王韻記云 太祖之母威肅王后"

27) 이곳은 경남 함양군 휴천면 쪽에서 천왕봉으로 오르는 출발지점이 된다.

28) 李能和,『朝鮮巫俗考』, 啓明俱樂部, 1927, 44쪽. "世傳 智異山古嚴川寺 有法祐和尚者 頗有道行 一日閑居 忽見山澗不雨而漲 尋其來源 至天王峯頂 見一長身大力之女

엄천리 사당신은 법우화상이다.[29] 법우화상은 비가 오지 않는데 골짜기에 물이 불어나는 것을 보고 근원을 찾아 올라갔고, 천왕봉에서 키가 크고 힘이 센 여자를 보았다고 했다. 여자가 산위에서 소변을 보아 장안이나 나라를 잠기게 한다[30]는 '旋流夢' 설화의 일종이다. 위의 설화에 나타난 '선류몽' 설화의 성격을 정상적인 왕위 계승이 아닌 상태에서 왕위에 등극하는 인물에게 당위성을 부여하는 것과 밀접한 관련이 있다. 건국신화가 국가 창건 군주에 대한 신성성과 당위성을 보여주는 것이라면, 이 설화는 국가 창건과 직접적인 관련은 약하지만 새로운 왕조 또는 왕계가 서는 것을 합리화 시키고 타당화 시키기에 적합성이 있음을 인정할 수 있다.[31]

성모천왕은 고려 태조의 어머니 위숙왕후이자 마야부인이다. 고려조는 건국을 합리화시킬 기능신으로서 지리산 성모를 성모사에 모셨고, 왕조가 존속하는 기간까지 소중하게 관리하였다.

Ⅳ. 설화의 전승 양상과 의미

앞에서 설화가 축소된 기본형, 확장형, 복합형이 있음을 살펴보았다. 기본형은 [자료 B·C·G]이고, 확장형은 [자료 A·D·H·J·I]이며, 복합

自言聖母天王(聖母天王智異山神 見高麗朴全之龍巖寺重創記) 謫降人間與君有緣 適用水術 以自媒耳 逐爲夫婦 構屋居之 生下八女子孫蕃殖 敎以巫術'

29) 이 내용을 참고하면 김종직의 「유두류록」에서 두 승려가 희롱한 부처신상은 엄천리 법우화상의 신상일 가능성이 있다. "해공과 범종 두 승려가 먼저 聖母廟에 들어가서 작은 불상을 들고 날씨가 활짝 개도록 해 달라고 희롱하였다."(空宗先詣聖母廟, 捧小佛, 呼晴以弄之.)

30) 권태효, 「'선류몽'담의 거인설화적 성격」, 『구비문학연구』 2집, 한국구비문학회, 1995, 175쪽.

31) 권태효, 위의 논문, 1995, 181쪽.

형은 [자료 E·F·I]에 나타난다. 세 가지 설화 유형의 서사 단락을 분석하여 설화 전승 양상과 그 의미가 무엇인지 알아보자.

1. 사건의 갈등 양상과 역사적 전개

설화에 나타난 사건의 갈등 양상은 비슷하면서도 다른 특징을 지니고 있다. [자료 A·J]에서는 지리산 산신령이 산제를 흠향하지 않고 등극을 반대하자 이성계가 지리산을 경상도에서 전라도로 귀양 보낸다. [자료 B·C·D·G·K]에서는 이성계의 등극을 허락하지 않아서 이성계가 산을 전라도로 귀양 보내는 서사가 축소된 양상을 보인다. [자료 E·I]에서는 지리산 산신령이 첫 산제는 흠향하지 않았으나 두 번째 산제는 흠향하여 등극을 허락한다. 이성계는 정적이 될 우뚜리를 죽이고 마침내 등극한다. [자료 F·H·I]은 산제를 흠향하는 모티프는 없다. 대신 지리산은 우투리가 왕이 되어야 한다며 이성계를 반대하고, 이성계는 우투리를 찾아내어 살해한다. 이 점에서 [자료 E·I]의 우뚜리와 삽화와 친연성이 있다. 우투리는 미래의 건국을 담보할 위인이므로, 이성계는 이러한 잠재적 위험인물을 제거함으로써 무사히 왕위에 오를 수 있게 된다. 이 설화에는 '귀양'이라는 갈등 모티프가 나타나지 않는다. 이 점에서 [자료 E·F]는 우투리와 이성계의 갈등만 나타나고, [자료 A·B·C·D·G·H·I·J·K·I]의 갈등 노출 모습과는 다른 양상을 보인다.

따라서 '귀양 간 지리산' 설화의 갈등 양상은 세 가지로 나타난다. 지리산 산신령이 이성계의 등극을 허락하지 않자 귀양을 보냄으로써 이성계와 지리산 산신령의 갈등으로 표출되는 기본형, 기본형에 목신이 보는 자리에서 산제를 두고 벌어지는 산신령과 이성계의 갈등 내지는 이성계와 우뚜리 사이에 권력을 두고 전개되는 갈등 중 어느 하나가 첨가되는 확장형, 기본형에 목신이 보는 자리에서 이성계와 산신령의 갈등이 일어나면서 또 이성계와 우뚜리 사이에 일어나는 두 갈등이 섞여있는 복합형이 그것이다.

지리산이 전라도로 귀양을 간 연유에 대하여 밝힌 연구는 아직까지 없었다. 다만 권태효에서 산신들이 이성계의 건국을 반대했다는 언급이 있을 뿐이다.[32] 그러나 이런 설화가 전승될 때는 계기가 되는 사건 화소가 설화 전승 집단의 인식과 함께 작용하기 때문에 역사적 사실에서 그 계기를 찾는 것이 도움이 될 수 있다.

구례 화엄사 주지였던 曼宇 스님이 1930년대에 기록한「華嚴寺事蹟」중에 南嶽祠와 관련된 내용이 있다. 태조 이성계가 노고단에 남악사를 세웠다는 것이다.

> 이승휴의 「제왕운기」에 지리산의 주신은 선도성모라고 했다. 또한 노고단은 우리 태조(이성계)가 일찍이 이곳에서 기도하여 지리산 산신의 감몽을 받았다. 그래서 남악사를 남원 所義坊(현 구례군 광의면) 堂村으로 이건하였다. 노고단은 길상봉 또는 문수봉이라고도 하는데 지리산 세 봉우리 중에서 祖峰이 되는 까닭에 남악사를 이곳에 세웠다. 지금도 옛터가 남아있다.[33]

이 기록에 따르면 지리산의 주신은 선도성모이며, 이 이가 천왕성모이다. 천왕성모는 앞에서 고찰한 바와 같이 위숙왕후이자 마야부인이다. 천왕성모는 천왕봉에 있는 것이 당연하다. 그러나 이성계가 노고단에서 기도하여 지리산 산신의 감응을 받았다고 했다.

그러나 구례군에서 올린 인터넷 해설 자료에는 신라 때는 천왕봉에서 제사를 올렸고, 고려 때에 천왕봉에서 노고단으로 옮겼다고 했다.[34] 위의

---

32) 권태효, 위의 논문, 1995, 193쪽.

33) 鄭曼宇,「華嚴寺事蹟」. "李承休帝王韻紀 智異山主仙道聖母云 亦稱老姑壇也 我太祖 嘗祈于此 感夢智異山神 故南嶽祠移建于南原所義坊(今求禮地)堂村矣 吉祥峰亦稱文殊峰 而智理三峰中爲祖峰 故南嶽祠建於此 遺基尙存矣"

「화엄사사적」에서 '일찍이 이태조가 노고단에서 기도를 했다'거나 자료 설화에서 이성계가 등극을 하기 위해 산제를 올렸다는 것을 보면 그 시기가 이성계가 실권을 잡았던 고려 말임을 짐작할 수 있다. 이성계가 장소를 바꾸어 노고단에서 기도를 한 이유는 지리산 천왕봉이 고려 개국의 정신적 모태인 산신령을 모신 곳이기 때문이었다. 즉 천왕봉에는 고려의 신이 있기 때문에 이성계는 노고단에서 제를 올리고 사당을 경상도에서 전라도로 옮겼다. 남악사를 소의방으로 옮긴 것은 그 후의 일이다. 그러나『求禮續誌』祠廟조에는 다음과 기록하고 있다.

> 남악사는 구례군의 북쪽 광의면 笠帽峰 아래에 있다. 옛날에는 내산면 당동에 있었는데 언제 이곳으로 옮겼는지 알 수 없다. 신라시대에는 중사를 하였고, 백제와 고려 조정에서도 이에 따랐다. 이조에 와서 태조와 세종 때에 혹 제사를 지내기도 하고 혹 지내지 않기도 하였다. 세조 2년(1456) 오악을 정하면서, 이곳을 남악으로 하였다.……융희 2년(1908) 11월 12일 제사를 폐하였다.35)

이 기록에 따르면 소의방으로 옮기기 전에 남악사는 구례군 내산면 당동에 있었는데, 조선 세조 2년(1456) 집현전 직제학 양성지가 상소를 하여 현재 있는 전국의 神祠가 고려 개성을 중심으로 정해졌기 때문에 다시 바로잡아야 한다고 주청하였다. 이 해에 구례군 갈뫼봉 북쪽 내산면36) 좌사리 당동으로 옮겨 제를 올린 것은 이런 연유 때문인 것으로 보인다. 그 후 오랜 세월을 거쳐 폐사에 이르다가 영조 13년(1737) 남원부사의 전격

---

34) 이 설명은 구례군에서 작성한 인터넷 기사 중 광의면 당동마을의 기사를 수록한 http://www.gurye.go.kr/kr/gurye/06/006/index04.jsp를 참조.

35) 『求禮續誌』祠廟條. "南嶽祠在郡北 舊所義面笠帽峰下 舊在內山面堂洞 未知何年移此 新羅時列於中祀 百濟高麗因之 國朝太祖世宗時或享或不享 世祖二年定五嶽 此爲南嶽……隆熙二年十一月十二日廢祀"

36) 현재는 내산면과 외산면을 통합하여 산동면이 되었다.

적인 지원으로 광의면 온당리에 다시 여러 건물을 추가로 마련하고 '智異山之神'이란 위패를 두어 춘추로 또는 국가적 재난이 있을 때 제를 올렸다. 남원 읍지인『龍城誌』에 이 기록이 남아있다.

> 지리산 신사는 남원부의 남쪽 64리 소의방에 있는데, 신사는 국가의 남악이다. 위패에 '智異山之神'이라 쓰고, 매년 봄, 가을, 그리고 정월 초하루에 언제나 임금께서 친히 향을 내리서어 치제를 하였으며, 혹 재앙으로 말미암아 특별한 제의를 올린 예도 있었다. 당상관을 헌관으로 삼고, 수령을 대축으로 삼으며, 집사는 생원 또는 진사 또는 교생으로 하였다. 또한 제생이 모여서 제사를 도왔다.[37)

온당리 남악사에서는 조선 후기에 제사가 성대히 이루어졌다. 특히 건물에 '南嶽祠'란 현판과 위패를 두어 1908년까지 제사를 올렸다. 그 후 국권을 상실하고 일제강점기 내내 남악제의 명맥이 끊어져 있다가 해방 후 1969년 군민과 유지의 도움으로 구례군 마산면 황전리 12번지에 10여평의 땅을 구입하여 南岳祠를 다시 창건하여 오늘날은 축제 형태로 발전하였다.[38) 이곳이 구례 화엄사 앞 개울 건너편에 있는 남악사이다.

이상의 고찰을 통해서 당시 민간에서 지리산이 전라도로 귀양 갔다고 한 까닭을 살필 수 있다. 본래 신라 때부터 지리산 산신령에 대한 국가적 제사를 천왕봉에서 올리다가 고려 말에 이성계가 노고단으로 장소를 옮겼다. 장소를 바꾼 이유는 천왕봉의 산신령 성모가 고려 태조의 어머니 위숙왕후였기 때문에 고려 말에 이성계가 노고단으로 장소를 옮겼다. 노

---

37) 『龍城誌』. "智異山神祠 在府南六十四里所義坊 神祠卽國之南嶽也 位牌書曰 智異山之神 每歲春秋及正朝 御諱降香致祭 或有因災別祭例 以堂上官爲獻官 守令爲大祝 執事生進校生亦會助祭諸生…"

38) 이 내용은 구례군 인터넷에 소개되어 있다. http://kr.blog.yahoo.com/oonam715/1362474.html 참조.

고단에서 지내던 제사를 후대에는 구례군에 남악사를 두어 제사를 올림으로써, 이를 본 설화 구연자들은 본래 경상도 천왕봉에 있던 산신령을 전라도로 귀양 보냈다고 생각하게 되었다.

'귀양 간 지리산' 설화는 이런 역사적 인식을 바탕으로 남원·구례를 중심으로 전승되다가 점차 외연을 넓혀서 전파되었으며, 그 과정에서 여러 변이 유형을 파생시켰다.

2. '귀양 간 지리산' 설화의 유형

1) 기본형

[자료 B·C·G] 중에서 C는 서사 단락 전개에 있어 최소한의 단락만을 갖추고 있다. 이것이 '귀양 간 지리산' 계 설화의 기본 서사구조를 이룬다는 점에서 기본형이라고 할 수 있다. 설화의 서사 단락은 '가·나·다…' 등의 문자 기호로 달고, 소단락은 '1·2·3…' 등의 숫자를 달기로 한다.

[자료 C. 지리산 산신령과 이성계]의 서사단락은 다음과 같다.

가. 이성계가 산천제를 드렸다.(산제)
  1. 이성계가 왕이 되고 싶었나.
  2. 산천에 제사를 드렸다.
나. 지리산 산신령이 허락하지 않았다.(불허)
  1. 지리산 산신령이 있었다.
  2. 제사를 받지 않았다.
다. 지리산을 귀양 보냈다.(귀양)
  1. 이성계가 지리산을 귀양 보냈다.
  2. 전라도 지리산이 되었다.

이 자료는 '가. 이성계가 산천제를 올렸다.' '나. 지리산 산신이 허락하지 않았다.' '다. 그래서 지리산을 귀양보냈다.'는 세 단락으로 구성되어있다. '나' 단락은 산신령이 이성계의 등극을 반대했기에 '다' 단락에서 귀양을 가는 결과를 초래한 인과관계를 이룬다. 그래서 '산제—불허—귀양으로 전개되는 구조가 '귀양 간 지리산' 설화의 핵심 모티프이지 기본 구조 요소가 된다.

[자료 B. 지리산이 귀양 온 것과 비암사골의 유래][39]는 '나. 지리산 산신이 허락하지 않았다.' '다. 그래서 귀양을 보냈다.'고 하여 [자료 C. 지리산 산신령과 이성계]에 있는 '가' 단락의 '산제(山祭)' 화소가 탈락하였다. 구연자의 기억력 한계 때문으로 보인다.

[자료 G. 전라도로 귀양 보낸 지리산]은 '가. 선조가 산제를 올렸다.' '나. 지리산이 돌아앉았다.' '다. 귀양 보냈다.'는 세 단락으로 되어있다. 다만 구연자가 이성계의 후손이어서 이름을 말하지 않고 '선조'라고 하거나 직접 '허락하지 않았다'는 말 대신 '돌아앉았다'고 하여 표현 또는 어감의 차이를 두고 있으나 '산제—불허—귀양' 화소로 이루어지는 구조가 [자료 C]와 같다는 점에서 동일한 유형이라 할 수 있다.

[자료 B·C·G]에서 지리산이 이성계를 거부한 이유는 무엇인가. 첫째로 구집권층을 배경으로 둔 위숙왕후라는 고려 수호신으로 상징되는 영남 사족들의 반대 기류가 강했을 가능성이 있고,[40] 둘째로 신흥 유학의 영향으로 이성계의 창업을 不事二君의 도리를 어겼다는 유생이나 민간 설화 전승자 집단의 인식이 있었기 때문으로 보이며, 셋째로 이성계가 집권과정에서 저지른 악업 때문이었을 가능성도 있다. 고려의 많은 왕족들

---

39) 자료 [B. 지리산이 귀양 온 것과 비암사골의 유래]에서 뱀사골의 유래는 지리산 귀양 설화와 아무 연관이 없는 별개의 각편을 구연자가 이어서 구술한 것이므로 논의 대상에서 제외한다.

40) 이 점에 대해서는 영남 유림의 영수였던 정몽주의 피살, 길재·이색 등의 새 왕조 반대와 불참 등이 영향을 주었고, 많은 관리들이 벼슬을 버리고 낙향하였는데, 그 중의 한 사람이 함안군 산인면 모곡리로 낙향한 고려 성균 진사 이오(李午)로서 지금까지 그 마을을 고려동이라 부른다. 그밖에 진주의 정온(鄭蘊) 등 이루 다 열거할 수 없을 정도로 많다.

이 살해되고, 두문동 72현이 이성계 정권과 단절을 선언함으로써 많은 고려 백성이 심정적으로 동조했던 것을 같은 맥락에서 이해할 수 있다. 따라서 설화의 관점도 어디까지나 지리산 산신령이라는 상징에 초점이 맞추어져있다.

조동일에 의하면 신화는 자아와 세계가 상호보완적인 관계에서 대결하고 있으며 이러한 대결이 결국 화해와 조화의 상태로 결말지어지는 것이라고 했고, 전설은 세계가 우위에 서서 자아와 세계의 대결이 결국 자아의 좌절로 결말지어지는 것이 라고 하였다.[41] 이 점을 상기해 볼 때, 이 설화에서는 산신이 역사적 영웅에게 패배하여 귀양을 감으로써 세계의 우위적 대결에서 자아가 좌절하는 모습을 보여줌으로써 오히려 전설의 성격에 부합된다고 하겠다. 이는 이성계가 무소불위의 권력자로 승격되고, 신당이 숭고한 천왕봉에서 그보다 낮은 노고단으로, 다시 구례의 남악사 평지로 내려가는 위치변화를 보면서 점점 신격이 신화에서 지위가 낮아지는 모습을 보이는 설화 전승자 집단의 인식과도 부합한다.

2) 확장형

하나의 근원 설화가 발현되면 오랜 세월을 진승하면서 공통성을 지닌 화소가 있는 삽화 또는 설화와 결합하면서 변이를 일으킨다. 변이형 중에 확장형이 있다. 확장형은 기본형에 갈등 양상을 지닌 다른 삽화 하나와 결합하여 서사가 확장되는 유형을 말한다.

확장형 [자료 A·D·H·J·K·L]에서는 기본형의 서사에 다른 설화(삽화)가 결합하면서 재구성된 것이다. 서사 전개에서 이성계가 등극한 후에 이성계를 적극 지지했던 산신에게 포상을 하여 錦山이란 산 이름 유래 삽화가 나타나기도 하고, 소금장수 또는 探藥하는 사람이 木神의 대화를 듣

---

41) 조동일, 『韓國小說의 理論』, 지식산업사, 1979, 140~177쪽; 『한국문학의 갈래이론』, 집문당, 1992; 『한국문학통사 1』, 지식산업사, 1993.

고, 그 내용을 이성계에게 알려주는 우화적 기법이 구사되기도 하며, 「아기장수」 설화에 나타나는 우투리가 이성계에게 제거되는 설화가 보태져 서사 확장의 계기를 마련하였다. 그로 인하여 순차적 시간 순으로 전개되던 서사가 공간적으로 확대되는 구성으로 변하는 것이 특징이다.

① '금산 지명 유래 삽화'가 첨가된 형태

[자료 D. 지리산이 귀양 온 이유]는 인물이 올리는 산제를 지리산 여신령이 '以臣伐君'의 이유를 들어 직접적으로 거부하고 있다는 점에서 문학적으로 형상화하기 이전 역사적 흔적이 나타나고 있다. [자료 D]의 서사 단락은 다음과 같다.

가. 이성계가 팔도에 산제를 드렸다.(산제)
  1. 이성계가 창업을 하려고 했다.
  2. 팔도 강산에 산제를 드렸다.
나. 지리산 여신령이 불응했다.(불허)
  1. 지리산에 여신령이 있었다.
  2. 이성계의 산제를 받지 않았다.
  3. 以臣伐君하려고 했기 때문이다.
다. 금산이 주동이 되어 환영했다.(금산 환영)
  1. 다른 산에도 제사를 올렸나.
  2. 금산이 가장 환영했다.
  3. 상으로 이름을 錦山이라고 했다.
라. 지리산 산신령을 귀양 보냈다.(귀양)
  1. 지리산 산신령은 不服之臣이 되었다.
  2. 경상도에서 전라도로 귀양을 보냈다.
  3. 전라도 지리산이 되었다.

이 설화는 '금산' 이름 유래 삽화가 첨가되면서 '다. 금산이 주동이 되어 환영했다'는 단락이 늘어나서 '가. 이성계가 산제를 드렸다.' '나. 지리산 여신령이 불응했다.' '다. 금산은 환영했다.' '라. 지리산 산신령을 귀양 보냈다.'는 구조로 서사가 확장되었다. 따라서 모티프도 '산제-불허-금산 환영-귀양'의 구조가 되는데, 이 설화가 '산제-불허-귀양' 화소를 바탕으로 하여 '금산 환영'이라는 모티프를 첨가함으로써 확장형 서사라고 할 수 있다. 이 설화는 '以臣伐君'이라는 정치적 이유를 산제 불허의 이유로 내세웠다는 점에서 '귀양 간 지리산' 설화의 원형에 가까운 모습을 지니고 있다. 그러므로 '다' 단락이 삽입됨으로써 원형이 아닌 변이형이 되었다. 또한 금산 이름 유래 삽화를 가진 설화는 [자료 D]외에는 아직 더 조사되지 않았다는 점에서 독립 유형으로 삼기에는 무리가 있다.

② '목신 삽화'가 첨가된 형태

이 설화는 '목신' 삽화에서 산제의 부정(부실)로 야기된 이성계와 산신령의 갈등 관계가 '귀양 간 지리산' 설화의 기본형에 첨가된 이야기다. [자료 A·J]가 여기에 해당한다.

[자료 A. 지리산 귀양 보낸 이성계]의 서사 단락을 구분하면 다음과 같다.

　가. 이성계가 지리산에 산제를 지냈다.
　　1. 이성계가 창업주가 되고 싶었다.
　　2. 전국 명산에 산제를 올렸다.
　　3. 지리산에도 산제를 지냈다.
　나. 채약자가 목신의 대화를 들었다.
　　1. 약을 캐는 사람이 있었다.
　　2. 나무 아래에서 잠을 잤다.
　　3. 목신들의 대화를 들었다.
　다. 산신령이 흠향하지 않았다.

1. 목신이 산제 지내는 곳으로 갔다.

2. 이성계가 산제 지내는 것을 봤다.

3. 산신령이 흠향하지 않았다고 했다.

라. 채약자가 산제에 부정 탔음을 알렸다.

1. 목신은 부정을 탔기 때문이라고 했다.

2. 채약자가 이성계에게 알렸다.

3. 이성계가 젯밥을 살펴보았다.

4. 밥에 머리카락이 빠져있었다.

마. 이성계가 다시 산제를 올렸다.

1. 목신이 산제 지내는 곳으로 다시 갔다.

2. 이성계가 산제 지내는 것을 봤다.

바. 채약자가 다시 목신의 대화를 들었다.

1. 이성계가 채약하는 사람에게 다시 부탁했다.

2. 채약하는 사람이 다시 나무 아래 잤다.

3. 목신들의 대화를 들었다.

사. 산신령이 흠향하지 않았다.

1. 목신이 대화를 나누었다.

2. 산신령이 흠향하지 않았다는 말을 했다.

3. 채약자가 목신의 대화를 들었다.

아. 채약자가 산제에 부정 탔음을 알렸다.

1. 목신이 부정을 탔다고 했다.

2. 채약자가 이성계에게 알렸다.

3. 이성계가 몸을 살폈다.

4. 칼집이 개가죽으로 되어있었다.

자. 지리산을 귀양 보냈다.

1. 후일 지리산을 귀양 보냈다.

[자료 A]는 아홉 단락으로 구성되어있다. 그러나 크게 나누면 '가, 나~아, 자' 세 부분으로 나눌 수 있다. '가'는 이성계가 산제를 지냈다는 단락

이고, '나~아'는 목신의 대화를 채약자가 듣고 산신령이 산제를 흠향하지 않았음을 이성계에게 알려주는 삽화이며, '자'는 이성계가 지리산을 귀양 보내는 내용 단락이다. 그런데 '나~아' 단락을 단순한 하나의 삽화로 처리 하기보다는 그것을 내용 단락으로 나누는 것이 설화의 구조를 파악하는 데 도움이 된다. 이 설화의 전체 단락 '가~자'에서 단락 '가~라'는 '마~아' 에서 다시 반복되고 있다. 그러므로 기본형에서 '나' 단락의 채약자가 목 신의 대화를 듣고, '라' 단락의 채약자가 산제에 부정 탔음을 이성계에게 알리는 내용이 '바 · 아' 단락에서 중복된다. 그러므로 이 설화는 기본형에 '목신' 삽화가 보태져 서사가 확장되었다.

[자료 A]에서 나무꾼이 이성계에게 우호적인 조력자로 나타나는데, [자 료 I · J]에서는 조력자가 소금장수로 나타나고, 「五山說林草藁」의 동일 설 화에서는 약초 캐는 사람이 '어떤 사람'으로 나타나며 조력을 제공한 후 에 어디론가 사라지는 것으로 나타난다.[42] 「죠션기담」에서는 서사는 같 으나 결말에서 어떤 사람이 죽어서 그 아들에게 후하게 상을 주었다는 후일담[43]이 나타나기도 하고, 이성계의 건국을 도운 배정승이 裵克廉 (1325~1392)으로 구체화되기도 한다.[44] 특히 「오산설림초고」와 「죠션기 담」에서는 '귀양 간 지리산' 서사가 나타나지 않고 본래 '귀양 긴 지리산' 설화와는 상관없는 각 편으로서 서사 변이에 영향을 준 설화라는 점에서 주목된다.

「오산설림초고」에 나타난 이 설화의 제목을 '목신의 대화와 이성계'라 고 하고, 서사 단락을 구분하면 서사 단락은 다음과 같다.

---

42) 車天輅 編, 민족문화추진회 역, 『국역 대동야승 2』, 한국민족문화추진회, 1981, 34~35쪽.
43) 최래옥, 『韓國口碑傳說의 研究－그 變異와 分布를 中心으로』, 일조각, 1981, 306~308쪽.
44) 최래옥, 위의 책, 42쪽.

가. 이성계가 칠성님께 기도하였다.

　1. 이성계가 등극하기 전이었다.

　2. 칠성님께 기도를 하였다.

나. 어떤 사람이 목신의 대화를 들었다.

　1. 어떤 사람이 나무 구멍에서 잠을 잤다.

　2. 목신들의 대화를 들었다.

다. 이성계가 제사를 올렸다.

　1. 밤이 되었다.

　2. 신에게 제사를 올렸다.

라. 신이 흠향하지 않았다.

　1. 목신이 제사 지내는 곳으로 갔다.

　2. 이성계가 산제 지내는 것을 봤다.

　3. 신이 흠향하지 않았다고 했다.

　마. 어떤 사람이 제사에 부정 탔음을 알렸다.

　1. 목신은 부정을 탔기 때문이라고 했다.

　2. 어떤 사람이 이성계에게 갔다.

　3. 문지기가 못 들어가게 했다.

　4. 수차 억지를 쓰며 만나게 해달라고 하였다.

　5. 이성계를 만나 사실대로 말했다.

　6. 제사 음식이 불결해서 먹지 않았다고 했다.

바. 어떤 사람이 다시 목신의 대화를 들었다.

　1. 이성계가 그 사람에게 다시 부탁했다.

　2. 어떤 사람이 다시 나무 아래 잤다.

　3. 목신들의 대화를 들었다.

사. 이성계가 다시 제사를 올렸다.

　1. 이성계가 목욕재계를 하였다.

　2. 밤에 다시 제사를 올렸다.

아. 신이 흠향하고 보답을 하자고 하였다.

　1. 목신이 대화를 나누었다.

2. 일곱 성인(신)이 흠향하였다.

3. 보답으로 삼한을 주자고 하였다.

자. 어떤 사람이 사라졌다.

1. 어떤 사람이 들은 내용을 이성계에게 알렸다.

2. 이성계가 후하게 대접했다.

3. 등극 후 사라졌다.

「죠션기담」 소재 설화에서는 七星諸神을 귀신이라고 표현하는 것과 그 조력자가 죽어서 아들에게 상을 후하게 주었다는 모티프가 '목신의 대화와 이성계' 설화와 다르다. 그러나 서사 전개 방식과 내용은 동일하다.

『오산설림초고』의 저자 차천로(1556~1615)는 조선 중기의 관료로서 麗末 鮮初의 世家 · 재상 · 문호 · 시인 등에 관련된 일화와 전설을 수집하였으며, 그 중의 하나가 '목신의 대화와 이성계'이다. 16세기 말~17세기 초에 채록된 이 설화는 전승되는 많은 이성계 등극 설화 중의 하나이고, 오랫동안 민간에 전승되어 왔다.

'목신의 대화와 이성계' 설화는 이성계와 신이 제사를 두고 갈등 관계를 형성하고 있다. 이것으로 봐서 어느 때인지는 분명하지 않으나 '귀양 간 지리산' 설화(기본형)와 결합하면서 서사가 확장되는 변이를 일으켰다. 그 서사는 주로 '목신의 대화와 이성계' 서사 단락에서 '가 · 자' 단락이 탈락하고 '나~아' 단락이 '귀양 간 지리산' 설화의 '산제－불허－귀양' 구조와 결합하면서 [자료 A · J]와 같은 서사 형태를 이루었을 것으로 생각한다. 그리고 '목신의 대화와 이성계' 서사의 '나~아' 단락을 '목신' 삽화라 할 때 이 삽화는 [자료 E · F · I] 에서도 나타난다.[45] 이 설화도 기본형이 '목신 삽화'와 결합하여 변이를 일으킨 확장형이라 할 수 있다.

---

45) [자료 E · F · I]에도 '목신' 삽화가 나타나지만 또 다른 설화가 복합적으로 개입되어 있다는 점에서 다른 유형이다.

③ '우뚜리 삽화'가 첨가된 형태

'우뚜리 삽화'는 최래옥이 아기장수계 전설을 연구하면서 이미 아기장수 전설계통이 아니라며 일정 거리를 두었던 바[46] 있다. 필자는 이것을 우뚜리 전설계라기보다는 '귀양 간 지리산' 설화가 전승 변이되면서 수용 첨가된 설화로 보는 것이 타당하다고 생각한다. 그 이유는 무엇보다도 구조와 유형이 다르기 때문이다.[47] '귀양 간 지리산' 설화의 기본형에 '우뚜리 삽화'가 결합되어 나타나는 설화는 [자료 H·K·L]이다. [자료 H. 둥구리 전설]에 나타나는 서사 단락은 다음과 같다.

---

[46] 최래옥, 『韓國口碑傳說의 研究-그 變異와 分布를 中心으로』, 일조각, 1981, 40쪽. 이 책에서 최래옥은 "李成桂 山祭와 木神傳說이 삽화로 등장하는 설화는 엄밀히 말하면 아기장수 傳說系가 아니다. 우투리 전설계가 있다면 해당될 것이다. 그러나 우투리의 변이 과정에 나타나므로 여기에서는 아기장수 전설계에 포함한 것이다."라고 하여 연구의 편의상 아기장수 전설로 분류했음을 밝혔다.

[47] 아기장수 설화의 유형은 '지리산 귀양' 설화의 그것과 다르다. 선학들의 유형 분류는 다음과 같다.

조동일-평민적 영웅 이야기: '미천한 혈통의 인물이, 탁월한 능력을 타고 났으나, 비참하게 죽었다'는 3단락을 제시 (1971, 206~209쪽)
최래옥-아기장수 설화의 정형: '아기장수의 출생, 1차 죽음, 재기, 2차 죽음, 용마, 증시' 6단락을 제시 (1981, 365~380쪽)
천혜숙-제1유형: '날개 달린 아기상수와 용마' 제2유형: '어머니 잘못으로 실패한 아기장수' (1986, 135~136쪽)
박인구-1유형: '아기장수 출생, 죽음, 용마출현, 용마 죽음' 구조, 2유형: '아기장수 출생, 은신, 탐색, 죽음 구조', 3유형: '아기장수 출생, 장수 상징 거세, 아기장수 생존' 구조 (1990, 137~148쪽)
김수업-'날개 계열', '불구계열' (1994, 9~10쪽)
임철호-'기본형', '무명형', '유명형' (1996, 205~216쪽)
심정섭-주요단락: '평민이 아들을 낳음, 겨드랑이에 비늘 돋친 장수였음, 역적이 된다하여 부모가 죽임, 용마가 용소에 빠져 죽음' 네 단락 구조 (1997, 243쪽)

이러한 유형은 '지리산 귀양' 설화의 '기본형, 확장형, 복합형'과는 매우 다르며, 이 점은 최래옥(1981, 40쪽)이 언급한 바 있다.

가. 이성계가 산제를 올렸다.
　　1. 지리산은 매산이고 삼각산은 학산이다.
　　2. 그래서 이성계는 지리산을 싫어했다.
　　3. 왕이 되려고 지리산에 산제를 올렸다.
나. 둥구리가 태어났다.
　　1. 지리산 정기를 받은 둥구리가 태어났다.
　　2. 아이의 태를 새때기(억새)로 잘랐다.
다. 둥구리가 천하장사가 되었다.
　　1. 자라서 천하장사가 됐다.
　　2. 서울까지 둥구리 소문이 났다.
　　3. 지리산이 둥구리를 바위 속에 감추었다.
라. 병사에게 잡혀죽었다.
　　1. 병사가 둥구리를 찾았다.
　　2. 둥구리 어머니가 행방을 가르쳐 주었다.
　　3. 병사가 새때기로 바위를 갈랐다.
　　4. 둥구리를 죽였다.
마. 지리산이 허락하지 않았다.
　　1. 이성계가 지리산을 항복시키려고 했다.
　　2. 지리산이 항복하지 않고 이성계를 허락하지 않았다.
　　3. 지리산이 노염을 풀고 서울로 가겠다고 했다.
　　4. 산신령이 매를 타고 가서 궁궐 추녀 끝에 방울만 흔들고 왔다.
바. 이성계가 지리산을 귀양 보냈다.
　　1. 이성계가 지리산을 괘씸하게 생각했다.
　　2. 지리산을 전라도로 귀양 보냈다.

　[자료 H]에서 '가·마·바' 단락은 기본형에 해당한다. 단락 '나·다·라'
는 '둥구리 삽화'가 첨가된 것이다. [자료 K]는 '가. 이성계가 왕이 되려고
산제를 올렸다.' '나. 지리산 여산신이 허락하지 않았다.' '다. 여산신은 지
리산 정기를 받은 사람에게 왕위를 허락했다.' '라. 이성계가 산신의 팔을

잘랐다.' '마. 지리산을 전라도로 귀양 보냈다.'는 다섯 단락으로 되어있다. 이 설화는 '우뚜리 삽화'가 상대적으로 약화되어 이성계와 대결하는 모습이 나타나지 않는 반면, 지리산 산신령의 팔뚝을 자르는 징벌을 가하고 또 귀양 보내는 서사가 나타나고 있어 이성계의 복수 모티프가 상대적으로 강화되어 있는 점이 특징이다.

[자료 L]에서는 '가. 지리산이 불응했다.' '나. 지리산은 우투리에게 왕위를 승낙했다.' '다. 이성계가 우투리를 찾아 죽였다.' '라. 지리산을 전라도로 귀양 보냈다.'는 서사 단락으로 전개된다. 이 설화 자료는 기본형에서 '불응－귀양 모티프만 나타나고 있어 '이성계가 산제를 올렸다.'는 단락이 탈락했음을 알 수 있다. 즉 기본형에 '우투리 삽화'가 결합되어 서사가 확장된 것이다.

첨가되는 '우투리 삽화'의 인물도 [자료 H]에서는 둥구리, [자료 K·L]에서는 우투리, [자료 F]에서는 웃도리로 나타나는 변이를 보인다. '둥구리'는 몽고어에서 하늘을 덩거리(tenggri) 또는 댕그리(täŋri)라고 하고 '위대하다'는 뜻을 나타내는 말이다. 만주 고어에서는 天上 또는 天神을 퉁구리(Thoogkury)나 둥우리[48]라고 하는 것으로 보아 둥구리는 몽고에서 들어온 말이거나 우두머리 또는 왕이라는 의미의 우리 고유어일 것이다. '우투리'는 '울떼기'란 이름으로 등장하기도 하는데[49] 아랫도리가 없는 웃도리가 바위 속에서 아랫도리가 사라기를 기다리는 실화도 있는 것으로 보아 웃도리가 우투리로 변한 명칭임을 짐작할 수 있다. 우투리는 '우두머리' '웃사람'의 뜻으로 사용되어 '으뜸가는 대장'이나 '왕'의 의미[50]를 지닌다고 하겠다. 그러므로 '둥구리, 웃도리, 우투리, 울떼기'는 모두 '우두머

---

48) 朴魯哲, 「成吉思汗考」, 『學術界』 1권 1호, 學術界社, 1958, 74쪽.
49) 최래옥, 앞의 책, 1981, 303~306쪽. 송향희가 구연(1979. 11. 17)한 울떼기 전설에 울떼기란 이름이 나타난다.
50) 최래옥, 앞의 책, 1981, 38~39쪽.

리' 또는 '왕'을 지칭하며 민간 설화 전승집단이 사용하는 영웅의 칭호로 이해할 수 있겠다.

『元朝秘史』에서 몽고의 징키스칸이 갈라진 바위에서 나왔으며, 동명성왕 신화에서 동명왕이 바위 굴을 들락거린 것과 관련지어 보면 우투리가 바위 속에 들어가 수련을 하는 모습은 서로 관련성이 있어 보이며, 기득권 세력에게 발각되어 결국 목숨을 잃게 되는 서사는 설화 전승자 집단의 잃어버린 꿈을 문학적으로 표현한 것이라 하겠다.

이상의 논의에서 확장형은 단순한 서사로 구성된 기본형에 금산 지명 유래 삽화, 목신 대화 삽화, 우뚜리 설화 중의 하나가 결합하여 확장된 서사로 변이한 유형임을 확인할 수 있었다. 인물의 명칭에서 보듯이 우투리 설화는 '둥구리, 우투리, 윗도리'라는 우두머리가 새로운 질서를 창조하기 바라는 염원을 설화 전승자 집단이 문학적으로 표현한 것이다.

3) 복합형

복합형은 [자료 E · F · I]에 나타난 것처럼 '귀양 간 지리산' 설화의 기본형에 갈등 관계를 가진 삽화 두 가지 이상이 첨가된 유형이다. 이 유형은 '목신 삽화'와 '우투리 삽화'가 함께 결합한 유형으로 앞의 유형보다 서사가 더 복합적인 양상으로 전개되는 것이 특징이다. [자료 I. 우투리 전설]의 서사 단락은 다음과 같다.

가. 이성계가 산제를 지냈다.
　1. 지리산 산신은 욕심 많은 여자 산신이다.
　2. 이성계가 왕이 되려고 최경과 산제를 지냈다.
나. 소금장수가 목신의 대화를 들었다.
　1. 연재에 소나기가 왔다.
　2. 소금장수가 비를 피해 둥구나무에 들어갔다.
　3. 밤에 목신의 대화를 들었다.

다. 산신령이 산제를 흠향하지 않았다.

   1. 이성계의 제사 음식에 부정이 탔다.

   2. 산신령이 흠향하지 않았다.

라. 소금장수가 이성계에게 알렸다.

   1. 다음날 소금장수가 이성계를 만났다.

   2. 들은 이야기를 전했다.

마. 이성계가 다시 산제를 올렸다.

   1. 이성계가 소금장수에게 다시 부탁했다.

   2. 소금장수는 다시 둥구나무에 들어갔다.

   3. 밤에 목신의 대화를 들었다.

   4. 이성계가 다시 산제를 올렸다.

바. 지리산 여산신령이 불응했다.

   1. 팔도 신령은 모두 허락했다.

   2. 지리산 여산신령만 허락하지 않았다.

   3. 우투리에게 왕위를 허락했기 때문이라고 했다.

사. 소금장수가 다시 이성계에게 알렸다.

   1. 소금장수가 아침에 산을 내려왔다.

   2. 목신의 대화 내용을 이성계에게 알렸다.

   3. 우투리 때문에 지리산 여산신령이 허락하지 않는다고 했다.

   4. 이성계가 소금장수에게 상을 주었다.

아. 이성계가 우투리를 찾아다녔다.

   1. 이성계가 우투리를 찾아다녔다.

   2. 영양에서 우투리 어머니를 만났다.

   3. 우투리 어머니에게 우투리 행방을 들었다.

   4. 조 서 말, 메밀 일여덟 말, 겨릅 스무 다발을 가지고 바다로 들어갔다.

자. 이성계가 우투리를 죽였다.

   1. 바다 속의 산으로 우투리를 찾으러 갔다.

   2. 우투리 어머니에게 대나무로 태를 자른 것을 알았다.

   3. 이성계가 바다 속의 산을 열었다.

4. 조, 메밀, 겨릅은 병사, 투구, 말이 되었다.

5. 세상 바람을 쐬자 우투리가 녹았다.

6. 이성계가 우투리 어머니를 죽였다.

차. 이성계가 지리산을 귀양 보냈다.

1. 이성계가 등극했다.

2. 지리산을 전라도로 귀양 보냈다.

3. 그래서 전라도 지리산이라고 한다.

[자료 I]는 열 개의 서사 단락으로 구성되었다. 이야기의 내용도 '귀양 간 지리산' 설화의 기본 구조인 '가·바·차' 단락과 '목신 삽화'에 해당하는 '나·다·라·마·사' 단락과 '우투리 삽화'에 해당하는 '아·자' 단락이 복합적으로 결합하여 각편을 이루고 있다. 이성계라는 기득권자에 맞서 대결하려는 우투리는 [자료 D. 지리산이 귀양 온 이유]의 錦山처럼 이성계를 적극적으로 찬성하는 세력과 적극적으로 맞서 싸우려는 일부 세력 중에서 후자를 대변하는 인물화소다. 이런 상황은 당시의 불안정한 정국을 반영하는 것이다.

[자료 E. 이성계와 지리산 산신령과 우뚜리]에서는 '가. 이성계가 산제를 지내려 했다.' '나. 소금 굽는 사람이 목신의 대화를 들었다.' '다. 이성계가 산제를 올렸다.' '라. 산신령이 흠향하지 않았다.' '마. 소금 굽는 사람이 이성계에게 들은 것을 알렸다.' '바. 이성계가 다시 산제를 올렸다.' '사. 산신령이 허락했다.' '아. 이성계가 우뚜리를 찾아다녔다.' '자. 우뚜리가 있는 곳을 알아냈다.' '차. 우뚜리를 죽였다.' '카. 임금이 되었다.'는 열한 개의 단락으로 이루어졌다.

이 설화는 '가~바' 단락이 [자료 A]와 친연성이 있고, 단락 '사'에서는 앞의 설화에서 산신령이 이성계의 등극을 허락하지 않던 것과는 달리, 등극을 허락함으로써 '귀양' 모티프가 탈락되었다. 비록 '귀양' 모티프가 나타나지 않으나 [자료 I]와 비교해서 거의 동일한 서사구조를 지녔다는 점에서 복합형이라 하겠다.

[자료 F. 웃도리 전설]은 '가. 이성계가 등극하려고 산천 지리를 보러 다녔다.' '나. 밤에 귀신(목신)의 대화를 들었다.' '다. 이성계가 지리를 보았다.' '라. 돌아오다가 이성계를 허락하지 않았다는 것을 알았다.' '마. 이성계가 웃도리를 찾아다녔다.' '바. 웃도리가 있는 곳을 알았다.' '사. 풀잎으로 바위를 열어 웃도리를 죽이고 등극하였다.' '아. 지리산은 개땅이 되었다.'는 여덟 단락으로 이루어졌다. 앞의 [자료 E]보다는 축약되었다. 비록 산제를 지내는 모티프가 산천 지리를 보러 다니는 것으로 나타나고, 지리산이 귀양 가는 모티프가 전라도 개땅이 되는 것으로 변이하였으나 전체적으로는 '귀양 간 지리산' 설화의 기본형에 '목신 삽화'와 '웃도리 삽화'가 첨가되어 복합된 서사 형태를 보이므로 복합형으로 분류할 수 있다.

이상에서 살펴본 기본형의 전승과 확장형, 복합형에 나타나는 '목신 삽화'나 '우투리 삽화'가 기본형과 결합할 수 있었던 이유는 무엇일까? 여기에는 몇 가지 가능 요소가 있었기 때문이다.

첫째로 이성계를 반대하는 설화 전승자 집단의 이해와 부합하여 기본형이 전승되었다. 즉 '以臣伐君'이라는 말에서 이성계가 군신의 의리를 저버린 역신이라는 인식, 새로운 질서를 기대했던 사람들이 억압하는 세력으로 등장했다는 민간의식[51]이 사회 전반에 깔려 있었기 때문이다.

둘째로 이성계가 제사를 지냈다는 모티프의 공통성 때문에 기본형과 '목신의 대화와 이성계' 설화가 결합할 수 있었다. 이 모티프는 설화 전승자들의 달라진 인식을 담기에 필요충분조건을 갖추었다. 즉 조선 왕조에 대하여 시대적으로 달라진 인식을 전승할 필요성이 발생하였고, 그 서사를 전개하기에 적합한 모티프를 발견했다는 것이다.

[자료 A·E·G·I·J]에서는 지리산이 반대하는 모티프만 나타난다. 그

---

51) 실제로 조선시대에 들어와서 '사·농·공·상·천민'이라는 신분제는 더욱 공고해졌다.

러나 시간이 지나면서 이성계의 등극을 인정하려는 집단이 늘어나고, 그러면서 전승자 집단의 인식도 바뀌는 상황이 전개된 것이다. 그 결과 '목신의 대화와 이성계' 설화에서 처음에는 부정 탔다고 젯밥을 먹지 않으나 두 번째 제사에서는 일곱 신이 모두 젯밥을 먹는 내용으로 변개되었다. 이 삽화가 '귀양 간 지리산' 설화의 기본형과 결합하면서 다른 산신령이 모두 찬성을 했으나 지리산 여산신령만은 제사와 이성계의 등극을 허락하지 않는 내용으로 변개된 것이다.52) [자료 B·C·D·F·H·K·L]에는 이 모티프가 나타난다.

셋째로 기득권자인 이성계를 거부하는 모티프가 기본형과 '우투리 설화'에서 공통적으로 나타난다. 이 공통 모티프는 기본형이나 '우투리 삽화'에서 중요한 의미를 지닌다. 사화(士禍)나 전쟁53), 또는 역모사건54)을 겪으면서 새로운 질서의 출현을 기대하는 설화 전승자 집단의 욕구가 팽배하였다. 그런데 우투리는 출생과 성장과 사망에 이르는 과정에서 범상치 않은 능력을 가진 아기장수의 일생과 흡사하기에 설화전승자집단은 아기장수의 모티프를 빌어 우투리에게 투사할 수 있었다. 이처럼 국가차원으로 확대되어 권력자와 대결하려는 우투리에 대한 이야기가 이성계의 건국 이야기와 양항가치를 지닌 동일한 근원에 대한 상대적 인식의 맥락에서 형성되어, 역사적인 삶 속에 전승되면서 나름대로의 기능에 걸 맞는 의미를 획득하였다. 설화전승자집단이 우투리를 등장시켜 이성계와 대결구도를 형성하도록 한 것은 비록 비극적 영웅전설의 결말이 예고되어있으나 자신들의 인식을 표현하려는 장치와 다른 것이 아니었다.

---

52) [자료 E·H]에서 지리산 산신령이 두 번째 제사에서 허락을 하는 것은 '목신의 대화와 이성계' 설화의 내용을 그대로 수용한 때문으로 보인다.

53) 무오사화, 갑자사화, 기묘사화, 을사사화 외에 크고 작은 사화와 임진왜란, 정유재란, 정묘호란, 병자호란 같은 전쟁을 의미한다.

54) 이시애의 난, 정여립의 난 등 비록 그것이 누명이라 할지라도 민간의식에 영향을 줄 수 있는 사건들이 조선 중기, 후기에도 일어났다.

넷째로 설화 전승자 집단의 욕구가 좌절되었으나 그들의 희망을 후손에게 전하려는 의도가 반영되었다. 앞의 세 가지 유형 모두 산신령(우투리)이 이기는 내용의 결말은 없다. 끝내 귀양을 가거나 이성계에게 살해되는 종말을 맞이한다. 많은 설화 전승자들은 현실 정치의 폐해를 경험하면서 새로운 질서의 재편을 바랐다. 이후 역사에서 시도되었던 반란, 민란, 동학농민운동은 모두 실패로 끝났으나[55] 새로운 우투리를 통해서 새 질서를 희망[56]했기 때문이었다.

설화가 역사적 사실을 배경으로 기본형으로 전승되다가, 나중에는 확장형·복합형으로 변이되었다. 이처럼 다양한 서사가 전개된 이면에는 설화전승자의 인식이 역사적 흐름과 맥을 같이 하였기 때문이다. 일부는 긍정하였으나 다수가 부정하던 조선 후기 기득권 세력에 맞서 새 질서를 희구하는 전승자 집단의 역사 인식이 반영되었다고 하겠다.

4. 설화 전승자 집단의 의식

앞에서 살펴본 설화 자료를 검토하여 다음 몇 가지 특징적인 설화 구연자 의식을 찾을 수 있다.

첫째, 설화 구연 회피 의식이다. 지리산에서 가까운 남원 구례 지역의 구연자들은 오래 전 조상들이 역사적 사실을 보고 그것을 구전한 1차적 구연자의 후손들이거나 그 지역 설화 전승자라고 할 수 있다. 그들 중에는 조선이 없어지고 난 지금까지 이 설화를 이야기하는 것을 꺼리거나 가급적 구연하지 않으려는 태도를 보였다. 자료의 구연 분위기를 설명한

---

55) 이혜화, 「아기장수 전설의 신고찰」, 『한국민속학』 16집, 민속학회, 1983, 281~284쪽.

56) '신동흔, 「아기장수 설화와 진인출현설의 관계」, 『고전문학연구』 제5집, 한국고전문학회, 1990, 112쪽.'에서는 아기장수(우투리)가 왕조체제에 도전적인 진인의 모습으로 나타난다고 했다.

내용을 보면 다음과 같다.

> [자료 C] 이성계에 대한 거부와 불리한 이야기는 노인들일수록 조심하며 경계한다. 이것은 아직도 이조 말의 이야기 전승 시기와 그 위정자에 대한 경외가 남아있기 때문이다.[57]
>
> [자료 D] 이조가 끝난 지 100년 가까이 되는데도 함부로 이런 이야기를 하면 안 된다는 식으로 말했다.……불복지신이야 불복지신이라서 그런거여 [조사자가 話者의 이름을 묻자] 이러면은 또 뒤에 오라가라고 불러드릴라고. 하하해[일동: 웃음][58]

위에서 [자료 C·D]의 인용문은 전라북도 남원에서 채록한 것이다. '귀양 간 지리산' 설화의 1차 전승자들이 역사적 사실을 직접 보았던 사람들이라고 한다면, 설화가 채록될 당시까지 구연자들이 금기시하는 태도를 보인 것은 그 설화의 내용이 당시 위정자에게는 약점이 되거나 이것을 구연함으로써 피해의 가능성이 존재한다고 믿었기 때문이다. 자료 C에서 설화 채록자는 위정자에 대한 경외 때문에 구연을 회피한다고 했으나 사실은 피해 가능성에 대한 공포라고 보는 게 더 타당할 것이다. 왜냐하면 자료 D에서 구연자는 '이러며는 또 뒤에 오라 가라고 불러드릴라고'하며 구연을 금기시하는 모습이 나타나기 때문이다.

[자료 B]의 구연자도 뱀사골 유래는 자세하게 이야기하면서 '귀양 간 지리산' 설화를 간단하게 말한 것 역시 자신에게 이로울 게 없다는 심리에서 나온 의도적인 축소로 이해된다.

둘째, 민담처럼 허탄하다는 의식을 보인다. 첫 번째 경우와는 달리, 설화를 구연하면서 역사와 결부시키기보다는 허탄한 이야기일 뿐이라는 소

---

57) 한국정신문화연구원, 「지리산 산신령과 이성계」, 『韓國口碑文學大系』 5-1, 1980, 145쪽.
58) 한국정신문화연구원, 「지리산이 귀양 온 이유」, 위의 책, 1980, 184~185쪽.

감을 나타내기도 한다. [자료 B·C·D]의 구연자의 태도가 그렇다.

[자료 E]의 구연자 김일권 옹은 이야기를 마치고, '그거 뭐 말이지. 말쟁이들이 져놓았지, 역사가 그런지?'하고 허구로 치부하면서 오히려 청중들에게 역사가 그런지 되묻고 있다. [자료 A]의 구연자도 거리낌 없이 구연하였으나, 단지 이야기라는 태도를 견지하였다.

셋째, 지배계층에 대한 부정적인 의식을 보인다. 산신령이 이성계를 허락하지 않은 것은 이성계가 以臣伐君 한 것이 옳지 못하다는 인식을 설화전승자집단이 나타낸 것이다. [자료 D]의 구연자 박동진 옹이 조선 조정하에서는 하지 못할 말이라는 의식의 이면에는 이성계의 역성혁명이 떳떳하지 못하다는 민간의식이 반영되어 있다.

넷째, 지배계층을 찬성하는 의식을 보이기도 한다. [자료 B·C·D·I·J·K·L]에서는 '다른 산신령은 다 이성계의 등극을 허락했으나' 또는 '다른 산신령은 산제를 흠향했으나'로 표현하여 지리산 산신령만이 등극을 불허하거나 제사를 흠향하지 않는 것으로 표현하고 있다. 이는 이성계를 찬성하는 집단과 반대하는 집단의 상존을 보여주며, 당시에는 찬성하는 측이 수적으로 우세한 현실을 반영하였다.

다섯째, 새로운 질서를 창조할 지도자를 희망하는 의식이 나타난다. 이성계로 표상되는 지배계층에 대적할 인물을 등장시켜 새 질서를 희망하나[59] 지배계층의 권력에 의해 좌절되고 만다. 구연을 금기시하면서도 이 설화가 전승된 것은 전승자 집단의 좌절되었으나 새로운 지도자를 희망하는 인식을 전하기 위해서였다.

이상의 설화 전승자 집단의 의식을 정리하면 지리산을 중심으로 한 인근 지역에 거주하는 설화전승자집단은 이성계의 등극을 부정적으로 받아

---

59) '신동흔, 「아기장수 설화와 진인출현설의 관계」, 『고전문학연구』 제5집, 한국고전문학회, 1990, 103쪽.'에서는 조선 후기의 어두운 시대상을 배경으로 널리 퍼진 이야기라고 하였다. 이러한 사실로 미루어보면 우투리 삽화가 결합된 지리산 귀양 설화는 가장 후대에 나타난 유형이라고 할 수 있다.

들이고 구연을 하면 피해를 볼 수 있다는 심리를 보이는 동시에 새로운 지도자의 출현이 좌절되는 경험을 전승하면서 후대에 새 질서가 나타나기를 희망하는 소망을 표출하고 있는 것이다.

V. 맺음말

이 논문은 지리산 귀양 설화가 출현하게 된 역사적 배경과 설화의 변이 양상과 그 의미에 관해 고찰한 연구이다.

지리산은 신라 때부터 남악이라 하여 천왕봉에서 제사를 올렸으며, 고려 때는 천왕봉에 태조의 어머니 위숙왕후를 모신 聖母祠를 지어 제사를 올릴 만큼 중시하였다. 여말 선초 이성계가 실권자가 되면서 제사 장소를 천왕봉에서 노고단으로 바꾸었다. 이것을 목격한 설화 전승자들은 천왕봉의 경상도 지리산 산신령을 전라도로 귀양 보냈다고 인식하여 '귀양 간 지리산' 설화가 전승되었다.

그 동안 이 설화는 아기장수 설화의 한 계통으로 알려졌으나 사실은 아기장수 설화와 서사 구조가 다른 '귀양 간 지리산' 모티프를 가진 독립적 유형임이 본 연구를 통하여 밝혀졌다. 이 설화의 유형은 기본형, 확장형, 복합형 세 가지로 나눌 수 있다.

기본형은 '이성계가 왕이 되려고 지리산에 제사를 지냈다.' '지리산 산신이 허락하지 않았다.' '이성계가 지리산을 전라도로 귀양 보냈다.'는 세 단락을 기본 구조로 한다.

확장형은 기본형의 서사에 '木神 삽화'나 '우투리 삽화'가 첨가되어 서사가 확장된 유형이고, 복합형은 기본형의 서사와 '목신 삽화'와 '우투리 삽화'가 모두 복합적으로 결합된 서사 양상을 보이는 유형이다.

설화가 이처럼 다양하게 변이될 수 있었던 까닭은 우선 설화의 모티프가 공통적으로 나타난다는 이유 외에도 각 시대마다의 역사적 인식이 설화 전승자 집단의 의식에 투영되었기 때문이다.

설화 전승자 집단은 이성계의 등극을 부정적으로 받아들이고 구연을 회피하는 심리를 보이는 한편 말쟁이들이 지어낸 것이라면서 혹시라도 닥칠지 모르는 피해를 미연에 방지하려는 회피기제를 노출하고 있었다. 설화구연자집단은 비록 새 지도자 출현의 희망이 좌절되었다고 절망하지 말고, 그 희망의 경험을 교훈으로 후대에 전승하려는 의식을 보였다. 이성계의 등극에 대하여 거부감을 가진 사람들의 역사 인식을 설화에 반영하였다.

'귀양 간 지리산' 설화는 잃어버린 꿈을 전하려는 이야기이기에 그냥 웃어넘길 수 있는 민담과 성격이 다른 전설이다.

이 글은 『우리말 글』 제36집(2006)에 수록된 「귀양 간 지리산' 설화의 전승 배경과 변이 양상」을 일부 수정하여 실은 것이다.

—

'전시'된 식민지와 중층적 시선, 지리산

1930년대 여행안내기와 지리산 기행문 再考

박찬모

—

Ⅰ. 머리말

그간 지리산권 문화에 대한 연구는 사학 · 철학 · 한문학 · 인문지리 · 생태 등의 분야에서 폭넓고 심도 있게 진행되어 왔다. 이들 연구 중 지리산에 대한 다양한 인식과 그 인식 변화를 고찰한 연구는 한문학과 사학 분야 등에서 두드러졌다.[1] 특히 지리산의 산신숭배와 유람문학에 대한 연

---

1) 사학 분야의 대표적인 연구로는 다음과 같은 성과를 언급할 수 있다. 박용국, 「조선 초·중기 명산문화로서 지리산의 정체성」, 『남명학연구』 제26집, 경상대 경남문화연구원, 2008; 김준형, 「조선시대 지리산을 중심으로 한 저항운동」, 『남명학연구』 제31집, 경상대 경남문화연구원, 2011; 정구복, 「문명사적 관점에서

구는 국가와 민간, 그리고 조선조 유학자들에게 지리산이 어떻게 인식되고 있었는가를 심층적으로 분석함으로써 괄목할 만한 성과를 거두었다.[2]

사학과 한문학 분야의 이러한 연구 성과와 함께 일제 강점기의 지리산 기행문에 대한 연구[3]도 경시할 수 없다. 지리산권 문학과 관련하여 그간 국문학 분야에서 진행된 연구는 대부분 1970년대 이후의 작품들을 대상으로 진행되어 왔었다.[4] '비동시성의 동시성(the contemporaneity of the uncontemporary)'으로 진단할 수 있는 일제 강점기는 한문학과 국문학 두 분야의 경계 혹은 점이 지점으로 규정할 수 있지만, 이 시기를 대상으로 한 연구는 두 분야 모두 영성한 형편이었다. 그런 까닭에 일제 강점기 지

본 지리산권 인식의 변화」, 『남도문화연구』 제20집, 순천대 남도문화연구소, 2011.

[2] 지리산 산신숭배에 관한 연구성과는 아래와 같다. 김아네스, 「고려시대 산신 숭배와 지리산」, 『역사학연구』 제33집, 호남사학회, 2008; 「조선시대 산신 숭배와 지리산의 신사」, 『역사학연구』 제39집, 호남사학회, 2010; 「지리산 산신제의 역사와 지리산남악제」, 『남도문화연구』 제20집, 순천대 남도문화연구소, 2011; 표인주, 「지리산 산신의 종교문화사적인 위상과 의미」, 『남도문화연구』 제20집, 순천대 남도문화연구소, 2011. 아울러 지리산 유람문학과 관련해서는 그간의 성과를 집대성한 최석기 외, 『지리산과 유람문학』, 보고사, 2013을 꼽을 수 있다.

[3] 박찬모, 「자기 구제의 '祭場'으로서의 대자연, 지리산─이은상의 〈지리산탐험기〉를 중심으로」, 『현대문학이론연구』 제38집, 현대문학이론학회, 2009; 「탐험과 정복의 '戰場'으로서의 원시림, 지리산─1930년대 학생기행문을 중심으로」, 『한국문학이론과 비평』 15(2), 한국문학이론과비평학회, 2011; 「조선산악회와 지리산 투어리즘」, 『남도문화연구』 제23집, 순천대 남도문화연구소, 2012.

[4] 조구호, 「현대소설에 나타난 '지리산'의 문학적 형상화와 그 의미─『지리산』·『태백산맥』·『피아골』을 중심으로」, 『어문논총』 제47집, 한국문학언어학회, 2007; 이상진, 「자유와 생명의 공간, 『토지』의 지리산」, 『현대소설연구』 제37집, 현대소설학회, 2008; 이동재, 「한국문학과 지리산의 이미지」, 『현대문학이론연구』 제29집, 현대문학이론학회, 2006; 권정우, 「한국 현대시에 나타난 지리산의 상징」, 『개신어문연구』 제31집, 개신어문학회, 2010; 조동구, 「한국 현대시와 지리산─'지리산'의 공간적 의미를 중심으로」, 『배달말』 제49집, 배달말학회, 2011; 장은석, 「지리산에 대한 시적 인식의 변화 연구─시선의 이동과 이미지의 운동성에 주목하여」, 『남도문화연구』 제21집, 순천대 남도문화연구소, 2011.

리산의 이미지를 일제의 탄압과 관련지어 은둔과 저항의 공간으로 간명하게 처리하는 경향도 없지 않았다.[5] 이러한 형편에서 문학적 의장에 대한 분석을 유보한 채 주체와 타자, 제국과 민족, 문명(근대)과 야만(전근대), 근대성과 식민성 등의 벡터가 다층적으로 교차하는 국토기행문[6]의 특수성에 착안하여 진행된 지리산 기행문에 대한 연구는 전근대 시기와 변별되는 지리산의 표상을 논구하고, 그 근대적 함의를 밝히는데 많은 시사점을 제공한 것이 사실이다.

그러나 지리산 기행문에 대한 선행 연구에도 미흡한 점이 없지 않았다. '학생기행문'을 대상으로 한 연구는 지리산에 대한 근대적 표상을 문화사적인 맥락에서 조명했던 까닭에 민족의식과 관련한 기행 주체의 인식을 경시하는 한계를 노정하였다.[7] 아울러 일본인의 지리산 기행문에 대한 연구에서는 여행안내기에 의존한 획일화된 관광의 양상과 그 결과를 확인하는 데 유용한 단초가 되었지만 여행안내기에 대한 분석이 제한적이었으며, 아울러 그러한 관광 경험이 재생산되는 양상을 추가적으로 논의하지 못했다는 점에서는 아쉬움을 남기고 있다.[8] 곧 일제강점기 지리산

---

[5] 이동재, 앞의 글, 2006, 258쪽.

[6] 대표적인 연구로는 다음과 같은 성과가 있다. 구인모, 「국토순례와 민족의 자기구성」, 『한국문학연구』 27호, 동국대학교 한국문학연구소, 2004; 서영채, 「최남선과 이광수의 금강산 기행문에 대하여」, 『민족문화연구』 24호, 민족문학사학회, 2004; 복도훈, 「미와 정치: 국토순례의 목가적 서사시」, 『한국근대문학연구』 제6권 2호, 한국어문학연구학회, 2005; 최현식, 「민족과 국토의 심미화」, 『한국시학연구』 15집, 한국시학회, 2006; 박진숙, 「식민지 근대의 심상지리와 『문장』파 기행문학의 조선표상」, 『민족문학사연구』 31집, 민족문학사학회, 2006.

[7] 박찬모, 「탐험과 정복의 '전장(戰場)'으로서의 원시림, 지리산―1930년대 학생기행문을 중심으로」, 『한국문학이론과 비평』 15(2), 한국문학이론과비평학회, 2011.

[8] 박찬모, 「조선산악회와 지리산 투어리즘」, 『남도문화연구』 제23집, 순천대 남도문화연구소, 2012. 아울러 지리산 기행문과 관련한 방계 연구라고 할 수 있는, 일본인의 조선 산악 인식 연구 또한 일제의 관광정책을 간과한 채 조선의 산악을 바라보는 일본의 시선과 태도를 살핌으로써 규율화된 관광 정

표상에 함축된 정책적 근대 관광의 함의와 그와 연동된 민족 혹은 제국 (국민) 의식에 대한 고찰이 미진했던 것이다.

주지하다시피 일제는 일찍이 1910년대부터 관광을 식민지 지배정책으로 이용하였다.9) 그리고 일제의 국제적 팽창이 가속화되는 시점인 1930년대 이후에는 '조선 통치의 문화적 施設'을 과시하고 日鮮同祖의 물적 증거를 제시하기 위해 관 주도의 문화재 보호 정책과, 일제 관학 및 조선사편수회 등의 식민주의적 조선 연구를 정치적으로 강화하고,10) 이 성과를 관광정책과 접목시키고자 하였다. 각종 保勝會의 조직과,11) 총독부와 철도국 등의 여행안내기와 관광 자료 등의 제작은 이러한 정책의 산물이었던 것이다. 그리고 이와 관련하여, 근대적 관광정책과 여행안내기의 상관성을 규명한 선행 연구12)가 여행안내기에 함축된 제국주의적 이데올로기

보와 제국민의 정체성과의 상관관계를 등한시하고 있다는 지적을 피하기 어렵다. 박찬모, 「『조선과 만주(朝鮮及滿洲)』에 나타난 조선 산악 인식」, 『한국문학이론과 비평』 16(2), 한국문학이론과비평학회, 2012.

9) 일제 강점기 근대 관광과 일제의 관광정책 등에 대한 연구로는 다음과 같은 연구들이 있다. 조성운, 「1910년대 식민지 조선의 근대 관광의 탄생」, 『한국민족운동사연구』 제56집, 한국민족운동사학회, 2008; 「일제하 조선총독부의 관광정책」, 『동아시아문화연구』 제46집, 동아시아문화연구소, 2009; 「1930년대 식민지 조선의 근대 관광」, 『한국독립운동사연구』 제36집, 한국독립운동사연구소, 2010.

10) 백승철, 「1930년대 '조선학운동'의 전개와 민족인식·근대관」, 『역사와 실학』 제36집, 역사실학회, 2008, 117~118쪽.

11) 이순자, 「일제강점기 지방 고적보존회의 활동에 대한 일고찰—개성보승회를 중심으로」, 『한국민족운동사연구』 제58집, 한국민족운동사학회, 2009.

12) 여행안내기를 비롯한 각종 관광 자료와 관광의 상관성을 규명한 기왕의 연구는 다음과 같다. 서기재, 「일본근대 「여행안내서」를 통해서 본 조선과 조선관광」, 『일본어문학』 제13집, 한국일본어문학회, 2002; 「전략으로서의 리얼리티—일본 근대 『여행안내서』를 통하여 본 '평양'」, 『비교문학』 제34집, 한국비교문학회, 2004; 「일본 근대 여행 관련 미디어와 식민지 조선」, 『일본문화연구』 제14집, 동아시아일본학회; 「기이한 세계로의 초대—일본 근대 〈여행안내서〉를 통하여 본 금강산」, 『일본어문학』 제40집, 한국일본어문학회, 2009; 유승훈, 「근대 자료를 통해본 금강산 관광과 이미지」, 『실천민속학연구』 제14호, 실천민속학회, 2009; 전수연, 「근대관광을 통해 드러난 일본의 제국주의—1900년대

를 간취하는 성과를 거두었지만, 대다수 연구가 일본에서 발간한 여행안내기를 대상으로 하고 있거나 금강산과 평양 등 특정 지역으로 한정되어 있는 점은 아쉬운 대목이 아닐 수 없다.[13] 이런 까닭에 국내에서 발간된 여행안내기를 대상으로 지리산 관광 정보를 검토하는 작업은 지리산 기행문과 관련된 기왕의 연구를 보완하고, 아울러 '국립공원 1호'라는 상징성을 지닌 지리산이 일제강점기에 천혜의 자원과 경관을 지닌 자연의 보고이자 관광명소로 부각되는 내외적 계기 등을 살펴볼 수 있으리라는 점에서 유의미한 작업이라고 할 수 있다.

이에 본고에서는 지리산에 대해서 안내하고 있는 「남선의 영산 지리산(南鮮の靈山 智異山)」(『朝鮮山岳』 제2호, 朝鮮山岳會, 1931. 12)과 『조선여행안내기』(조선총독부 철도국, 1934), 그리고 『조선의 관광(朝鮮之觀光)』(조선지관광사, 1939) 등 여행안내기를 대상으로 그 체제와 지리산 관광 정보를 살펴보고, 이어지는 장에서는 여러 지리산 기행문[14]들을 분석하여 그 기행문에 함축된 민족의식 혹은 제국(국민)의식 등을 고찰해보고자 한다. 이와 같은 고찰을 통해서는 지리산이 정형화된 관광 정보에 의해

이후 일본의 조선관광과 여행안내서를 중심으로」, 『미술사학보』 제35집, 미술사학연구회, 2010.

13) 아울러 특정 지역의 관광명소화 과정을 살펴본 논의로는 다음과 같은 연구들이 있다. 최석영, 「일제 식민지 상황에서의 夫餘 고적에 대한 재해석과 '관광명소'화」, 『비교문화연구』 제9집 1호, 서울대 비교문화연구소, 2003; 허병식, 「식민지 조선과 '신라'의 심상지리」, 『비교문학』 제41집, 한국비교문학회, 2007; 윤소영, 「식민통치 표상 공간 경주와 투어리즘—1910~1920년대 일본인의 여행기를 중심으로」, 『동양학』 제45집, 단국대 동양학연구소, 2009.

14) 구체적인 대상으로는 카토 렌페이[加藤廉平]의 「남선의 산을 순회하고(南鮮の山を巡りて)」(1935년 8월 지리산행, 『조선산악』 제4호, 1937. 3), 이학돈의 「지리산등척기」(1936년 7월 지리산행, 『조선일보』, 1936. 8. 11~8. 14), 서춘의 「지리산 통로 구례」와 「노고단의 피서지」(1936년 8월 구례 및 노고단행, 『조선일보』, 1938. 8. 5~8. 6), 최기덕의 「지리산등반기」(1937년 3월 지리산행, 『조선일보』, 1937. 5. 1~5. 6), 이은상의 「지리산탐험기」(1938년 7월 지리산행, 『조선일보』, 1938. 7. 30~9. 24)이다. 아울러 각 자료는 한국어로 인용하고 그 경우 본문에 쪽수 혹은 게재일자를 표기하고자 한다.

특정한 표상을 지닌 상품으로 '전시'되지만 지리산을 바라보는 모든 시선이 관광 이미지에 고착되어 있는 것은 아니며, 관광 이미지를 전유하거나 관광 외적 대상에 천착함으로써 식민주의적 시선에 포섭되지 않는 양상을 확인할 수 있을 것이다.

II. 여행안내기와 '전시된' 식민지

각종 여행안내기에서 지리산이 등장한 시기는 1930년대 초반 무렵이다. 『호남선연선안내』(조선총독부 철도국 1914), 『조선철도여행안내』(조선총독부, 1918), 『조선철도여행편람』(조선총독부, 1923) 등에서는 지리산에 관한 언급이 등장하지 않는다. 이러한 현상은 근대 관광의 출현 배경 혹은 탄생 조건 중 하나로 꼽히는 근대적 교통수단, 즉 철도와 밀접한 관련을 맺고 있다. 1930년대 들어 조선총독부는 全北輕便鐵道會社가 부설한 철도를 매수하여 광궤로 개축한 후 이를 경전북부선이라고 개칭하고, 그 뒤 전주~남원(1931년 10월), 남원~곡성(1933년 10월), 곡성~순천(1936년 12월)을 개통하였다.[15] 그리고 이처럼 지리산 인근 지역에 철도가 부설되고 지리산으로의 접근성이 용이해지면서 지리산이 점차 철도 및 여행안내기 등에 나타나기 시작하는데, 확인이 가능한 최초의 지리산 여행안내기는 〈조선산악회(Chosen Alpine Club)〉의 회지 『조선산악』에 수록된 글이다.[16]

〈조선산악회〉는 '산악에 관한 연구 및 회원 상호 간의 친목 도모'라는 목적으로 1931년 10월 28일 창립한 조선 최초의 산악단체이다. 이 단체의

---

15) 디지털남원문화대전 '전라선' 참고(http://namwon.grandculture.net)
16) 「남선의 영산 지리산」은 이 글이 「철도뉴스(鐵道ニュース)」 20호(조선철도협회)의 글을 再錄한 것임을 밝히고 있다. 이 글에 대해서는 아직까지 확인을 하지 못한 상태이다.

기관잡지인『조선산악』에는 산행기록과 수필, 그리고 조선 산악의 동·식물, 지질, 광물 등에 관한 직·간접적인 연구조사 결과가 담겨 있다. 이 가운데 미야지매宮島敏雄의 '조선산악의 명칭과 소재, 높이'에 관한 글은 4호까지 발간된 전체 지면 중 36%의 분량을 차지하고 있는데, 일본인 중심의 산악회원에게 조선 산악에 대한 기초적인 정보를 제공하는 일이 긴요했음을 보여주는 대목이다.[17] 특히 제2호 '雜錄'에는 「산수첩에서(山手帖より)」과 「남선의 영산 지리산」 등의 글이 게재되어 있다. 이 글들은 부전고원·백두산·금강산 등의 등반소식과 주요 스키장을 알리는 내용(「산수첩에서」)과, 지리산의 명소와 산행 경로를 안내하는 내용(「남선의 영산 지리산」)들로서 산악인들의 산행 동향과 주요 산악의 산행 경로 등을 소개·안내함으로써 회원들에게 실용적인 정보를 제공하고 있다. 이중 「남선의 영산 지리산」에는 지리산에 대한 개요와 주요 명승지(천왕봉·반야봉·노고단·실상사·벽송사·대원사·쌍계사·칠불암·화엄사·천은사), 지리산 탐승경로와 비용 등이 안내되어 있다. 여기에 실린 내용은 이후에 발간된『조선여행안내기』와『조선의 관광』의 지리산 안내와 대동소이하다는 점에서 주목된다.

『조선여행안내기』는 1934년 조선총독부 철도국에서 발간한 관광안내서로서 〈개설편〉과 〈안내편〉으로 구성되어 있다. 〈개설편〉에는 조선의 위치지세와 기후·행정구역·산업·역사·동물·식물 등 조선의 전반적인 현황과 금강산과 고적, 행락지 등이 안내되어 있다. 아울러 '여행일정의 이모저모(旅行日程のいろいろ)'에는 일본을 기점으로 한 7일간의 조선관광 두 코스와 9일간의 조선산업시찰 관광, 그리고 7일간의 금강산 탐승일정이 안내되어 있다. 그리고 조선 각지를 기점으로 한 여행일정으로 경주·부산 관광(3일), 호남지방 관광(3일), 내장산·백양사 관광(2일), 부여

---

17) 박찬모, 「조선산악회와 지리산 투어리즘」, 『남도문화연구』 제23집, 순천대 남도문화연구소, 2012, 136~146쪽 참고.

관광(1일) 등을 각각 소개하고 있다. 조선의 제반 현황에 대한 개관과 함께 주요 여행코스를 선별하여 추천하는 방식으로 〈개설편〉이 구성되어 있는 것이다. 이들 코스 가운데 조선 관광 두 코스와 조선 사업 시찰 관광은 3·1운동 이후 새로운 식민지 지배의 협력자를 양성하고 획득하기 위한 방법으로 강조된 도시 관광과,[18) 아울러 부여 관광의 경우는 1920년대 후반 부여가 백제의 古都라는 이미지에서 벗어나 일본 아스카[飛鳥] 문화의 원류로서 '내선 일체의 상징'으로 관광 명소화되는 맥락과 결부지어 이해할 수 있다.[19)

이와 함께 〈안내편〉에는 경부선·동해남부선·경인선·호남선·경원선·동해북부선 등 주요 철도 노선별로 각 驛舍와 그 소재지, 그리고 소재지 인근의 고적과 명소 등이 안내되어 있다. 철도의 간선과 지선을 중심으로 한 이러한 체제는 앞서 언급한 여러 여행안내기의 체제와 동일한 것이다. 일본의 철도성은 메이지 말기부터 관광 사업에 직접적으로 관여하여 철도 여객의 증가를 선도하며 1890년부터 각종 여행안내기를 발간하였는데,[20) 조선에서 발간된 여러 여행안내기는 이를 모방한 것이며 조선총독부가 일본 철도성의 이러한 관광 장려 정책과 제국주의 관광 문화를 답습한 결과인 것이다.[21)

『조선여행안내기』에서 지리산이 안내되어 있는 곳은 세 곳이다. 〈개설편〉의 '행락지 안내'와 '스키와 캠핑', 그리고 〈안내편〉 경전북부선 곡성역 '지리산'에서이다. 먼저 '행락지 안내'에는 해수욕장, 신록과 단풍의 명소,

---

18) 조성운, 「일제하 조선총독부의 관광정책」, 『동아시아문화연구』 제46집, 동아시아문화연구소, 2009 참고.
19) 최석영, 「일제 식민지 상황에서의 부여(夫餘) 고적에 대한 재해석과 '관광명소'화」, 『비교문화연구』 제9집 1호, 서울대학교 비교문화연구소, 2003 참고.
20) 홍영미, 『1920년대 팔경 선정 미디어 이벤트와 제국의식의 확산 — 일본·대만·조선을 중심으로』, 경희대학교 석사학위논문, 2012, 9쪽.
21) 국사편찬위원회, 『여행과 관광으로 본 근대』, 2008, 76쪽 참고.

온천, 등산의 적소가 안내되어 있는데, 지리산은 계룡산·북한산·천마산·묘향산·내장산·금강산·백두산 등과 더불어 "行樂에 적절한 勝景(217쪽)"을 지닌 산악의 하나로 선정되어 있다. 아울러 '스키와 캠핑'에는 해운대·천마산록·장수산·삼방·한라산 우이령·금강산 등과 함께 "자연에 대한 친밀한 사랑의 정감(222쪽)"이 솟아나는 캠핑의 명소로 지리산이 꼽히고 있다. 그리고 〈안내편〉 곡성역 '지리산'에서는 「남선의 영산 지리산」과 동일한 정보, 즉 지리산에 대한 개요와 주요 명승지, 남원·곡성·진주 방면의 지리산 탐승 경로와 소요시간, 비용 등이 안내되어 있다.

한편 『조선의 관광』은 1939년 조선지관광사에서 발간한 종합안내서이다. 관광단체가 발간한 안내서임에도 『조선여행안내기』의 〈안내편〉과 마찬가지로 주요 철도 노선을 중심으로 각 역사와 역사 인근의 주요 명승지를 안내하는 체제를 갖추고 있으며, 지리산에 대한 정보 또한 〈안내편〉과 동일하다. 이 안내서는 『조선여행안내기』의 〈개설편〉처럼 조선의 제반 현황과 주요 관광코스가 체계적으로 안내되어 있는 것은 아니지만 '驚異 조선의 칠대 불가사의와 조선 팔경, 조선 팔승', '동경-조선 순유일정', '조선철도 안내', '조선철도국 주요 운임표', '조선총독부 호텔 안내' 등을 통해 조선의 대표적인 고적과 명승지, 그리고 철도여행에 필요한 기본적인 정보를 제공하고 있다. 특히 칠대 불가사의와 팔경·팔승은 일제 강점기 주요 명물과 명소를 엿볼 수 있다는 점에서 흥미롭다. 이 책에서는 '칠대 불가사의'로 해인사의 팔만대장경 목판·경주 석굴암·낙랑 고분의 벽화·평북의 종유동굴·마천령 일대의 大密林·백두산 천지·압록강 유역의 원시족을 꼽고 있다. 그리고 '조선 팔경'으로 한려수도·한라산·지리산·불국사·속리산·내장산과 백양사·부여·赴戰高原을, '조선 팔승'으로는 東蓬온천·해인사·변산반도·황해 몽금포·묘향산·평양 모란대[牡丹臺]·평북 總軍亭·주을온천을 들고 있다.

『조선의 관광』에는 조선의 7대 불가사의와 팔경, 그리고 팔승의 목록

만이 나열되고 있기 때문에 이들의 선정 배경과 목적, 그리고 선정 절차 등을 상세하게 알 수는 없다. 다만 팔경·팔승과 관련하여, 우가키(宇垣一成) 총독이 조선통치 25주년(1934년) 기념사업의 하나로 조선에서 경치가 아름다운 명승지를 선정하여 이를 대내외적으로 널리 홍보할 목적으로 조선 팔경 선정 사업을 추진하였다는 점, 이 사업을 담당한 오사카마이니치(大阪每日)신문사가 일본 전국과 조선 13도의 주민들을 대상으로 조선 8도 명승지에 대한 인기투표를 우편엽서로 실시했다는 점, 그 결과 총 34,389,931표가 모아졌고 그 표수에 따라 1위에서 8위까지 팔경으로, 9위부터 16위까지를 팔승으로 선정하였다는 점을 간접적으로 확인할 수 있다.[22] 명승지를 선정함으로써 식민통치의 치적을 대내외에 홍보하고 이를 바탕으로 조선 통치의 정당성을 확보하고자 했던 일제의 정책적 의도가 팔승·팔경 선정 사업에 개입되어 있으며, 또한 여행안내기가 그 사업의 결과를 여과 없이 재생산함으로써 이러한 통치전략에 활용되고 있음을 간취할 수 있는 대목인 것이다.

이와 함께 1927년 조선총독부 철도국이 후원하고 경성일일신문사가 선정한 '조선 팔경'과 1929년 삼천리사가 선정한 '반도 팔경'에 들지 못했던 지리산이 팔경의 세 번째로 선정되고 있는 점도 경시할 수 없다.[23] 1930년대 들어 지리산이 한라산과 함께 조선 팔경으로 선정될 수 있었던 배경에는 철도 부설 이외에 다른 요소가 개입되어 있음을 보여주는데, 여기

---

22) 김계유, 「한려수도 '임진수도'로 개칭하자」, 『동아일보』, 1992. 9. 22.

23) 경성일일신문이 선정한 '조선 팔경'은 장수산(황해), 속리산(충북), 주왕산(경북), 무등산적벽(전남), 총군정(평북), 모란대(평남), 주을온천(함북), 부여(충남)이며 금강산은 別座로 선정하였다. 삼천리사가 선정한 '반도 팔경'은 제일경 금강산(강원도), 제이경 대동강(평양), 제삼경 부여(충남), 제사경 경주(경북), 제오경 명사십리(원산), 제륙경 해운대(동래), 제칠경 백두산(함북), 제팔경 촉석루(진주)이다. 홍영미, 『1920년대 팔경 선정 미디어 이벤트와 제국의식의 확산─일본·대만·조선을 중심으로』, 경희대학교 석사학위논문, 2012, 52쪽과, 「전조선문사공천(新) '반도팔경' 발표, 그 취지와 본사의 계획」(1929. 6), 『삼천리』 제1호, 34쪽 참고.

에는 조선총독부의 국립공원 조성 계획이 자리하고 있었을 것으로 추측
된다. 일본은 1930년대 초반 국제관광의 활성화를 통해 국위를 선양하고
경제 불황을 타개할 목적으로, 1910년대부터 진행된 국립공원 선정 움직
임을 본격화하여 국립공원조사회(1930)를 설치하고 국립공원법(1931)을
제정하였다. 그리고 그 과정에서 일본 정부는 경성일일신문사의 조선 팔
경 선정 사업과 같은 해에 진행된 오사카마이니치신문사 · 도쿄마이니치
[東京每日]신문사의 '日本新八景' 선정사업을, 국립공원을 선정하기에 앞서
일본의 대표적 풍경을 선출하자는 국민적 여론을 고양시키기 위하여 전
략적으로 이용하였다. 경성일일신문사의 조선 팔경 선정 사업을 전후로
하여 금강산을 국립공원으로 지정하려 했던 조선총독부의 동향[24]은 식민
본국에서 진행된 이와 같은 일련의 움직임과 그 궤를 같이 하고 있었던
것이다.[25] 그리고 오사카마이니치신문사의 조선 팔경 선정 사업 이후
1937년 교토제대 다무라[田村] 박사가 지리산과 한라산을 조사하면서 국
립공원화 논의가 본격화되고 있는 점[26] 또한 이와 같은 맥락에서 이해할
수 있다. 즉 1930년대 중반 지리산이 조선 팔경의 하나로 선정된 배경에
는 신문사 주최의 '미디어 이벤트'를 통해 국립공원을 조성하자는 여론을
형성하고, 국립공원 조성을 통해 정치적 · 경제적 효과를 획득하기 위한

---

[24] 「금강산을 국립공원으로」, 『동아일보』 1927. 7. 4;「세계절승금강산에 국립공원
설계」, 『동아일보』 1929. 7. 11;「세계의 絶勝 금강산 공원」, 『동아일보』 1930.
2. 12 참고.

[25] 홍영미, 『1920년대 팔경 선정 미디어 이벤트와 제국의식의 확산 – 일본 · 대
만 · 조선을 중심으로』, 경희대학교 석사학위논문, 2012, 29~31쪽 참고. 홍영미
는 조선총독부가 조선 팔경 선정 사업 이후 국립공원을 조성하기 위한 예산
을 편성했다는 사실을 근거로 일본과 마찬가지로 국민적 여론을 조성하기 위
해 조선 팔경 선정 사업을 후원했을 것으로 추측한다.

[26] 「지리산의 승경선전 국립공원화 계획」, 『매일신보』, 1936. 11. 4;「한라산, 지
리산 국립 공원계획」, 『동아일보』, 1937. 6. 12;「영봉지리산 공원건설계획」, 『동
아일보』, 1937. 9. 13.;「지리산의 국립공원화 제반시설 착착진보」, 『매일신보』,
1938. 6. 12;「지리산의 국립공원화로」, 『동아일보』, 1938. 6. 20;「영봉지리산
의 국립공원 구체화 – 삼도관계협회조직」, 『매일신보』, 1941. 6. 12 등 참고.

조선총독부의 정책적 의도가 함축되어 있었던 것이다.

이제 이렇듯 1930년대 들어 부각되기 시작한 지리산이 어떠한 관광매력물로 안내되고 있는지를 살펴보도록 하자. 앞서 언급한 대로 「남선의 영산 지리산」과 『조선여행안내기』, 그리고 『조선의 관광』에서 안내된 지리산에 관한 정보는 대동소이하다. 이를 종합해보면, 지리산은 금강산과 함께 조선의 명산 중의 하나로 대삼림으로 이뤄져 있으며, 대학연습림이 존재하는 식물학상의 寶庫이자 선교사 휴양촌이 건립되어 있는 '피서 유람지'라는 것이다. 그리고 교통편의 신설로 주요 명승지를 짧은 일정으로 탐승할 수 있는 곳이다.27) 교토제국대학과 규슈제국대학이 1912년부터 조선총독부로부터 임대받아 설립한 '대학연습림'과28) 1920년대에 노고단 일대에 조성된 미국 남장로회 한국선교사 휴양촌,29) 그리고 1930년대에 부설된 경전북부선을 배경으로 '대삼림의 피서 유람지'라는 관광 정보가 생산되고 있는 것이다. 그리고 주요 명승지로 거론되는 천왕봉과 노고단에 대한 안내 또한 이와 다르지 않다. 천왕봉에 대해서는 그 표고와 함께 連峰과 三道, 그리고 대마도의 산줄기를 담을 수 있는 웅대한 조망에 대해서 기술하고, 노고단의 경우에는 그 곳에 오르는 경로와 표고 등을 비

---

27) 참고로 원문을 제시하면 다음과 같다. "朝鮮では金剛山と共に推賞すべき名山で 金剛山の奇峰亂立する山岳美に引きかへ智異山は鬱密たる老樹を以て掩はれた全く の大森林で多種多様な植物が繁茂して植物學上貴重な存在をなし大學演習林もあつ て全くの深山幽谷をなしゐる。廣袤實に五郡に亘り古來歷史的にも多幾の傳說を殘 し山中幽勝閑靜の地には法燈幾百年を守る優雅な古刹が點在してゐる。從來智異山 は交通不便と案内資料の乏しきが為、遊覽地として餘り世に知られず 只近年外人 間に避暑地として膾炙せられ山中老姑壇に別莊の簇々と建設せられてから、漸く避 暑遊覽地として知らるる様になり、南原 晉州まで汽車開通の今日では自動車との 連絡も便利となって一日又は三、四日の短期日で探勝出来る様になった。山中の名 勝地としては金剛山の毘盧峰より約三百米高き天王峯の雄大な眺望 般若峰 外人 避暑地の老姑壇、山中第一の華嚴寺を初め大小數多の寺刹等がある。"(『南鮮の靈 山, 智異山』, 146쪽)

28) 「조선문화의 기본조사-일부 발표」(1923. 4), 『개벽』제34호, 27쪽.

29) 한규무, 「지리산 노고단 '선교사 휴양촌'의 종교문화적 가치」, 『종교문화연구』 제15호, 한신인문학연구소, 2010 참조.

롯해서 '外人 별장'의 현황과 시설 등에 대해서 설명하고 있다. 천왕봉은 조망권을, 노고단은 그 경로와 선교사 휴양촌의 시설을 중심으로 기술하며 '대삼림의 피서유람지'와 더불어 조망권을 강조하고 있는 것이다.

아울러 세 여행안내기는 천왕봉과 반야봉, 그리고 노고단에 이르는 길을 남원 방면과 진주 방면으로 나누어 이동방법에 따른 소요시간과 비용 등을 자세히 안내하고 있다. 『조선여행안내기』과 『조선의 관광』이 호남선 방면 노고단 산행의 기점을 곡성으로 설정하고 있다는 점이 「남선의 영산 지리산」과 다를 뿐 대체로 그 탐승경로 또한 동일하다.[30] 이렇듯 지리산과 주요 명승지, 탐승경로에 대한 여행안내기의 설명이 대동소이한

---

30) 세 자료를 종합한 지리산 탐승경로와 비용 등은 다음과 같다.

방면	목적지	주요 경로 및 수단(소요시간) / 비용 기타
호남선	천왕봉	남원-자동차(1시간 45분~2시간)-실상사-도보(약 8km, 3시간 35분~45분)-벽송사-도보(약 16km, 6시간 30분)-천왕봉-도보-벽송사-도보-실상사-자동차-남원 * 1박 2일의 경우 천왕봉 야영, 2박 3일의 경우 벽송사에서 2박 ·남원 실상사간 승합자동차 운임 편도 1인 1원 40전. ·벽송사 일박 2식 도시락 80전. ·인부삯 1일 50전.
	노고단	남원-자동차(약 3시간)-화엄사-도보(약 8km, 3시간)-노고단-종주(약 4시간)-반야봉-도보-노고단(1박)-도보(약 2시간)-천은사-자동차(약 3시간)-남원 ·남원구례간 승합자동차(약 11리 편도 1인)1원 70전,대절 12원. ·구례 화엄사간 대절 자동차(약 1리 반) 대절 1원 50전, 구례 천은사 대절 자동차(약 2리) 3원 ·화엄사 노고단간의 인부삯은 하루 80전.
		곡성-자동차(약 20분)-구례-화엄사-도보(약 8km, 3시간)-노고단-종주(약 4시간)-반야봉-도보-노고단(1박)-도보(약 2시간)-천은사-자동차(약 3시간)-남원
진주	천왕봉	(1) 진주-자동차(약 4시간)-실상사(함양경유)-도보-벽송사(1박)-도보-천왕봉-도보(약 20km, 소요시간 5시간)-대원사(2박)-도보(약 1시간 30분)-산청 석남리-자동차(약 1시간 20분)-진주 (2) (1)의 返路
	노고단	진주-자동차(약 3시간)-화개장-쌍계사-자동차(약 1시간30분간)-구례-화엄사-도보-노고단(1박)-도보-천은사-구례-진주 ·진주구례간승합자동차료 진주하동간 약 12리, 편도 1인 2원. 대절 12원. 하동구례간 약 9리 반. 편도 1인 2원 10전, 대절, 8원 50전. 화개장 쌍계사간 약 1리 대절 1원.

점은 명승 선정 사업과 고적조사 등을 통해 명승지를 창출하여 관광지로 육성하려는 정책의 결과라고 할 수 있다.

이들 여행안내기를 통해 안내된 명승지는 조선조 유학자들의 주요 유람지와는 차이가 있다. 유학자들은 지리산의 최고봉인 천왕봉과, 靑鶴洞과 三神洞을 주로 유람하였다. 그리고 천왕봉을 목표로 한 유람자는 반드시 南冥 曺植의 유적이 있는 德山을 경유하였다.[31] 이를 여행안내기에서 안내된 주요 명승지 혹은 탐승 경유지와 비교해보자면, 노고단이 새롭게 명승지로 대두되고, 청학동과 덕산 등 유학자들의 유적지가 제외되고 있음을 알 수 있다. 노고단이 대두된 배경은 세 가지로 추측된다. 첫째, 1911년 조선임시토지조사국의 『조선지지자료』를 조사 발표함으로써 노고단이 지리산의 삼대 고봉 중의 하나로 인식된 점, 둘째, 철도에 의한 접근의 편의성, 셋째, 대학 연습림과 선교사 휴양촌의 자연·문화 경관의 우수성이 그것이다. 아울러 유학자들이 자주 찾던 유적지가 제외된 까닭에는 유교 혹은 유학자들과 관련된 유적보다 사찰 등 불교 유적이 일본과 조선의 문화적 근친성을 설파하기에 용이했던 점이 작용했던 것으로 추측된다.[32]

그리고 이러한 여행안내기가 지리산을 찾는 여행자들에게 어떻게 활용되고 있는가를 흥미롭게 살펴볼 수 있는 글이 카토 렌페이[加藤廉平]의 「남선의 산을 순회하고」이다. 조선산악회 회원이었던 카토와 나카무라가 '南鮮'의 지리산을 찾았던 시기는 1935년 8월이다. 카토 일행은 1935년 8월

---

31) 최석기·강정화, 『지리산 인문학으로 유람하다』, 보고사, 2010, 49~53쪽.

32) '내지시찰단'에 참여하여 일본을 관광했던 여러 단원들은 나라와 교토의 사찰을 둘러보며 청일·러일전쟁의 승리의 공을 불교의 덕택으로(김재교), 일본 문명의 저력을 불교에서 비롯된 경신 관념으로 간주(공탁)하는 등 일본의 불교를 찬양한다. 그리고 조선의 유교를 비판한 후 조선의 불교에 대한 찬양으로 이어지는 논리를 보여준다. 박찬승, 「식민지시기 조신인들의 일본시찰—1920년대 이후 이른바 '내지시찰단'을 중심으로」, 『지방사와 지방문화』 제9집, 역사문화학회, 2006, 239~241쪽 참고.

7일 오전 10시 50분에 경성을 출발하여 내장산과 백양산을 둘러보고, 8월 9일 정읍과 곡성을 경유하여 구례에 도착한다. 이후 카토 일행은 노고단 (8월 10일)-화엄사-곡성-남원(8월 11일)-실상사-백무동(8월 12일)-세석평전-천왕봉-벽송사(8월 13일)를 거쳐 8월 14일 남원으로 되돌아와 대전으로 향한다. 전체 일정 중 지리산행은 4박 5일로서, 여행안내기에 제시된 탐승 일정과 크게 다르지 않다.

아울러 주의 깊게 살펴보아야 할 것은 탐승 경로와 여정뿐만이 아니다. 카토는 화엄사에서 사찰의 창건과 중건 시기, 그리고 당우의 개수를 언급하고 각황전과 석존 사리탑(화엄사 사사자석탑)을 관찰한다. 그런데 시기와 개수, 두 유물에 대한 특징에 대한 카토의 언급이 「남선의 영산 지리산」의 안내문과 일치하고 있음을 확인할 수 있다. 이는 내장산·백양산과 남원 등지에서도 나타나듯, 카토 일행의 여정이 여행안내기의 탐승경로를 충실히 따를 뿐만 아니라 그들의 관광 경험 내지 행동이 관광 자료가 제공한 정보와 이미지만을 추체험하고 소비하는 수준에 머물고 있음을 잘 보여준다.[33]

아울러 이와 같은 소비가 규율화된 관광 정보를 생산·배포한 주체를 은폐한 채, 웅장한 조망과 연습림, 그리고 선교사 휴양촌이라는 시각적 보증을 통해 지리산을 '웅장한 조망과 대삼림의 피서 유람지'로 재생산하고 있다는 점도 경시할 수 없다.

> 지리산은 노고단 반야봉 천왕봉 등 3고봉을 주봉으로 한다. 무수히 빼어난 봉우리 기묘한 봉우리의 연산으로서 …(중략)… 천연의 처녀 樹海를 이루고, 그 임상의 아름다움은 다른데 比類가 없는 지리산의 특이성을 이룬다. … (중략)… 또 고봉에는 고산식물이 어우러져 피었고, 전망이 진실로 웅대하고

---

33) 박찬모, 「조선산악회와 지리산 투어리즘」, 『남도문화연구』 제23집, 순천대 남도문화연구소, 2012, 148~149쪽.

대단히 아름답다. 여름에는 피서에 알맞고 겨울에는 스키에 적합하여 특히 봄과 가을의 전망은 글과 말로써 나타내기가 어렵다. 근년에 교통이 점차로 열리고(개발되고) 등산하는 이도 해마다 증가함에 이르렀으나, 한번 이 신비스러운 지리산이 세상에 알려짐일까. 이를 탐방하고 또 탐험정복 하는 이가 사방으로부터 모일 것으로 믿는다.[34]

1930년대 중반에 발간된 것으로 추정되는 『구례명승고적안내』는 지리산을 '임상미'와 '웅대한 조망'을 갖춘 '피서의 적지'이자 캠핑과 스키의 적소로 안내하고 있다.[35] 그리고, 이후에 자세히 살펴보겠지만, 조선일보 주필이었던 서춘이 노고단 정상에서 『구례명승고적안내』를 인용하여 그 조망을 서술하고 있는데, 이는 여행안내기에 의해 생산된 정보가 다양한 경로로 유포 · 재생산되고 있는 현상을 잘 보여준다.

이렇게 보자면, 경전북부선의 부설과 함께 대학연습림과 선교사 휴양촌, 그리고 조망권이라는 시각적 보증, 그리고 일제의 국립공원 조성계획과 맞물리면서 1930년대 내내 지리산은 '고봉과 대삼림의 피서유람지'라는 이미지로 고착 · 재생산되고 있는 것이다. 이는 조선총독부가 발달된 조선의 文明相을 과시함으로써 통치의 정당성을 확보하기 위해 기획한 각종 박람회와 시찰단 · 관광단 구성과 마찬가지로 '눈을 통한 계몽'[36]의

---

34) 필자 미상/문승이 역, 「구례명승고적안내」, 『일제강점기 구례기사(Ⅰ)』, 사단법인 구례향토문화 연구회, 2005, 38~39쪽.

35) 구례향토문화 연구회에 따르면, 지리산 구례 보승회에서 발간한 『지리산 탐승 안내』는 『구례명승고적안내』와 똑같은 내용으로 채워져 있다고 한다. 위의 책, 51쪽 참고.

36) 이태문, 「박람회를 둘러싼 다양한 견해들」, 세에구사 도시카쓰 외, 『한국 근대문학과 일본』, 소명출판, 2003, 100쪽. 그는 "일제가 '눈을 통한 계몽'인 박람회의 '시각적 효과'에 힘을 기울였으며, 수차례의 대규모 박람회를 기획하고 후원"하였다고 밝히고 있는데, 이러한 언급은 박람회와 '내지 시찰', 그리고 관광 모두에 적용 가능할 것으로 판단한다. 이와 관련한 내지시찰단에 대한 논의는 박찬모, 「'전시(展示)'의 문화정치와 '내지' 체험−1920년대 '내지 시찰 감상문'을 중심으로」, 『한국문학이론과 비평』 13(2), 한국문학이론과비평학회,

일환으로 관광과 여행안내서를 활용하고 있는 것이며, 이에 따라 지리산 또한 박람회의 물품과 관광단·시찰단의 시야에 들어온 사물화된 풍광처럼 '전시'되고 있는 것이라고 할 수 있다. 그리고 이렇듯 여행안내서 등을 통해 생산·유포된 지리산에 관한 정형화된 정보와 이미지로 인해 조선인들조차 지리산의 고유한 장소성을 백안시하거나, 관광 외적 현실 등을 타자화할 수 있다는 점에서 문제적이지 않을 수 없다.

Ⅲ. 민족과 제국, 그 중층적 시선

1936년 7월 하순, 경성약학전문학교 학생이었던 이학돈은 "학창생활의 마지막 하기휴가"를 보내기 위해 지리산을 찾았다. 그는 "금강산은 놀기만 좋아하는 유람객들의 비위에 맞춰 그의 장엄한 자연미를 여지없이 파괴"되고 "수 천 년을 지켜오던 산악의 처녀성은 뭇사람의 발밑에 유린을 당하고 기생탕자들의 놀이터로 변한 지가 오래"라며, 금강산 관광의 현실을 개탄한다. 그러나 그가 보기에 지리산은 금강산과 달리 "그 峻峭한 산세와 幽靜한 峽谷美! 一草 一石이 자연 그대로의 옛 모양"(8. 11)을 간직하고 있는 처녀성을 지닌 천혜의 원시림이며, '산악미'뿐만이 아니라 '협곡미'와 '岩層美', 그리고 '林相美' 등을 고이 간직한 곳이다.

이학돈의 이러한 서술 태도는 앞서 살펴본 여행안내서와 상통하는 바가 없지 않다. 금강산을 모두에 끌어들인다는 점, 지리산이 대삼림과 심산유곡으로 이뤄져 있으며 세상에 알려지지 않아 '처녀성'을 지니고 있다는 점이 그렇다. 그러나 1930년대 들어 금강산이 기생 관광의 형태가 번성하는 이른바, "성적 쾌락과 유희의 장소, 즉 섹슈얼리티의 공간"[37]으로

2009 참고.

37) 유승훈, 「근대 자료를 통해본 금강산 관광과 이미지」, 『실천민속학연구』 제14호,

바뀌고 있다는 점을 보다 비판적 관점에서 언급하고, 심미적 태도로 지리산의 각종 자연미를 언급하고 있는 점에서 차이가 있다.

> K형! 사람은 사회적으로, 자연적으로 환경의 지배를 받지 않소? 그 중에도 名山大川이 사람의 심경을 좌우함이 크오. 천고〇〇이 들어가지 아니한 원시림이 우거진 히말라야 聖峰이 인도의 시성 '타골'을 낳지 않았소?
> 조선의 산수! 이 수려한 조선의 산수야말로 우리의 반만년역사를 낳았소. 근일 사하라 사막에 미국의 처녀들과 부인들이 운집한다고요? 그는 건조한 사막의 공기가 건강과 미용에 효과가 많다는 것을 어떤 학자가 발표한 까닭이라 하오. 우유 목욕과 호르몬 주사는 벌써 옛 이야기가 되었소.
> 그러나 조선은 천연적으로 건강에 적당한 공기를 가졌으니, 사하라 사막까지 가지 아니하여도 얼마든지 건강을 증진시킬 수 있고 미용은 가질 수 있지 않겠소? 최근 스포츠 조선이 세계적으로 약진하는 것을 보아도 알 것이 아니오? 그러니 구태어 푸른 바다를 찾고, 높은 산에 오르지 아니하여도 한 걸음 들에나 산으로 발을 옮기면 얼마든지 맑은 공기를 호흡할 수 있는 것이오.

이학돈에 따르면, 사람은 자연환경의 지배를 받을 수밖에 없으며 조선의 역사 또한 조선의 자연환경이 빚어낸 결과라는 것이다. 또한 조선은 대기가 맑기 때문에 사하라 사막을 찾지 않더라도 건강과 미용을 증진시키는 데에 도움이 된다며, 그 근거로 스포츠 조선의 세계적인 약진을 거론하고 있다. 여기에서 주목해야 할 것은 환경결정론과 1936년 제13회 베를린 올림픽 마라톤 경기에서의 손기정 선수의 우승이다.

일제강점기에 환경결정론은 사회진화론과 함께 조선인의 순종성 혹은 조선문화의 낙후성을 뒷받침하는 논리로 활용되고 있었다. 총독부에서 1923년에 발간한 『조선철도여행편람』에서는 조선인의 순종성의 주요 원

실천민속학회, 2009, 346쪽.

인으로 "반도의 지질학적 기상의 특질"[38]을 꼽고 있다. 또한 조선총독부 철도국 철도종사원 양성소 敎諭였던 나니와 센타로[難波 專太郎]는 조선의 민둥산이 자신에게 강한 인상을 심어주었다며, 조선 문화의 낙후성을 인위적인 인간 행위의 결과라기보다는 자연환경의 결과로 단정하였다.[39] 이렇듯 조선(인)의 순종성과 낙후성이 조선의 환경에서 비롯된다는 견해가 광범위하게 유포되어 있는 상황에서 이룩한 손기정 선수와 남승룡 선수의 '세계적인 약진'은 민족의 자긍심을 고취하고, 민족의식을 고양하는 상징적인 사건이 아닐 수 없었다.[40] 이와 같은 사회적 분위기 속에서 지리산을 찾은 이학돈은 일제의 환경결정론을 전유하여 지리산의 뛰어난 자연환경을 통해 민족의 우수성을 설파하고 있는 것이다.

그러나 다른 한편, 이학돈은 논의에서 유념해야 할 점은 그의 이같은 논리가 식민지 현실에 대한 착목에서 도출된 것은 아니라는 점이다.

그들은 말한다. "서울은 求景이 좋고, 만주는 살기가 좋답디다! 이곳도 애초

---

[38] 조선총독부, 『조선철도여행편람』, 1923, 112쪽.

[39] 難波 專太郎, 「朝鮮山岳の詩的鑑賞」, 『朝鮮及滿洲』 제220호, 朝鮮及滿洲社, 1926, 49~50쪽.

[40] 1936년 8월 9일 마라톤 경기에서 손기정이 한국 역사상 최초로 세계신기록으로 우승하는 쾌거를 이루자 조선뿐만 아니라 일본 내의 신문들도 호외와 특집으로 손기정의 마라톤 우승을 축하했다. 동아일보를 비롯한 조선의 한글신문들은 손기정의 우승을 한민족의 승리로 간주하여 연일 민족의 자긍심을 높이는 사설과 기사로 지면을 채웠다. 총독부는 "손기정의 우승은 제국의 선수로서 출장한 것으로서 내지와 조선이 함께 축복해야 할 일이 속하고 (…) 감정상 기분을 참작할 여지가 있다고 인정되어 신문지를 검열할 때도 특히 심하게 내선융화를 해치지 않는 범위 내에서 관용의 태도"를 취하였기 때문에 여러 신문의 사설들이 민족의식을 고양하고 있었음에도 이를 불문에 부쳤다. 그리고 이른바 일장기 말소사건은 8월 25일자 동아일보 2판에서 비롯된다. 손기정의 우승으로 이해 고양된 조선의 민족의식으로 인해 위기를 느낀 총독부는 동아일보의 발매·배포를 금지하고, 관계자를 연행하였다. 장신, 「1930년대 언론의 상업화와 조선·동아일보의 선택」, 『역사비평』 제70호, 2005, 176~177쪽 참고.

는 땅이 넓고 곡식이 잘 된대서 새로운 희망과 뜨거운 이상을 가지고 들어왔다가, 1년을 지내고 보니 가족은 많고, 돈은 없고, 다시 세상을 찾아 나갈래야 그럴 힘조차 없어 하는 수 없이 이곳에 붙어 있다우! 어쩌다 해 사납지 않으면 겨우 연명이나 하고, 그렇지 못하면 끼도 빼놓은 날이 한두 날이 아니라우! 그래도 해마다 戶稅니 地稅니, 敎育費니 뭐니 뭐니 해서 내일부터 끼를 굶는 한이 있더래도 머나먼 산길에 무거운 감자를 지고 나간다우! 이런 서러운 데가 어디 있수! 이런 답답할 데가 어디 있수! 좋은 세상을 구경도 못하구!" 하며, 그들은 서울을 보고 싶어하고, 만주를 가고 싶어한다. 그러나 우리는 어안이 벙벙하여 그들에게 충분한 위안을 주지 못하였다.(1937. 5. 5)

1937년 3월 지리산을 정복하고 "최후의 승리를 획득한 패왕"(5. 5)이 된 양정고보 산악부원 '오용사'는 천왕봉에 오르기 전 산길을 잃고 우연히 덕평마을 사람들을 만나게 된다. 오용사가 쌀밥을 지어먹는 모습을 부러운 듯 쳐다보던 그들이 戶稅니 地稅 따위를 언급하며 서울 혹은 만주로 가고 싶다고 말할 때, 오용사는 그저 어리둥절할 따름이다. "천사와 같은 그네들! 塵世를 모르는 그네들! 솔직한 그네들! 깨끗한 그네들!"(5. 5)이 산 생활의 고충과 도회지에 대한 동경을 토로할 줄을 오용사는 미처 예상하지 못했던 것이다. 실상 사하라 사막에 사람들이 모여드는 '근일'의 현상에 대해서 "조선은 천연적으로 건강에 적당한 공기를 가졌으니, 사하라 사막까지 가지 아니하여도 얼마든지 건강을 증진시킬 수 있"다거나 "한 걸음 들에나 산으로 발을 옮기면 얼마든지 맑은 공기를 호흡할 수 있는 것"이라는 이학돈의 언급은 덕평마을 사람들에게는 "어안이 벙벙"할 소리가 아닐 수 없다. 건강과 미용을 함께 생각하고, 피폐해진 농촌과 산촌의 삶을 도외시한 채 맑은 공기를 호흡하기 위해 들과 산으로 나선다는 행위 자체가 현실의 常例라고 할 수는 없는 것이다. 곧 이학돈의 논의는 식민지 현실에 대한 정당한 인식과 그 극복의지에서 비롯된 것이 아니라 조선 스포츠의 세계적인 약진과 조선의 자연환경과의 상관 관계를 논리적으로 해명하기 위해 끌어들인 진공적인 현실에 기반을 두고 있는 셈이다. 이런 맥락에서 보자면 그의 논의는, 대중적인 이데올로기로서의 문화민족주의가 "민족적 망탈리테를 대리표상"[41]하는 스포츠 스타와 결합하는 지점에서 생성되고 있는 것이다. 그렇지만 비록 이학돈의 식민지 현실에 입각하고 있지 않다하더라도 그가 여행안내서가 창출한 지리산의 관광 이미지를 열패의 환경결정론을 전유하는 매개로 삼고 있다는 점은 특징적이라고 할 수 있다.

그렇다면 여행안내기가 '외인 별장'의 현황과 시설 등에 대한 안내를 통하여 '피서의 적지'임을 드러내고 있는 노고단에서 여러 여행자들이 느낀 점은 무엇이었을까. 우선 일본인인 카토 렌페이는 노고단에 올라 "일본에 가면 이 높이에 호텔조차 있지 않느냐"(26쪽)는 이야기를 일행과 주고 받으며 교토제대 연습림에 눈길을 보낸다. 이는 지리산을 일본 제국의 우월성과 조선 지배의 리얼리티를 확인하는 구상물로 소비하고 있는 것에 다름 아니다.[42] 그러면 일본인이 아닌 조선인들은 어떠할까. 앞서 언급한 바 있듯이, 서춘은 1936년 7월 지리산 노고단에 오른다. 그는 남원에서 이틀을 머물다가 7월 23일 율치를 넘어 구례에 도착한다. 그리고 이튿날 지리산에 오르게 된다.

지리산은 멀리 신라시대로부터 유명한 산으로서 최근에 와서는 조선 팔경의 제삼위의 칭을 듣게 된 것은 주지하는 바이어니와 이 유명한 지리산을 跋涉하는 데는 구례가 그 최요한 통로에 해당한다고 한다.……화엄사 출발 후 3시간 40분을 써서 오후 1시 정각에 노고단 절정에 도착하였다. 안내서

41) 천정환, 「초기 『삼천리』의 지향과 1930년대 문화민족주의」, 『민족문학사연구』 제36호, 민족문학사연구소, 2008, 229쪽.

42) 박찬모, 「조선산악회와 지리산 투어리즘」, 『남도문화연구』 제23집, 순천대 남도문화연구소, 2012, 155쪽.

를 보면

노고단 정상으로부터 조망하면 반야봉, 천왕봉을 주봉으로 하는 지리연산을
동북으로 바라보며 서로는 무등산으로부터 전북 평야를 바라보며 남은 다
도해의 제도를 일망지중에 받아들이며 천기가 명랑할 때에는 멀리 제주도
의 한라산을 상망하여 海光이 天空에 연접하는 웅대한 전망은 사람으로 하
여금 자리를 떠나기를 애끼게 한다.
라고 쓰여 있다. 공교히 농무 대우를 만나서 지척을 분명할 수가 없었음은
일대 유감사이었다.(8. 5)

노고단의 정상에서 바라보면 반야봉 천왕봉을 주봉으로 하는 지리산 연산
을 동북으로 조망하며, 서쪽으로는 무등산부터 전북 평야를 눈 아래로 바라
보고, 남쪽으로는 다도해의 섬들을 일망의 속에 넣고, 천지가 청랑할 때에
는 멀리 제주도의 한라산을 바라보며, 해광이 하늘로 이어지는 웅대한 전망
을 사람으로 하여금 오래도록 떠나지 못하게 함이 있다.43)

　　그는 지리산이 남악이었던 점을 염두에 두었던 듯 신라시대부터 유명
한 산이라고 설명한 후 '조선 팔경의 제삼위'라고 적고 있다. 그리고 오후
에 노고단 정상에 올라 『구례명승고적안내』에 적힌 문구를 인용한다. 두
인용문을 통해 무등산과 전북평야, 다도해, 그리고 한라산에 대한 언급이
동일함을 확인할 수 있다. 그리고 서춘은 濃霧와 大雨 때문에 이렇듯 웅
대한 조망을 만끽할 수 없음을 유감스러워 한다. 하지만 그는 자신의 유
감을 달래려는 듯 인용문 다음 대목에서 "實地로 볼 수 업는 것은 또한 상
상으로 보족"할 수 있다면서 반야봉과 천왕봉, 그리고 광주의 무등산, 전
북의 평야, 한려수도를 실제 굽어보듯 서술한 후 "만약 안개가 걷히고, 날

---

43) 필자 미상/문승이 역, 「구례명승고적안내」, 『일제강점기 구례기사(Ⅰ)』, 사단
　　법인 구례향토문화 연구회, 2005, 39~40쪽. 특히 서춘은 선교사 휴양촌의 건
　　물이 50여 호에 이른다고 적고 있는데, 『구례명승고적안내』 또한 50여 호로
　　기록되어 있다. 세 여행안내기에는 각각 30여 호로 되어 있다.

이 맑으면 저기 저 바로 위치했을 듯한 대마도까지 건너다 보이지 않을까?'라고 '상상'한다. 서춘의 이러한 태도, 즉 조선총독부가 관여했던 조선 팔경 선정사업의 결과와 여행안내기의 내용을 무비판적으로 재론하고, 비록 '상상'에 불과할지라도 일본 제국의 영토관념을 환기시키는 대마도를 언급하고 있는 점은 그의 노고단에 대한 선이해가 획일화되고 정형화된 관광 정보에 의존하고 있음을 보여주는 것이다.

> 들은즉, 노고단은 여름에 더위를 모르리만치 서늘한 산이라고 한다.……경치 좋고 서늘한 이런 勝地를 눈밝은 서양사람들이 그냥 둘 리가 업다. 絶頂으로부터 얼마 내려오지 아니한 樹木密立의 緩傾斜地 일대를 택하여 서양 선교사들은 피서지를 만들었다.……단, 이 호텔은 서양인만 들인다는 배타주의의 철저한 것이라고 한다. 이것은 서양인의 우월감의 발로인 동시에 적어도 우리 동양 사람에게 대한 모욕이다. 비록 동양 사람의 위생관념과 문화 정도가 저이만 못하다고 할지라도 저이는 이 땅에 와서 막대한 신세를 지고 있는 관계로 보아 그런 倨慢且沒常識한 짓을 감행치 못할 것인데 하물며 지리산을 찾아서 투숙을 청하는 사람쯤 되면 변변치 못한 보통 서양인보다 위생 방면으로 보아도 월등히 나으면 나았지 못하지 아니할 정도로 문화가 향상된 금일에 있어서야.(8. 6)

서춘은 노고단이 '서늘한 승지'이며 그 때문에 서양인의 피서지가 생겼다고 설명한 후 서양인만 출입할 수 있도록 한 휴양촌의 배타적인 운영 방식에 대해 비판한다. 그에 따르면, 운영 방식의 배타성은 서양인의 우월감의 발로이자 동양인에 대한 모욕이라는 것이다. 나아가 그는 동양인의 위생 관념과 문화의 정도가 그들보다 뒤떨어진다고 하더라도 "이 땅"을 임대하고 있는 형편에서 이렇듯 배타주의적 태도를 보이는 것은 '몰상식'한 짓이라고 강하게 비판한다. 서춘의 이러한 태도는 "서양인피서지가 잠시라도 더 보고 싶지가 않"(5. 2)다며 선교사 휴양촌을 외면한 채 자신들의 목적지인 반야봉과 천왕봉을 향해 산행을 재촉하던 '오용사'에 비해 그 비판의 강도가 높은 것이다. 또한 "숲 사이 군데군데 洋人住宅은 미웁고도 부러웁고, 또 다시 생각하매 스스로 부끄러운 마음을 금할 수 없"다며 "제가 가진 名山勝景을 남에게 빌려 주면서, 저는 도리어 苦汗과 악취 속에서도 잘 못사는 못난 내 얼굴을 '두루'님 앞에 무슨 염치로 내어밀겠느냐. 잘난 자, 똑똑한 자, 눈 있는 자, 발 있는 자만이 잘 살 수 있는 세상임을 놀란 듯 다시금 깨달"(8. 10)는다며 약육강식과 우승열패의 논리가 지배하는 현실을 곱씹는 이은상의 태도에 비해서도 그렇다.

그렇지만 문제는 비판의 강도가 아니다. "이 땅에 와서 막대한 신세를 지고" 있는 '서양인'에 대한 그의 비판을 따라가다 보면 '이 땅'은 부지불식간에 "우리 동양사람"의 것이 된다. 그리고 비록 주체가 특정되어 있음에도 불구하고, "문화가 향상된 금일"에는 "위생관념과 문화정도"에 있어서 '동양사람'이 '서양인'에 비해 "월등히 나"은 존재가 된다. 곧 동양과 서양의 이분법적 문명론에 입각한 그의 논리 때문에 '서양'이라는 타자 속에서 일본과 조선의 구별은 무화되고, '동양'이라는 동일자 속에서 식민지배의 억압과 차별은 소거되어 버린 것이다. 특히 그가 언급하고 있는 '문화'는 '위생'이라는 낱말에 나타나듯이 문명(civilization)의 의미를 함축하고 있는 것으로서, 이를 조선 팔경 선정사업의 결과와 안내기의 내용을 가감 없이 수용하고 있는 태도와 관련지어 보자면 "문화가 향상된 금일"이라는 그의 진단이 조선총독부의 입장과 동궤에 있는 것은 아닌가라는 의구심을 떨쳐버리기 힘들다. 실제로 서춘이 1930년대 초반 조선총독부 주도의 생활개선운동과 궤를 같이하여 조선 풍속에 대한 혐오와 민족성론을 결합해 문명론을 반복했다는 점, 1936년경에는 '일본 국민'의 자세로 살아갈 것을 다짐했다는 점, 그리고 1937년 중일전쟁 발발 이후 개최된 조선일보사의 긴급회의에서 일본 국민의 입장에서 논설을 써야한다고 제안했던 점 등을 고려해 보자면,[44] 조선 혹은 조선 문화보다 동양과 그 문명을 앞세우고 있는 그의 논리에 식민주의적 태도가 내재되어 있다는 점을 부정할 수는 없을 듯하다.

서춘의 이러한 태도와 달리 이은상은 언어학적·민속학적 방법론 등을 통해 노고단에서 '당할마이'를 호출한다.

> 노고단이란 것은 다시 말할 것 없이 '할미당(堂)'의 譯이다. 조선의 민간신앙 중에 여신 숭배의 자취로 가장 대표적 유적지라 할 곳이 지리산임을, 이 노고단이 한번 더 밝히는 것이라 하겠다. 앞으로는 이 산중에서 여신숭배의 현저한 자취를 많이 볼 수 있으려니와, 노고, 즉 '당할마이'가 곧 지리산 聖母의 다른 이름인 것만은 틀림이 없다.……
> 1,506m의 노고단 위에 서서 운무가 걷히기를 기다리나 모처럼 얻은 山上의 신비감을 좀더 맛보라 하심인지 좀체 걷히지를 아니한다.
> 바람부는 대로 동서로 날리는 운무 속에 섰으매, 몸만 아득한 것이 아니라 마음도 아득하여 어디가 어딘지도 모를 뿐만 아니라 무엇이 무엇인지도 모르겠다.
> 그러나 다시 삽시간에 운무는 걷혀지고, 발 아래의 一景一物이 차례로 눈앞에 와 대령한다.……서남의 긴 골은 화엄동이요, 洞下에 잘도 놓인 저 琉璃宮은 물을 것 없이 화엄대찰. 어허! 이러한 佳境妙趣를 보이심이 다 여기 이 '할머니'의 덕이신가 하매, 國師大自然, 老姑大自然, 吉祥大自然, 이 聖母大自然 앞에 孤苦한 窮子의 감격이란 언어가 끊긴 곳에까지 이르렀음을 알겠다.(8. 17)

이은상은 노고단이 할미당의 譯語이자 지리산의 聖母의 異稱이며, 지리산이 여신 숭배의 대표적 유적지라고 기술한다. 그리고 이 '당할마이'의 덕택으로 운무가 걷히고, 아름다운 경치와 뛰어난 정취를 맛보는 감격을 누릴 수 있었다고 덧붙이고 있는 것이다. 기실 이은상이 완상하는 노고단

---

44) 조형열, 「서춘, 일제와 운명을 같이한 경제평론가」, 『내일을 여는 역사』 34호, 2008 참고.

'산상의 신비감'은 자연의 '웅대한 조망'에서 비롯된 것이 아니라 곧 '조선 민간신앙'의 국사=노고=길상=성모가 빚어낸 대자연의 시혜인 것이다. 그는 노고단에서 '조선 古敎' 혹은 '조선의 古神道로 표현되는 태양숭배 사상 혹은 천신 사상과 관련된 조선 민족의 문화적 원형을 현전시키고 있는 것이다.[45]

한편 이은상은 여행안내서와 카토, 그리고 서춘과 다른 시각을 보여줄 뿐만 아니라 그 경로도 여행안내기에 제시된 산행 경로와 많은 차이가 있다. 이은상이 참여했던 지리산 탐험단은 구례구역→천은사→화엄사→코재→종석대→우번대→노고단 아래(7. 29)→노고단→반야봉→직전계곡(피아골)→연곡사(7. 30)→칠불암→쌍계사(7. 31)→불일폭포→신흥동→세이암→쌍계사→대승동(대성동, 8. 1)→세석평전→통천문→천왕봉(8. 2)→백무동→실상사(8. 3)로 이동한다. 구례구역→화엄사→노고단→반야봉→연동→칠불암→범왕리→덕평→세석평전→천왕봉→유평리로 이동했던, 구례와 하동의 접경 지역으로 하산한 후 다시 천왕봉에 오르던 오용사의 경로와도 유사하다. 그렇지만 당시의 여러 탐승경로를 깊이 살펴보면, 지리산 탐험단의 경로가 1931년 동아일보 하동지국 주최로 이뤄진 탐승경로와 유사하며, 또한 조선조 유학자들의 유람로와 비슷하다는 점을 알 수 있다. 동아일보 탐승단의 탐승경로는 삼신봉→석문→통천문→세석평전→상봉(천왕봉)→벽계암→대원사로서,[46] 유학자들의 유람로 중 하나였던 삼신봉→석문→통천문→세석평전→천왕봉 경로와 부분적으로 일치하고 있다.[47] 지리산 탐험대 모집 기사에서 "지금까지 완전한 답파코스가 서지

---

45) 이은상의 지리산행에 담긴 의미에 대해서는 박찬모, 「자기 구제의 '祭場'으로 서의 대자연, 지리산−이은상의 〈지리산탐험기〉를 중심으로」, 『현대문학이론연구』 제38집, 현대문학이론학회, 2009 참조. 아울러 1930년대 후반 이은상이 언급하고 있는 천신 사상의 함의에 대해서는 박찬모, 「'孤憤客'의 神岳, 무등산 −이은상의 『무등산 유기』 고찰」, 『호남문화연구』 제53집, 전남대 호남문화연구원, 2013 참고.

46) 「지리산 탐승 하동서 모집」, 『동아일보』, 1931. 8. 3.

못했다"48)라는 점, 그리고 「지리산 탐험기」가 각종 문집과 지리지, 유산록 등을 통해 문화 유적과 승경지, 선승과 유학자 등에 대한 일종의 '문화嚮導記'적 기능을 수행하고 있다는 점을 고려하자면,49) 지리산 탐험대가 지리산을 답파하기 위해 여행안내서보다는 조선조 유자들의 유람로에 주로 의탁하고 있음을 알 수 있다.

이렇듯 이은상은 카토 일행이나 서춘과 달리 여행안내서에서 제공하는 정보와 그 관광매력물만을 추체험하는 것이 아니라 언어학적·민속학적 방법론과 조선 문화 유산에 대한 이해를 바탕으로 관광 외적 대상이라고 할 수 있는 지리산의 장소성에 천착함으로써 민족의 기원과 원형을 현전시킴으로써 일종의 실존적 진정성50)을 체감하였던 것이다.

결국 이렇게 보자면 카토와 서춘이 관광 자료를 통해 선별되고 획일화된 정보만을 수동적으로 추체험하고, 관광 자료가 규율하는 정보에 동의하거나 포섭됨으로써 제국주의 혹은 식민주의의 시선을 노출하고 있음에 비해 이학돈과 이은상은 '전시된' 관광매력물에만 얽매이지 않으면서 산악(자연환경)과 민족성의 관계를 전유하거나 지리산의 고유한 장소성에 천착함으로써 여행안내서가 포착하지 못한 관광 외적 대상, 즉 조선 민족과 그 정체성을 환기하였던 것이다.

----

47) 최석기·강정화, 『지리산, 인문학으로 유람하다』, 보고사, 2010, 제4장 참고.
48) 「그리운 남국의 명산」, 『조선일보』, 1938. 7. 23.
49) 박찬모, 「자기 구제의 '祭場'으로서의 대자연, 지리산-이은상의 〈지리산탐험기〉를 중심으로」, 앞의 글, 2009, 68~71쪽.
50) 닝 왕(Ning Wang)은, 관광 행동에 의해 야기되는 존재의 진정한 실존적 상태를 실존적 진정성(existential authenticity)으로 일컫는다. 그에 따르면, 실존적 진정성은 관광매력물의 진정성과는 관계가 없는 것이며, 개인 내적 진정성의 차원에서 '육체적 느낌'과 '자아 형성'으로 구체화된다. 전자가 휴식, 오락, 자극적 즐거움, 흥분 등의 감각적인 측면과 건강, 운동, 미 에너지, 활기 등 육체의 문화와 관련된 상징적인 측면이 있다면, 후자는 자아형성 내지 자기 정체성과 관련된 것으로 일상성을 벗어나 경험하게 되는 진정한 자아와 관련된다. 이은상의 경우는 후자에 해당된다고 할 수 있다. Ning Wang, 이진형·최석호 역, 『관광과 근대성』, 일신사, 2004, 89~118쪽.

IV. 맺음말

지금까지 본고에서는 지리산에 대한 관광 정보를 담고 있는 1930년대 여행안내기를 대상으로 그 체제 등을 개관하고, 지리산의 주요 명승지와 탐승경로 등을 살펴보았다. 아울러 여러 기행문을 대상으로 거기에 함축된 민족의식 혹은 제국(국민)의식 등을 고찰함으로써 여행안내기에 의해 규율된 관광 정보와의 상관성을 살펴보았다. 그 논의를 요약하면 다음과 같다.

첫째, 지리산이 1930년대 이후 지속적으로 여러 여행안내기에 등장하는데, 이는 경전북부선의 부설과 일제의 국립공원 조성계획과 밀접한 관련이 있다. 「남선의 영산 지리산」과 『조선여행안내기』, 그리고 『조선의 관광』에 나타난 지리산 관광 정보는 대동소이하며 이들 안내서는 지리산을 '고봉과 대산림의 피서 유람지'로 고착화시키는 역할을 하고 있었다.

둘째, 여행안내기에서 제공한 정보가 카토 일행의 관광 행동을 규율하고 있으며, 『구례명승고적』과 서춘의 글에서 확인할 수 있듯이 여행안내기에 의해 생산된 정보가 다양한 경로로 유포되고 있었다. 지리산이 여행안내기가 제공하는 규율화되고 정형화된 정보에 의해 박람회의 물품과 관광단·시찰단의 시야에 들어온 사물화된 풍광처럼 '전시'되었던 것이다.

셋째, 지리산은 1930년대부터 일제의 관광정책에 의해 '전시된' 상품으로 제시되었지만 그를 바라보는 시선은 중층적이다. 카토는 그의 추체험적 관광 행동에 의해 관광 정보가 규율하는 정보에 침윤되어 제국주의적 시선을, 서춘 또한 그 정보를 무비판적으로 수용함으로써 부지불식간 일본과 조선을 동양으로 범주화하여 동양의 문명을 과시하는 식민주의적 시선을 드러냈다. 그렇지만 이학돈은 비록 현실인식이 결여되어 있을지라도 지리산에 의탁하여 민족적 기개를 증거하고자 하였으며, 이은상은 관광 외적 대상이라고 할 수 있는 지리산의 고유한 장소성과 민족 고유의 문화적 유적을 더듬어 민족의 기원과 원형질을 환기함으로써 민족적 정체성을 공고히 하고자 하였다. 이는 여행안내기를 통해 형성된 규율화된 관광 정보가 일의적으로 관철되고 있지 않음을 드러내는 것이라고 할 수 있다.

이 글은 『현대문학이론연구』 제53집(2013)에 수록된 「'전시'된 식민지와 중층적 시선, 지리산―1930년대 여행안내기와 지리산 기행문 再考」를 그대로 실은 것이다.

기억 서사와 문화적 소통

현대소설과 지리산

송기섭

Ⅰ. 머리말

지리산을 서사 배경으로 설정한 현대 소설들을 문화론적으로 해석하고 재구성해 보고자 함이 본고의 목적이다. 이러한 취지에 적절하게 부응할 작품으로 김동리의 「역마」(1948), 이병주의 『지리산』(1978), 문순태의 「철쭉제」(1981), 오찬식의 『마뜰』(1983), 조정래의 『태백산맥』(1989), 서정인 의 『달궁』(1990), 최명희의 『혼불』(1995) 등을 선별해 보았다. 반세기에 걸쳐 창작된 이 작품들은 얼핏 보기에 지리산이란 장소가 투영되어 있다 는 점이외는 어떤 공통점을 찾기 어려워 보인다. 각각 고유한 개별성을 지닌 이 작품들의 차이를 묶을 준거로 '문화적 소통'이란 개념을 제시해 본다. 이 작품들은 정서적이거나 이념적 편차를 지니고 있음에도 불구하고 지리산을 장소감으로 하여 공동의 문화를 생성하고 그것을 소통하는 회로에 함께 들어있다. 이 작품들에는 지리산에 대한 기억이 깊게 아로새겨져 있다. 은폐된 기억을 비감스럽게 끌어올리는 서사적 재현에는 기억의 의무를 확인하고 기억된 과거를 집단적으로 공유하고자 하는 강렬한 소통 욕구가 담겨있다. 재현한다는 것은 그럴만한 가치를 내재한 리얼리티를 전제하는데, 지리산을 표상으로 하는 이 작품들에는 경험적 자아의 진정한 감정이 밀도 있게 배여 있기에 더욱 생생하게 다가온다.

추상적인 의미의 공간으로 전이되면서 지리산은 장소의 정체성을 얻고, 그곳 사람들의 지역에서 역사적이고 민족적인 지역으로 공간화된다. 시대의 증인들이 갖고 있는 경험 기억이 미래에 상실되지 않게 하기 위해서는 후세의 문화 기억으로 번역되어야 한다.[1] 문화적 기억에는 자체 기구가 없기 때문에 어떤 매체에 의존할 수밖에 없는데, 소설은 그것을 가로질러 의미화하고 구조화하여 전달할 조건들을 구비한다. 또한 생생한 개인적인 기억이 다소 인위적인 문화적 기억으로 이행되기 위해서는 공공의 함의가 필요한데, 소설은 서사적 수행을 통해 촘촘히 짜여진 삶의 질감을 드러냄으로써 그러한 요건을 충족시킨다. 삶의 흔적들이 문화적 기억으로 구성되어 현재화되고 나아가서 상징적 의미를 얻는데 있어 소설은 적절한 매체로 다가온다. 소설의 형식이 유연하게 받아들이는 저장과 재생 메커니즘은 부유하는 삶의 자리를 특정한 문화 형태로 구성해내며, 그것이 지닌 의미망과 연결하는 접점을 마련한다. 문화는 사회적으로 설정된 일련의 의미 구조로 이루어져 있으며, 사람들은 그러한 의미 체계에 의거[2]하여 세상과 교통하면서 구체적 행동 양식을 설정한다. 소설은 이 해석 가능한 문화적 부호들을 과육(果肉)으로 삼아 구체성을 얻는다.

---

[1] 알라이다 아스만, 변학수 외 역, 『기억의 공간』, 경북대출판부, 2003, 16쪽.

[2] 클리퍼드 기어츠, 문옥표 역, 『문화의 해석』, 까치, 1998, 24쪽.

소설과 문화의 교차적 관계는 세묘(細描)의 공력을 통해 소설의 내부를 채운다는 의미에서 뿐만 아니라 소설의 이야기성에 이미 배태되어 있던 셈이다. 소설은 이야기하기의 한 방식이다. 우리는 과거에 일어났고 중요한 것으로 보이고 이야기할 만한 가치가 있는 것으로 보이는 사건과 경험을 재현코자 할 때 이야기한다.[3] 이야기함으로써 우리는 세계와 관계하고 세계를 인식하며 나아가서 사회적 활동을 수행한다. 그런데 여기서 우리가 주목하고자 하는 것은 이야기가 그 자체로 문화적 수행의 구심[4]이란 점이다. 소설의 이야기성에는 서사와 문화의 관계를 긴밀하게 연동할 서사 행위, 곧 수행적 맥락이 전제되어 있다. 소설이 소비되고 새로운 의미로 생산되는 서사적 소통 과정에 문화적 관례는 중요한 요소로 작용한다. 지리산을 서사공간으로 설정한 소설들에서 이러한 문화적 수행의 과정을 성찰함은 지리산의 문화적 의미를 해석하는 작업이 될 것이다. 이 작품들은 역사적이고 이념적인, 때로는 민속적이고 지협적인 분편들의 혼효적 조화를 통해 문화적 정체성을 형성하게 되는데, 이는 지리산이란 공간의 상징적 의미를 대체한다.

지리산을 이야기하는 대부분의 소설들은 해방기에서 전쟁을 거쳐 휴전에 이르는 기간의 이념 분쟁과 그로 인한 민중의 절박한 생존을 그린다. 폭력적인 수많은 사건들이 그 기억을 타자와 공유하지 못하고 망각의 어둠에 묻혀버리게 된다. 지리산이라는 고유한 지명이 망각에 빠져들게 한 금지의 경계를 허무는 표상적 대상으로 떠오른다. 지리산 그 자체가 단독성을 본질로 하는 사건을 이야기 하는 가장 짧은 서사가 된다. 소설이란 이름의 이 문화적 글쓰기는 기억 행위이면서 동시에 문화에 대한 한 해석이 된다. 생명을 담보로 하는 위태로운 경험을 되살려내는 이념적 담론

---

3) 가브리엘레 루치우스-회네·아르눌프 데퍼만, 박용익 역, 『이야기 분석』, 역락, 2006, 31쪽.
4) 장일구, 「서사의 문화적 역할에 관한 시론」, 『현대문학이론연구』 제27집, 현대문학이론학회, 2006, 24쪽.

의 장(場)이 풍요로운 문화적 인식소로 변환되는 접점을 명료하게 드러내기는 수월한 노릇이 아니다. 다만 일련의 소설들에 반영된 역사적 사건들이 순수한 내면적 현상이 아니라 사회적으로 조건지워진 외적 차원과 관계되는 문화적 기억5)이란 점은 상기할 필요가 있을 듯하다. 서사란 이야기를 타자와 함께 하는 소통적 수행을 말하는데, 그러한 구성적 과정에 문화적 상호성이 관여되어 있음은 자명한 일이기 때문이다.

II. 지리산 이야기와 장소감

사람들의 장소에 대한 애정을 먼저 떠올려본다. 그것은 경험에 기반을 둔 인간 보편 심성에 해당한다. 장소란 사람들이 살아가는 구체적인 생활 터전이다. 그 장소에 어떤 의미가 부여되는 현상, 더 나아가서 장소의 아우라를 형성하는 삶의 저 깊은 심연에 대한 발견의 순간은 소설이 추구하는 '이야기하기'의 진정한 목적이 될 수 있다. 지리산을 배경으로 한 소설들은 지리산이란 장소의 의미를 이러한 시각에서 반영한다. 실제 이 작품들은 마치 서사의 궁극적 의도가 지리산에서 벌어진 사건들, 그 사건에 연루된 역사적 인물들, 혹은 그것이 이야기의 메타포를 통해 전달하고자 한 인간 역사의 진실을 말하기보다 오로지 지리산이란 지역의 정체를 드러내기 위해 기획되었음을 말하는 듯하다. 이 소설들의 인물들은 생존의 극한 위기에 처해서도 장소에 대한 강렬한 느낌을 전하고자 한다. 극단의 생존 조건이 자연에 대한 가장 강렬한 미적 경험들을 가능케 했으리라고 逆으로 가정해 볼 수도 있다.

지리산을 구성하는 장소에 대한 감정을 공유하면서, 우리는 인간답게

---

5) 박은주, 「기억과 망각의 역설적 결합으로서의 글쓰기」, 『기억과 망각: 문학과 문화학의 교차점』, 책세상, 2003, 323쪽.

산다는 것은 의미 있는 장소로 가득한 세상에서 살아간다는 것[6]을 지시함을 인식한다. 의미 있는 자신의 장소를 가지고 있으며, 그것에 대해 잘 알고 있다는 것, 이렇게 장소와 인간의 유대를 열어주고 맺어주는 기능적 역할을 소설이 얼마나 훌륭하게 해낼 수 있는가 하는 것을 지리산을 점묘하는 일련의 작품들은 잘 예증한다. 문순태의 「철쭉제」, 오찬식의 『마뜰』, 이병주의 『지리산』, 서정인의 『달궁』, 조정래의 『태백산맥』이 그러한데, 「철쭉제」의 경우는 특히 지리산의 장소적 정체성을 구현할 생태적 환경 묘사가 두드러진다. 다소 주변부적인 면이 있다고는 하나 김동리의 「역마」나 박경리의 『토지』, 그리고 최명희의 『혼불』도 지리산의 외부 경관을 응시하면서 그곳의 실존적 장소감을 끌어내고자 한다. 이 작품들은 하나로 묶기 어려운 고유한 내적형식을 구현하고 있으면서도 '지리산'이란 場所愛를 형성한다는 공감의 접점을 지닌다.

시대적 곤궁에 떠밀리고 역사적 위기를 타개하고자 선택한 피난의 처소가 정감 가득한 인간적 장소로 느껴지는 심경을 헤아린다는 것이 자못 난망해 보인다. 이 장소에 대한 느낌이 집단에 의해 공유된 경험에 의해 생겨난 것임을 우리는 기본적으로 인정할 것이다. 안식처이고 기억들의 장소이며 생존을 확보하는 수단으로써의 장소에 대한 느낌[7]이 바로 이 지리산의 장소감과 다를 바가 없다. 물리적 환경과 정서적인 요인이 결합되어 지리산의 자연 환경은 의미를 얻는다.

> 나무도 풀잎들도 바위들까지 온통 붉었다. 붉게 물든 지리산이 한꺼번에 와
> 르르 무너져내리는 듯싶었다. 그 엄숙하고도 경건한 순간에, 나는 오랫동안
> 눈을 감고 있었다. 그 신비의 깨어남을 차마 마주볼 수가 없었던 것이다. 해
> 당화처럼 붉은 햇덩이가 천왕봉 위로 둥실 솟아오르자 사방에 붉은 빛깔들

---

6) 에드워드 렐프, 김덕현 외 역, 『장소와 장소 상실』, 논형, 2005, 25쪽.

7) Yi-Fu Tuan, *Topophilia*, University of Minnesota Press, 1974, p.93.

이 사라지면서, 운해가 펼쳐졌다. 간밤에 가벼운 빗방울이 들친 데다가 새벽부터 활짝 개인 탓으로, 보기 드문 장관을 이룬 것이라고 했다. 쏴 쏴 쏴, 운해에서는 마치 파도치는 소리가 들려오는 듯싶었다. 그 질펀한 구름바다 위로 산봉우리들은 조개껍질을 엎어 놓은 것같이 봉긋봉긋하게 솟아 있었으며, 땅 위의 모든 것들은 운해 속 깊이 침잠해 버리고 말았다.[8]

반야봉의 낙조는 노고단의 해돋이와는 또 다른 장관을 이루었다. 대장간의 시우쇠처럼 벌겋게 달은 햇덩이가, 물빛 안개에 휩싸인 아스라한 먼산에 매달리자, 하얗게 옷벗은 고사목들이 어느새 무당 할미처럼 빨간 옷을 입었다. 빨간 옷을 입은 고사목들은 쾌자자락 나풀대는 무당처럼 보였다. 반야봉의 서쪽 뺨이 붉어지면서 피아골 쪽의 계곡에는 어느덧 어슴어슴 어둠이 내려 깔렸다.[9]

일출은 노고단에서, 낙조는 반야봉에서 보는 것이 최고임을 소개하는 「철쭉제」의 한 대목이다. 지리산에 어우러진 현란한 장면이 초점화자에 의해 중재될지라도, 그토록 아름다운 경관은 누구에 의해 보여지는 것이 아닌 태초부터 거기 그대로 있었던 듯이 제시된다. 풍광에 대한 길고 깊은 언어적 재현을 음미하면서, 우리는 서사의 흐름을 잠시 잊게 된다.

이러한 묘사 위주의 소설쓰기는『태백산맥』이나『지리산』의 경우도 빈번하게 이루어진다. 무수한 작중인물이 등장하여 복잡하게 얽어가는 사건 진행에 비추어 이는 특이하게 고찰해 볼 부면이기도 하다. 물론『태백산맥』은 작품의 후반부에 가서야 지리산이 본격적으로 등장한다. 벌교읍을 무대로 시작된 서사의 주무대는 주동 인물들이 입산을 하고 결국 안착하게 되는 서사적 경과에 따라 지리산으로 이동한다. 서사의 흐름도 지리적 장소의 이동과 맞물려 있는데 사건의 대단원이 지리산으로 귀결되

8) 문순태, 「철쭉제」, 174~175쪽.
9) 문순태, 위의 글, 181~182쪽.

듯, 이동 장소들 또한 지리산을 歸巢로 설정된다. 그것이 후반부의 경우라 하더라도, 지리산의 풍경에 대한 깊은 몰입은『태백산맥』이 서사의 내피에 감춘 또 다른 기제로 작동한다. 그것은 민중적 삶의 진정성을 더욱 곡진하게 수식하기도 하지만 그 자체로 지리산의 장소적 이미지를 구축한다. "옛사람들 말로 지리산 십경에 노고원해 반야낙조라고 했"[10]다는 직접 발화와 더불어 노고단의 일출과 반야봉의 낙조를 묘파하는 장면에 이르면, 장소 구현은 절정에 다다른다.

서사의 이념적 경도와는 다른 감정구조를 가지고 있다는 면에서,「역마」나『혼불』은 이 작품들과는 다른 시각에서의 독법이 요구되지만, 지리산의 자연 경관과 일정한 관계를 가지고 있다는 점은 동일하다.「역마」는 '화개장터'를 세밀하게 그리면서 이야기된다. 이 장소에 대한 세부 묘사는 지리산을 원거리와 근거리로 접근하면서 이루어진다. 지리산의 자연 환경과 그에 어우러져 살아가는 사람들의 일상은 무심한 하나의 풍경이 된다. 그러나 그 풍경은 주인공이 거쳐할 생활의 터전이자 문화적 공간이 된다. 나아가서 그곳은 의미 심장한 서사 주제를 이끄는 주인공의 운명을 잉태한다. 인간은 주위의 경관을 체현한 것이고 인간의 문화적 산물은 항상 명백한 장소적 표식을 가지고 있다.[11]「역마」의 서두를 장식하는 지리산의 풍경은 그렇게 그곳 사람들의 삶을 수식한다. 궁극적으로「역마」는 지리산이 품고 있는 사람들에 내재된 원초적 생명의 심연에 이르고자 한다.

「역마」가 원거리로 지리산을 투시하면서 서사의 골간을 얽어가듯『혼불』역시 지리산을 시야에서 놓지 않는다. 이 두 소설에 지리산이 장소적 표식이 된 것은 지리산권 문화 반경에 속한 일상적 삶의 모습을 자연스럽게 반영한 결과라 할 수 있다. 지리산은 그들의 살아감에 무의식적으로

10) 조정래,『태백산맥』9권, 한길사, 1989, 323쪽.

11) 에드워드 렐프, 김덕현 외 역,『장소와 장소 상실』, 논형, 2005, 80쪽.

잠복되어 있는 몸의 일부이자 의식의 일부로 머무른다. 문화적 체험을 변주하며 문화적 제재를 기술함으로써 이야기의 요체를 구성[12]하는『혼불』은 그러한 문화적 수행의 범위를 지리산권에 두고 있다. '혼불'을 살아내는 '매안마을'은 "지리산의 병풍 같은 품 앞에"[13] 자리한 곳으로 지리산의 地氣가 뻗쳐있다. 지리산을 생활의 터전과 연계 지으려는 사람들의 심리에는 그 산의 초월적 힘을 얻어 그곳에 영묘한 힘을 실어 주려는 집단적 의지가 담겨 있다.

지리산이란 장소의 우월성이 여기에는 공통적으로 담긴다. 이러한 장소감에 근거할 때, 지리산은 세계의 중심이 된다. 그리하여 그곳은 끝내 도달하여야 할 목적지가 되곤 한다. 가령「철쭉제」에서 주인공의 아버지가 갈망하던 신성한 장소로 지리산의 심부 천왕봉이 반복적으로 제기되는 경우가 그것이다. 주인공 '나'에게 아버지는 억눌린, 그리하여 공격적 원한 감정에 사무친 '나'의 분신이다. '나'는 그 아버지의 恨을 찾아 천왕봉으로 향한다.『지리산』이나『태백산맥』에서 입산한 사람들이 들어가고자 한 곳도 지리산의 심부이다.『지리산』에서 이현상은 "지리산에 가면 살길이 열린다"[14]라고 빨치산을 독려한다. 그곳은 생명을 보호해 줄 삶의 안식처이자 인생을 걸고 도달할 실존의 공간이다. 이렇게 징소의 의미가 더해지면서 지리산은 상징적 기호가 된다. 구체적인 장소로서의 이 상징은 현실을 만들어내기 위한 틀이 된다. 그렇게 지리산은 지리산권 사람들의 삶의 의미가 된다. 삶의 의미를 형성하는 접점에 문화가 있다. 사회적 집단의 전체적 삶의 방식이 재현된 것이 문화일 터인데, 이 문화를 움직이는 힘으로 지리산이 놓여있다. 지리산을 배경으로 서사되는 일련의 소

---

12) 장일구,「서사의 문화적 역할에 관한 시론」,『현대문학이론연구』제27집, 현대문학이론학회, 2006, 28쪽.

13) 최명희,『혼불』1권, 한길사, 88쪽.

14) 이병주,『지리산』7권, 기린원, 2006, 14쪽.

설들은 일차적으로 그 지리산의 자연적 풍경을 묘사한다.

III. 구전 삽화의 은유적 구조

이야기는 공간적 시간적으로 구체화된 형식으로써 언제나 배경, 즉 이야기가 이루어지는 세계를 내포하고 있다. 배경은 실제성 묘사를 통해 구체적 윤곽을 드러낸다. 그것이 장소의 정체성과 아우라를 형성하고, 나아가서 상징적 의미를 부여받는 양상을 지리산을 배경으로 한 소설들에서 살펴본 셈이다. 지리산의 장소적 속성을 스케치하는 소설들에서 먼저 확인한 것은 그러한 서사 환경이다. 그런데 이 장소들은 시각적 풍경으로만 존재하는 것이 아니라 자신의 누적된 역사를 간직하고 있다. 그 역사는 추정 불가능한 그것과 추정 가능한 그것으로 나누어질 터인데, 우리가 먼저 주목해보고자 하는 영역이 전자이다. 그것은 대부분 구전으로 전해내려 온다. 구전되면서 담화 공동체를 형성하고, 그렇게 교감의 장(場)을 열어가면서 문화의 질을 고양시킨다.

문화는 지나간 것을 보존하고 기억하는 행위인데, 이때 문화적 기억의 대표적 매체로 문학작품을 들 수 있다.[15] 지리산을 공간화한 작품들은 지리산에 관한 것들을 채록한다. 지리산을 둘러싸고 벌어진 인간의 행위들을 뭉뚱그려 우리는 지리산 문화라 통징할 수 있을 터이다. 문학이란 그것이 지향하는 이상적인 문화적 환경 속에 마땅히 존재해야 하며, 또 그것을 만들기 위해 문학은 마땅히 그러한 문화적 내용을 담아야 한다.[16] 문화가 문학을 포섭하기도 하지만 문학이 문화를 함유하기도 한다. 적층된 문화를 재현하면서 문화적 관계에 연속성을 부여하는데 가장 기여한

---

15) 최문규, 「문화학으로의 전환」, 『기억과 망각』, 책세상, 2003, 45쪽.
16) 송효섭, 「문학연구의 문화론적 지평」, 『현대문학이론연구』 제27집, 2006, 10쪽.

문학의 양식이 소설이다.

소설에 함유된 문화의 모범적인 사례로 『혼불』을 들을 수 있을 것이다. 지리산을 보다 직접적으로 표현하는 문화적 수행의 사례를 소설에 재현한 경우로는 문순태의 「철쭉제」를 지목할 수 있다. 「철쭉제」는 지리산 등산로를 따라 선조적으로 사건을 이끌어 가면서, 장소 이동에 따른 문화 현상들을 반영한다. 노고단의 일출과 반야봉의 낙조를 둘러싼 등산객들의 의례와도 같은 集散이 그러하려니와, 세석평전의 철쭉제야말로 지리산을 구성하는 문화적 수행의 대표적인 흔적들일 것이다. 「철쭉제」는 뼈 아픈 과거, 그 이념의 광분 상태가 조장해낸 증오와 화해라는 격정적 감정 플롯과는 거의 관계없어 보이는 이 문화 현상을 사건의 틈새에 예외없이 받아들인다. 그러나 총체적인 삶의 방식을 문화라는 이름으로 표현해 낸 것이라면, 이러한 문화 반영은 사건에 내포적 의미를 주며, 화해로 귀결될 사건의 전말을 미리서 수식한 것이라 해석할 수 있다.

지리산권 문화 채록에 의의를 배가시킨 작업이 구전되는 이야기들을 수용한 일이다. 우리가 살펴온 일련의 텍스트들은 정도의 차이는 있을지라도 대부분 문화 기록의 역할을 수행한다. 지리산을 근거지로 하여 발생한 이야기들은 지리산의 고유한 속내를 함유한다. 그것은 역동적으로 재연되면서 지리산의 정체성을 형성한다. 또한 그것은 전승되면서 지리산의 메시지를 함께 전달한다. 곧 이야기가 품고 있는 가치관이나 세계관을 동시에 전하고자 한다. 지리산을 물적 증거로 하여 만들어진 이 짤막한 이야기의 은유적 구조를 이해하는 것은 그것을 받아들인 소설의 전체 의미, 그것이 아니더라도 소설을 구축하는 사건의 의미를 이해할 지렛대 역할을 하게 된다. 그 이야기의 토막들은 삽화로 도도한 플롯의 흐름에 끼어들게 된다. 전체 플롯에 의해 통제되는 삽화들은 작품을 풍성하게 하고 그로 말미암아 작품의 어떤 범위를 갖게 한다.[17] 중심 플롯의 전진을 지연시키는 이 여담들, 곧 삽화를 읽어내는 일은 지리산을 배경으로 한 일련의 소설들에서 긴요한 과정으로 요구된다.

지리산을 하나의 산이 아니라 무순한 신비를 간직한 하나의 우주라고 보아
야 한다는 것도 알았다. 최 노인의 설명에 의하면, 지리산의 별칭으로서 두
류산, 방장산, 삼신산 등이 있다고 했다.
"두류산은 백두 산맥이 순하게 풀려 와서 천왕봉을 이루었다는 뜻에서 부르
는 이름이요, 방장方丈은 불명佛名으로 불리는 이름이며, 지리산이란 이 태
조가 등극할 뜻을 품고 각 산신들께 기도를 올렸는데 백두산·금강산의 양
산신은 승낙을 했지만 두류산 신만은 반대했다고 하여 산신의 위를 낮추고
그 후 반역자들을 이곳에 귀양보냈은즉 훗날 이조를 몰아낼 지식인이 이곳
에서 배출되리라는 뜻으로 불린 이름이며, 삼신산은 진시황이 구하려고 한
불로장생의 약이 이곳에 있다고 해서 불린 이름이니, 지리산은……"18)

지리산, 한량없이 크고 우람하고 골이 많은 산. 명산의 산신령들은 다 남자
형상인데 어찌 하필 지리산만 여자일까. 천왕봉 다음으로 높으면서 백 리가
넘는 거리를 두고 서로 마주보고 있는 반야봉이 바로 그 여신령을 상징하고
있다. '반야'라는 말에는 불교적 의미말고도 귀녀라는 뜻도 있는 것이다. 그
래서 그런지 반야봉은 흡사 여자의 봉긋하게 솟은 두 개의 젖무덤 같은 모
양새를 하고 있었다. 그 전설대로 하자면 지리산은 여신령이 폭넓은 치마를
펼치고 앉은 형상이 되었고, 그 수없이 많은 골짜기들은 그 치마의 주름이
라고도 할 수 있었다. 그런데 왜 옛날부터 세상을 바로 잡아려던 사람들은
형편이 여의치 못하면 그때마다 이 산으로 밀려들어 그 최후를 마쳤던 것인
가. 남도 땅에서는 제일 큰 산인 까닭이고, 더는 갈 데가 없는 마지막 산인
때문이었다. 그리고 보면 이 지리산 골짜기들은 피신처였으며 또한 무덤이
었다. 무덤의 둥근 모양은 자궁을 상징하는 것이고, 죽음은 태어났던 곳으
로 다시 돌아간다는 의미라는데 … 지리산의 여신령은 자궁을 많이 지니고

---

17) 폴 리쾨르, 김한식·이경래 역, 『시간과 이야기』 1권, 문학과지성사, 1999, 105쪽.
18) 이병주, 『지리산』 2권, 기린원, 2006, 160~161쪽.

의로운 사람들에게 죽음 자리를 마련해준 것인가.[19)

위 이야기들은 지리산의 국소적인 어느 지역이 아니라 전체를 대상화한 전설이다. 지리산에 입산한 인물들의 이야기가 중심 플롯을 이룬다면, 이 전설들은 스토리 라인에서 일탈한 여담이다. 이야기의 본류를 지체시키며 잉여적으로 끼어든 이 삽화들은 입산한 그들이 지리산에 와 있음을 상기시킨다. 지리산의 이야기는 그들의 현재 상황을 망각에 빠트린다. 그렇게 중심 플롯은 표류하면서 결말을 후퇴시키는 삽화들을 받아들인다. 그러나 이 삽화들은 이야기의 방향을 어지럽히는 제거되어야 할 여담이 아니라 중심 이야기의 존재 자체를 떠받쳐주는 의미심장한 메타포이다.

이 두 전설은 지리산을 풍수적으로 해명한다. 모두 지리산을 에워싸고 생성된 이야기인데, 그러나 지리산을 구성하는 담론의 의미는 다른 층을 형성하고 있다. 그것은 전설 자체의 근원적 차이일 수 있지만, 그것을 끌어들인 발화 주체의 임의적 사정을 반영한 것일 수 있다. 지리란 무엇보다도 의미로 가득 찬 세계를 심오하고 직접적으로 경험하는 것이며 인간 실존의 기초 그 자체와 같다.[20) 결국 이 두 전설은 사건의 맥락이나 작중 인물의 심경에 적합하게 구조화된 것이라 할 수 있다. 잎부분에 인용된 『지리산』의 그것은 지리산의 반역적 의지를 긍정적으로 구성한다. 이는 일제에 항거하여 지리산에 들어간 젊은이들의 의기를 빗대는 맥락에 적절하게 부합된다. 전설은 지리산의 신비하고도 무한한 힘을 그것의 형세와 일치시키면서, 그곳에 찾아든 젊은 영혼을 상징적으로 일체화한다. 반면 뒷부분에 인용된 『태백산맥』의 그것은 지리산의 어두운 구석을 절망적 심경으로 구성한다. 이 전설 이야기는 손승호에 초점화되어 있다. 그는 지리산을 경외했고 결국 그곳을 떠나가고자 한다. 지리산의 비극적 역

---

19) 조정래, 『태백산맥』 10권, 해냄, 2007, 79~80쪽.

20) 에드워드 렐프, 김덕현 외 역, 『장소와 장소 상실』, 논형, 2005, 32쪽.

사를 떠올리며 그곳을 벗어나려는 자에게 지리산에 얽힌 전설은 비극의 그것으로 다가온다.

　오로지 사건의 흐름 속에서 구전되는 이야기들은 부수적인 플롯을 형성한다. 그것은 과거의 의미를 가져와 경험된 현재와 맺어준다. 이 서사적 소통의 접점에서 지리산은 누적된 기억을 환기하면서 새로운 세대들을 받아들이고 새로운 장소의 의미를 덧붙인다. 지리산을 배면으로 한 소설들은 이렇게 소통과 기억, 그리고 기록을 통해 지리산의 문화를 생성하고 공유한다. 그것을 매개하는 것이 서술 행위에 수반되는 언어이다. 우리 삶의 세계가 제공하는 문화적 의미 창출에 도달할 수 있는 통로는 언어 의사소통을 통해 확보된다.[21] 이 소통적 관례에 따라 우리는 경험을 해석하고 그것을 행동의 지침으로 삼는다. 『지리산』과 『태백산맥』이 구전되는 이야기를 통해 축적된 과거를 전수하고, 그것을 현재화하는 방식이 그것이다. 「철쭉제」에 삽화로 기록된 다음의 이야기는 누적된 과거가 그것과 연결된 사람들의 실존이 될 수 있음을 잘 말해준다.

> 세석평전의 음양샘은 임걸샘, 벽골샘, 연하샘, 산희샘과 더불어 지리산에서 이름난 샘이었다. 바위의 양쪽에서 陰水와 陽水가 흘러 합한 샘물이라서 음양수라고도 부르며, 예로부터 이기를 못 낳은 부녀자들이나, 지리산 정기를 탄 큰 인물을 낳고자 하는 연인들이 이 샘물을 마시고, 샘 옆에 있는 石室에서 산신의 은혜를 입게 되면 소원성취한다는 전설이 전해 내려오고 있다.[22]

　음양샘의 전설이야말로 두 가지의 서사적 효과를 잘 드러낸다. 하나는 지리산을 터전으로 살아가는 사람들의 기복적 삶의 방식을 드러내는 점에서 다른 하나는 소설의 이야기 맥락에 적절하게 관여되어 있다는 점에

---

21) 가브리엘레 루치우스-회네·아르눌프 데퍼만, 박용익 역, 『이야기 분석』, 역락, 2006, 70쪽.
22) 문순태, 「철쭉제」, 206쪽.

서 그렇다. 지리산의 고유한 특성을 전하고자 하는 소설에서 이 삽화는 지리산의 문화적 정체성을 형성하는데 그 자체로 기여하는 측면이 있다. 문화는 인간이 만들고 공유하며, 관습적이고 질서 지어진, 그리고 학습되는 상징체계이다. 자신의 경험에 대하여 의미를 부여하는 음양샘의 전설이야말로 지리산권 사람들의 문화적 상징체계라 부를 수 있다. 상징체계는 그것에 속한 사람들의 행위 흐름에 지속적인 방향과 특성을 제공한다. 지리산의 전설들은 그렇게 반복적으로 구연되면서 문화적 관습을 전수하고 그것에 내포된 의미를 강화한다.

「철쭉제」는 전설의 한 매듭을 소개하면서 지리산을 고양시키는 문화적 교감을 불러온다. 문화의 전달은 단순히 그것을 소개하는 데서 완성되지 않는다. 그것은 사람들의 현재를 역동적으로 움직이게 하고, 그것에 의미를 부여하는 데서 충족된다. 음양샘 전설이 그렇게 살아 있는 이야기로 작동할 수 있던 것은 작품의 주제와 적극적으로 융합되면서 부터이다. 동행하면서 서로 다툼을 벌이던 두 청춘 남녀의 결합은 이 전설의 웅숭 깊은 의미에 부합된다. 나아가서 복수의 원한으로 대립하던 두 남자의 화해야말로 음양을 결합하여 생성을 기대하는 이 샘물의 정화적 의미에 버금한다. 이 전설의 문화적 상징은 이렇게 실제하는 사람들의 삶의 방향을 규율하고 그것을 아름답고도 의미 있는 것으로 고양시킨다. 문화적 체험을 서사에 반영하여 소통 공동체를 형성하고 확장하는 전형적인 국면을 우리는 여기서 발견한다. 「철쭉제」는 그렇게 문화적 서사로서의 밀도를 여실히 보여주면서 창조적으로 지리산의 문화를 전달한다.

IV. 기억 장소의 정체성

망각할 수 없는 사람들에 의해 지리산은 되짚어지곤 한다. 그것은 지리산을 기억하는 행위라기보다 지리산의 사건들을 기억하는 행위이다. 그 사건들은 민족이나 역사란 이름에 등가로 놓일 무거움을 지닌다. 지리산에 대한 기억들은 그런 당위론을 수반하면서 살아남은 사람들과 소통하고자 한다. 그것은 경험된 과거이나 경험이라고 말할 수만은 없는 사건의 잉여가 있다. 그것은 한낱 고통스러운 과거의 시간이 묻어나는 회고적 추억이 아니라 우리의 삶의 시간에 살아있는 사건들이기 때문이다. 현재형으로 회귀하려는 그 사건들은 지리산이란 경계를 넘어 민족 공동체의 감정과 의식에 두루 작용한다. 그것은 기억의 반복에 의해 이루어지는데, 그것을 가능케 한 소통의 매체가 물론 소설이다.

기억은 말은 통해 재생한다. 말하여지지 않고 망각된 사건들은 기억되지 않았다는 점에서 인간의 삶에 속해 있지 않다고 말할 수 있을 것이다. 기억된 것만이 경험을 유의미하게 구성하고 나아가서 역사가 된다. 기억은 항상 살아있는 집단에 의해 담지된 삶[23]이다. 은폐된 기억 속에 잠재되어 있던 지리산에 대한 기억들은 타자와 공유하고자 발화된다. 말하여지지 않은 것은 사건으로 존재할 수 없다. 사건은 이야기되면서 그것의 의미를 구성한다. 이야기는 기억에 따라 시간의 전후를 넘나들며 임의적인 구성 속에서 진행된다. 그러한 이야기를 통해 찾을 수 있는 과거는 역사적 진실이 아닌 서사적 진실[24]이다. 소설을 통해 기억된 지리산의 사건들은 서사적 진실을 구현하면서 역사를 해석한다. 기억의 공간들은 개인이나 집단이 의미의 구성, 정체성의 확립, 삶의 방향제시, 행동의 동기를 찾고자 할 때 과거를 선택적으로 조명함으로써 생겨난다.[25] 기억하는 행위 그 자체가 플롯이고 이미 서사적으로 구조화되어 있던 셈이다. 지리산은 기억을 언표하는 서사 담론에 의해 자신이 경험한 치명적 상처들을

---

23) 프랑스와 도스, 최생열 역, 『역사철학』, 동문선, 2004, 305쪽.
24) 김현진, 「기억의 허구성과 서사적 진실」, 『기억과 망각』, 책세상, 2003, 253쪽.
25) 알라이다 아스만, 변학수 외 역, 『기억의 공간』, 경북대출판부, 2003, 533쪽.

세상에 드러낸다.

　그런데 그 상처들은 어떤 사건이나 인물에 초점이 두어져 있기보다는 지리산의 특정 장소에 초점이 모아져 있다. 역사적 고통에 비견할 상처들이라고 했지만, 그것들은 고유한 사건이나 인물로 호명될 중심적 지위를 지니고 있지 못하다. 그것은 역사의 주변부에 있던 사람들에 의해 만들어졌으며, 그들에게 영향을 미친다. 민중이라 불리어질 그들은 자신의 이름을 감추고 그들과 인연을 맺은 장소가 그것을 대신하여 그들의 恨을 감싸안는다. 그렇게 지리산의 장소는 쓸쓸히 소멸한 사람들의 상처를 위무하며 기억된 사건들을 표상한다.

　　피아골 단풍이 그리도 핏빛으로 고운 것은 그럴 만한 까닭이 있다고 했다. 먼 옛날로부터 그 골짜기에서 수 없이 죽어간 사람들의 원혼이 그렇게 피어나는 것이라고 했다. 그리고 또 한 가지 떠도는 말은, 연곡사 아래서부터 섬진강 어름까지 물줄기를 따라가며 양쪽 비탈에 일구어낸 다랑이논마저 바깥세상 지주들에게 빼앗기고 굶어죽은 원혼들이 그렇게 환생하는 것이라고도 했다.

　　바람이듯 떠돌며 전해져오는 그 두 가지 이야기를 아니라고 부인하고 나서는 사람은 아무도 없었다. 옛날부터 피아골에서는 많은 사람들이 죽어갔던 것이고, 바깥세상에서는 살 길이 없어 이 지리산 골짜기로 파고들어 비탈에다가 층층이 돌을 쌓아올려 땅뙈기를 만들어내 연명해가던 사람들은 여러 곡절 끝에 그것마저 빼앗기고 굶어죽는 일들이 분명 있었던 것이다. 그런데 사람들이 그 이야기를 잊지 않고 아래로 아래로 전하는 것은 원혼들이 단풍으로 환생했다는 신기함 때문이 아니었다. 사람들은 거기서 많은 목숨들이 억울하게 죽었다는 사실 자체를 알려오고 있었던 것이다. 입에서 입으로 전해지면서 바람처럼 떠도는 그 이야기는 바로 사람들의 삶을 엮어놓은 역사였던 것이다.26)

---

26) 조정래, 『태백산맥』 10권, 해냄, 2007, 8쪽.

다소 추상적인 감은 있으나, 이 부분은 지리산의 수난의 역사를 전체적으로 조망한다. 임진왜란에서 갑오 농민운동으로, 그리고 여순사건과 육이오 전쟁에 이르기까지 지리산은 피난의 처소이자 항거의 처소가 된다. 외세의 침략에 의해, 혹은 내부의 제도적 요인에 의해 사람들은 침해 받는다. 수탈당하고 억압받은 사람들이 찾아든 곳이 지리산이다. 때로는 저항의 의로운 날을 세우고 항쟁하고자, 때로는 비루하게 목숨을 연명하기 위하여 그들은 지리산의 골짜기로 생명의 근지를 옮겨온다. 『태백산맥』은 역사의 여정에서 벌어진 이 수난의 연대기를 압축해 놓는다. 그것은 중심이야기로 구축된 것이 물론 아니다. 그것은 피아골에 대한 관조에서 드러나듯 장소 연관의 삽화로 제시된다. 중심 줄거리의 흐름에 곁들여지는 이 여담은 자기 완결성을 지니고 역사의 어느 한 국면을 전달하면서, 결국은 중심 플롯을 강화하는 풍요로운 이야깃거리가 된다.

역사 이야기를 지시하는 이 삽화들은 허구의 진실성을 내포하면서, 『태백산맥』이 역사 재현의 소산이란 믿음을 갖도록 현실성을 강화한다. 그렇게 허구는 역사와 닮게 된다.[27] 임진왜란이 그렇고 여순사건이 그렇듯, 그것은 역사적으로 고정된 시간과 역사적으로 실재했던 인물을 떠올리게 한다. 그것이 리얼리티에 대한 강한 믿음을 심어준다. 이 역사적 이야기들로 인하여, 허구화된 이야기들조차도 역사적 상상력을 움직이는 살아 있는 이야기가 된다. 실증적 역사가 관여되면서 허구 이야기에만 생동감을 부여하는 것이 아니라, 그것과 연관된 장소에도 그러한 느낌을 부여한다. 여기 제시된 '피아골'은 그렇게 역사이야기와 허구이야기가 상호적으로 연동되어 있다. 역사의 연속성이 장소의 연속성을 부여하고, 장소의 실재성이 이야기의 실재성을 이끌어낸다. 그런데 이러한 이야기를 통해 구축되는 것은 장소의 정체성이다.

---

27) 폴 리쾨르, 김한식 역, 『시간과 이야기』 3권, 문학과지성사, 2004, 368쪽.

의미 있는 사건을 통해 기억의 장소가 생성된다. 『태백산맥』이 그렇듯, 지리산을 공간화한 작품들은 집단적 망각의 단계를 넘어 기억을 확인하고 보존할 장소를 잉태한다. 지리산 이야기에서, 우리는 장소가 기억을 살릴 뿐만 아니라 기억이 장소를 되살리는 것을 경험한다.

잔돌평전은 이미 해가 저물어가고 있었다. 이태가 아침저녁으로 우러러본 해발 1천5백 미터의 그 산마루는 직경이 2킬로미터 가량으로 완만한 경사를 이룬 평원이었다. "일제시대에 일본놈들이 이곳에 비행장을 만들 작정을 했다오." 구빨치 출신인 선 요원의 설명이었는데, 그런 얘기가 있을 만도 했다. 관목숲이 시야 아득히 펼쳐진 광활한 고원의 풍경은 정말 장관이었다. "봄철이 되면 이 고원 전체가 꽃밭이 되오. 정말 아름답지, 아름다워."하며 선 요원은 황홀한 표정을 지었는데, 지금의 풍경도 그지없이 아름답다고 이태는 느꼈다. 고원 전체를 덮은 노랑과 붉음이 섞인 단풍 바다가 절경이었던 것이다. … 고원 한쪽에, 고대 그리스의 원형 경기장을 연상케 하는 웅장한 석성이 있었다. 여순사건으로 지리산에 피해 들어온 반란군을 토벌하기 위해 국군이 주둔했던 자리라고 했다.[28)

개편을 끝낸 남부군은 피앗골을 출발, 임걸령재에 올라 다시 주능선을 타고 서쪽 老姑壇으로 힝했다. … 노고단은 잔돌병선(세석평전)과 더불어 지리산의 양대 고원의 하나이다. 그 크기와 웅장한 점은 세석평전보다 못하지만, 지리산맥의 서쪽을 차지하여 파노라마처럼 펼쳐진 구례평야를 한눈에 바라볼 수 있는 景勝이다. 그 무렵 노고단엔, 경찰대가 빨치산의 근거지가 된다고 하여 나무를 모두 베어버렸기 때문에 관목 한 포기 없었다. 벌거벗은 山塊만 남았다. 그 일대엔 일제 때 서양인 선교사들이 지었다는 별장 터와 극장 터가 남아 있었고 그 집터 사이를 잇는 薄石 통로, 수로 등이 잡초 속에 묻혀 있었다. 들은 바에 의하면 서양인 선교사들은 지게꾼들의 등의자를 장치한 지게에 실려, 동쪽 마산면부터 산길로 해서 해발 1,500미터의 고지 노

---

28) 이병주, 『지리산』 7권, 기린원, 2006, 45~46쪽.

고단까지 올라왔다는 것이다. 앙상한 뼈대와 빈약한 몸집의 지게꾼이 뙤약볕에 땀범벅이 되어 지고 가는 등의자 위에 앉아 영양이 좋은 육중한 서양인이 간혹 부채질을 하며 산천 구경을 했을 것이라고 상상하는 것은 아무래도 유쾌한 기분이 될 수는 없었다. 태영이 속한 김희숙 대대는 노고단 아래 화엄사 골짜기에 자리 잡고 2, 3차 마산면 방면으로 보급 투쟁을 나갔다.29)

앞부분은 잔돌평전의 내력을 말하는 부분이고, 뒷부분은 노고단의 그 것을 말하는 부분이다. 그곳은 남부군의 行路이고, 남부군에 대한 역사 기억에 기대어 이야기된다. 허구 이야기가 중핵 사건을 이루면서 진행되고 있다면, 이 역사적 과거는 삽화가 되어 부수적으로 여기에 끼어든다. 중심 줄거리에 관여되어 있는 이 삽화들은 이야기 존재 자체를 은유적으로 떠받쳐 줄 뿐만 아니라 그 자체로 독자적 플롯을 구축한다. 그것이 중심 이야기, 곧 입산한 남부군의 이야기와 정서적으로 교감을 이루며 그것에 유연하게 종속되어 있으면서도, 독립적 이야기로 인식될 수 있은 것은 장소 이미지를 구현하기 때문이다.

장소란 사람들이 그곳에서 찾고자 하는 것, 그곳에 대해 알고 있는 것, 그곳과 관련된 모든 것을 말한다.30) 현재적 위치에서 과거로 회귀하는 이 실화들은 기본적으로 세월의 흐름에도 변할 수 없는 정태적 이미지를 그 장소에 부여한다. 허구적 사건은 여기에 덧씌워지면서 장소의 의미가 여전히 지속되고 있음을 보증한다. 이렇게 내부에 있는 지속적인 동일성을 장소의 정체성31)이라 부른다. 피아골이 그러했듯 '잔돌평전'과 '노고단'은 역사적 사건들을 통해서 현재 벌어지는 사건들의 정당성을 고양시키고, 고정된 장소의 의미를 구축한다. 역사와 허구를 변주하면서 조직되는

---

29) 이병주, 위의 책, 65~66쪽.
30) 알라이다 아스만, 변학수 외 역, 『기억의 공간』, 경북대출판부, 2003, 433쪽.
31) 에드워드 렐프, 김덕현 외 역, 『장소와 장소 상실』, 논형, 2005, 109쪽.

이야기들은 극적으로 표현되면서 생생한 실재가 되고 인간의 장소가 된다.

역사 연관 속에서만 장소의 정체성이 형성되는 것은 아니다. 『태백산맥』에서 손승호나 이해용은 빨치산 동지들을 떠올리며 지리산의 장소감을 만들어낸다. 『지리산』에서도, 박태영은 그렇게 지리산의 장소 의미를 창출한다. 지리산 '최후의 빨치산'이 되고자 한 박태영의 의지와 감정은 지리산을 통해 생성되어 지리산에 묻혀버린다. 지리산은 그러한 박태영의 일생을 기억하면서 장소의 의미에 연속성을 부여한다. 「철쭉제」의 '나' 역시 집안의 내력을 뒤적거리며 한 개인이 지리산과 맺은 인연을 들춰낸다. 『마뜰』의 경우는 지리산의 순박한 마을 사람들이 역사의 격랑 속에서 감당한 수난을 상기시킨다. 지리산이란 정지된 장소는 이 개인들의 마음의 중심으로 이동한다. 지리산은 이들에게 감정적 유대를 확인하고 가치관을 공유할 구체적 장소이자 상징적 장소가 된다.

허구 속에 창조된 이 작중인물들은 지리산이 품은 장소의 의미를 지속시키며, 또한 현실감을 갖도록 매개적 역할을 한다. 사람들이 어떤 장소에 직접 현존하고 있음을 느끼도록, 그들은 지리산의 장소감을 생성하고 향유하고, 그리고 전달하고자 한다. 그들은 자신이 경험한 장소에의 감정과 의식, 그 장소에서의 사건들을 다른 사람과 나누어 갖고자 한다. 이 소통 욕구는 그들의 이데올로기에 의해 더욱 강렬한 힘을 얻는다. 이데올로기는 대부분 문화적으로 형성된다.[32] 실제 지리산의 장소 정체성은 공감의 공동체를 형성한 인물들의 이데올로기에 투사된 그것이라 할 수 있다. 환경이나 개인에 따라서 다양한 경험과 태도를 반영하는 수많은 장소 정체성이 존재한다. 지리산이란 무차별적 공간에 가치를 부여하는 것은 작중인물들의 태도이다. 가치부여에 따라 공간은 장소가 된다.[33] 장소에 가치를 부여하는 이 작중인물들은 지리산을 거점으로 저항 공동체를 형성

---

[32] 레나토 로살도, 권숙인 역, 『문화와 진리』, 아카넷, 2002, 147쪽.

[33] 이푸 투안, 구동회·심승희 역, 『공간과 장소』, 대윤, 1995, 19쪽.

한다. 저항의 근거지이자 생존의 도피처로서 그들을 받아들인 지리산은 경제적 수탈, 문화적 차별, 인격의 억압 등 훼손된 인간성을 복구하는 불패의 땅으로 다가온다.

V. 맺음말

지리산의 장소적 정체성을 형성하는 과정 그 자체가 장소의 의미를, 나아가서 그곳에 살아가는 사람들의 삶의 의미를 생산하는 문화적 실천이었음을 우리는 지리산을 공간화한 소설들을 통하여 살펴보았다. 지리산이란 장소의 의미에 집중한 것은, 그것이 의식과 감정을 방향 짓기 때문이다. 실제 그것은 대부분 이야기를 통해 구성되고 전파되는데, 우리는 그러한 이야기 소통이 근원적으로 장소들을 매개로 이루어지고 있음을 보게 된다. 장소는 적층된 이야기들을 기억하고, 그곳에 찾아온 또 다른 사람들에게 그것을 전해줄 당위적 징표가 된다. 이야기들이 누적된 경험들로 구조화되어 있다면, 그것은 발화됨으로써 비로소 현재적 의미를 가능케 할 사건이 된다. 장소를 환기시키는 사건들은 그렇게 현재적 맥락에 맞게 재구성된 서사적 진실을 수반한다. 역사이야기와 허구이야기를 교차시키면서 생성하는 장소감은 다른 사람들을 지리산이란 가치의 중심으로 끌어 모으는 내밀한 힘을 발산한다.

지리산은 그렇게 다른 삶을 살아가는 사람들을 묶어주는 역할을 한다. 삶의 다른 이름이 문화이다. 문화는 삶이 인식되고 해석되었을 때 그것이 된다. 지리산을 공간으로 한 소설들은 결국 지리산이 포함하는 그곳의 삶을 반영하고 그것을 사람들과 공유하고자 한다. 지리산의 장소적 정체성은 지리산을 표상하는 삶의 역정을 통해 구현된다. 지리산의 그토록 아름다운 풍경조차도 이 삶을 구성하는 농축된 감정에 의해 포착된 그것이다.

구전되는 이야기들 또한 현재의 사건들과 그것이 만든 인식의 틀에 의해 해석된 이야기들이다. 기록 저장소로서의 장소는 단순히 축적된 과거만을 껴안고 있는 것이 아니라 자신의 동일성을 유지하려는 적극적 의지에 의해 그것들을 재구성한다. 지리산을 배경으로 한 소설들은 단순히 지리산을 플롯의 배면으로 삼은 것이 아니라 지리산의 장소 정체성을 탐구하는데 서사의 초점이 모아진다. 그것은 장소의 기억을 서사 담론으로 전환하는 것을 의미하는데, 그렇게 소설의 몸을 숙주로 하여 지리산의 장소적 의미는 되살아난다. 지리산이 지닌 수난과 항쟁의 의미는 이러한 과정을 거쳐 생성된다. 그러한 의미의 최저점에 인간적 생명의 존재감을 얻고자 하는 간절한 몸짓이 가로놓여 있다.

장소의 고유한 의미는 문화적 기반 위에 존재하며 문화에 따라 달라지기도 할 것이다. 지리산의 장소감을 잉태하는 감정 구조는 결국 문화적 수행과 실천에 의해 형성된 시대 경험의 소산이다. 저항의 은신처이자 도피처로서, 혹은 생존을 위한 최후의 안식처로 선택한 지리산은 역사의 위기 국면에 놓인 인간 삶의 깊이를 탐구할 텍스트가 된다. 그것은 이야기를 통해 구성되어 있다. 경험에 의미가 부여되면서 지리산에 얽힌 이야기는 발생한다. 여기서 살펴본 작품들은 그것을 허구적 기억으로 구성한다. 원초적 사건에 의미를 부여하는 이 허구적 문맥은 기억의 사실성이 아닌 기억의 진정성을 강조한다. 서사는 정신이나 행동을 종합할 뿐만 아니라 우리의 견해나 감정에 영향을 미칠 일련의 인간 활동이다. 의식적 변화와 감정적 유대를 갈망하는 지리산의 이야기들은 지리산 권역의 장소들을 수식한다. 이는 일련의 작품들을 통해 반복적으로 수행되면서 지리산의 문화적 관습과 의미를 강화하고 지속성을 부여한다.

이 글은 『현대소설연구』 제34집(2007)에 수록된 「기억 서사와 문화적 소통 - 현대소설과 지리산」을 그대로 실은 것이다.

—

현대소설에 나타난 '지리산'의 문학적 형상화와 그 의미

『지리산』·『태백산맥』·『피아골』을 중심으로

조구호

—

I. 머리말

소설에서 공간의 문제는 사실적 정확성이란 관점에서 판단되는 것이 아니라 스토리를 위해서 무엇을 성취했는가 하는 문제와 결부된다.[1] 즉, 소설에서 공간은 인물과 사건의 리얼리티를 제공해준다는 기능으로부터 점차 확대되어 주제와 인물에 긴밀히 연결되면서 작품의 독특한 분위기

---

[1] Joseph A. Kestner, 『The Spaciality of the Novel』, Wayne State Univ. Press, 1978, p.9.

를 형성하기도 하고, 이야기의 심미적 양상을 결정짓는 중요한 요인이 되기도 한다는 것이다. 이러한 점은 소설이 지닌 특성과 관련된 것이기도 하다. 소설은 시간과 공간의 제약을 받으며 한정된 범주에서 창조된다. 작가가 정해 놓은 공간의 특성에 따라 작중 인물의 특성이 창조되고, 그 범주 안에서 작중 인물의 행동도 구체화된다. 따라서 공간은 인물이 등장하는 환경에만 그치지 않고, 인물의 내적 세계를 반영하고, 인물의 감정이나 의식세계에 작용하여 영향을 주고, 마침내는 작가의 주제의식을 드러내는 주요한 문학적 장치로 기능한다. 그러므로 공간의 문제는 현대소설을 이해하는데 필수적이며, 서사물에서 공간이 어떤 의미를 지니는가를 밝히려는 것은 서사 텍스트의 본질을 규명하는 작업이 되는 것이다.[2] 이러한 측면에서 소설의 공간에 대한 연구가 중시되어 왔고, 최근에는 문학지리학에 대한 관심도 고조되고 있다.[3]

현대소설에서 자연물인 지리산이 문학적 공간으로 자주 등장해 왔다. 특히 민족의 비극인 한국전쟁(6.25사변)을 겪고 난 60년대 이후의 많은 문학작품에서 지리산은 다양한 의미의 공간으로 등장해 왔다. 지리산은 민중들이 삶을 지탱하는 터전이거나, 권력과 자본의의 억압과 횡포에서 벗어나기 위한 도피의 공간으로 형상화되기도 하였고, 이념의 대립에 의한 투쟁의 공간으로 형상화되기도 했다. 지리산의 문학적 형상화는 문학 공간으로서의 특징뿐만 아니라, 지리산에 대해 새롭게 인식할 수 있는 단초를 제공한다는 점에서도 의미가 있다고 하겠다. 이미 칸트가 '공간은 객관적이고 경험적인 실재가 아닌 선험적이고 관념적인 것'[4]이라고 한 바 있듯이, 문학적 공간은 실재의 공간이 아닌 인식의 방향에 따라 달리

---

2) 김병욱, 「현대소설의 시간과 공간 연구」, 서강대학교 대학원 박사학위논문, 1988, 59쪽.

3) 최근 문학지리학에 대한 연구물로는『문학지리·한국인의 심상 공간 상·하』(논형, 2003)가 있다.

4) 임마뉴엘 칸트, 최재희 역,『순수이성비판』, 박영사, 1983, 76쪽.

구성되는 구성체인 것이다.[5] 따라서 공간성에 대한 논의는 그 실재성의 지시 관계를 따지는 문제에서 벗어나 공간이 어떤 의미로 이해되고 해석되는가가 중요시된다.

이러한 측면에서 이 글에서는 지리산이 소설의 주요한 공간으로 작용하고 있는 작품들을 중심으로, 문학적 공간인 지리산의 특징과 작품에서의 의미 등을 살펴보고자 한다. 지리산이 소설의 주요 공간으로 등장하는 장편소설[6]은 문순태의 『피아골』(1985), 이병주의 『지리산』(1985), 김주영의 『천둥소리』(1986), 조정래의 『태백산맥』(1898), 이태의 『남부군』(1988), 박경리의 『토지』(1994) 등을 비롯하여 많은 작품들이 있다. 여기서는 이들 작품 중에서 지리산의 특징을 민중들의 삶과 결부하여 잘 형상화하고 있는 『지리산』·『태백산맥』·『피아골』을 중심으로 살펴보고자 한다.

II. 다층적 의미의 공간인 지리산-『지리산』

『지리산』·『태백산맥』·『피아골』 등에서 형상화된 지리산은 민중들의 삶과 밀착된 역사적 공간으로 작용한다. 『지리산』에서는 일제식민지시대, 남북분단, 한국전쟁 등의 격동기에서 젊은이들이 겪어야 했던 고뇌와 희생이 지리산을 주요 공간으로 형상화되어 있고, 『태백산맥』에서는 남북분단과 한국전쟁의 와중에서 이념의 차이로 인한 투쟁과 희생이 형상화되어 있다. 그리고 『피아골』에서는 지리산 자락에서 터전을 일구고 사는 민중들의 애환이 형상화되어 있다. 이러한 지리산의 모습이 구체적으로 어떻게 드러나고 있는지 차례로 살펴보기로 한다.

---

5) 장일구, 「소설 공간론, 그 전제와 지평」, 『공간의 시학』, 예림기획, 2002, 21쪽.
6) 이 글에서는 지리산의 공간적 특성이 보다 잘 드러나는 장편소설을 연구대상으로 하였다.

이병주의『지리산』은 작가 자신의 경험담이나 개인들의 수기, 당시의 신문기사 등을 폭넓게 인용하고 있어 실록소설이라고 칭해지기도 한다.[7] 실록소설은 역사적 서사의 형식을 취하되 사실의 기록에 더 충실을 기한다는 것을 의미하므로, 자칫 "소설적 상상력의 부족을 실록으로 채우거나, 반대로 실록의 취약점을 상상력으로 넘어서는 불확실성의 영역으로 떨어질 우려"[8]를 내포하고 있다. 그럼에도 불구하고『지리산』에 실록소설이라는 부제가 붙은 것은[9] 사실적인 면을 더 부각시키려는 작가의 의도[10]라 하겠다.

『지리산』에서 지리공간인 지리산은 주요 등장인물들에게 다양한 의미로 인식되는 중요한 공간이다. 지리산이 중요한 공간으로 작용하는 것은 작품의 서두에서 암시된다. 작품의 중심인물 중의 한 명인 이규가 할아버지 산소에 성묘를 가서 바라보는 지리산은 학자였던 할아버지가 동경했던 이상적인 공간으로 설명되고 있다.『지리산』1권의「병풍 속의 길」에서 설명된 바와 같이 지리산은 "기연한 모습을 아득히 하늘 가운데 두고 장엄한 기풍으로 고요하고, 은근히 울려 퍼지는 솔바람 사이로 가느다란 풀벌레 소리가 들리는"(1권 40쪽) 이상적인 공간으로 제시된다. 작품의 서두에서 지리산이 이상적 공간으로 제시되는 것은 이상을 펼칠 수 없는 현실에서 대한 암시이기도 하다. 독립운동을 하다가 감옥에 드나드는 바람에 자기 재산만이 아니라 형제들 재산까지 축을 내고는 이러지도 저러지도 못하고 형제의 등에 업혀 사는 이규의 仲父가 족보에서 가문의 향수

---

7) 박중렬, 「실록소설로서의『지리산』론」, 『현대문학이론연구』29호. 현대문학이론연구회, 2006, 173쪽.

8) 김윤식, 「지리산의 사상과『지리산』의 사상」, 『지리산』7권, 한길사, 2006, 381쪽.

9) 소설『지리산』은 '실록대하소설'이라는 부제가 붙어 있다.

10) 이병주는 「지리산을 마치며」라는 작가 후기에서 순진무구한 수많은 청년들을 죽음으로 몰고 간 공산당에 대한 역사의 준열한 심판이 있어야 한다며 역사적 사실에 대한 고발을 강하게 피력했다. 『지리산』7권(1994 재판), 기린원, 368~369쪽. 이하 인용은 이 책을 따른다.

를 느끼는 형님을 힐난하고는 자취를 감추어버린 곳이 지리산으로 암시되기 때문이다. 이규의 중부와 같은 지식인들에게 지리산이 이상향으로 인식되는 것은 주권을 빼앗긴 일제식민지시대의 현실을 부각시키는 것으로도 이해된다. 이러한 지리산은 중심인물들이 청년으로 성장하면서 일제의 탄압을 피할 수 있는 은신의 장소로 그려진다.

소설의 중요 등장인물들인 하준규와 박태영 등이 일제의 강제 징집을 피하기 위해서 지리산으로 은신한다. 이들은 일제의 용병으로 끌려가 치사스런 죽음을 하는 것보다는 지리산으로 들어가 활로를 찾고자 한다.

> 지리산으로 간다는 것은 일본의 지배를 벗어나다는 뜻이다. 소극적이건 적극적이건 일본에 항거한다는 의미로 요약할 수 있다.……그러나 그건 패배와 죽음에의 길인지도 모른다. 이러한 상념이 태영의 자세를 지탱하는 정열의 원천이며 그로 하여금 지리산으로 들어가게 하는 원동력이다.
>
> -『지리산』 2권, 113~114쪽

인용문에서 보듯이 소설의 중요 등장인물들인 하준규와 박태영 등에게 지리산은 일제의 탄압을 벗어날 수 있는 도피의 공간이자, 또한 자신들의 이상인 항일투쟁을 실현할 꿈을 키우는 애국의 공간이다.[11] 그들은 지리산으로 들어가 보광당이란 조직을 만들고 자신들만의 공동체를 건설하여 조직적인 생활을 꾸려가고, 자신들과 비슷한 처지의 사람들과 연대하여 조직을 확대해 나간다. 그리하여 지리산은 일제의 탄압을 피해 도피한 사람들의 은신처에서 항일투쟁의 근거지로 발전하게 된다. 지리산이 일제의 탄압에서 벗어나는 은신처에서 항일투쟁의 근거지로 공간적 의미가

---

11) 유임하는 『지리산』에서 '지리산은 식민지시대에는 고난을 이겨내는 애국의 성소였으나, 좌우이데올로기의 분립과 전쟁으로 치닫는 현실에서는 정치적 과오와 많은 희생을 낳은 처소'라고 하였다. 「80년대 분단문학, 역사의 진실해명과 반공주의의 극복-『남과 북』・『지리산』・『태백산맥』을 중심으로」, 『작가연구』 15호, 깊은샘, 2003, 190쪽.

확대되면서 지리산에 대한 인물들의 인식도 달라진다.

지리산은 작품의 첫 장인 「병풍 속의 길」에 묘사된 병풍 속의 풍경에서 암시된 신선이 사는 이상적인 공간이기보다는, 경건한 마음으로 옷깃을 여미고 더욱 분발해야겠다고 의지를 다시는 표상이 된다.

> 천왕봉은 해발 1915미터, 지리산의 최고봉이다. 헤아릴 수 없이 무수한 지맥들이 각각 능선을 이루고 사방으로 뻗쳐 있는 중심부에 천왕은 기려한 모습으로 옷을 여미게 한다. 사방으로 탁 트인 절묘한 조망과 산정(山頂)의 늠렬(凜烈)한 대기는 그것만으로 위대한 감동이 아닐 수 없다.……태영은 일제와의 타협을 거부하고 지리산의 주민으로서 살고 있다는 새삼스러운 자부심을 느끼며, (이 위대한 지리산을 더욱 영광스럽게 하기 위해서도 분발이 있어야겠다)고 다짐했다.   -『지리산』2권, 260~261쪽

소설의 중심인물 중의 한 명인 박태영은 수많은 지맥을 거느리고 우뚝 솟아 있는 지리산 천왕봉을 보며, 일제와 타협하지 않고 일제에 대항하기 위해 지리산에서 고난을 무릅쓰고 있는 자신의 모습을 비추어보는 것이다. 그리하여 일제의 지배에서 벗어나 지리산에서 사는 것에 새삼 자부심을 느끼고, 어떤 상황에서도 지리산처럼 의연해야겠다는 다짐을 하는 것이다. 박태영의 이러한 태도는 숱한 세월의 풍파에도 변하지 않고 민족의 영산으로 굳건한 위상을 지니고 있는 지리산에서 고난을 극복할 용기와 위안을 찾으려는 작가의 지리산에 대한 인식이라 하겠다.

이것은 작가가 지리산을 서사적 공간만이 아닌 의지의 표상으로 인식하고 있다는 것을 뜻한다. 앞에서도 언급한 바와 같이 문학적 공간은 실재의 공간이 아닌 인식의 방향에 따라 구성되는 구성체인 것이다. 그러므로 작가는 지리산을 민족이 겪는 고난을 견디고 극복하는 의지의 표상으로 인식하고, 그것을 작품으로 형상화한 것이라 하겠다. 이렇게 지리산은 소설의 전반부에서는 은신의 공간에서 투쟁의 의지를 다지는 표상으로

작용하고 있다.

그러면 소설의 후반부에서 지리산은 어떤 의미로 작용하고 있는지 살펴보자. 광복 이후부터 한국전쟁이 시대적 배경인 소설의 후반부에서는 지리산은 되돌아가고 싶은 그리움의 공간이자, 이념의 갈등으로 유혈이 낭자한 상처로 얼룩진 공간으로 그려진다.

> 지리산! 쾌관산! 지금쯤 단풍으로 물들어가고 있을 것이다. 하늘은 한없이 푸르고, 그윽한 가을꽃은 만발하고, 뻐기기 소리는 메아리를 남기고, 시냇물은 은빛으로 빛나고,……그곳은 박태영에게 두고 온 고향처럼 그리운 곳이기도 했다.
> ―『지리산』5권, 102쪽

박태영이 지리산을 그리워하는 것은 공산당의 활동에 회의를 느끼게 되면서이다. 그는 공산주의이념을 실현하기 위해 고난을 마다않고 헌신적인 노력을 했지만, 공산당의 활동이 인간으로의 양심과 일치하지 않아 갈등하며 보광당시절의 지리산을 그리워하며 지리산으로 돌아가고 싶어 하는 것이다. 보광당시절의 지리산에서의 생활은 인간적인 신뢰를 바탕으로 조직이 운영되었고, 항일투쟁을 위해 모든 단원이 일치단결하여 의기가 충만했었다. 그런데 모두가 잘 사는 더 나은 세상을 만들기 위해 가담한 공산당은 신성불가침의 성역이고, 공산당조직은 복종과 충성만을 강요하여 인간으로서의 양심마저 용납하지 않는 것이다. 그리하여 인간적인 신뢰를 바탕으로 의기가 투합되었던 보광당시절의 지리산을 그리워하며 그러한 공간의 지리산으로 되돌아가고 싶어 하는 것이다.

여기서 지리산은 공간적 의미에서 심정적 의미로 전환되는 것을 볼 수 있다. 지리산이 구체적인 활동의 공간으로서의 의미보다는 마음속에 남아 있는 그리움의 대상으로 제시되고 있는 것이다. 지리산이 그리움의 대상으로 묘사되는 데는 공산당에 대한 작가의 비판적인 시선과 무관하지 않다. 『지리산』을 집필하게 된 배경에 대한 작가의 말에서도 공산당에 대한 비판이 강하게 드러난다. 작가는 해방직후부터 1955년까지 지리산에서 공비라는 누명을 쓰고 죽은 많은 청년들과, 또 공비를 토벌하면서 죽은 많은 청년들의 희생에 대한 의분(義憤)에서 『지리산』을 집필하게 되었다고 밝히고 있다.12) 이러한 작가의 의도에서 박태영을 비롯한 중심인물들이 공산당원으로 활동하는 작품의 후반부에서는 공산당에 대한 부정적인 면이 부각되고, 인간적인 신뢰를 바탕으로 운영되었던 보광당시절의 지리산을 그리워하는 것으로 제시되고 있다. 그런데 이러한 점은 작가의식이 너무나 소극적이고 방관자적이라는 비판을 받기도 한다.13) 박태영의 모습은 인간의 생명과 가치를 위협하고 억압하는 비인간적이고 반인간적인 힘과 맞서 싸우기보다는 현실추수적이고 자기 보존적인 방관자적인 자세를 지니기 때문이다.

그렇지만 박태영은 공산주의 이념보다는 인간적인 신뢰와 애정을 중시하여 동료들이 살아남을 수 있는 방도를 마련해 주는 등 휴머니즘의 자세를 견지하면서도 공산당에는 동조하지 않는다. 그는 공산당에 동조하지 않으면서 사상적 전향도 하지 않는데, 이것은 공산당으로 상징되는 북한이나 토벌군으로 상징되는 남한을 함께 비판적으로 보고 있다는 뜻이기도 하다. 『지리산』이 반공이데올로기를 지향하기는 하지만, 남한 사회에도 비판적인 것을 남북분단과 전쟁이 일어나게 된 원인과 책임이 어느 한쪽에만 있지 않다는 작가의 역사인식이라 하겠다.

공산주의에 환멸을 느끼고 방관자적인 자세로 일관하던 박태영은 공산주의이념을 정신적으로 신봉하며 지리산으로 은둔하지만, 토벌대에 쫓기다가 최후를 맞이하게 된다. 박태영이 최후를 맞이함으로써 지리산은 그리움의 공간에서, 이념의 갈등과 대립으로 유혈낭자한 상처의 공간이 된

---

12) 『지리산』 7권(1994 재판), 기린원, 368~369쪽.
13) 이동재, 「분단시대의 휴머니즘과 문학론」, 『현대소설연구』 24호, 한국현대소설학회, 2004, 344쪽.

다. 지리산이 분단으로 인한 유혈낭자한 상처의 공간으로 형상화 되는 것은 『지리산』 뿐만 아니라, 『태백산맥』에서도 잘 드러난다. 지리산은 이념의 차이로 대립하다가 퇴로를 잃은 수많은 사람들이 육신을 묻은 곳이기 때문이다.[14]

소설에서 공간의 묘사는 소설가가 세계에 대하여 갖는 관심의 정도와 그 관심의 질을 나타내 보인다고 할 수 있다.[15] 즉 작가는 인간이 그를 에워싼 세계와 맺게 되는 기본적인 관계를 특정 공간에 대한 반응을 통해 표현하는 것이다. 따라서 『지리산』에서 지리산이 작품의 전반부에서는 불의에 항거하는 도피의 공간으로 제시되었다가, 작품의 후반부에서는 그리움의 대상으로 제시되고 있는 역사적 상황에 대한 작가의 반응이라 하겠다. 작품의 전반부는 시간적 배경이 일제식민지시대로 일제의 압박에 겪어야 했던 민족적 울분을 민족의 영산인 지리산을 통하여 토로하고 위안을 받고자 했다면, 작품의 후반부에서는 복종과 충성만을 강요하는 공산당에 대한 부정적인 면을 부각하기 위한 것이라 하겠다.

III. 투쟁과 역사의 공간인 지리산 - 『태백산맥』

조정래의 『태백산맥』은 벌교를 중심으로 한 지리산 일대를 배경으로, 남북분단의 배경과 전개 과정 등을 폭넓게 다루고 있다. 이 작품에는 각 계각층의 200여 명의 인물이 등장하는데, 지리산은 인물들의 중요한 활동 공간이다. 지리산은 좌익계열의 인물들에게는 사회주의이념을 실현하기 위한 투쟁의 마지막 보루이고, 부당한 권력과 자본의 횡포에 짓눌려 생존

---

14) 지리산이 빨치산의 최후의 격전지였고, 수많은 빨치산이 지리산에서 최후를 맞이했음은 다른 자료에서도 드러난다. 김양식, 『지리산에 가련다』, 한울, 1998, 99~108쪽.

15) 롤랑 부르뇌프·레알 윌레, 김화영 편역, 『현대소설론』, 현대문학, 1996, 226쪽.

의 위기에 직면한 민중들에게는 도피처이다.

그렇기 때문에『태백산맥』에서 지리산은 앞에서 본『지리산』의 지리산과는 다르게 소설의 인물들이 꺼리는 공간이다. 특히 인민 해방을 목표로 투쟁하는 빨치산들이 꺼리는 공간이다.

> 옛적부터 들판에서 들고일어난 백성들은 산으로 피해감스로 싸우고 싸우다
> 가 지리산으로 몰리면 종단에넌 끝장나뿌렸다는 것인디, 우리야 싹 다 지리
> 산으로 쫓기는 것이 아니고 비무장만 임시병통으로 뒤로 빼는 것잉게 달브
> 기야 허제만, 그려도 지리산으로 뒤뺀다고 헐 적에 맘이 껄쩍지근혔고, 이
> 리 와서 봉계로 맘이 쌔코롬해짐스로 탁 까라지는 것이, 자꼬 어런들 말이
> 되씹히고 그러요」 -『태백산맥』10권, 19쪽

인용문은 소작인 출신으로 빨치산 부대의 간부가 된 하대치가 전남도당의 지시에 의해 자기가 속한 부대가 지리산으로 이동하는 것을 꺼리는 것을 보여주고 있다. 빨치산들이 지리산을 꺼리는 것은 지리산은 빨치산이 투쟁을 위한 최후의 선택지이며 죽음을 맡기는 곳이기 때문이다. 앞에서도 언급되었듯이 지리산에서 빨치산의 투쟁은 치열하게 전개되었고, 수많은 빨치산 전시들이 지리산에서 최후를 맞이했다.

그러나 빨치산에게 지리산은 죽음의 공간이기도 하지만 역사의 공간이기도 하다. 빨치산은 지리산에 승리하지 못하고 죽음을 맞이하지만, 인민 해방을 위한 빨치산의 투쟁은 후세의 역사 속에서 살아날 것이라고 강조되고 있다. 곧, 지리산은 빨치산에게 현실에서는 죽음의 공간이지만 후세에는 역사의 공간이 된다는 것이다. 그것은 다음과 같은 언급에서도 드러난다.

> 우리의 투쟁은 이제 현실투쟁이 아니라 역사투쟁 속에 있습니다. 여러분들
> 은 그 동안 학습을 열심히 해왔으므로 현실투쟁이 무엇이인지, 역사투쟁이

무엇인지 다 아실 것입니다. 현실투쟁은 인민해방을 우리가 살아있는 동안 눈앞에서 성취시키는 것이며, 역사투쟁은 인민해방을 우리가 목숨을 바쳐 뒷날 역사 속에서 성취시키는 것입니다. 여러분, 역사투쟁은 바로 목숨을 바치는 죽음의 투쟁입니다.　　　　　　　　　　　　-『태백산맥』10권, 266쪽

현실에서의 죽음이 역사에서 승리로 살아날 것이라는 믿음으로 투쟁해야 한다는 것을 강조하고 있다. 그리하여『태백산맥』의 많은 부분에서 수많은 빨치산들이 혹독한 추위와 배고픔, 그리고 토벌대의 공격에 쫓기는 극한적인 상황에서도 역사의 승리를 위해서 죽음을 두려워하지 않고 투쟁하다가 산화하는 모습으로 그려진다. 이것은 빨치산에 대한 인식을 확대시키려는『태백산맥』의 주제와 관련된다.

『태백산맥』에서 강조하고 있는 것은 크게 두 가지이다. 재산이나 신분에 의한 차별이 없는 평등한 세상 건설과, 외세에 의존하지 않는 자주적인 민족주의의 확립이『태백산맥』의 중심 주제인 것이다. 작가는 이러한 점들을 잘 부각시켜 굴절된 민족의 역사를 바로잡고 통일의 길을 모색하고자 했다고 말한 바 있다.16) 일제식민지시대에 일제의 앞잡이로 민중들을 착취하며 호의호식하던 반민족주의자들이 해방 후에도 일제식민지시대와 다를 바 없이, 권력을 누리고 호의호식하는 모순된 역사와 제도에 대한 비판과 저항을 빨치산을 중심으로 강조하고 있다고 하겠다.

『태백산맥』에서 빨치산은 크게 두 유형으로 드러난다. 하나는 염상진과 같이 사회의 구조적 모순을 깨닫고 그것을 혁파하려는 지식인들이고, 다른 하나는 권력과 지주들의 횡포에 생존의 위기에 직면한 민중들이 생존을 위해 가담하게 된 경우이다. 앞의 유형의 대표적인 인물인 염상진은 공산주의자가 된 것은 비인간적인 삶을 강요하는 사회의 구조적 모순을 혁파하고 민중들이 '인간다운 삶'을 살 수 있는 세상을 만들기 위해서라

---

16) 조정래, 「『태백산맥』창작보고서」, 『작가세계』26호, 1995, 101쪽.

고 한다. 그렇기 때문에 『지리산』의 박태영이나 하준규와 같이 자신의 신념에 대한 회의나 갈등이 없다. 휴전과 함께 북쪽의 지원 중단, 패전 책임 등의 이유로 김일성파로부터 대거 숙청을 당한 박헌영 등 남로당 일파의 궤멸 소식을 접하면서도 '인민해방'을 위한 빨치산 투쟁에는 변함이 없다. 이것은 반공주의 일변도의 시각에서 벗어나 빨치산으로 활동했던 공산주의자들에 대한 탈이데올로기적인 관점에서 조명하려는 의도라고 하겠다.

뒤의 유형에 속하는 인물들은 대부분 가난한 소작인들이다. 이들이 빨치산에 가담하게 되는 것은 강동기나 마삼수 등의 모습에서 볼 수 있듯이, 지주들의 횡포에 생존을 위한 본능적인 저항으로 폭력을 휘둘러 어쩔 수 없이 빨치산에 가담하게 되고, 빨치산에 가담하여 차츰 사회의 구조적 모순을 깨닫고 그것을 혁파하는 투쟁의 선봉에 서게 된다. 이들은 대대로 가난한 소작인으로 살아오면서도 그것을 당연한 것으로 여겼던 무지를 떨치고 지주와 소작인으로 구분되지 않는 모두가 인간다운 삶을 살 수 있는 세상을 건설한다는 신념에서 죽음을 두려워하지 않는다. 삶을 억압하는 부당하고 뒤틀린 조건들에 대항하여 맞서는 민중들이 빨치산이 되었다는 것은 빨치산에 대한 인식의 폭을 확대시키는 것이다. 빨치산의 투쟁을 이념의 차원이 아닌 민중들이 인간적인 삶의 조건을 마련하기 위한 노력의 일환으로 제시하고 있기 때문이다.

염상진 등과 같이 자발적으로 빨치산이 된 경우나, 강동기 등과 같이 생존을 위해 어쩔 수 없이 빨치산이 된 경우나 빨치산들은 비인간적인 삶을 강요하는 사회의 구조적 모순을 혁파하고 인간다운 삶을 누릴 수 있는 세상을 건설하기 위해 투쟁하기 때문에, 인민해방의 역사를 믿고 죽음을 두려워하지 않는다. 그들은 오늘의 죽음이 내일의 인민해방의 역사 속에서 찬란한 꽃으로 피어날 것이라는 믿음으로 지리산에 기꺼이 뼈를 묻는 것이다. 이러한 점에서 빨치산이 육신을 묻은 지리산은 투쟁에서 패배한 공간이 아닌, 역사에 기억될 승리의 공간이 된다는 것이다. 이것은 민중이 역사의 주인이라는 작가의 역사의식이기도 하다. 그리하여 지리산은 자연물인 지리적인 공간에서 인간적인 삶을 억압하는 부당한 힘에 대항하여 투쟁하는 민중들의 표상으로 형상화되고 있는 것이다.

Ⅳ. 운명과 속죄의 공간인 지리산-『피아골』

문순태의 『피아골』에서 지리산은 민중들의 삶과 분리될 수 없는 운명적인 공간으로 인식되고 형상화된다. 그렇기 때문에 앞에서 본 『지리산』·『태백산맥』에서 형상화된 지리산의 의미를 포괄하는 것이기도 하다.

『피아골』은 두 개의 이야기로 구성되어 있다. 하나는 〈딸의 이야기〉이고, 또 하나는 〈아버지의 이야기〉이다. 〈딸의 이야기〉는 지리산 자락에서 어린 시절을 보낸 배달수의 딸 만화가, 12살 무렵에 서울로 생모를 따라가서 하숙생활을 하며 미술대학을 졸업하여 결혼을 하였으나 실패하고, 다시 지리산 자락으로 귀환하는 것이 중심 내용이다. 그리고 〈아버지의 이야기〉는 만화의 아버지인 배달수가 지리산의 명포수였던 할아버지와 같은 포수가 되고 싶어 총을 구하기 위해 국방경비대에 지원하였다가 좌익에 휩쓸려 파란을 겪고, 지리산으로 돌아와 지리산의 일부로 살아가는 것이 중심 내용이다.

이 두 이야기는 독립된 이야기이기도 하지만, 하나의 이야기로 이어지는 것이기도 하다. 딸은 아버지의 삶의 한 결과이기 때문에 분리될 수 없는 것이기도 하지만, 두 이야기는 모두 지리산과 운명적으로 맺어져 있기 때문이다. 두 이야기를 시간적 선조상으로 보면 〈아버지의 이야기〉 먼저이고, 〈딸의 이야기〉가 이어져야 하는데 작품에서는 딸의 이야기가 먼저 서술된다. 그것은 딸의 삶이 아버지의 삶과 결부된 운명적인 것임을 제시하고자 하는 의도로 읽힌다.

앞에서 언급된 바와 같이 〈딸의 이야기〉와 〈아버지의 이야기〉에서 공통적으로 드러나는 것은, 지리산을 떠났다가 다시 지리산으로 귀환하게 된다는 것이다. 탈향과 귀향의 구조는 문순태 소설에서 자주 나타나는 중요한 서사구조로[17], 그것은 「철쭉제」·「말하는 돌」 등의 작품에서 나타나는 바와 같이 고향을 떠날 수밖에 없는 민중들의 암울한 현실이 이 땅의 역사적 상황과 맞불려 있다. 『피아골』에서 딸과 아버지의 탈향은 한국전쟁과 그것의 파장으로 인한 것이었고, 그들의 귀향도 그 연장선에서 이루어지는 것이다.

만화와 배달수가 지리산을 떠났다가 다시 지리산으로 돌아오는 것은 '자기 존재의 근원을 회복하기 위한 것'[18]이라는 지적과도 같이 운명적이다. 이들의 귀향이 운명적인 것은 지리산과 깊은 관련이 있다. 이들에게 지리산은 삶의 터전이며 운명의 원천이다. 그래서 이들은 지리산의 품속에 있을 때는 삶의 생동감을 느끼지만, 지리산을 벗어난 곳에서는 삶이 엉킨 실타래처럼 꼬여 파란을 겪게 된다. 그것은 만화나 배달수뿐만 아니라 지리산 자락의 사람들 모두에게 그러했다.

> 골짜기 사람들은 두 눈으로 다 볼 수 없고 두 발로 다 더듬어 볼 수 없는, 부처님의 마음 속 만큼이나 넓고 넓은 지리산 때문에 굶어죽지 않고 살 수가 있다고 생각했다. 그렇다고 그들은 가늠할 수 없을 만큼 덩치 큰 지리산을 단순히 끝없는 생활의 원천으로만 생각한 것은 아니었다. 그들에게 지리산은 삶과 죽음의 원천이며, 마음의 원천이었다.[19]

이렇게 지리산은 삶의 터전이자 마음의 원천이지만 만화나 배달수는

---

17) 최창근, 『문순태 소설의 '탈향/귀향' 서사구조』, 전남대학교 대학원 석사학위 논문, 2005, 65쪽.
18) 김인환, 「『피아골』 작품론-귀환의 의미」, 『피아골』, 정음사, 1985, 349쪽.
19) 문순태, 『피아골』, 정음사, 1985, 200쪽. 이하 인용은 쪽수만 표시한다.

지리산에서 평탄한 삶을 살지 못한다. 이야기의 선조상 먼저인 〈아버지의 이야기〉부터 보면, 배달수는 파란을 겪다가 지리산으로 들어가 산사람이 된다. 그는 대대로 삶의 터전이었던 지리산에서 어머니를 모시고 지리산과 더불어 살기를 원하지만, 그의 운명은 그렇게 살도록 허락하지 않는다.

그는 할아버지와 같은 명포수가 되기 위해 총을 구하려고 국방경비대에 지원하여 지리산을 잠시 떠나게 된다. 지리산에서 살기 위해 지리산을 잠시 떠나게 되지만, 지리산을 떠남으로 해서 그는 파란을 겪는다. 여순반란에 휩쓸려 빨치산이 되어 많은 인명을 살상하기도 하고 국회의원의 딸을 구해준 인연으로 그녀와 결혼을 하여 딸을 낳기도 한다. 이러한 곡절로 인하여 그는 지리산 빨치산토벌작전이 종료되어 가족이 있는 집으로 돌아오지만, 가족과 함께 살지 못하고 지리산으로 들어가 산사람이 된다. 배달수는 지리산에 살기 위해 지리산을 떠났다가, 그로 인해 영원히 지리산 산사람이 되는 것이다.

배달수가 지리산 산사람이 되는 것은 그의 운명이었다. 그것은 그의 할머니의 예감에서 드러난다. 배달수의 할머니는 배달수가 커 갈수록 아버지와 할아버지를 닮아 지리산에 육신을 묻은 부친과 조부와 같은 길을 가게 될 것을 예감한다. 그리하여 새벽마다 지리산 산신령께 치성을 드리며 하나밖에 없는 손자가 평범한 삶을 살 수 있도록 기원하지만, 조부와 같은 명포수가 되고 싶은 운명의 끈이 배달수를 지리산의 산사람이 되게 하는 것이다.

그는 전쟁의 와중에 저지른 살상에 대한 죄책감에서 가족을 버리고 지리산을 들어가 지리산의 일부가 되기를 경건하게 기원한다.

배달수는 이제 그 자신도 신령스러운 지리산의 일부가 되고 싶은 것이었다.
지리산의 흙 한 줌 지리산의 잡초 한 포기, 지리산의 바람, 지리산 골자기의 물 한 방울이라도 되고 싶었다. 자신이 그렇게만 될 수 있다면 그보다 더 큰 행운이 없을 것 같았다. 배달수는 새벽마다 다시 깨어나는 지리산을 향해 경건한 마음으로 그렇게 빌었다.　　　　　　　　(『피아골』, 189쪽)

지리산의 풀 한 포기, 흙 한줌이 되고자 하는 배달수의 모습은 운명에 순응하면서도 운명에 굴복하지 않는 의연하면서도 경건한 모습이라 하겠다. 그러면 이러한 배달수의 모습이 의미하는 바는 무엇일까? 그것은 그가 지리산 산사람이 된 원인에서 찾을 수 있다.

그는 빨치산의 일원으로 활동하면서 30여 명의 진압군을 기관총으로 몰살시켰고, 다시 빨치산토벌대가 되어 예전의 동료였던 20여 명의 빨치산을 수류탄으로 몰살시킨 일로 전쟁이 끝나고 집에 돌아와서도 정상적인 생활을 하지 못한다. 그는 며칠이고 방안에 박혀 있거나, 훌쩍 집을 나가 몇 달이나 있다가 돌아오곤 하다가 지리산 산사람이 되는 것이다. 그는 자기의 뜻과는 무관하게 수십 명의 목숨을 살해한 죄로 정상적인 생활을 하지 못하고 갈등하다가 지리산으로 들어가서 자신의 죄업을 조금이라도 속죄를 하고자 한다. 지리산은 수천 년 내내 민족의 영산이며, 민중들에게 신앙의 대상이자 은신처였다.[20] 배달수는 자신의 육신이 지리산의 한줌의 흙이나 한 포기의 풀이라도 되어 민중들의 삶의 터전에 보탬이 됨으로써 자신의 과오를 조금이라도 씻고 싶은 것이다.

배달수의 모습은 지리산의 수많은 원혼들에 대한 참회이자 위무이다. 하지만 그것은 배달수 개인의 문제가 아닌 이 땅의 모든 사람들의 몫인 것이다. 작품에서 설명된 바와 같이 지리산에는 정유재란, 동학혁명, 일제강점기, 한국전쟁 등을 거치면서 억울하게 희생된 수많은 민중들의 원혼이 잠들지 못하고 떠돌고 있다. 지리산이 한국전쟁에서와 같이 수많은

---

20) 김명수, 「사람 속의 산, 역사 속의 산」, 『지리산자락』, 돌베개, 1996, 282~284쪽 참조.

사람들이 목숨을 잃는 비극의 결전장이 되는 것은 해원되지 못한 수많은 영선(靈仙)들이 재앙을 부르기 때문이라고 설명되고 있다. 그렇기 때문에 그 원혼들을 위로하여 잠재우는 일은 배달수와 같이 직접적으로 관련이 있는 사람들뿐만 아니라 이 땅의 모든 민중들의 몫인 것이다.

이것은 지리산이 민중들의 삶과 분리될 수 없는 터전이며, 역사적 격동기에는 억울하게 희생당한 수많은 영혼들이 잠들어 있는 민족의 무덤이고, 죄악을 참회하는 속죄의 제단이라는 인식을 반영하고 있는 것이라 하겠다.

〈딸의 이야기〉도 이러한 민중들의 삶과 결부되어 있는 이야기이다. 〈딸의 이야기〉의 주인공 만화의 삶도 그의 아버지 배달수와 같이 평탄하지 않다. 만화는 무당 할머니의 핏발선 눈을 빼닮아 지리산 자락에서 무당으로 살아가야 할 아이로 점지된다. 그러나 그것을 꺼린 아버지가 연곡사에 맡겨 불경공부를 시키고, 어머니는 서울로 데리고 가서 학교 공부를 시켜보지만 운명의 끈은 단절되지 않는다. 어머니의 도움으로 학교를 다니며 공부를 하게 되지만 고등학교시절에는 하숙집 주인 아들에게 겁탈당하여 임신이 되어 자살을 시도하기도 하고, 결혼 생활도 만신 할머니에게 물려받은 신기가 불현듯이 발하곤 하여 파경에 이르게 된다. 그래서 18년 만에 다시 할머니와 살았던 피아골로 찾아오게 된다. 만화는 자신의 목마름 병인 갈증을 갈라 앉힐 수 있는 것은 "연곡사 현각선사탑비 밑에 묻어둔 할머니의 울쇠를 흔들며 뜀뛰기를 하거나, 굿거리장단에 맞춰 춤을 추는 것뿐이라는 것"(175쪽)을 알게 된 것이다. 곧, 할머니가 점지해준 운명에 순응해야 한다는 깨닫게 된 것이다.

그렇지만 만화는 할머니로부터 물려받은 신기를 비롯한 모든 운명의 끈을 끊어버리고 싶어 한다. 그런데 그녀가 운명의 끈을 끊고 운명적인 삶에서 벗어나고자 할수록, 운명은 그녀를 강하게 억누른다. 그것은 지리산에 만난 신문사 기자 민지욱과의 관계에서도 드러난다. 만화가 민지욱과 가까워지려고 하자 할머니로부터 점지된 신기가 발하는 것이다.

　그러면 만화의 삶이 운명의 끈에서 벗어날 수 없는 까닭은 무엇인가? 그것은 지리산에서 참혹하고 억울하게 죽은 사람들의 넋인 영선들의 한과 관련이 있다. 만화의 할머니가 지리산 자락에서 억울하게 죽은 사람들의 넋을 위로하는 일을 해왔듯이, 만화도 할머니가 했던 일을 하도록 점지된 것이다. 그것은 누군가는 해야 할 일이지만, 그렇다고 하여 아무나 할 수 있는 일은 아니다. 만화와 같이 신기가 점지된 사람만이 할 수 있는 일인 것이다.

　지리산의 영선들을 잠재우는 일은 만화의 할머니나 만화와 같이 영선들을 잠재울 수 있는 신기를 지닌 인물들이 할 수 있는 일이나, 그것은 민중들이 다양한 삶을 두루 포용할 수 있는 자세에서 가능한 것으로 암시된다. 만화가 할머니로부터 점지된 신기를 회피하고 거부해왔던 것은, 남편을 비롯한 다른 사람들이 신기가 있는 만화를 외면했기 때문이었다. 만화가 거부하고 싶은 운명적인 삶을 수용하여 영선들을 잠재우는 일을 하기 위해서는, 만화의 삶을 인정하고 위로할 수 있는 주위 사람들의 포용적인 자세가 요구된다.

　이질적이 요소들을 두루 수용하고, 그것들이 질서를 유지하며 조화를 이루도록 하는 포용적인 자세는 오랫동안 우리나라 민중들이 삶을 지탱해온 정신적 기반이었다.[21] 그것이 결여되었을 때 민중들의 삶은 파탄에 빠졌고, 작품에서와 같이 지리산에는 수많은 영선들이 떠돌게 되었던 것이다. 그렇기 때문에 지리산의 영선들을 잠재우는 일은 만화와 같은 신기를 점지 받은 사람뿐만 아니라, 이 땅의 모든 민중들이 함께 해야 할 일인 것이다. 곧, 모든 민중들의 노력으로 지리산의 원혼들이 잠들 수 있다는

---

[21] 이질적인 요소들을 수용하고, 그것들이 질서를 유지하며 조화를 이루도록 하는 포용주의를 한국인의 종교적 특징의 하나라고 말하기도 한다. 윤이흠 외, 『한국인의 종교관』, 서울대학교출판부, 2001, 175쪽.

것이다.

이렇게 만화는 지리산과 떨어질 수 없는 운명의 끈으로 엮여 있고, 이 땅의 민중들의 삶과도 결부되어 있음을 그리고 있다. 이러한 형상화는 앞에서도 언급한 바와 같이 지리산이 민중들의 삶과 분리될 수 없는 터전이며, 역사적 격동기에는 억울하게 희생당한 수많은 영혼들이 잠들어 있는 민족의 제단이라는 인식을 반영하고 있는 것이다. 이것은 지리산이라는 지리적 공간을 통하여 민중들의 애환과 고난의 역사에 대한 새로운 성찰을 요하는 것이라 하겠다.

V. 맺음말

앞에서 본 바와 같이 지리산은 민중들의 삶의 터전이었고, 비인간적인 부당한 힘에 저항하여 투쟁했던 근거지이며, 역사의 승리를 믿고 육신을 묻는 민중들의 무덤이었다. 그리고 지리산은 민중들에게 의지의 표상이었고, 애환과 운명의 상징이기도 했다. 이렇게 자연물인 지리산이 문학적 공간으로 형상화됨으로써 지리산의 의미는 다양하게 인식되고, 그것과 결부된 민중들의 삶 또한 새롭게 인식된다고 하겠다.

『지리산』에서는 지리산은 주요 등장인물들에게 다양한 의미의 공간으로 인식된다. 주권을 빼앗긴 현실을 번민하는 지식인들에게는 은둔의 이상향이기도 하고, 일제의 탄압에 굴복할 수 없는 의기의 청년들에게는 애국의 공간으로 제시된다. 그리고 남북분단과 한국전쟁의 격변기를 배경으로 한 작품의 후반부에서는 그리움과 상처의 공간으로 제시되고 있다. 이것은 작가가 지리산을 서사적 공간만이 아닌 의지의 표상으로 인식하고 있다는 것을 뜻한다. 문학적 공간은 실재의 공간이 아닌 인식의 방향에 따라 구성되는 구성체이므로, 작품의 전반부에서는 지리산을 민족이 겪는 고난을 견디고 극복하는 의지의 표상으로 인식하고 그것을 형상화였고, 작품의 후반부에서는 공산당에 대한 부정적인 면을 부각하여 비판하기 위해서 인간적인 신뢰를 바탕으로 운영되었던 보광당시절의 지리산을 그리워하는 것으로 제시되었다.

『태백산맥』에서는 지리산은 빨치산에게 죽음의 공간이기도 하지만 역사의 공간이기도 하다. 빨치산은 지리산에 승리하지 못하고 죽음을 맞이하지만, 인민해방을 위한 빨치산의 투쟁은 후세의 역사 속에서 살아날 것이라고 강조되고 있다. 빨치산들은 비인간적인 삶을 강요하는 사회의 구조적 모순을 혁파하고 인간다운 삶을 누릴 수 있는 세상을 건설하기 위해 투쟁하기 때문에 죽음을 두려워하지 않고 지리산에 기꺼이 뼈를 묻는데, 그것은 오늘의 죽음이 내일의 인민해방의 역사 속에서 찬란한 꽃으로 피어날 것이라는 믿음에서이다. 그렇기 때문에 빨치산이 육신을 묻은 지리산은 투쟁에서 패배한 공간이 아닌, 역사에 기억될 승리의 공간이 된다는 것이다. 이것은 민중이 역사의 주인이라는 작가의 역사의식이기도 하며, 지리산이 인간적인 삶을 억압하는 부당한 힘에 대항하여 투쟁하는 민중들의 표상이기도 하다는 것이다.

『피아골』에서 지리산은 지리산 자락을 삶의 터전으로 삼고 있는 민중들과 떨어질 수 없는 운명의 끈으로 이어져 있고, 이 땅의 민중들의 삶과도 결부되어 있음을 그리고 있다. 지리산이 한국전쟁에서와 같이 수많은 사람들이 목숨을 잃는 비극의 결전장이 되는 것은 해원되지 못한 수많은 원혼들이 재앙을 부르기 때문이라고 설명되고, 그것은 이질적인 요소들을 두루 수용하는 포용적인 자세에서 가능한 것으로 암시된다. 그리고 원혼들을 위로하여 잠재우는 일은 배달수와 같이 직접적으로 관련이 있는 사람들이나 만화와 같이 운명으로 점지된 사람들뿐만 아니라, 이 땅의 모든 민중들의 몫이라고 제시하고 있다. 이러한 형상화는 지리산이 민중들의 삶과 분리될 수 없는 터전이며, 역사적 격동기에는 억울하게 희생당한 수많은 영혼들이 잠들어 있는 민족의 제단이라는 인식을 반영하고 있는 것이다. 이것은 지리산이라는 지리적 공간을 통하여 민중들의 애환과 수난의 역사에 대한 새로운 성찰을 요하는 것이라 하겠다.

이 글은 『어문논총』 제47집(2007)에 수록된 「현대소설에 나타난 '지리산'의 문학적 형상화와 그 의미」를 부분적으로 수정하여 실은 것이다.

한국 현대시와 지리산

'지리산'의 공간적 의미를 중심으로

조동구

———

Ⅰ. 머리말

문학적 상상력의 바탕에는 공간에 대한 자각과 인식이 깔려 있다. "문학에서의 공간이란 문학이 현실세계와 유추적 관련을 맺는다는 점에서 그것이 실재하건 안 하건 작품 속에 나타나는 구체적 사물과 대상을 통해 드러나며, 이 때 공간에 대한 의식은 어떤 대상에 대한 의식이며 대상을 통해 주관의 지향성이 드러난다."[1] 따라서 문학에 나타난 공간에 대한 이해는 작가의식의 지향점을 밝히는 중요한 출발점이 될 수 있다.

지리산시 또한 지리산에 대한 시인들의 다양한 공간적 인식을 바탕으

---

[1] R. Magliola, 『Phenomenology and Literature: An Introduction』, Purdue Univ. Press, 1977, p.4; 김은자, 『현대시의 공간과 구조』, 문학과 비평사, 1988, 17쪽.

로 하고 있다. 옛 선조들은 지리산을 유람과 휴식의 공간이면서 선비정신
과 호연지기를 기르며 자신의 심성을 수양하고 자아를 성찰하는 자연의
정신적 거처로 삼기도 했지만 또 한편으로는 난세와 모순된 현실을 떠난
도피처로서의 이상향의 공간으로 노래했었다.[2] 그러나 근대 이후 현대시
에서는 신비와 성스러움, 풍요와 모성적 너그러움을 지닌 공간보다는 근
대의 가장 비극적이고 고통스러운 역사적 공간으로 그려진다. 동학군이나
의병들의 근거지였던 '민중과 저항의 산'으로, 또는 해방과 6·25를 전후하
여 치열한 전투와 살육이 자행된 '죽음과 한의 산'[3]으로 노래되어 왔다.[4]

　하지만 지난 2000년을 전후한 시기부터 지리산시는 지리산의 공간적
의미를 새롭고 다양하게 창조하면서 변화되고 있다. 역사나 민족이라는
선험적이며 추상적인 의미보다는 지리산 그 자체로서의 자연적 공간성과
오늘날 우리 삶의 구체적인 현장으로서 지리산의 현실적 의미에 충실하
고자 하는 모습을 보인다. 특히 시인들이 직접 산행을 통해 역사의 현장
을 체험적으로 반추하면서 고통과 슬픔보다는 오늘과 내일의 삶을 새롭
게 하는 생명과 희망의 공간으로 전환시키고 있다는 점은 주목할 만하다.

　따라서 지리산시 연구 또한 지리산시의 이러한 변화와 함께 보다 다양
하고 새로운 관점을 가질 필요가 있다고 하겠다. 그 동안의 지리산시 연
구가 주로 역사와 민족이라는 거대담론의 장으로 수렴되어 왔다면,[5] 앞

---

2) 최석기 외, 『선인들의 지리산 유람록』, 돌베개, 2000, 391쪽. 대표적으로 김종
　직의 「望頭流」·「馬上望智異山」, 조식의 「遊頭流錄」의 시들, 유호인의 「望頭
　流」·「秋日望頭流」, 이색의 「智異山詩」, 성여신의 「遊頭流山詩」와 「方丈山仙遊
　日記」 속의 시들을 들 수 있다.

3) 김양식, 『지리산에 가련다』(한울, 1998). 61~110쪽 참조.

4) 오봉옥의 『지리산 갈대꽃』(1988), 『붉은 산 검은 피』(1989). 김형수의 장시
　「지리산」(1988)과 이기형의 연작시집 『지리산』(1988) 등이 대표적 작품들로,
　지나간 역사의 현재적 재현이라는 서사적 공식을 그대로 계승하고 있다.

5) 지리산문학 연구는 소설 중심으로 이루어지면서 지리산시 연구는 상대적으로
　아주 미약한 편이다. 지리산시 연구는 주로 한시를 중심으로 하고 있으며,
　현대 지리산시에 대한 여구 또한 많지 않다. 그 중에서 현대 지리산시에 대

으로의 지리산시 연구는 최근 지리산시들이 보여주는 자연적 공간으로서의 지리산에 대한 생태·환경적 관심과 평화와 화합의 공간으로 새롭게 창조하고자 하는 모습에 주목해야 할 것이다.

슐츠는 실존공간의 구성요소로서 중심(center) 또는 장소(place), 방향(direction) 또는 통로(path), 그리고 구역(area) 또는 영역(domain)을 들고 있다.[6] 그런데 '실존공간'이란 추상적인 것이 아니라 삶의 모든 현실을 묶는 구체적 역장으로서, 관념적이고 반역사적인 공간개념을 벗어나 생생한 생활공간[7]을 뜻한다. 또 단순한 물리적·지리적 공간이나 개인공간과 같지 않으며 경험된 성질과 과정, 그리고 그들의 상호관련성들에 의해 결정되는 질적이며 살아 있는 공간[8]이기도 하다. 동양의 철학적 공간이나 컨트의 선험적 공간과는 다른 개념이다.[9]

먼저 '중심' 또는 '장소'는 주체, 곧 사람이 깃들여 머무는 곳, 또는 새로운 출발점이 되기도 하는 곳이다. 둘레의 잘 알려져 있지 않은 바깥공간과 달리 잘 알려진 안공간으로 체험되며, 시에서는 서정주체에게 동일성 감각을 주거나 지향 작용을 일으키는 자리, 또는 그의 지향 목표가 마침내 이르고자 하는 도달점이 되는 '곳'이다. 그런데 장소는 자연현상처럼 필연적인 방향성을 가지고 수직 또는 수평으로 연결되어 있다. 그리고 사람은 안공간

한 공간적 관점에서 이루어진 연구들을 들어보면 다음과 같다.

이영란, 『문학공간으로서 지리산의 의미 분석』, 전북대학교 교육대학원 석사학위논문, 2008; 권정우, 「한국현대시에 나타난 지리산의 상징」, 『개신어문연구』 31집, 개신어문학회, 2010, 145~175쪽; 강남주, 「지리산에 굴절된 한국 현대시」, 『지리산과 섬진강 그리고 하동－2010 하동전국문인대회 자료집』, 평사리문학관, 2010, 52~61쪽.

[6] C. Norberg-Schultz, 김광현 역, 『實存·空間·建築』, 산업도서, 1981, 30~80쪽.

[7] 박태일, 『한국 근대시의 공간과 장소』, 소명출판, 1999, 34~35쪽.

[8] 위의 책, 36쪽.

[9] 공간에 대한 이론은 물리적, 건축학적, 현상학적 공간, 그리고 문학의 경우 텍스트 층위를 중심으로 문학공간이론 등이 있으나, 본 논문에서는 이보다는 실존적 의미를 가지는 '장소'적 의미로 쓰고자 한다.

으로부터 바깥공간으로 항시 움직이고 있으며, 그 역도 마찬가지다. 곧 사람은 자신의 실존공간에 보다 특별한 구조를 마련해주는 '통로'를 선택·창조한다. 그런 점에서 인생은 통로를 걸어가는 여행으로 비유되며, 이때 앞이란 활동 방향을 나타내며 뒤란 이제껏 걸어온 거리를 뜻한다. 그런데 통로는 얼마간 잘 알려진 '영역'이라는 질적인 지역들로 사람의 환경을 나눈다. 이 때 영역은 실존공간을 통합하는 구실을 하는 것으로, 자연요소나 사회적·문화적·물리적 요소들에 의해 구분되고 한정된다.[10]

본 논문에서는 이상과 같은 중심과 장소, 방향과 통로, 구역과 영역의 의미를 각각, '터', '길', '곳'(장, 場)이라는 용어로 쓰고자 한다. '터'란 주체가 거주하는 장소로, 지리·자연적 의미보다는 역사·정신적 의미를 지니는 바탕을 의미한다. 주체가 추구하고 돌아가고자 하는 목표와 도달점이며 삶의 가치의 중심에 해당된다. 따라서 지리산이 지닌 역사적 의미나 정신적 가치가 과거에서 머물지 않고 새롭게 끊임없이 반추, 재생산되는 원천이자 중심이라는 점을 강조하기 위한 것이다.

'길'이란 공간과 공간을 이어주는 통로이기도 하지만 여기서는 이쪽에서 저쪽으로 가는 과정을 뜻하며 따라서 멈추지 않고 계속 나아가야 하는 영속성과 진행성을 지닌다. 따라서 '길'은 개인적으로 자신의 삶과 본질을 찾아가는 정신적 도정이라는 의미와 함께 지리산이 백두대간의 출발점이자 도착점이라는 점에서 민족의 근원과 본질을 찾아가는 민족공동체적 역정을 뜻하며, 언제나 고통과 도전이라는 육체적 실천성을 수반한다. 또 '곳'이란 실제 삶을 영위하는 구체적인 장소, 곧 영역과 마당을 뜻한다. 일정한 지리적 경계뿐만 아니라 공통된 문화와 생활방식을 가지며 공동체적 삶을 영위하는 공간을 뜻한다. 그런 점에서 지리산 자락의 마을과 지역, 그곳에 사는 주민과 자연 생명을 포함한 현실적 삶의 현장을 뜻한다.

이상과 같은 점에서 볼 때, '터', '길', '곳'은 지리산이 추상적 공간이라기

---

10) 박태일, 『한국 근대시의 공간과 장소』, 소명출판, 1999, 35~40쪽.

보다는 구체적이자 우리 역사와 민족의 현장이자 실재적 공간이라는 의미를 강조하며, 독립되거나 단절된 공간이 아니라 서로 이어지는 연속적이며 영속적인 공간이라는 의미를 함께 지닌다. 곧 지리산 공간이 단순한 역사에 매몰되거나 참담한 민족적 비극의 과거의 공간이 아니라 우리 삶의 가장 중요한 현실적 공간이자 미래를 향한 창조적 공간으로 거듭 날 수 있다는 점을 밝히기 위한 것이기도 하다.

II. 현대시에 나타난 '지리산'의 공간적 의미

1987년에 발표된 고정희의 『지리산의 봄』은 장시나 연작시 형태로 발표된 서사적 구조의 지리산시의 유형과는 매우 다르다. 외형적으로는 서사적 구성을 보이지 않는다는 점에서도 그러하지만, 직접적인 산행체험을 바탕으로 하고 있다는 점, 그리고 민족과 역사라는 이념적 공간보다는 생명과 화합의 미래지향적 공간으로 승화시키고 있다는 점이 큰 차이점이다. 또한 종주산행의 실제 산행이 아니고는 느낄 수 없는 지리산의 지리지형적 형상과 역사적 의미를 모성적 상징성과 결합하여 용서와 사랑의 공간으로 거듭 나게 하고 있다.

그러나 지리산시가 보다 새롭게 변화하기 시작하는 것은 2000년 무렵부터이다. 1990년대 초부터 시작된 '산악시', 또는 '산행시'[11]의 등장과 산

---

11) 산악시는 '전문적인 산악활동과 산악인들의 삶을 대상으로 하는 일련의 시'를 일컫는 것으로, 산을 제재로 한 일반적인 '산시'와 구별하고 있다. 특히 산악시는 일반 산시와는 다르게 무엇보다도 등반체험을 강조한다. 산악시가 일반 산시와 다른 차이점은 정신적 높이만 내세운 채 '체험없는 비정상과 타자성에 뿌리를 둔 자연개념'으로 산을 인식했던 것과는 달리, 생명의 존엄성을 바탕으로 건강하고도 구체적인 등반행위를 형상화한다는 점이다. 그리하여 산시가 결코 도달해본 적 없는 심도와 고도에까지 산과 산악인들의 정신적 깊이와 높이를 고양시킬 수 있다는 점을 내세운다. 곧 '정신적인 높이'와 '구체적인 행위'의 조화 내지는 융합이라는 산시의 이상을 산악시가 이룰 수 있을

악시를 쓰는 시인들이 지리산을 산악시의 가장 대표적인 공간적 대상으로 삼기 시작하면서부터다. 특히 2001년 간행된 이성부의 『지리산』은 지리산시의 새로운 경계를 여는 중요한 의미를 지니고 있다. "삶의 과정에 대한 은유로서의 '산행'과 '역사'에 대한 은유로서의 산에 대한 시인의 깨달음의 과정을 담"12)은 작품으로, 이전의 '역사와 민족'의 공간이라는 의미를 새롭게 넘어서고 있기 때문이다.

그런 점에서 이 무렵을 전후하여 집중적인 지리산시 창작에 나선 권경업과 강영환과 같은 시인 또한 주목된다. 이들은 모두 실제 산행과 산행 과정에서 느낀 지리산의 체험적 현장성과 구체적 사실성을 담으면서 역사와 민족이라는 추상적 관념보다는 지리산이 가진 역사와 시대적 의미를 현재의 현실적이고 구체적인 의미로 재구성·형상화하고 있다. 그 결과 지리산은 비극과 고통의 공간으로부터 미래를 향한 생명과 평화의 공간으로 거듭나고 있다. 따라서 여기서는 이들 세 시인의 지리산시집들13)을 중심으로 현대시에 투영된 지리산의 새로운 공간적 의미를 밝혀보고자 한다.

1. '길'과 '터'의 시 - 이성부의 『지리산』(2001)

시집 『지리산』은 산에 올라가는 것으로 시작하여 산의 여기저기를 다

것이라는 바람을 담고 있다. 김우선, 「산악시론(1-3)」, 『산』 4~6월호, 조선일보사, 1994.
한편으로는 '산행시'라는 용어도 많이 쓴다. '산악시'가 등반이라는 오름 행위를 강조한 것이라면, '산행시'는 산을 간다고 하는 일반적인 산행의 의미를 강조한 것이다.

12) 이은봉·유성호, 「산에서 바라보는, 사라져가는 역사」, 『산이 시를 품었네』, 책만드는 집, 2004, 98쪽.

13) 권경업, 『잃어버린 산』, 빛남, 1998; 『자작 숲 움틀 무렵』, 명상, 1999; 이성부, 『지리산』, 창작과비평사, 2001; 강영환, 『불무장등』, 책펴냄열린사, 2005; 『벽소령』, 책펴냄열린사, 2007; 『치밭목』, 책펴냄열린사, 2008.

니다가 내려온다는 일반 산행의 일정한 형식과 과정을 중심으로 구성되어 있다. 〈서시〉와 첫시 「그 산에 역사가 있었다」, 끝시 「우리를 감싸안고 가는 길」은 각각 산행을 시작하는 설레임과 다짐, 그리고 마무리하면서 행장을 추스르며 다음 여정에 대한 전망을 보인다. 이는 시집의 부제 '내가 걷는 백두대간'에서도 알 수 있듯이 지리산이 백두대간 종주의 한 과정이었다는 점을 말해주고 있다.[14]

그런 점에서 이 시집의 시작은 '길'로 시작하여 '길'로 끝난다. 곧 지리산이 일정하게 독립된 공간이라기보다는 다음 과정으로 이어지는 한 단계라는 점, 따라서 시작과 끝이라는 간단한 서사적 틀 안에 짜여 있다. 시집의 무대와 배경은 여러 봉우리와 골짜기가 주가 되며, 그곳들을 두루두루 둘러보며 느낀 감회가 주가 된다. 지리산이라는 공간을 씨줄 날줄로 엮어 산행을 하면서, 다양한 지리산의 지형지물과 여기에 연관된 옛이야기나 역사적 사건을 시의 중요한 얼개이자 주제로 끌어들인다.

그런 점에서 『지리산』은 '길'의 시다. 그런데 이 '길'은 시집 전체적으로 크게 세 가지 의미로 나타난다. 먼저 '삶의 길'이다.

내 가고 싶은 데로
내가 흐르고 싶은 곳으로
반드시 나 지금 가고 있을까 글쎄
이리저리 떠돌다가 미물다가
오르막길 헉헉거리다가 수월하게 내려오다가
이런 일 수도 없이 되풀이하다가
문득 돌아다보면 잘 보인다
몇 굽이 돌고 돌아
어느덧 여기까지 와 있음 보인다

---

[14] '내가 걷는 백두대간'의 지리산 다음 코스에 대한 시는 2005년 시집 『작은 산이 큰 산을 가린다』(창작과비평사)로 마무리된다.

더러는 길 잘못 들어 헤매임도 한나절
상처를 입고 나서야 비로소
깨달음 언더안고 헤쳐나온 길
돌아다보면 잘 보인다
내가 가고 싶은 곳 흐르고 싶은 곳
보이지 않는 손길들에 이끌려
나 지금 가고 있음도 잘 잘 보인다.

- 「어찌 헤매임을 두려워하랴」(48)[15]

삶을 산행에서 길을 잃고 헤매고 다시 길을 잡는 과정에 비유하고 있다. 수없이 반복되는 시행착오를 거치면서도 계속 가야만 하는 삶, 그리고 가끔 멈추어서 되돌아야 봐야 할 인생의 길을 노래한 작품이다. '상처를 입고 나서야 비로소' 깨달음을 얻고 제대로 된 길을 찾을 수 있다는 것, 하지만 '글쎄', '보이지 않는 손길들에 이끌려'와 같은 구절에서 볼 수 있다시피 삶의 길에 뚜렷한 확신이 서지 않는다.

이처럼 이 시집에서는 지리산이라는 특정 공간이 아니라 일반 산의 산행으로 해석하여도 좋을 정도로 여러 작품에서 삶을 '길', 또는 '산길'에 비유하고 있다.

우리 삶의 고단한 한나절 또는 한평생/깊게 가르치는 길 - 「칠선골」(11)

아무래도 삶은 돌아볼 겨를도 없이/저만치서 내빼는 것 뒤쫓기만 하다가/
넘어져서 덜덜 떨고 있는 일 아니더냐 -「천왕봉 일출에 물이 들어」(14)

사람이 가야 할 길 - 「외삼신봉」(31)

---

15) 괄호 속의 번호는 '내가 걷는 백두대간(48)'의 숫자와 같다.

내가 가는 길 과연 나의 길인가   - 「벽소령을 지나며」(47)

우리네 삶도 자칫 길 잘못 들어/엉뚱한 곳으로 떨어지거나/되돌아가지 못
하는 일 흔치 않았더냐   - 「통꼭봉은 아직 울음을 그치지 않았는가」(50)

낯선 길에 들어서야/나는 새로운 내음 가슴 가득히 채워 발기한다
                                    - 「그리움」(58)

다음으로 '옛사람의 길'이다.

이 길에 옛 일들 서려 있는 것을 보고/이 길에 옛 사람들 발자국 남아 있는
것을 본다/내가 가는 이 발자국도 그 위에 포개지는 것을 본다
                                -「그 산에 역사가 있었다」(1)

그들 땀내음 피내음 배인 이 길로/오늘은 내가 거슬러 올라간다/ … /그들
갔던 길 내가 가는 길   - 「산죽(山竹)」(6)

옛 사람들 소금짐 지고 오르던 길로/오늘은 내가 산행길 배낭을 지고 오른
다/혼자 가며 혼자가 아님을 깨닫는다   - 「소금밭」(9)

이 길을 만든 이들이 누구인지를 나는 안다/이렇게 길을 따라 나를 걷게 하
는 그이들이/ … /길따라 그들을 따라 오르는 일   - 「산길에서」(22)

　현재 걷고 있는 길은 옛사람들이 걸어갔던 길. 그들의 발자국과 땀내
음, 피내음이 배어있는 길이다. 그들의 발자국에 발자국을 포개고 그들이
걸어갔던 길을 되짚어 오른다. 그리고 그들의 고통스럽고 힘든 삶과 체
취를 맛보면서 시간을 뛰어넘어 그 고통을 함께 나눈다. 하지만 그들을
만나러 가는 길은 그렇게 순탄하거나 만족스럽지 않다.

계곡을 건너자 마자 길은 풀섶을 두껍게 뒤집어쓰고 저를 감춘다 나는 발길
로 헤쳐가며 길의 몸을 본다 허물어진 상처 아물었어도 길은 이미 슬픔이어
서 저를 드러내지 못한다 우리들의 사랑이 비록 옛일이어서 가물거린다 하
더라도 그 사랑 어찌 지워질 수 있으랴 허리께에 올라온 조릿대밭 서걱이며
바람이 옛 시간들을 불러 모으고 나는 문득 멈추어 오십년 전 숨결소리를
찾아 귀를 기울인다/ … /조릿대밭이 끝나고 다시 이끼 낀 너덜이 나타난다
길은 어느덧 슬그머니 사라져서 온데간데 없다/ … / 더 오르다 보니 이런
큰 바위벽이 또 나타나고 널찍한 너덜에는 풀막 수십 채도 앉힐 맘하다는
느낌이다 아 길은 끝내 저를 다 보여주지 않고 나는 담배 두어 개비만 태우
고 내려왔다   - 「이현상 아지트에 길이 없다」(42)

빨치산 남부군의 총사령관이었던 이현상의 아지트를 찾아가는 길, 그러
나 쉽게 그 모습을 드러내주지 않는다. 너덜지대로 이어지는 골짜기를 헤
매면서 지난 시절 나누었던 '우리들의 사랑'—동지애와 민족애를 그리워해
보지만, 길을 열어주지 않는다. 끝내 제 모습을 제대로 보여주지 않고 깊
숙이 감추어진 옛사람의 흔적에 아쉬워할 수밖에 없음을 노래하고 있다.
  마지막으로 '통일의 길'이다.

  우리 앞에 비록 전길 벼랑 가로막고
  앞을 가리는 험한 눈보라
  거센 파도 몰아친다 하더라도
  우리 이미 그것들을 헤치고 예까지 오지 않았더냐
  시련이 많을수록 고달픔이 클수록
  우리가 성취한 길 그 보람 더욱 컸으니
  이제부터 우리 가야 할 길 통일의 길
  더 큰 어려움 나타날지라도
  우리가 어찌 우리 나아갈 길 망설일 수 있으랴
  우리의 어머니인 대지와
  아버지인 바다가

우리를 감싸안고 가는 길 아니더냐!

-「우리를 감싸안고 가는 길」(81)

시집의 맨 마지막 시로, 지리산 산행을 끝내면서 다음 나아가야 할 '우리'의 길로 '통일의 길'을 다짐하는 내용이다. 이 시에서도 첫 시에서 산에 들 때와 마찬가지로 '새로운 길'에 대한 설레임과 기대, 미래에 대한 꿈과 희망을 노래한다. 지금까지의 산행의 고통과 어려움도 이제 모두 극복하였고 따라서 앞으로의 여정과 도전도 거칠 것 없으리라는 다짐과 의지를 보여준다.

그런데 『지리산』을 독립된 개별시집으로 본다면, 이런 마무리는 다분히 도식적이다. 그 동안 많은 길에서 본 옛사람, 옛터는 이제 추억이나 과거로 남고, 시인 앞에는 오로지 다음 길만 보인다는 것, 그래서 망설이지 않고 앞으로 나아갈 수 있다는 믿음은 매우 소박하다. 지금까지 잃었다가 다시 찾고 헤매었던 산길과 그 길에서 보았던 발자국이나 맡았던 피와 땀냄새, 고통과 외로움의 시간은 새로운 길로 보상을 받는다.

이러한 결말은 시집의 구성상 처음과 끝이라는 서사적 완결성을 의도한 것일 수도 있지만, 그보다는 시인이 지리산을 '두류산(頭流山)'으로서 백두산 산줄기의 처음이자 끝이라고 생각했던 때문인 것으로 보인다. 백두대간을 걷는다는 것은 그 근원으로서의 백두산을 찾아 올라간다는 의미이며, 따라서 지리산은 그 출발점이기 때문이다. 그 결과 지리산의 많은 지리 지형과 이와 관련된 설화나 역사들 또한 '백두대간' 큰 길에 수렴되고, 그래서 그 끝에는 우리를 가로막고 있는 현실, 곧 분단을 넘어서야 할 통일의 길만 남게 된다.

『지리산』의 이와 같은 서사적 완결성을 향한 구조는 그 안에 담긴 구체적 장소이자 배경으로서의 지리산을 공간적으로 극화시킨다. 그리고 지리산 공간에서 시인은 옛사람들의 움직임과 소리를 다시 보고 듣는다.

이 골짝에서는/북소리 징소리 들려 가슴 두근거린다/진주민란/초군가 가락
/지금도 둥둥 내 귓전을 울린다   - 「치밭목 산장」(7)

(얼굴 가죽 벗겨져 피범벅이 된 작은 몸집/비스듬히 쓰러져서 나를 불렀다/
대장 동무 간호원 동무 ……/가냘픈 외침에도 누구 한 사람 거들떠보지 않
았다/모두들 흩어져 달아나기에 바쁜 각자도생/더 걷지 못하게 된 소녀 하
나/여기 어디쯤에서 숨을 거두었다)   - 「소녀전사의 악양청학이골」(30)

낮에는 조릿대밭에 엎드려 쥐죽은 듯/포스터를 그리고 글씨를 쓰고 숨죽이
며 울었다/밤이 되면 조심스럽게 마을 뒤로 맴돌다가/빈집 같은 곳 상여집
같은 곳 뒤져/먹이를 찾아 헤매는 짐승처럼 눈에 불을 밝혔다/ … /결코 죽
어서는 안된다고/살아서 반드시 어린것들 품에 안아야지라고/나는 나에
게 눈 부릅떠서 말했다   - 「화가 양수아의 빗점골 회고」(43)

왼쪽으로 화개동천 골짜기 숨을 죽이고/오른쪽으로 피아골 다랑이논밭 왕
시루봉 능선/섬진강으로 떨어지는 산자락 끝 석주관/고요하다 못해 차라리
무서움이다/오십년 전에도 백년 전에도 오백년 전에도/좌우 저 골짜기 속
의 아비규환 피비릿내/이 봉우리는 굽어보며 얼굴을 찡그리다가/두 주먹
불끈 쥐다가 마침내 눈물을 쏟았을 것이다
                    - 「통곡봉은 아직 울음을 그치지 않았는가」(50)

    오십 년, 백 년, 오백 년을 뛰어넘어 골짜기마다에서 오랜 역사의 현장
을 다시 만난다. 북소리 징소리뿐만 아니라 초군가 가락, 소녀의 죽어가
면서 내뱉는 가냘픈 외침, 엄마의 숨죽이며 우는 울음소리, 아비규환의
현장의 목소리들을 고요한 골짜기에서 다시 듣는다. 그리고 산행 도중에
도 영혼들의 목소리는 자꾸 나의 앞길을 막는다. 따라서 산의 골짜기와
봉우리들은 자연물로서 실제의 산과 지형지물이 아니라 옛 역사의 현장
인 '터'로 남게 된다.
    이렇게 볼 때, 이성부의 시에 나타난 지리산은 산행체험을 바탕으로 하

고 있으면서도 현실의 육체적 감각이나 미적 감수성보다는 역사를 통한 미래지향의 이념적 공간으로서의 의미가 크다고 하겠다. 그리고 시간적으로도 현재 내가 걷는다는 것뿐이지 오늘의 나의 삶과 지리산이 지닌 오늘의 자연과 우리 삶의 현장으로서의 의미를 보여주지는 않는다. 그리고 가끔 '우리'를 내세우지만 지리산이라는 공간을 공동 체험하는 이웃이나 공동체적 구성원이라기보다는 보다 큰 테두리의 민족이나 동포와 같은 관념적이고 추상적인 의미를 지닌다.

2. '터'와 '곳'의 시
-권경업의 『잃어버린 산』(1998), 『자작 숲 움틀 무렵』(1999)

권경업은 1990년 80여 일 동안 백두대간을 종주하고 월간 『사람과 산』에 백두대간 연작시 60여 편을 연재하면서 우리시에 산악시라는 장을 새롭게 열었다는 평을 받았다. 그는 첫 시집 『백두대간』(1991) 이후 『달빛 무게』(2008)에 이르기까지 모두 14권의 시집·시선집을 간행하였는데, 그 중에서도 『잃어버린 산』(1998)과 『자작 숲 움 틀 무렵』(1999)은 지리산만을 대상으로 한 시집이라는 점에서 주목된다.[16]

그런데 이 시집에 나타난 그의 지리산을 대하는 태도는 이성부와 매우 다르다. 그는 이성부가 지리산을 넘어 다음 산을 향해 걸어갔던 것과는 달리, 언제나 지리산 안에 있다. 지리산 바깥이나 외부세계가 가끔 보이기는 하지만, 내비석 의미로 제시될 뿐이지, 지리산 공간은 그대로 그의 시의 자연스러운 시적 공간이 된다.

지리산에 대한 그의 시적 관심은 우선 '길'이 끝나는 데에서 시작한다. 백두대간 큰길 여정이 끝나고 찾아든 곳이 지리산이었다. 그에게 지리산은 오랜 산행을 통해 그토록 찾아다니던 바로 그 이상적 공간이자 가장

---

16) 그런 점에서 본다면 그는 '산악시'라는 '산시'의 새로운 장을 열었을 뿐만 아니라 지리산을 집중적으로 노래한 최초의 '지리산전문시인'으로 보아도 무리가 없을 것이다.

순수하고 근원적인 마음의 '터', 곧 고향과 같은 의미를 지닌다.

먼저 지리산은 그에게 있어서 생명을 잉태하는 어머니의 산이다.

> 잿빛 구름 드리운 하늘
> 막 검푸른 중봉을 낳고 있다
> 작달비 양수(羊水)로 뿌려지고
> 조개골은 오후 내내
> 산고(産苦)의 천둥 울어댔다
> 덕담을 품은 산사람들 한 둘
> 산장으로 돌아올 때 쯤
> 푸들푸들 젖몸살을 앓는 상수리숲
> 노을은 산후의 핏빛이었고
> 천지 간에 가득한 건 축복과 사랑뿐
>
> 　　　　　　　　　　 -「유월」,『잃어버린 산』

여름철 한 차례 작달비(소나기)가 지나간 산의 모습을 어머니의 산고 (産苦)에 비유하고 있다. 지리산의 여러 봉우리와 골짜기, 숲은 잉태와 출 산의 터이며 그래서 산은 축복과 사랑으로 충만한 따뜻하고 건강한 어머 니의 생명의 터가 된다.

또한 그가 그리워하는 산의 모습은 개구쟁이 아이들 웃음이 자지러지 는 것처럼 '별똥별'이 지는 천진난만한 동심의 공간이자 산짐승이 함께 사는 원시적 공간이다.

> 개구쟁이 별똥별들, 쪼르르
> 유평계곡 메기잡이 불밝이를 가면
> 어머니 어둠별
> 싸리덤불
> 이슬로 앉아
> 이슥토록

어허 고녀석들 참
어허 고녀석들 참

- 「오월 산정(山頂)」, 『잃어버린 산』

써레봉 자작숲
누가 저리도 정갈히
밥상보를 덮어
멧짐승 아침상 차려두었나

- 「새벽눈」, 『잃어버린 산』

이와 같이 권경업 시를 끌어가는 힘의 가장 중요한 원천은 모성과 생명력을 지닌 '터'에 대한 믿음과 애정이며, 그리고 이는 특유의 동화적 상상력으로 더욱 윤택해진다. 그는 시를 통해 삶과 자연을 바라보는 시각을 유년의 그것과 대치시킴으로써 현재의 삶 속에서 유년의 감성을 경험하게 만들고 있다.[17]

하지만 시인은 건강한 생명과 원시적 순수의 공간이 "물질만능과 편의주의에 야금야금 무너져 가는"[18] 모습을 보면서 이에 대한 분노와 함께 엄한 질책을 감추지 않는다.

아름다운 것 사라지는 만큼/슬픈 일은 없다/칡범, 궁노루, 반달곰, 은여우/
엄청강, 엄청 많던 수달/선한 그들 쫓는/사라져야할 것들 사라지는 만큼/기
쁜 일은 없다　　　　　　　　　　　- 「사라져야 할 것들」, 『잃어버린 산』

---

17) 남인숙(2008), 권경업의 '어른을 위한 동시집'『하늘로 흐르는 강』(작가마을)의 시집평. 이런 동심의 세계는 그의 시세계 도처에서 발견된다. "그리운 산행 보고픈 이름을/빼곡이 잔별로 품고/쪼르르, 옆자리에 들어와 눕는다"(「작은 창-치밭목에서」), "어린 날 연서(戀書) 같은 몽글 몽글 벙그는/연둣빛 장당골"(「사월」, 이상 『잃어버린 산』), "오늘밤은, 쑥밭재로/꼬리별이나 듬뿍 떨어져라/오줌싸개들 발이 저리도록"(「낮달」), "조잘조잘/귀간지러운/세상에서 가장 아름다운/수다"(「자작 숲 움틀 무렵」, 이상 『자작 숲 움틀 무렵』)
18) 시집 『잃어버린 산』(1998)의 「자서(自序)」.

성삼재 벽소령에는 이제/달빛 쉬어가지 않아//왜?//청풍과 노닐던 곳/갈보
년 화장하듯 온통 지지고 볶고 들쑤셔/경박한 자동차의 갈갈대는/웃음과
소음/옛짐승도 쉼터를 옮겨/이제 달빛 머무르지 않아

          - 「성삼재, 벽소령엔」, 『잃어버린 산』

봐! 보라고! 돈 몇 푼에/저 산자락 짓이겨 논 꼬락서니/성삼재 벽소령 어디
그뿐이냐/골짝골짝, 갈보년 화장해 놓은 듯한/꼴상스럽고 천박스러운 짓들
하며/참으로 한심하지 한심해   - 「반달곰 이야기」, 『자작 숲 움틀 무렵』

칼바위 뒤에서/물푸레나무 밑에서/산죽밭에서/계곡 곁에서/행락철 아니라
도 들리는/쓰레기들의 고함/하산하는 내 뒤통수에 대고/"야 이 쓰레기같은
놈들아"//산을 다 내려 와도/골이 띵하다 - 「고함」, 『자작 숲 움틀 무렵』

 그리고 그는 여기서 머물지 않고 그의 이상적 공간으로서의 지리산을
지리산 주변에 사는 사람들의 토속적인 일상으로 엮어내면서 새로운 공
간으로 창조해 낸다. 그리하여 모성의 공간이자 순수의 공간인 지리산은
사람들이 모여 정을 나누고 함께 살아가는 따뜻하고 현실적인 삶의 공간
으로 확장된다. 지리산의 수직적인 높이는 수평적으로 낮아지면서 구체
적이고 실제적인 삶의 현장으로 외언을 넓게 되는 것이다. 이를 위해
그는 실제 지명과 장소, 사람들을 시에 그대로 끌어들인다.[19]

---

[19] 시의 무대와 배경은 치밭목을 중심으로 하여 조개골과 장당골, 새재와 쑥밭
재, 왕등재, 써래봉과 중봉 등 지리산의 골짜기와 고개, 봉우리, 그리고 유평
과 평촌마을 등 지리산 동부지역을 중심으로 하고 있다. 특히 유평마을과 평
촌마을은 그가 자주 다니던 곳으로, 마을 사람들의 집안일이나 일상을 아주
상세하고 구체적으로 그리고 있다. 마을 사람들의 이름도 곳곳에 보이는데,
그 중에서도 주된 등장인물은 신밭골 과수원 민 씨와 외팔이 약초꾼 하 씨
이다.
치밭목산장은 경남 산청군 삼장면 유평리 해발 1,450m에 있는 대피소(산장)
로. 1971년 개소된 이후 무인대피소로 운영되어 오다가 진주 산악인 민병태
씨가 거주하면서 유인대피소로 바뀌었다. 다른 대피소에 비해 사람들이 많이
찾지 않는 곳으로, 주변 숲이나 자연환경이 깨끗하고 아름다운 곳으로, 예전

하지만 무엇보다도 그의 지리산은 다음과 같은 공간이다.

누군들 아니 그럴까
부스스, 중봉마루 일어나 앉아
써래봉도 쑥밭재도 두런두런

야야 장당골 동상아 바라
내 말 맞째
달빛 눈 시리서 잠 몬잔다카이
멜똥멜똥, 우째 맨 정신에 잠들겐노
퍼뜩 숨카논 술이나 내나라 안카나
내 머라카드노

그럼요, 그럼요,
제삿밥 못 얻어먹은 귀신들 다 일어나소
이런 날은, 그대들
한스런 오십년 바람으로 떠돈 신갈숲에서
한 잔을 열 잔처럼 취해 가구려

- 「음(陰), 9월 9일」, 『잃어버린 산』

음력 9월 9일은 기일(忌日)을 모르는 조상들을 제사지내는 날로서, 이 시는 마을사람들이 모여서 지리산에서 돌아가신 조상들의 제사를 함께 지내는 모습을 그리고 있다. 제삿밥 못 얻어먹고 오십 년 바람으로 떠돈 귀신이란 이곳에서 최후를 마친 빨치산들을 말한다. 마을사람들은 그들의 영혼을 불러내어 술과 음식을 함께 나눈다. 후손들 또한 술 한 잔 마

부터 이 일대에 취나물이 많았다고 해서 치밭목으로 불렸다고 한다. 이밖에 치밭목 일대는 6.25전쟁 때 패퇴하던 빨치산들이 숨어들었던 곳으로 그들의 꿈과 한이 서려있던 전망대가 지금의 치밭목이다.

시지 않고는 조상들을 만나지 못한다. 한 자리에 부르고 또 모여앉아 술과 음식을 나누면서 시간을 뛰어넘어 이어지는 한과 슬픔을 확인한다. 그런 점에서 옛 조상들이 죽어 묻힌 비극의 '터'는 후손들이 살아가는 '곳'이 되어 함께 하나가 되는 만남의 공간으로 이어진다.

3. '터'와 '길'과 '곳'의 시
- 강영환의 『불무장등』(2005), 『벽소령』(2007), 『치밭목』(2008)

이성부나 권경업 시인에 비하면 늦었지만, 강영환 시인의 지리산 사랑과 그 사랑을 지리산시로 옮기는 열정은 그들에게 결코 뒤지지 않는다. 짧지만 3년 동안 세 권의 지리산 시집을 내었으며, 또 네 번째 지리산 시집을 준비하여 곧 출간할 예정으로 알려져 있다.

짧은 기간 동안이지만 3권의 시집을 통해 보여주는 강영환의 지리산시는 과연 어떤 모습일까? 가장 먼저 확인할 수 있는 것은 그가 지리산의 그 많은 골짜기와 봉우리, 능선들을 죄다 훑고 다녔다는 점이다. 그리고 그 시들은 치열할 정도로 외로운 단독 산행을 하면서 지리산의 속살을 헤집고 다닌 생생한 기록이라는 점이다. 이는 3권 시집의 시들 모두가 부제로 지리산의 지명을 달고 있는 데에서도 확인이 된다.

3권의 시집은 전체 10부로 구성된 한 권의 지리산시집으로 봐도 좋을 것이다. 시집 제목과는 별개로 산행구간별 또는 구역별로 묶고 있으며, 세 번째 시집은 전체 산행을 되돌아보고 다시 음미하고 정리하는 의미로 구성되어 있다. 그리고 마지막 10부는 앞의 시들에 붙였던 지명과는 달리, '지리산 사람들'이라는 제목 하에 지리산을 찾았던 선조들과 역사 속에 사라져간 빨치산들, 그리고 지리산을 지키고 살아왔던 근래의 지리산 사람들에 대한 내용을 담고 있다. 이렇게 봤을 때, 그의 지리산시는, 개별 작품들로 나뉘어져 있지만, 지리산 산행의 생생한 기록이자 지리산의 전설, 지명에 얽힌 유래 등을 바탕으로 전체 지리산의 시공간의 입체적인 조감과 지형도를 그려낸 것으로 볼 수 있다. 그리고 무엇보다도 중요한 것은 탐방기나 유산시에서는 도저히 느껴볼 수 없는 것으로, 시작품들이 시인의 실제적 삶의 현장으로서 지리산의 육성과 호흡을 생생하게 들려주고 있다는 점이다. 그런 점에서 그의 지리산시는 지리산에 대한 강한 친밀감과 일체감을 체험적으로 보여주는 데 성공하고 있다고 하겠다.

그 첫 무대는 '눈물'의 현장이다. 도피와 동족상잔의 무대로써 지리산은 그에게 아픔과 슬픔으로 각인된다.

> 잎 버린 노간주나무 가지 사이
> 낯바닥 말갛게 씻고 뜬 별이
> 해 맑은 눈으로 함께 가자 한다
> 발 밑 수렁만 피하지 말고
> 별도 가끔 올려다보면서
> 잊고 살았던 밤하늘 깊이도
> 피눈물로 들여다보라 한다
>
> 별빛 하나까지 동무 삼아
> 홀로 집에 가는 길
> 헛발 디디는 일이 잦을 때
> 후박나무 잎에 숨은 별이 무섭게 붉다
>
> — 「하산길-순두류」, 『불무장등』

하산할 때 어두운 길을 밝혀주는 동무와 같은 별빛이지만, 그 별빛은 '무섭게' 나를 지켜본다. 어둠 속 헛발 디디는 것조차 나무라면서 저 깊은 밤하늘의 '깊이'를 '피눈물'로 응시하라고 한다. 지리산 산행은 하산하면서 끝이 아니라 지리산을 안고 돌아가는 것이며, 그것은 '피눈물'의 '붉은' 밤을 기억해야 한다는 지리산의 엄한 명령인 것이다. 그래서 지리산에서 만나고 거치는 모든 것들은 모두 지난 비극의 역사적 '터'와 직결되고 있다.

그런데도 제석봉에 이르면 안개가 그립다/나무가 하얗게 서서 내려 갈 길을 묻는/백골을 아픔없이 가려주기 때문이다

-「그리운 안개-제석단의 안개」, 『불무장등』

집 없이 떠도는 푸른 안개는/목 마른 빨치산들의 그리움/쫓겨 온 그늘에 아 물지 않은 상처는/연하천을 아직 떠나지 못한다

-「떠도는 영혼-연하천」, 『불무장등』

산의 침묵이 숨어 쉬는 화개재에서/비가 피 되어 내린다/피가 비 되어 내린다

-「붉은 비」-화개재, 『불무장등』

빨치산 질긴 손이 목숨을 보전하던 풀은/박토에 뿌리를 깊이 내리고/철쭉 관목을 계관처럼 두른 구상나무는/토벌군처럼 아직도 뻣뻣한 채/화개골 전망은 어둡기만 하다　　　　　　-「지보초」-토끼봉, 『불무장등』

　제석봉과 연하천에 끼는 안개와 화개재에서 만난 빗줄기, 흔한 지보초 풀과 불여귀 울음소리와 산죽 우거진 산길―이들은 모두 지리산 산행에 서 흔히 만나는 자연들이다. 그런데 시인은 이들 자연을 무섭고 아픈 기 억으로 만나고 있다. 그리고 스스로에게 묻고 되씹어 지난 역사의 '터'를 다시 걷고 있다. 처음 그가 지리산을 찾아서 만난 지리산의 모습은 이처 럼 "산이 가진 숙명 때문에 산에 들어도 아픔과 슬픔으로 목이 메"[20]일 수 밖에 없는 곳이다.

　숙명적 '터'로서 지리산이 안고 있는 아픔과 슬픔은 두 번째 시집에 와 서 더욱 더 깊어진다. "모시적삼에 밴 풀빛처럼 슬픔이 묻어나는 지리 산"[21] 때문에 아름다움을 담으려고 했지만 도저히 어쩔 수 없었다고 하는

---

[20] 강영환, 「남는말―나는 지리산을 간다」, 『불무장등』, 110쪽.
[21] 강영환, 「책머리에」, 『벽소령』.

시인의 고백은 그래서 더욱 처절하다.

산 끝에 섰을 때
산이 울었다 깊이
언제부터 내 안에 살고 있었는지
광대뼈 불거진 키 큰 얼굴
꿈에서도 수 만 번 올랐던 상봉이
어깨 들썩이며 깊이 울었다

물길은 남, 북으로 갈라져 가고
햇살은 이마 위에 눈이 부신데
오랜 기다림 끝에 터지는 울음이
속 깊어 소리가 나지 않았다

밤이면 숨은 별을 주문처럼 띄우고
낮이면 바람속에 흔들리며 섰다
천왕봉, 천왕봉, 천왕봉 … 수 만 번
언제부터 가슴에 살고 있었는지
토해도 나오지 않는 산
우는 뜻에 이를 때까지
산 깊이 들어 산을 울었다

- 「가슴속 산」-천왕봉, 『벽소령』

정상에 올라 맛보는 희열, 그러나 시인은 울음을 터트린다. 언제부터
내 가슴 속에 들어와 있는지도 모를 산의 울음을 이제 토할 수도 없다.
다만 그 깊은 울음의 뜻을 이해하는 것뿐, 지리산이 가진 숙명적 슬픔의
근원에 다가가는 것뿐이라는 것을 지리산 정상 천왕봉에서 울먹이며 토
로하고 있다.

그러나 두 번째 시집에서 두드러지게 나타나는 중요한 변화는 지리산 곳곳이 다만 슬픔과 아픔의 공간이 아니라 아름다운 자연과 숲이 있는 생명의 공간이라는 점을 산행을 통해 시인이 체득하고 있다는 점이다. 그리고 그것은 '숲'과 '길'의 이미지로 살아 숨 쉰다.

2.
숲에도 길이 있었다/그것은 굴참나무와 물푸레나무 사이로 하얗게 몸을 눕히고/높은 곳으로 혹은 낮은 곳으로 생각을 피워 갔다/때로는 망개나무 가시덤불 옆으로 싸리나무가 보랏빛 꽃을 피우고 길을 막았다/싸리꽃 향은 걸음을 오래 멈추게 하지는 못했다/앞서 가던 유년의 기억들이 돌배나무 가지에 걸려 펄럭였다/여름에는 넓은 그늘로 이마를 가려 주고/가을에는 붉은 입술로 성감대를 자극하고/겨울에는 싸락눈으로 아랫도리를 때렸다/봄에는 꽃 눈길 던져두었던 사진첩 속의 낡은 잔가지들이 툭 부러져 길을 터 주었다/그렇게 굵어진 길은 끊어지지 않았다 ·

(···)

5.
바지가랑이를 적시는 풀잎 이슬을 털어 내며 아침을 걸어간다/아직 당도하지 않은 햇살들이 나무 가지 사이에서 가끔씩 반짝이고/젊은 동고비들이 바쁘게 내왕한다 아침이 온 것이다/새들이 나는 곳에도 길이 있고 햇살이 드는 것에도 길이 있다/숲을 지나는 길이 환하게 열릴수록 산밤의 피로가 가셨다/잠들지 못한 지난 밤 풀벌레 소리 하나 찾아 오지 않더니/생명 있는 것들로 가득 찬 숲은 끈적거리는 소리들로 일어선다/그것들이 앞장서서 먼저 길을 떠난다/숲에도 길이 있다/길 끝에 밝은 집이 있었다

- 「숲에서」-백무동, 『벽소령』

비로소 숲만을 노래하는 시인의 변화된 모습을 만나게 된다. 지리산을 '숲'이라는 공간으로 치환하여 그 속에서 만나는 자연과 생명의 건강하고 싱싱한 모습을 활기차게 노래한다. 지난밤은 고된 산행과 불순한 일기 때문에 제대로 잠들지 못했지만 그 불면의 밤을 보내고 맞는 아침은 너무

나 신선하다. 슬픔과 아픔의 흔적들은 어느새 사라져 버리고 밝은 햇살과 향기로 가득찬 숲에서 숲 속으로 난 모든 생명의 '길' 그리고 밝은 미래로 이어질 '길'을 본다.

뿐만 아니라 '숲'의 이러한 밝고 긍정적인 공간으로서의 이미지는 세 번째 시집에서 또 이렇게 노래된다.

> 눈 덮인 숲에 있어보면
> 숲이 가두거나 밀어내지 않고
> 스스로 생각한 깊이에 젖어
> 나무이거나 혹은 물소리이거나
> 그게 아니라면 능선이나 계곡에 흔히 있을 수 있는
> 그 무엇 하나가 되어 간다는 걸
>
> 결코 버릴 수 없는
> 부글부글 끓던 몸 하나
> 눈밭에 남게 된다는 걸 숲에
> 오래 있어보면 안다
>
> ─「눈산에서」─치밭목 가는길, 『치밭목』

아침의 밝고 건강한 산의 모습과는 달리, 모든 것을 덮어주는 눈처럼 차분하게 가라앉아 지난날의 열정과 산행의 고된 열기를 다스려주는 산의 또 다른 모습이다. 그리하여 지리산 어느 능선이나 계곡에 흔히 있을 수 있는 '그 무엇' 하나로도 될 수 있다는 자신감과 편안한 긍정의 자세를 보여준다.

이렇게 볼 때 강영환의 지리산시는 지난 시간과 역사의 '터'를 찾아가는 힘든 순례자의 '길'에서 부르는 고통과 슬픔의 비가였지만, 계속된 산행을 통해 자연과 만나면서 마침내 지리산과 하나가 되는 기쁨의 노래로 전환된다. 그리고 지리산은 모든 자연과 생물들은 품어 길을 열어주고 그들과 하나가 되는 평화로운 '곳'으로 자리 잡는다.

III. 맺음말

이상에서 근래에 발표된 지리산시를 공간적 의미를 중심으로 살펴보았다. 그리고 같은 공간이지만 시인의 세계관과 체험에 따라서 매우 모습으로 그려짐을 알 수 있었다. 특히 지리산의 깊고 넓은 지리적·자연적 여건과 오랫동안 쌓여온 역사의 부피는 시인에 따라서 지리산시의 내포를 매우 다양하게 갖추게 하고 있다. 그러나 주목되는 것은 여러 시인들이 지리산 직접체험을 통해 시작(詩作)을 하고 있으며, 그래서 지리산이 이고 있는 민족과 역사라는 거대담론의 장을 많이 넘어서 산 자체의 육성과 호흡을 들려주고 있다는 점이다.

하지만 지리산은 여전히 현대문학 속에서 서사적 공간이다. 2010년에 나온 송수권의 『달궁 아리랑』은 지리산이 아직도 서사적 공간으로 남아야 할 이유를 나름대로 제시하고 있다. 시인은 '서정시의 관념과 공허한 울림 대신 역사성과 현장성'을 부여하고 싶었으며, 그래서 언젠가 "좌우 이데올로기 이념을 뛰어넘는 시집으로 기록되기를 바란다"고 서사시 장르선택의 이유를 밝힌다.[22]

서사시가 역사와 현실을 총체성의 차원에서 성찰하고 전망하는 데 가장 유력한 언술 형식의 하나라는 점에서 지리산 서사시는 오늘날 우리시에 주어진 중요한 과제임에는 틀림이 없다. 그리고 길지는 않지만 지리산 서사시의 전통을 성공적으로 계승하고 있다는 점도 틀림이 없다. 하지만 만약 다음과 같은 구절이 없었다면 『달궁 아리랑』이 주는 생동감과 현장성은 제대로 살아날 수 있었을까?

홍계리 지나 대원사 아랫길로 접어들었다 십 리 유평길

---

[22] 송수권(2010), 「작가의 말―서사시집 『달궁 아리랑』과, 시집 『빨치산』에 대한 변명」, 『달궁 아리랑』, 종려나무, 231쪽.

유평리에서 다시 이십리 치밭골 산장
참취향 나물밭에 코를 박고 주먹밥 쌈 싸고
다시 삼십 리 싸리봉 중봉 천왕봉까지
지리산 동쪽 능선 등뼈 같은 안개 낀 산들이
바다에 잠길 때 있다
산봉우리마다 그 바다에 떠서 체머리 흔들며
섬으로 흐르고 있다

저것 봐라
자욱한 안개가 물러가면
만상이 잠드는 황혼의 고요 속에
수천수만의 고래 떼 울음, 고래 떼의 항진,
저희들끼리 물창을 튀기며 난바다 어디로 가는지
그 울음소리 창해에 끓어 넘친다

－「달궁아리랑 25」 부분

6년여에 걸친 빨치산 투쟁이 끝나 총소리도 멎은 채 많은 주검을 안고
있는 지리산의 모습을 어쩌면 이렇게 서정적으로 아름답게 노래할 수 있
는지, 그리고 그 역사적 의미를 이렇게 엄숙하게 물어볼 수 있는지, 서사
시로서의 『달궁 아리랑』이 성공할 수 있었던 비밀은 바로 여기에 있었다
고 하겠다. 서사의 밑바닥에 이런 서정적 분위기와 정서를 깔아놓음으로
써 처절한 살육과 전투의 비극적인 현장을 더욱더 처절할 정도로 아름다
운 공간으로 승화시키는 데 성공할 수 있었던 것이다.[23]

하지만 『달궁 이리랑』이 주는 감동과는 별도로 자꾸 생겨나는 지리산
시에 대한 또 다른 갈증은 어쩔 수 없는 것 같다. 지리산이 안고 있는 역

---

23) 시인은 「작가의 말」에서 여러 차례 역사성과 현장성을 강조하는데, 한편으로
는 시가 역사나 기록과 달라야 할 점에 대해서 '시심', 또는 '시정(詩情)'에 바
탕을 두어야 함을 말하고 있다.

사의 무게 때문이겠지만, 소설과 마찬가지로 대부분의 지리산시 또한 과거로부터 자유롭지 못한 것이 사실이었다. 거의 모든 시들의 밑바닥에는 앙금처럼 비장함과 고통이 가라 앉아 있고, 역사의 지난 현장에 끈끈하게 연결되어 있다. '역사의 산'이 아닌 '산 자체로서의 지리산', '과거의 산'이 아닌 '오늘의 산'으로서 지리산을 노래한 시 또한 많지 않다. 그런 점에서 산이 주는 미덕으로서의 정신적 고양과 자연 친화의 즐거움을 노래하는 지리산시를 기대해 본다.

이 글은 『배달말』 제49집(2011)에 수록된 「한국 현대시와 지리산―지리산의 공간적 의미를 중심으로」를 수정·보완한 것이다.

—

오태석 희곡 「산수유」에서
지리산의 의미

최상민

—

Ⅰ. 문제의 제기

이 글은 오태석의 희곡 「산수유」[1]에서 작품의 배경이 되고 있는 지리
산과 배티마을 등 '공간'의 의미에 대해 고찰할 목적으로 기획되었다. 「산
수유」는 이해랑 연출로 1980년 12월 중앙국립극장 설립 30주년을 기념하
여 국립극단에 의해 초연되었다. 이 작업에는 김동원·이진수·권성덕·

---

[1] 오태석, 『오태석 희곡집 2권: 심청이는 왜 두 번 인당수에 몸을 던졌는가』,
평민사, 1999. 이하 작품 인용은 모두 여기에 따르며, 별도의 표기 없이 쪽수
만 밝힌다.

장민호·백성희 등 당대 최고의 배우들이 캐스팅되었다. 오태석은 이 작업이 진행되는 동안 연출 이해랑의 요청에 부응하여 '수정에 수정을 거듭하였노라'[2]고 회고한 바 있다. 아마도 이는 오태석의 「산수유」가 오태석의 다른 작품들과 약간은 스타일이 다른 작품이 되게 한 계기가 되었을 것이다. 여러 가지 이유가 있겠지만 이는 이 작품이 상대적으로 작가의 다른 작품들에 비해 연구자들의 관심과 조명을 덜 받는 한 계기가 되었을 것이라고 생각한다.[3]

알려진 바와 같이 「산수유」는 「운상각」·「자전거」와 함께 오태석의 '동란 3부작'[4]의 하나로 일컬어진다. 당초 서연호의 지적으로부터 시작된 이 표현은 별다른 고민 없이 받아들여지다가, 조보라미에 의해 이들 작품이 인물유형, 플롯, 극적 긴장의 구성 방식 등 3가지 점에서 상동성을 갖는다고 하여 보다 분명한 입론으로 세워진 바 있다. 조보라미에 따르면 이들 작품들은 모두 작가의 고향 마을인 '선암리'를 배경으로 하여 전쟁의 기억을 호출하고 있다고 한다.

> …생배와 솔매, 신틀매 등은 「자전거」뿐 아니라 「산수유」나 「운상각」에도 그대로 나타나는 지명임에 주목할 필요가 있다. 「산수유」는 "인간들의 조그만 상처를 감싸고 덮어주는 듯한" 시리산을 중심 배경으로 설정하고 있다

---

2) 오태석, 위의 책, 1999, 286쪽.

3) 6·25 3부작 각 작품에 대한 소논문을 기준으로 살펴보면 이화원(「자전거 그 다음성의 세계」)을 필두로, 백로라(「오태석 희곡 〈자전거〉연구」), 이상란(「오태석 극작술연구:〈자전거〉의 연극성」), 김남석(「〈자전거〉에 나타난 두 사람의 심리작용에 관한 연구」), 김만수(「무의식 탐구로서의 연극: 오태석의 〈자전거〉」) 등의 「자전거」에 대한 논문이 압도적이며, 「운상각」에 대해서는 이정환(「아시에서 현실로 나아가는 여정」, 『국어국문학』137, 2004)의 논문을 꼽을 수 있다. 반면 「산수유」에 대한 개별 논문은 본 논문이 거의 유일하다. 이에 관해서는 조보라미, 「오태석의 6.25 3부작 연구 1」, 『한국현대문학연구』25집, 한국현대문학회, 2008, 545쪽의 각주 참조.

4) 오태석·서연호 대담, 『오태석 연극: 실험과 도전의 40년 – 원리·방법론·세계관』, 연극과인간, 2002, 107쪽.

(산수유:114). … 그러나 중심플롯에 해당하는 마을이 배경이 되면, 신틀매(산수유:117)와 배티마을(산수유:121), 생배(산수유:125), 솔매(산수유:134), 판다리(산수유:143,155) 등 선암리의 지명이 다수 나타난다. 또한「운상각」에는 신틀매 골챙이, 생배(운상각:222), 항갱이(운상각:233) 등의 지명이 나타나고, 영걸의 본적은 '충남 서천군 시초면 선암리'요, 그가 사는 곳은 판교(운상각:231-2)라는 등 구체적인 지명이 거론된다.5)

위의 언급에서는 '지리산'이라는 공간에 그다지 중요한 의미 부여가 없다. 지리산과 그를 배경으로 갖는 마을(배티마을)이라는 장소와 공간의 의미에 대한 관심이 거의 느껴지지 않는다. 다만 이들 지명이 작가의 고향마을의 지명이라는 점에 착안하여 앞서 '동란 3부작'이 작가의 개인적인 체험을 근간으로 창작되었음을 강조하는 선에 그치는 것이다. 그러나 문학 작품 속에서 '공간'은 "객관적 사실로서의 지역성은 물론, 주관적으로 인식되는 지역성에 대한 파악"6)이 가능한 것이므로 좀 더 세심한 주의를 요한다. 나아가 이를 바탕으로 "문학공간에 대한 독자의 반향이 만들어내는 구체적인 지역의 재생산과정에 대한 이해"7)가 가능하다. 특히 문학작품에서는 종종 작가의 "문제제기 혹은 고발하고자 하는 주제 및 역사적 상황 혹은 문제시하고 있는 사회 이슈들에 따라 고향과 상관없는 지명과 장소가 작품의 공간적 배경이 되기도 한다."8) 그러므로 이런 사정을 감안하면 작품의 배경을 이루고 있는 지리산의 공간적 의미에 좀더 천착할 필요가 있다. 이를 통해 지리산이라는 장소감(a sense of place)이 환기하고 드러내려는 문화적 의미망을 바로 읽을 수 있으며, 개별 작품에 대

---

5) 조보라미, 「오태석의 6.25 3부작 연구 2」, 『한국현대문학연구』 26집, 한국현대문학회, 2008, 496쪽. 괄호 안은 작품명과 쪽수.

6) 이은숙, 「문학공간의 인식체계와 특성」, 『현대문학이론연구』 36집, 현대문학이론학회, 2009, 5쪽.

7) 위의 책, 5쪽.

8) 위의 책, 17쪽.

한 의미론적 이해에 다가갈 수 있다고 보는 때문이다.

이 글에서는 우선 일반적인 차원에서 전쟁기억의 문학적 재현을 위해 호출된 지리산의 의미를 살펴보고(2장), 오태석의 경우를 통해 드러난 지리산의 의미망을 분석하여 이를 열림과 닫힘이라는 관점에서 설명하고(3장), 독자의 해석 행위가 공간에 대한 인식행위에서 나아가 실천을 지향하고 있다는 점을 강조하고자 한다(4장). 이런 공간론의 전개를 통하여 오태석 희곡의 해석 지평을 늘리고, 그의 희곡들이 우리들의 삶 속에 깊숙이 사회적 관계와 실천의 계기로 다가온다는 점을 확인하게 될 것으로 기대한다.

II. 기억의 재현과 공간

삶의 현존재로서의 인간은 공간적인 존재이다.[9] 인간은 우선 스스로 신체를 이루어 공간 속에 구체적으로 위치하며, 자신의 삶을 살아가기 때문이다. 그리고 제 스스로 움직이며 그 대상들을 바라본다. 동시에 공간을 추상화한다. 인간에게는 구체적 실체로 존재하는 공간을 추상화하여 인식하고, 다시 그것들을 조성하는 능력과 습관이 있다. 그러므로 인간은 '장소와 공간'[10]을 함께 지닌 존재이다. 장소란 자신이 매일 지친 몸을 누

---

9) 최근 관련 논의에서 장일구는 발레가의 논의에 기대 하이데거의 『존재와 시간』에서 인간의 존재적 기반이 시공에 기반한 것이라는 주장을 새롭게 하여, '세계-내-존재(In-der-Welt-Sein)'로서의 현존재인 인간 자질의 본색을 구명하기 위한 해석적 원동력을 "실존적 조건의 구심인 공간에 대해 관심함으로써 찾을 수 있다"고 주장한다. 장일구, 「공간의 인문적 의미망」, 『현대문학이론연구』 38집, 현대문학이론학회, 2009, 5~6쪽 참조.

10) 이 글에 사용되는 공간과 장소 개념은 이 푸 투안의 개념을 원용하기로 한다. 이 책에서 저자는 공간과 장소를 환경을 구성하는 근본요소로 보고, 첫째, 경험의 생물학적 토대, 둘째, 공간과 장소의 관계, 인간의 경험 범위 등 세 가지 주제를 통하여 '인간이 어떻게 세계를 이해하고 경험하는가?'를 탐구

이며 휴식을 얻는 건축물로서의 집, 그 집이 공간 속에 존재한 주변의 자연환경이나 도시들, 그 속에서 학교나 직장을 오가며 지나치는 거리들……을 일컫는다. 현존재인 인간에게 이런 의미의 장소는 틀에 박힌 일상의 안정된 삶을 보장하는 '자리, 가정, 일터'로서 그 자체로서 명징한 '장소'[11]이다. 각각의 장소들은 해를 거듭한다고 해도 의미가 변하지 않을 것이며, 가시적인 경계가 다소 모호하더라도 각각의 분별된 장소로서 이해될 것이다.[12] 한편, 공간이란 외적 장소의 경험 속에서 추상화의 과정을 거쳐 이뤄진 영혼의 반응 공간, 혹은 기억의 공간이나, 정치·사회·역사의 장을 의미한다. 당연한 이야기지만 인간은 집과 같은 장소를 특칭하여 말할 때에도 거의 동시에 공간의 의미를 담아 말하기도 한다. 이런 현상들은 인간이 장소와 공간을 신체적인 경험으로서만이 아니라, 정신과 심리의 복합작용으로 인지하기 때문에 일어난다. 하여, 결국 둘을 뚜렷이 구분할 어떤 객관적인 기준은 없는 셈이다. 그럼에도 공간의 의미망을 이처럼 구분하여 논하는 것은 공간이 지닌 어떤 '힘'을 강조하기 위함이다. 나아가 그렇게 하는 것이 장소와 공간의 어울림 속에 만들어지는 특별한 의미망을 더 분명하게 포착할 수 있다고 믿는 까닭이기도 하다.

꼭 그런 것은 아닐 테지만 대개의 경우 장소는 인간의 삶을 조건지우는 데 반해 공간은 삶을 확장한다. 방금 자동차를 타고 지나친 거리들은 아무리 뒤돌아보아도 거기에 존재하지 않는다. 그러나 그 거리들은 분명히 거기에 존재한다. 즉, 자동차를 지나치며 보았던 그 거리들은 굳이 뒤돌아보지 않아도 거기에 그대로 존재한다. 이 때, "거기에 존재한다"는 진술은 순전히 주체의 기억에 의존하는 것이다. 거리의 공간은 주체의 기억 속에, 혹은 기억 그 자체로 존재한다. 그런데 자동차에 자신의 몸을 실은

하고 있다. 이 푸 투안 저/구동회 외 역, 『공간과 장소』, 대윤, 2007.

11) 장일구, 앞의 글, 2009, 19쪽.

12) 위의 책, 19쪽.

주체의 이동은 시간의 흐름과 함께 공간의 연쇄를 거치며 그 겹을 쌓는다. 그 쌓이는 겹을 따라 주체는 공간을 경험하는 것이다. 그러므로 시간을 보내야만, 혹은 그 시간을 거슬러 올라가야만 공간의 경험이 가능하다. 주체의 몸이 자동차를 타고 이동하는 것은 물리적인 경험이지만, 시간을 따라 거슬러 가는 공간의 경험은 다분히 추상적이다. 문학 작품 속에 구현된 구체적인 장소로서의 공간논의보다 추상 차원의 공간논의가 훨씬 의미롭고 즐거움을 가져다주는 이유는 바로 이런 까닭 때문이다. 추상 차원에서 공간에 대한 경험은 시간의 비가역성을 전복시키는 가운데 일어난다.

문학작품 속에서 공간에 대한 경험은 텍스트를 둘러싼 여러 주체들－예컨대, 작가·독자·인물 등－의 기억의 교차, 그리고 이 주체의 기억과 타자의 기억이 소통하고 교차하면서 만들어내는 사건들로 일어난다. 그리고 그 사건들은 마땅히 해석을 기다리는 하나의 기호이다. 해석 행위 속에서 주체는 다시 한 번 자신의 기억을 떠올리고 타자의 기억에, 혹은 죽은 자의 기억에, 나아가 과거의 기억에 귀 기울이게 되는 것이다. 기억은 과거의 경험을 가려 뽑아내는 작업이다. 그러므로 공간을 기억하는 일은 공간의 경험 가운데 일부를 가려 뽑아내 현재의 시점 안에 되살리는 일이다. 이름하여 "공간에 대한 기억으로 기익의 공간을 만드는"[13] 일인 것이다. 이 때 기억의 공간은 장소에 비견되는 개념으로서의 공간이다. 공간을 심화시키고 확장시키는 일은 오직 인간만이 지닌 특징이기도 하다. 공간을 심화시키는 일은 시간에 대한 의식, 시간을 거슬러 모르는 일로부터 비롯한다. 그래서 기억은 장소로부터 공간을 분리시키지 않는다. 앞서 지적한 것처럼 자동차를 타고 거리를 지나는 주체는 언제나 주체의 기억에 의존하여 공간을 경험한다. 주체가 거리를 지나며 얻은 경험내용

---

13) 박상진, 『열림의 이론과 실제』, 소명출판, 2004, 313쪽.

은 주체의 기억 속에 파편처럼 남아 공간을 재구성하기 때문이다.

주체가 공간을 재구성하는 일은 주체의 특수한 심리와 지각을 따라 이뤄진다. 당연히 그 특수한 심리와 자각은 주체의 삶을 통해 형성된 것들이다. 이런 차원에서 주체가 경험한 장소와 공간은 주체의 삶 속에서 뒤섞인다고 볼 수 있을 것이다. 장소와 공간에 대한 주체의 경험이 뒤섞여 주체의 기억을 이루고 주체의 삶의 겹을 이룬다. 기억이 없는 주체의 삶이란 존재하지 않는다. 기억은 주체의 정체성을 이루며 주체의 삶 그 자체이기도 하다. 기억은 경험과 함께 하면서 삶과 공간의 겹을 이룬다. 경험 "공간은 사회적 실존의 공간"14)이기 때문이다. 경험은 장소와 관계맺음으로부터 비롯한다. 기억은 주체를 일정한 장소에 서게 하는 것이고, 또 그렇게 함으로써 주체를 가장 개별적인 존재로 거듭나게 한다. 또 "기억은 흔적이며 상처"15)이기도 하다. 기억과 흔적, 상처들은 주체를 구성하는 질료들이며 '주체의 공간성'16)을 이루는 바탕이 된다. 흔적과 상처는 기억으로 존재하면서 주체를 구성한다. 기억은 장소와 공간에 대한 주체의 경험내용을 결합하면서 공간 속에서 주체를 존재하게 한다.17) 이때, 주체의 공간성이란 다름 아닌 주체가 곧 공간이라는 의미이다. 그것이 장소이든, 공간이든 주체가 스스로를 공간적인 존재로 인식하는 순간 주체는 순간적 존재의 한계를 벗고 비로소 영원성에 가 닿을 수 있다. 왜냐하면 주체는 스스로 필멸하는 존재라는 절망을 딛고 공간과 하나가 되어 영원성을 깆게 될 것이기 때문이다. 사실 스스로 우주와 하나가 되거나, 아니면 자기 안에 그 우주가 온전히 들어오거나, 그 우주를 향해 자신을 펼쳐 나갈 것이라고 생각하면 주체가 지닌 한계라는 것은 그 의미가 사

---

14) 위의 책, 313쪽.
15) 위의 책, 314쪽.
16) 위의 책, 314쪽.
17) 위의 책, 315쪽.

라질 것이 아닌가.

요컨대 여기서 우리는 지금 여기에(just here), 많은 인간 존재들이 현존(presence)하고 있으며, 자신의 삶을 의미로운 것으로 만들어 가기 위해 세계와 맞서거나(conflict), 화해하고 있다(communication)는 사실만은 부정할 수 없다. 기억의 재현 행위로서의 문학은 '원상과 모상', '실재와 이미지'가 어디서 어떻게 만나고 있는가를 심각하게 되물어야 한다. 그러므로 이 물음은 필연적으로 '문학이란 무엇인가'의 문제와 만나게 된다. 문학성이란 자신이 처한 역사적 상황에 대한 주체의 반응이며, 주체의 기억 속에 스스로를 옭죄는 위기의 원천을 가시화하려는 시도로부터 출발한 개념이기 때문이다. 이런 의미에서 미적가상을 통하여 부정적인 현실과의 화해를 추구하는 모더니즘의 '미메시스(mimesis)'[18] 정신은 리얼리즘의 재현 욕망과 결코 무관하지 않다. 다만 리얼리즘의 그것이 객관현실의 재현에 관심을 표명한다면, 모더니즘의 그것은 객관현실에 내재한 내면적 실재나 무의식의 세계, 즉 기억을 재현하는 데에 집중하는 정도의 차이를 가질 뿐이다. 그런 차원에서 모더니즘의 반영 불가능한 세계에 대한 형식적 탐색은 리얼리즘의 훌륭한 보완양식으로 기능할 수 있는 것이다.

오태석의 「산수유」는 본래 '지리산'이라는 제목을 바꾼 것이라고 한다. 그만큼 이 작품은 지리산이라는 공산과 밀집한 연관성을 바탕으로 한다.

---

18) 아도르노(T.W. Adorno)는 대상의 완벽한 모방·재현에서 출발하여 철학과 예술을 구분하는 개념으로 확장된 플라톤과 아리스토텔레스의 미메시스 개념을 비판적으로 수용하면서 자아가 아무런 매개 없이 대상과 하나가 된다는 생각에 반대한다. 그는 오늘의 '자연'을 상실된 자연으로 보고 인간화를 통해 참다운 자연을 복원해야 한다고 주장한다. 예술은 현실 속에 있으며 현실 속에서 기능을 가질 수 있고, 그 자체 내에서 현실을 다양하게 중재한다. 그러나 예술로서의 현실이란 실제의 현실과 대립하고 있다. 철학을 이러한 사실을 미학적 가상이라고 지칭한다. 따라서 아도르노는 도구적 합리성에 의해 추방된 주체와 객체의 조화로운 일체감을 미적 가상을 통해 복원하려는 의도로 이 용어를 사용하고 있다고 이해할 수 있다. 아도르노, 김주연 역, 『아도르노의 문학이론』, 민음사, 1985, 80~81쪽.

여기서 지리산이라는 공간은 그 속에 쌓인 경험들을 기억해내서, 그 때 그 곳과는 무관한 듯 지금 여기 현재의 공간에 살아가는 사람들에게 그 기억을 전해줄 상징적인 징표이다. 비록 구체적인 지명들이 모두 작가의 고향 마을과 그 인근의 지명들이라고는 하나 지리산이라는 공간이 환기하는 사건들과 기억은 현재적 맥락 속에 재구성되면서 극적 진실들을 불러온다. 그리하여 작가는 지리산이라는 공간이 기억하고 있는 극적 진실들을 독자/관객들과 공유하고자 하는 것이다. 그런데 지리산이라는 장소감을 잉태하는 감정구조는 결국 문화적 수행과 실천에 의해 형성된 시대 경험의 소산[19]이므로, 오태석의 희곡 「산수유」의 지리산 역시 작가의 문화적 수행과 실천을 통하여 변형된 기억을 소통하고자 하는 작가의 열망이 담겨 있다고 봐야 한다.

> 6.25 지난 지 30년, 한 세대가 완전히 가버린 세월이다. 그러니까 지금쯤은 비교적 감정이 섞이지 않은 눈으로 30년 저쪽의 일들을 바라볼 수 있게 되었다는 말도 된다. 억울하다거나 원망스럽다거나 하는 따위의 원초적인 감정의 선입견을 없이 할 때, 사물이나 사건의 객관화가 정직해질 수 있다고 믿는다. 그런 정직성으로 30년 전의 자국들을 바라보는 시선 - 이를테면 그 참혹했던 시절의 지리산을 살아낸 사람들의 경우, 피해자건 가해자이건 그 대부분이 위로받아야 하고 용서받아야 할 입장이었음을 헤아려 보자는 뜻이다. 이 「산수유」도 그런 뜻에서 보아 주었으면 한다.[20]

앞서 오태석은 전쟁이 끝나고 7~8년쯤이 지났을 무렵 지리산으로 無錢 旅行을 떠났던 기억을 얘기한다. 기억 속의 그곳 사람들은 전쟁의 상처로

---

19) 송기섭, 「기억서사와 문화적 소통」, 『현대소설연구』 34집, 한국현대소설학회, 2007, 202쪽 참조.
20) 오태석, 『오태석 희곡집 2권: 심청이는 왜 두 번 인당수에 몸을 던졌는가』, 평민사, 1999, 285~286쪽.

부터 자유롭지 못하였고 산하에도 그 '상채기가 벌겋게' 남아 있어서, 사람들은 "산과 더불어 상처입고 수척해 가고 마침내 탈색되어 命은 있으되 生은 없는 허물만 남겨져 버려진"[21] 느낌이었다는 것이다. 무전여행하는 처지에서 그곳 사람들의 살기를 띤 외면에 속수무책의 난감함을 느꼈음은 당연하다. 전쟁이 끝난 지 30여년, 이제 '그 참혹했던' 사건에 대한 주체의 기억들은 타자와 만나지 못하고 망각의 심연에 빠져 버릴 위기에 처해 있다. 작가 오태석의 전쟁기억과 관련된 다른 이야기들—예컨대 6.25 3부작과 같은—에도 이러한 시각이 반영되어 있다. 그러나 이런 시각들은 문화적 기억의 변형과 소통이라는 장치를 통하지 않고는 전쟁의 참혹함에 관련된 인물들, 혹은 인간 역사의 진실들을 효과적으로 재구할 수 없다. 구체적인 장소로서의 고향 지명들이 문화적 공간으로서의 '지리산'이라는 배경을 공간배경으로 얻어 갖지 않으면 안 될 이유가 여기에 있다.

문학적인 재현이란 무엇인가? 그것은 주체에게 기억된 체험 가운데 가치있고 중요하다고 느끼는 어떤 것들을 드러냄으로써 자신의 세계를 또 다른 세계에 관계하고자 하는 문화적 수행이다.[22] 즉 일체의 문학적 재현 행위는 한 시대의 증인으로서 작가가 갖고 있는 기억을 세월이 흐른 뒤에도 상실되지 않게 하기 위해, 나아가 새로운 의미로 재생산되게 하기 위해 필요한 문화적 수행이라는 것이다. 결국 1980년 공연 당시 팜프렛에서 '작가의 변'으로 남아 있는 위의 증언에서 오태석에게 지리산이라는 장소의 의미는 '극심한 이념 분쟁과 그로 인한 절박한 민중의 생존문제'라는 사회적으로 조건지워진 외적 차원과 관련된 문화적 기억을 드러내기 위한 가장 유효한 기호인 셈이다.

---

21) 위의 책, 285쪽.

22) 송기섭, 앞의 글, 2007, 202쪽.

III. 공간의 닫힘과 열림

「산수유」는 1953년 휴전과 함께 총소리가 멎은 지 4~5년 지난 뒤의 지리산을 배경으로, 동란 중에 근친살해의 비밀을 감춘 채 살아가는 '배티마을' 사람들과 산을 무대로 떠돌아다니면서 '전쟁의 똥'[23]인 탄피를 주어 연명하는 탄피주의들의 삶을 다룬 작품이다. 희곡 작품 속에서의 공간에 대한 관심과 입론은 연극 무대에서 연극성의 획득을 가능케 하는 어떤 물리적 공간에 대한 관심으로 집중되는 경향이 강하다. 이 때 희곡작품의 공간에 관한 연구는 주로 연극 기호학을 중심으로 전개되는데, 한 연구에 따르면 연극 공간은 극장공간, 무대공간, 극적공간으로 나눠진다고 한다.[24] 여기서 연극 기호학자들의 주된 관심은 개별 극작가에 의해 구성되는 극적 공간에 모아진다. 다시 극적공간은 모방(mimetic)공간과 서술(diegetic)공간으로 구분된다. 이는 무대공간을 잠재공간(espace virtuel)과 현동공간(espace actuel)으로 구분하는 꼬르뱅(M.Corvin)의 방식과 비슷하다.[25]

그러나 이런 식의 논의는 무대상연을 전제로 한다는 희곡문학의 특성에 맞춤한 것으로, 이 글이 분석 대상으로 삼고 있는 「산수유」에서 '기억의 재현공간'으로서의 지리산과 배티마을이라는 공간의 의미작용을 분석하는 데 그대로 적용하기에는 다소간의 무리가 따른다. 따라서 무대 위에 "표현된 공간이 아니라 표현하는 공간"[26]에 대한 관심이 보다 더 중요할 수

---

23) 오태석 · 서연호 대담, 『오태석 연극: 실험과 도전의 40년 – 원리 · 방법론 · 세계관』, 연극과인간, 2002, 107쪽.

24) M. Issachroff, 『Space and Reference in Drama』, 재인용; 김명화, 『오태석 희곡의 공간 연구』, 중앙대학교 대학원 박사학위논문, 2000, 56쪽.

25) 이화원, 「연극공간의 기호학적 분석을 위한 비교연구」, 『디자인 연구』 7호, 상명대학교 디자인연구소, 1999 재인용.

26) 신현숙, 『희곡의 구조』, 문학과지성사, 1990, 120쪽.

있다. 우리는 무대 공간에 대한 분석을 통하여 등장인물들 간의 사회적 관계, 텍스트의 이데올로기, 인물의 내적 갈등 등에 대해 설명할 수 있을 것이다. 여기서 한 발 더 나아가 공간에 대한 분석 작업을 통하여 텍스트를 둘러싼 제주체-작가, 독자, 환경 등-의 심층기억들이 재현되는 양상과 그 의미를 설명할 수 있는 길이 열릴 수 있기 때문이다. 확실히 극공간은 시나 소설처럼 독자의 상상력을 통해 구축되는 허구의 공간이기도 하지만, 동시에 연극성을 내포하고 있는 공간이기도 하다.[27] 즉, 무대상에 재현될 시·청각적인 기호들의 어울림을 통해 만들어지는 공간화의 가능성들과 그것들이 만들어내는 의미효과들이 잠재되어 있는 공간이다.

알려진 바대로 지리산은 동족상잔의 상처가 가장 깊이 새겨진 공간이다. 작가는 바로 이 공간을 배경으로 전쟁에 의한 상처의 기억을 재현하여 보임으로써 상처가 어떻게 치유되고 또 되어야 하는지를 말하고 있다. 기억은 공간에 새겨진 흔적이며 상처다. 그래서 기억은 공간으로 존재하는 것이다. 공간적 구성이 없이는 기억이 존재할 수 없으며, 기억이 없이는 공간 역시 존재할 수 없다. 지리산에 대한 우리사회의 집단 기억은 무엇인가. 지리산이라는 공간은 우리 사회에서 수난의 역사가 그대로 아로새겨진 공간이다. 왜란 때는 외적에 맞서 싸웠던 의병들의 피로, 갑오년에는 목이 뎅겅뎅겅 잘린 농민들의 목에서 흘린 피로, 여순사건 때는 많은 사람들이 섬진강을 건너 피아골로 쫓겨 들어와 흘린 피로 지리산은 물들어 있다[28]는 것이다.

그럼에도 불구하고 우선 「산수유」 속의 공간들이 갖는 의미망을 변별해 내기 위해, 공간의 계합체계와 통합체계를 현동공간과 잠재공간으로 구분하면서 살펴볼 필요가 있다. 다음은 「산수유」가 제시하는 무대지시문이다.

---

27) 위의 책, 120쪽.
28) 조정래, 『태백산맥』 10권, 한길사, 1989, 7~8쪽.

무대는 두 장면이 반복해서 쓰인다. 山과 丘氏네 사랑채 마당이다. 무대장치는 넓이보다 깊이에 세심한 주의가 필요하다. 무대 안쪽에 서 있는 솔문에서 사랑채 마당까지 오자면 연기자가 한참 걸어 내려오는 느낌이 들어야한다. 마찬가지로, 뒷산, 지리산의 원경과, 丘氏네 사랑채, 안채, 움집을 둘러싸고 있는 숲과, 그 사이에 위치한 재의 근경, 이런 것들의 원근이 크게느껴져야 한다. 무대의 높낮이에도 역시 같은 주문이 필요하다. 이를테면사랑채의 토방과, 안채 마당의 높이, 솔문이 서 있는 洞口의 높이, 그리고움집이 서 있는 채전의 높이, 그것들을 잇는 線이 관객들이 시선을 한가운데 펼쳐진 마당으로 자연스레 유도해야 한다. 智異山은 험준한 계곡도 아니고 기암절벽이 장관을 이루지도 않는다. 언덕인가 산인가 싶은 그런 女人의가슴과 같은 산이다. 이 山의 특성은 작품전체에 커다란 작용을 한다. 때문에 무대장치, 어느 언덕 어느 지점에 연기자가 서도 그 체중을 감당할 수있는 말하자면 거대한 구릉이 되지 않으면 안 된다. 전체로, 人間이 살아가는 영역이 무대 전면을 차지하는 것이 사실이기는 하나, 그 뒤에 거대한 산, 人間들의 조그만 상처를 감싸고 덮어주는 듯한 山의 포근하고 비길 데 없는깊은 情感이 항상 무대를 치받고 있어야 한다.(114)

위 지시문을 들여다보면, 우선 무대가 '산'과 '구씨네 사랑채 마당' 등두 개의 공간으로 분할되고 있는 사실을 알 수 있다. 무대 전면에 현동화되어 있는 이 두 공간은 그대로 하나의 계합체계(paradigme fraternel)[29]를이뤄 일정한 의미망을 형성한다. 우선 주목할 것은 작가 스스로 이 두 공간에 대해 자신의 다른 작품들과는 달리 꽤나 공을 들여서 무대의 느낌을 묘사한다는 점이다. 나아가 높이나 원근감에 이르기까지 연출의 주의점에 대해 설명하고 있다는 점이다. 이는 앞서 언급한 것처럼 작가 스스로 '표현하고자 하는 공간'의 의미가 따로 있다는 뜻으로 읽힌다.

그는 이 두 공간을 '인간이 살아가는 영역'(구씨네 사랑채 마당)과 이들

---

[29] 안느 위베르스펠트, 신현숙 역, 『연극기호학』, 문학과지성사, 1988, 164쪽.

의 조그만 상처를 '감싸고 덮어주는 듯한' '포근하고 비길 데 없이 깊은 정 감'이 어린 공간(지리산)으로 묘사하면서 구분하고 있다. 이는 작가가 지 리산이라는 공간이 갖는 장소적 정체성을 '정감 가득한 인간적인 곳'으로 인식하고 있음을 드러낸다. 사실 이런 식의 묘사 문장은 극텍스트에서는 썩 어울리지 않는 것이지만, 작가의 장소감을 가시화하는, 나아가 이를 통하여 자신이 '표현하고자 하는' 어떤 의미가 존재한다는 것을 강하게 드러내는 데에 일정한 효과를 발휘한다. 이런 효과는 지리산이 제공하는 물리·환경적인 묘사인 "산, 그너머 또 산, 광활하고 완만한 구릉이 끝없 이 널려 있다. 황혼 무렵, 저무는 가을 바람이 매섭다(115)"는 표현에서도 그대로 이어진다. 여기서 문제는 작가가 같은 공간에 대해 두 가지 상반 되는 장소감을 갖고 있다는 것이다. 이는 첫째 지리산이 모성적인 느낌과 어떤 기능을 수행하는 공간이라는 것과, 둘째 그 산은 "오만 잡것들(117)" 의 "춥고 배고픈(117)" 공간이라는 것이다. 전자를 긍정성의 공간으로서 '열림'의 의미를 간직한 공간으로 설명할 수 있다면, 후자는 부정성의 공 간으로서 '닫힘'의 의미를 지닌 공간으로 표현할 수 있을 것이다.

한편 상반되는 두 공간에 대해 서로 다른 장소적 정체성을 부여하는 이런 작가의 인식은 '배티마을'에서도 그대로 드러난다. 배티마을은 작가 의 고향마을인 '(충남 서천군 시초면)선암리'가 배경을 이루는 〈운상각〉 등의 작품 속에서도 마찬가지이지만, 고통스런 기억이 서린 공간이면서 동시에 생명을 가진 모든 존재의 원초적 회귀열망을 간직한 공간이라는 점에서 그렇다. 잘 알려진 바처럼 그곳은 작가의 '원초적 체험'[30] 공간이 라는 점에서 전쟁의 상처에 대한 기억이 뚜렷이 각인된 곳이며, 그러나 동시에 그곳은 '삼촌이 조카를 위해 팽이를 깎다가 손마디를 잘랐던'(175)

---

30) 오태석은 11살 되던 해에 6.25를 겪었다. 이 때 아버지의 피랍을 지켜보아야 했고, 본가인 아룽구지로 가는 길에서 무수한 시체와 처참한 광경을 목격해 야 했다고 한다. 김남석, 『오태석의 이산 5부작 연구』, 영남대인문학연구소, 2005, 175쪽.

공간이기도 하다. 또 그곳은 마을사람들과 자신의 피붙이들을 위해 '저 목숨 하나만 다치면 된다'(165)고 여겨 스스로가 희생양이 되어 더 많은 목숨들을 살려냈던 곳이다. 그곳은 오직 사랑과 배려의 마음으로 가득한 공간이었던 것이다. 이렇듯 그곳은 그가 기억의 재현을 통하여 복원하고, 소통하고자 하는 우주의 중심적인 가치[31]를 간직한 곳이다. 이런 두 공간의 차이는 그대로 전자를 부정성의 닫힌 공간으로 후자를 긍정성의 열린 공간으로 해석할 수 있는 이유가 된다.

모든 주체의 기억 속에서 고향은 언제나 유토피아적인 대안공간[32]으로만 기능하는 것은 아니다. 때론 고향은 부정과 배제의 폭력의 기억이 각인된 곳이기도 하다. 오태석의 고향 역시 근친살해와 죄의식으로 점철된 곳이다. 조카가 숙부를 죽이고, 신도가 신부를 죽이거나(「산수유」), 같은 마을사람들을 죽이고 그 죄의식에 시달리며 자해하는(〈자전거〉)사람들에게 고향은, 혹은 고향에 대한 기억은 결코 유토피아(적인 대안공간)가 될 수 없다. 앞서 지문에서 보이는 것처럼 '인간이 살아가는 영역'인 배티 마을에 새겨진 기억과 기억의 현재는 잔인하다. 외부의 침입자들(탄피주이)을 다루는 마을 사람들의 태도는 사납고 거칠다. 잡힌 사람들 얼굴에 풀칠한 창호지를 붙이는 행위는 그들이 이미 지난 전쟁통에 겪었던 일이다. "인공 때 버릇이여. 이 지방서 빨갱이 되갖구 산이 올라 간 것들이, 마을에 내려오게 되믄 아는 얼굴이 무서운게 먼저 면상을 가려놓구 치드만 그려.(128)" 그들이 외지 사람들을 이처럼 극도로 경계하는 것은 "난리통에 빨치산 놈들이 처내려 와서 노략질을 해댔응게, 지금 도적놈들이 그냥 도적으로만 뵈지는 않"(135)는 때문이다. 그래서 이제 그들의 공간은 더 이상 외부의 침입자들에 의해 침해되어선 안 될 불가침의 신성

---

31) Yi-Fu Tuan, *Topophilia*, University of Minnesota Press, 1974, p.240.

32) 김명화, 『오태석 희곡의 공간 연구』, 중앙대학교 대학원 박사학위논문, 2000, 108쪽.

영역이 되었다. 마을은 닫힌 공간인 것이다.

그러나 마땅히 작가에게 있어서나 그 속에 살아가는 주체들에게나 이 닫힌 공간은 상처를 치유하고 화해로 이끌 마당으로 열려야 한다. 어떻게 이 닫힘이 열림으로 치환될 수 있을까. 두 공간의 매개가 필요하다. 침투 가능한 경계선[33]이 필요하다. 연구에 따르면 굿이나 꿈은 바로 이런 두 공간의 만남과 화해의 계기를 마련할 수 있는 침투 가능한 경계선의 역할을 한다고 한다.[34] 굿은 갈등과 불신의 공간을 화해와 신뢰의 공간으로 이끄는 계기를 마련하며, 꿈은 현실 너머의 공간을 가시화하여 의식의 밑바닥에 가라앉은 무의식을 일깨워 드러내는 계기가 된다는 것이다. 확실히 장씨가 꿈에 귀신(구서기)을 만나 뱀에 물린 상수를 살릴 약을 얻는다거나, 무당이 굿을 하면서 상수와 소무를 합방케 하여 상수를 살려낸다든지 하는 따위의 극사건들은 두 공간에 모두 갈등과 화해의 계기를 마련하기 위한 극적장치라고 할 만하다.

조보라미에 따르면 「산수유」에서 문제시 되는 것은 '전쟁세대 가해자'들의 죄의식과 그로 말미암은 상처의 치유에 있다[35]고 한다. 여기서 전쟁세대 가해자 인물군은 '근배(와 마을사람들)'와 '장씨' 등으로 나눠진다. 전자는 전쟁시기 자신과 마을의 안녕을 위해 숙부를 살해하여 그 주검을 마당 한켠의 움집 안에 암매장한 장본인이고, 후자는 자신이 그 신자였던 신부를 쳐 죽인 장본인이다. 전자는 마을 공간에 위치해 있고, 후자는 산 위에 위치한다. 이들의 죄와 그로 말미암은 후과는 또다른 상처와 아픔이

---

33) 위베르스펠트는 "(공간을 나누는)경계선의 근본적인 속성은 침투불가능성에 있다는 로트만의 견해를 비판하여 "한 공간에서 다른 공간으로 열린 통로가 없다면 연극은 가능하지 않다"고 주장한다. 안느 위베르스펠트, 신현숙 역, 『연극기호학』, 문학과지성사, 1988, 174쪽.

34) 김명화, 앞의 책, 2000, 109쪽.

35) 조보라미, 「오태석의 6.25 3부작 연구 1」, 『한국현대문학연구』 25집, 한국현대문학회, 2008, 546쪽.

다. 전자에 의한 것은 '상수'의 고통이다. 죄 없는 상수의 고통이 비록 뱀에 물린 데 따른 것이지만 전쟁세대의 죄에 따른 업보[36]라는 데는 이견이 있을 수 없다. 이런 관점에서 다시 산 위에서 생활하는 장씨의 죄는 장씨와 마찬가지로 산 위에서 탄피주이로 연명하는 또 다른 패거리인 평수 평달의 수난으로 이어진다. 이들이 비록 마을의 물건에 탐한 죄로 인하여 마을 청년들에게 봉변을 당하고 있지만, 이들에게 가해지는 폭력은 전쟁시대의 그것과 닮아있다. 과거 산과 마을 공간에서 벌어졌던 죄와 그 후과는 그대로 현재의 또 다른 고통으로 이어진다는 점에서 공통적이다. 이런 차원에서 보면 두 공간, 즉 과거의 산과 마을은 닫힌 공간이다.

이 닫힘이 열림으로 치환되기 위해 굿이라는 극적 장치가 동원된다는 지적은 앞서 한 바와 같다. 그러나 굿이 그대로 어떤 해원의 장치로 기능하는 것은 아니다. 그보다는 닫힌 두 공간의 차원이 '닫힘에서 열림의 차원으로 치환되는' 것을 통하여 가능하다고 보아야 한다. 물론 이 공간의 미의 치환은 원죄자의 진정한 참회와 베풂의 실천을 통하여 가능해진다. 숙부를 죽인 원죄를 고백하고 진정한 뉘우침에 이른 근배의 평수 평달 등 탄피주의 무리들과의 화해와 용서가 바로 그런 실천이다. 또 장씨의 고백과 죽어가는 아이를 구출하는 사랑의 실천이야말로 과거와 현재 공간의 치환, 닫힘에서 열림으로의 치환을 가능케 하는 근본 동력이다.

IV. 해석, 존재의 공간성

기억을 호출하고 기억 속의 상처를 치유하는 데에는 주체의 의식적이며 의도적인 실천이 필요하다. 주체의 내부에 깊숙이 가라앉아 있는 기억들을 불러내 이리저리 맞춰보고 대화하는 일이 필요하다. 여기서 주체는

---

36) 위의 책, 547쪽.

일정한 공간 속에 존재한다. 그러므로 주체가 자신과의 대화에 나서는 일은 공간과 대화한다는 의미이기도 하다. 그런데 공간은 끊임없이 변화한다. 심지어는 기억 속에 희미한 흔적으로만 남았다가 어느 순간 사라진 듯 보이기도 한다. 공간과 대화에 나서는 주체의 기억여행은 시간을 거슬러 올라가는 일이다. 기억 속에 있는 공간으로의 이동이 단순히 공간에 새겨진 흔적을 찾아 복원하는 데에만 머물지 않기 때문이다. 기억을 호출하여 재현하는 일은 시간과 공간의 한계를 초월할 때만 가능한 일이다. 초월은 무한을 상상하고 실천하는 인간존재에게만 허락되는 아름다움이다. 인간존재에게 공간은 정신과 삶이 아우러지는 곳이다.[37] 그런 까닭에 공간은 흐릿한 관념이 아니다. 동시에 눈에 보이는 어떤 실재를 의미하는 것도 아니다. 이 둘을 가로지는 실천을 통하여 비로소 공간은 인간존재에게 일정한 의미로 다가선다. 그런데 중요한 것은 일정한 의미로, 사건으로, 기억으로 그 존재를 알리는 공간만이 해석에 열려있다는 점이다.[38]

지리산과 배티마을은 주체의 기억 속에서 파괴와 폭력으로 얼룩진 닫힌 공간이었지만, 동시에 주체에 의해 그 속에서 어떤 내적 공간의 의미를 발견할 수 있었을 때 비로소 새로운 해석의 열린 세계로 자신과 독자 모두를 이끌어갈 수 있었다. 해석은 주체의 적극적인 의지와 의도의 실천에 의해 이뤄진다. 그러나 역설적인 의미에서 해석은 주체의 '약한 사고'에서 비롯된다.[39] 약한 사고란 주체의 위치와 태도를 약하게 설정하는 일이다. 이는 주체를 일정한 상황 속에 위치시키는 일이다. 그것이 '존재의 공간성'이다.[40] 공간 속에서 주체의 정위는 주체의 이데올로기를 공간 속에 투영하는 일이다. 공간에 대한 해석 행위는 그 공간을 어떤 식으로

---

37) 박상진, 『열림의 이론과 실제』, 소명출판, 2004, 319쪽.
38) 위의 책, 319쪽.
39) 위의 책, 321쪽.
40) 위의 책, 321쪽.

든 변형시키는 작업을 수반하기 때문이다. "고향다움이란 무엇인가?", 혹은 "지리산다움이란 무엇인가?"라는 물음을 가정해 보자. '고향'이라는 공간은, 혹은 '지리산'이라는 공간은 원래부터 어떤 의미로 존재하고 있는 것이 아니다. 의미는 그렇게 묻는 그 물음 자체로부터 비롯하는 것이다.

「산수유」에서 공간의 의미는 작가 오태석의 기억을 호출하여 재현하는 일이며, 작가 스스로 그 공간 속에 자신을 위치시키는 행위를 통하여 비로소 그 실체를 드러낸다. 마찬가지로 독자에게도 자연(지리산)과 인간세계(배티마을, 혹은 고향)의 의미는 공간 속에 정위하는 실천을 통해서만 그 실체를 드러낸다. 이는 공간 속에서의 정위가 사회와 역사, 정치와 윤리의 측면에서 자신의 자리를 확인하는 일임을 의미한다. 결국 공간에 대한 주체의 '해석'행위가 곧, 주체 스스로 존재의 공간성을 드러내고 확인하는 일임을 알 수 있다. 그러므로 「산수유」라는 문학텍스트 속의 공간에 대한 '해석' 행위는 「산수유」라는 텍스트의 해석을 둘러싼 작가, 독자, 환경 등 제주체들의 심층기억을 복원하는 일이며, 이 작업에 일정한 의미를 부여하는 일이다.

앞서 본 논의의 성과로서 다음과 같은 두 가지 사실들을 확인할 수 있다. 첫째, 「산수유」에서 공간은 과거와 현재, 긍정성과 부정성, 닫힘과 열림이라는 차원에서 이중적인 의미를 지닌 곳으로 파악된다. 둘째, 이 작품은 궁극적으로 대립되는 이 두 공간의 화해와 조화, 혹은 닫힘으로부터 열림을 지향하는데 이는 작가, 독자, 사회 등을 둘러싼 제주체의 해석과 실천이 개입된 결과이다.

이 글은 『현대문학이론연구』 제39집(2009)에 수록된 「오태석 희곡 〈산수유〉에서 공간의 의미」를 수정·보완한 것이다.

저자 약력

최석기

현 국립경상대학교 인문대학 한문학과 교수. 동 대학교 경남문화연구원 인문한국
(HK) 일반연구원. 한국경학 전공. 성균관대학교 한문학과 문학박사. 한국고전번역
원 전문위원 역임. 저역서로는『선인들의 지리산 유람록 1-6』(공역),『남명과 지리
산』,『남명정신과 문자의 향기』,『덕천서원』,『조선시대 대학도설』,『조선시대 중용
도설』등이 있으며, 연구논문으로는「성호 이익의 시경학」,「남명의 성학과정과 학
문정신」등이 있다.

윤호진

현 국립경상대학교 인문대학 한문학과 교수. 동 대학교 경남문화연구원 인문한국
(HK) 일반연구원. 한국한문학 전공. 성균관대학교 한문학과 문학박사. 경남문화연
구원장과 남명학연구소장 겸임. 저역서로는『대동운부군옥』20책(공역),『패림』15
책(공역),『국역 천령지』(공역) 등이 있으며, 연구논문으로는「嗚呼島에 대한 認識
과 形象化 硏究」,「『唐宋分門名賢詩話』의 刊行과 그 內容」등이 있다.

강정화

현 국립경상대학교 경남문화연구원 인문한국(HK) 교수. 한국한문학 전공. 동 대학
교 한문학과 문학박사. 경남문화연구원 학술연구교수 역임. 지역서로는『선인들의
지리산 유람록 1-6』(공역),『지리산, 인문학으로 유람하다』(공저),『거문고에 새긴
외금내고, 청도 탁영 김일손 종가』등이 있으며, 연구논문으로는「한말 지식인의
지리산 유람」,「지리산유람록 연구의 현황과 과제」등이 있다.

황의열

현 국립경상대학교 인문대학 한문학과 교수. 동 대학교 경남문화연구원 인문한국
(HK) 일반연구원. 한국한문학 전공. 성균관대학교 한문학과 문학박사. 태동고전연
구소 수료. 경상대학교 도서관장, 우리한문학회장 역임. 지역서로는『탈초 번역 최
근첩』,『역주 당촌한화』,『대동운부군옥 1-20』(공역) 등이 있으며, 연구논문으로는
「한문 문체 분류의 재검토」,「『논어』의 해석 태도에 대하여-화법에 대한 이해를 중
심으로」등이 있다.

박기용

현 국립진주교육대학교 국어교육과 교수. 고전문학 전공. 대구대학교 국어국문학과 문학박사. 대구대학교 강사 역임. 저역서로는『조식의 생애와 사상』(공저),『두류산 양당수를 예 듣고 이제 보니』,『거창의 누정문화』,『진주의 누정문화』 등이 있으며, 연구논문으로는 「남명문학에서의 도교사상 표출 양상」, 「망우당 곽재우의 문학에 나타난 도교사상 표출 양상과 그 인식」, 「불교설화에 나타난 도깨비의 기원에 대하여」 등이 있다.

박찬모

현 국립순천대학교 지리산권문화연구원 인문한국(HK) 교수. 국문학(현대문학) 전공. 국립전남대학교 국어국문학과 문학박사. 편저서로는『지리산권 불교설화』(공편),『지리산권 문화와 인물』(공저),『지리산 역사문화 사전』(공저) 등이 있으며, 연구논문으로는 「조선산악회와 지리산 투어리즘」, 「일제 강점기 지리산유람록에 대한 시론적 고찰」, 「문순태의『피아골』에 나타난 생태학적 상상력」 등이 있다.

송기섭

현 국립충남대학교 인문대학 국어국문학과 교수. 현대소설 전공. 국립충남대학교 국어국문학과 문학박사. 한국문학이론과 비평학회 회장 역임. 저서에『해방기 소설의 반영의식 연구』,『한국 현대문학의 도정』,『몽상과 인식』,『근대소설의 서사윤리』,『근대적 서사의 조건들』 등이 있으며, 연구논문으로는 「진실의 감춤과 드러냄-〈메밀꽃 필 무렵〉론」, 「해방기 대전충남 지역문학의 형성 양상」 등이 있다.

조구호

현 (사)남명학연구원 사무국장. 한국문학 전공. 국립경상대학교 국어국문학과 문학박사. 국립경상대학교 인문학연구소 전임연구원, 경남도민일보 논설위원 역임. 저서로는『한국근대소설 연구』,『소설의 분석과 이해』,『첨삭으로 익히는 글쓰기』,『아시아의 무속과 춤 연구』(공저),『단편소설 깊이 읽기』(공저) 등이 있고, 연구논문으로는 「일제강점기 이향소설 연구」 등이 있다.

조동구

　현 국립부경대학교 인문사회과학대학 국어국문학과 교수. 한국현대시 전공. 연세대학교 국어국문학과 문학박사. 저서로는『문학의 이해』,『한국현대문학사』(공저),『경남의 시인들』(공저),『한국문학과 민족주의』(공저),『박재삼 시 연구』(공저) 등이 있으며, 연구논문으로는「한국현대시와 房 상징 연구」,「한국현대시와 아방가르드」,「심련수 시의 민족시적 위상」등이 있다.

최상민

　현 조선대학교 자유전공학부 교수. 국문학(현대희곡) 전공. 조선대학교 국어국문학과 문학박사. 저서로는『한국 모더니즘 희곡의 글쓰기』,『박조열 희곡 연구』(공저) 등이 있으며, 연구논문으로는「희곡의 공간론의 이론과 전망」,「천승세 희곡에서 로컬리티의 문제」,「식민지 계몽주체의 근대기획과 좌절」,「박조열 희곡의 모더니즘적 글쓰기 방법 고찰」,「근대/여성 '나혜석'의 드라마적 재현과 의미」등이 있다.

지리산인문학대전17 토대연구07
지리산문학의 새로운 지평

초판 1쇄 발행   2015년 6월 25일

엮은이 | 국립순천대·국립경상대 인문한국(HK) 지리산권문화연구단
펴낸이 | 윤관백
펴낸곳 | ▨돌선 **선인**

등록 | 제5-77호(1998.11.4)
주소 | 서울시 마포구 마포대로 4다길 4(마포동 324-1) 곳마루빌딩 1층
전화 | 02)718-6252 / 6257
팩스 | 02)718-6253
E-mail | sunin72@chol.com
Homepage | www.suninbook.com

정가   27,000원
ISBN   978-89-5933-897-9 94800
       978-89-5933-920-4 (세트)

· 이 책은 2007년 정부(교육과학기술부)의 재원으로 한국연구재단의 지원을 받
  아 수행된 연구임(KRF-2007-361-AM0015)

· 잘못된 책은 바꾸어 드립니다.